图书在版编目（ＣＩＰ）数据

独药师/张炜著. —合肥：安徽文艺出版社,2022.9
（张炜小说典藏四种）
ISBN 978-7-5396-7445-2

Ⅰ．①独… Ⅱ．①张… Ⅲ．①长篇小说－中国－当代
Ⅳ．①I247.5

中国版本图书馆 CIP 数据核字(2022)第 063806 号

出 版 人：姚 巍
出版策划：朱寒冬　　　　　　出版统筹：姚 巍　孙晓敏
责任编辑：韩 露　韦 亚　　　装帧设计：张诚鑫
....
出版发行：安徽文艺出版社　www.awpub.com
地　　址：合肥市翡翠路 1118 号　邮政编码：230071
营 销 部：(0551)63533889
印　　制：安徽新华印刷股份有限公司　　(0551)65859551
....
开本：880×1230　1/32　印张：12.75　字数：250 千字
版次：2022 年 9 月第 1 版
印次：2022 年 9 月第 1 次印刷
定价：79.00 元
....

独药师

时代出版傳媒股份有限公司

安徽文藝出版社

编　者　语

张炜的文字,读来总是楚楚如新。

现在收入"张炜小说典藏四种"中的《古船》《外省书》《远河远山》《独药师》,写作时间跨度近40年,当我们再次读来,仍可在时间的褶皱中回味当初阅读时的惊艳之感。这就是张炜文字的魅力、思想的光芒和文学的意义。

这4部作品冠名"小说典藏"予以出版,有着一份特殊的机缘。感谢俄罗斯友人、著名汉学家叶果夫先生、凤玲女士的慧眼和劳作,是他们从张炜的众多作品中选中了这4种,由安徽文艺出版社作为张炜作品海外代理予以授权,先行译为俄文。其中,《古船》由俄罗斯吉彼里昂出版社出版俄文版,《外省书》《远河远山》《独药师》由俄罗斯道统东方文学出版社出版俄文版。为助力张炜作品的"中外(俄)同阅读",对于这 4 部作品,在俄文版出版的同时,我们特推出中文版。

张炜先生是安徽文艺出版社的功勋作者,8 卷本的"张炜中短篇小说年编"自 2012 年出版以来,深受海内外读者的喜爱,版权输出到德国、波兰、塞尔维亚等。为做好本次编辑出版工作,我们成立了"张炜小说典藏四种"项目组,成员有朱寒冬、姚巍、孙晓敏、韦亚、张妍妍、汪爱武、胡莉、韩露、张磊、张诚鑫,负责策划统筹、编辑出版、装帧设计和海外推广工作。希望有更多的海内外读者阅读张炜的作品,爱上文学。

是为记。

"张炜小说典藏四种"项目组

2022 年 6 月

谨将此书，

献给那些倔强的心灵。

目录

楔　子

　　我大学毕业后的第一份工作是到档案馆做档案员。这在二十世纪八十年代初还是一个神秘的职业。这家档案馆拥有江北最丰富的馆藏:清末以来的海量文字及图片等。因为人力不足和其他一些原因,我进馆时还有超过三分之二的原始藏品仍未归档,一捆捆一箱箱堆在架子上。库房大极了,我每次进入这里都像小鸟入林,收声敛翅。

　　进库房时要穿一件深蓝色的隔离服,很像古旧的长衫。我觉得只有这样的装束才对得起每天吸入的一百多年前的尘埃。打开那些发霉或半残的纸页,各种陌生的痕迹引人幻想。如果纸页上留有斑驳深渍,我马上会想到体液或血迹,于是赶紧掀过。

　　这是一个平常的上午。我像往日一样戴上大口罩,开始搬弄一卷卷东西,对马上就要经历的一个重要时刻毫无预料:一只不大的手提箱压在一堆案卷下边,我把它费力地拉出来。木箱精致极了,浅棕色的油漆多处剥落,四角镶了铜皮,手提柄也是铜的。一把小小的锈锁把守着秘密。打开它很容易,里面有个蜡染花布包裹,揪开了是不同颜色的纸张:上面深深浅浅的字迹由毛笔或钢笔写成,还夹杂着一些英文。

我一连许多天沉浸在这份案卷中,忘记了一切。有几次催促闭库的电铃声响了,我竟一无所察,差点被锁在里面。无法形容阅读这些文字的感受,因为它太奇特了。内容涉及胶莱河以东一百余年来的许多重大事件,特别是一些鲜为人知的细节,比如作者与大革命时期几位领袖人物的面晤,显然是极珍贵的资料。如果这方面的记载再多一些更好,可惜作者的兴趣在其他方面。纵观全部文稿,我怎么也弄不懂他究竟要写什么:革命秘辛?养生指要?情史笔记?

关于作者的考察也颇费一番功夫。此人名叫季昨非,是半岛地区首屈一指的大实业家季践的独子。季家曾是南洋首富,后来产业收缩至北方,拥有药局、矿产、垦殖业和酿酒公司。这个家族与革命党人关系密切,多次捐助巨款,被喻为"革命的银庄"。此外,还是海内最有名的养生世家,这一点倒被传记家忽略了:半岛地区是东方长生术的发源地,方士们盘踞了几千年,季家显然承续了这一流脉。季践作为第五代传人,手中实业依旧发达,养生术却走向了末路。季践曾将祖上秘传独方制成的丹丸赠予当时的革命党北方统领,认为这远重于一笔巨款。

季府的秘传独方由祖上一位"独药师"创制,历经五代,日臻完美。季践当年从一位北方统领的面色及气息上,判断出此人已经十分羸弱了。可惜当时统领正急于奔赴关外,行色匆匆,未将丹丸装入衣兜就离开了。

北方统领忙到了极点,接下来的半年马不停蹄,大多数时间奔波在关外和京津,正策划一场规模空前的起义。季践最后一次与统领见面只草草交谈了几句,因为对方已心不在焉。他从统领焦干的神色和颤抖的双手、额上那条突突乱跳的筋脉断定:此人将不久于人世。

起义失败了,同时传来的噩耗还有北方统领的病逝。季践悲伤异常,接着大病不起。他将季昨非召到身边,对唯一的传人说:"世上再也没有比死更荒谬的事情了,这种事原本是可以避免的,但要不犯错才行。""我们遇上了数一数二的乱世,人在这时候最值得做的其实只有一件事:养生。"

季昨非在诀别之时才意识到,父亲与自己的交谈实在太少了。他明白父亲后半生太忙了,要照顾庞大的家族实业,还要暗中与那些革命党人来往。

文稿中记下的这些场景看得我双眼酸痛。日光灯镇流器发出了吱吱声,抬起头许久,还恍若待在另一个时世。其中蕴含的隐秘太多了,简直诠释不尽。

我在档案馆工作了四年零七个月,最终还是离开了。

走的前一天,我郑重地将已经立卷归档的这一沓散页插到架子上,注上全宗编号:"J008-02-1425-0001"。

三十多年过去了。这期间档案馆先后公开了一大批历史档案,它们可以像图书一样被公众利用。我心中渐渐萌生了一个念头:出版那部隐秘的文稿。

我花了很多时间去馆内抄录。最让我难以决断的就是公开出版前的删节问题。一些重要历史人物的生活细节,特别是有关半岛长生秘术、不无淫邪的某些记录,读来令人不安。经过再三斟酌,我又听取了几位专家的建议,最终还是保留这些内容。还有,因为原稿采用了古旧文法,实在太艰涩了,这就需要在尊重原意的基础上从头译写和整理。

如读者想做更深入的研究和解读,可按照全宗编号,到档案馆查找那份晦涩的原件。

第一章

一

作为声名显赫的季府主人,我对这个身份已经有点心不在焉了。但自己是半岛和整个江北唯一的独药师传人,背负着沉重的使命和荣誉。在一百多年的时光中,季府不知挽救和援助了多少生命。在追求长生的诱惑下,上到达官贵人下到贩夫走卒,无不向往这个辉煌的门第,渴望获得府邸主人的青睐。

父亲离世后,我就成为那个最尊贵最神秘的人,接手人类历史上至大的事业:阻止生命的终结。越来越多的人将这看成一个谎言或神话,但更多的人还是认真记取种种诠释,认为这起码是有益无害的:即便不能永生,至少也可以长存。

我作为第六代传人,有着无法掩饰的野心:着手整理季府大事记,将养生术的部分独立出来,给家族中九十岁以上的长寿者单独立传。我发现其中有三位的确活过了百岁,另有两人一生都没有犯错,最后"仙化"了。

为证明这个家族所拥有的神秘能力,保持她巨大的无可比拟的荣誉,我先后走访了无数人,查看了不同的志书。可惜各种无法坐实的传说仍旧居多。好在几位先祖最后的逗留地还在,我一遍遍去那儿瞻仰和怀念。那是临海的一处海蚀崖,面对虚无缥缈的渤海与黄海的分界线,雾气缭绕。先祖当年就站在这个崖上,最后看了一眼美丽的半岛山川,纵身一跃,成为不朽的仙人。

确认永生者的行踪成为我的重大责任。榜样的作用在于切近的说服力,我为他们的一生事迹亲手绘图并作出详细注解,先是油印成册,后又试过铅印,最终找到了半岛地区仅存的一家石印所精工制作。

我在这个过程中发现了季府的宿敌。这个人住在同一座城市,活动范围大得惊人,迈动那双不知疲倦的脚走遍了大江南北。此人自然也是一个养生家,曾为季府老友,一度与父亲来往密切,最后才决裂分手。他叫邱琪芝,曾与祖父一起下过棋,推算起来也有一把年纪。

邱琪芝生在富裕之家,一生倾心于长生修炼。传说他的府邸中设有考究的丹房,修持也算清苦。此人诋毁季府,用语辛辣:所谓"秘传独方"不过是季府用以聚拢人脉的东西,目的全在于拓展实业,"独药师"不过是浪得虚名。

我相信父亲在世时不可能对其一无所察,之所以充耳不闻,皆因为心思用在其他方面。他当时忙于为革命党筹措银两,家族实业尚且无暇顾及,又岂能理睬这些谤言?先人已逝,时至今日,我知道维护家族荣誉的时刻到了。我需要蕴蓄足够的勇气,直面这个可怕的敌手。

这样的时机终于到来。那天我未带一个仆人,独身一人,好像单刀赴会。

邱琪芝那会儿正在静坐。几乎没有人可以直接进入他的私宅,我却被破例应允。由仆人引路,穿过几道曲折回廊,踏入一个生满橡树的后庭。当中一间小小草寮,一个扎了马尾辫的人坐在蒲团上,正以掌抚面。我待他双手挪开,以便看清这张可憎的面容。三五分钟之后,他双肘垂下,一对细长眼缓缓睁开。

我清晰地记住了那个瞬间,很久以后还对袭来的惊讶难以忘怀:眼前绝非一位百岁老人,看上去六十多岁,不,或者只有五十余;面庞无皱,颜色滋润,几丝白发。他轻轻扫来几眼,很快对来人失去兴趣,眼皮垂下了。

我开门见山连连发问,用语犀利。他依旧垂目,纹丝不动。这样挨过一刻才问:"多大了?""十九。""好一个血气方刚的少年!"他站起,捏捏我的肩膀:"我算是你的父执辈了,其实还不止呢。第一眼想起的是你爷爷,我们一起下棋,我赢过三局。"

我不吱一声,好像在听黑白棋子落下的脆响。那声音若有若无。这样静默一两分钟,他再次开口:"你谈的这些也太麻烦,来日方长,咱们留待以后罢。孩子,我今天只想告诉你,我们是朋友,不是敌人。我们有个共同的对手,它就是那个西医院,麒麟医院。"

二

与宿敌的第一次交锋就此告终。我许久之后回忆起来仍觉得不可思议:他仿佛施以魔法,瞬间将一头冲力十足的牛犊安抚下来。当然,我心中的愤懑仍未平息,一切还需时日。也许时间才能解决最棘手的问题。

他说得对，那所教会医院才是我们的共同对手。该院隶属美国南方浸信会，自新教在半岛登陆以来，历经三十余载，筚路蓝缕，而今已有两处规模颇大的教堂，还兴办了学堂和医院，成为该地区最隆盛的存在。几乎所有头面人物都将孩子送入洋学堂，生病则去西医院，渐渐酿成风气。麒麟医院不断传出惊人神技，比如通过手术让盲人复明，让气息全无的人死而复生。这一切都加剧了传统医学的沦落，动摇了半岛人苦苦培植了几个世纪的信心。如果不经提醒我就不会注意到这样一个事实：整整多半年的时间里，几乎没有几个显要人物进出季府药局。

像父亲一样，我越来越厌恶府中的那些烦琐事务，将它们悉数交由府上老人打理。除非是极紧要的事项，主人一般不被打扰。在他们眼里，我是一个清闲无为的少爷，一个作风虚浮的主子，并未体察时代变局，也不知季府正面临艰难的赓续与抉择。作为一个新的掌舵人，我已经太疲惫了，仅仅是驱除头脑中的嘈杂就要耗去大半精力。

我承认，那一天邱琪芝的及时点拨让我心头一悸。后来凡有机会我即痛陈西医弊端，在季府所有老友中申明立场，守护传统。我知道危机感由日渐式微的季府药局开始，已延伸至更深更远。我不想做一个心胸狭窄的诋毁者，而是要更加深入地追究源头义理。有一天我与邱琪芝在街头不期而遇，他不容我寒暄，短促而严厉地盯来一眼，嘴角撇着扔下一句："做得好！"说完，头也不回地离去了。

在后来的日子里,我从这个宿敌身上发现了一个奇异的世界,这个世界据说父亲只踏入半步又撤回:一半因为繁忙,一半因为厌恶。父亲不能容忍与季府恪守的理念相冲突的一切,无论它隐蔽得多么巧妙。邱琪芝从根本上怀疑季府那些丹丸,认为它们于事无补;还有极精微极严格的吐纳术,也被其置疑。邱琪芝来往于大江南北,广采博闻,深研典籍,创立学问,据说比半岛上几千年前的方士有过之而无不及。那些方士在中国历史上既大名鼎鼎又臭不可闻,如骗过秦始皇、带走三千童男童女远涉东瀛的徐福,在咸阳城被坑杀的那些倒霉的家伙。

我在十七岁之前已经读完父亲交与的有关"内丹"的藏书,毫不费力地完成了从虚静到内气周流的功课。我能够在双目垂帘的任何时刻,在仰躺或半卧,甚至是缓步行走中,让无形之气恣意流贯。如果我愿意,闭上双眼就可以感受内气怎样伸长了柔软的触角,小心地攀着背部一个个圆润的骨节往上爬行,翻山越岭,蜿蜒向前。我以内视法即可透视各个器官的精巧形状,以及荧荧闪烁的不同光泽。它们或愉悦或懊丧,经过一阵休眠醒来后的慵懒及顽皮表情,都在我的洞悉之中。我与它们建立了深厚的友谊,却又不失威严,能够在肃穆的瞬间让其一一振作,像士兵一样挺身待命。

三

无须讳言,季府的生命重地即丹房。在曾祖父之前它是一个颇为显赫的存在,那是一处高耸的碉楼,里面有通宵达旦的神秘烧炼。至祖父开始这熊熊炉火才一点点熄灭,而今只余下冰冷的灰烬。后来的丹房其实就是药局作坊,独药师隐于其中一间密室,小心翼翼地操作,严格遵循古老义理,悟想运思。由祖父做出的伟大变革即引进气息周流学说,最后竟将其与丹丸并列,视为不可缺失的仙鹤之两翼。就此诞生了一方静谧独守的领地,它只属于季府老爷一人。我继承了祖上这间密室,却无法忍受它的幽暗昏沉。经过一次次小心谨慎的改造,它如今明畅了许多。

我在这儿冥思和猜悟,常常想到一个人,想他的语气和形貌,以及他的用心。

这个人就是邱琪芝。对于季府而言,此人从过去到现在都是一个奇异的存在。随着时间的推移,他竟然让我从敌视到忍受,再到惘然,继而痴迷起来。我们之间产生了某种源自幽深学问底部的友谊与信赖,这就令我渐渐怀疑起父亲,为早逝的先人惋惜:他大半因为误解和急躁而入迷途,既伤害了自己的修持,也错失了一位伟大的朋友。

如果父亲晚年在交谊方面能够稍稍调整,也就不会犯下那些大错了。我对这一切暂时还未能一一认定和鉴别,但显而易见的是,某些可怕的选择导致了他的早逝,只活了七十四岁。对于独药师来说这寿命本身即不可饶恕:让家族蒙羞,令颜面扫地。

父亲的过早去世始终成为邱琪芝手中的一个把柄。他在我面前只有一次提到了这一点,但我们俩只要在一起,他抬头瞥来一眼,我就能从那双长长的外眼角里看出对父亲的怜惜。我越来越无法怀疑这个长者的纯粹以及仁者的品质,甘愿让他引领,以纠正父亲那一代形成的可怕偏离。我身上鼓荡着一种责任，而且日益炽热。自此以来，我明白半岛方士们几千年开拓的事业不仅没有湮灭，而且还在暗中生长。这个世界秘不示人，它绝不会显现于声名巨隆的庙堂之中，而只存于顽强执拗的个人。邱琪芝掀开了一角，已让我震惊不已。

我知道，一个十九岁的少年如果是一块好钢，还需要数次淬火。我仿佛看到自己的赤体浸入不同的液体，激起泡沫四溅，直到颜色暗淡，那只夹住我的铁钳仍不松开。这个由宿敌变身的导师双目微眯，不动声色，一根马尾辫默默低垂，正紧紧握住钳柄。他问道："'吐纳'是气息的周流，它无形无迹；'餐饮'又是什么？"

"那当然是吃喝了，就是每天进食。"我答道。

"你说的是'膳食'，这也重要。这里的'餐饮'是指人的一生一世，如何用眼睛看取周边世界。"

我按住惊叹："看什么？"

"什么都看，人、花、云彩，你能想到的一切。你用什么目光去看，结果也就不同了，这就是'餐饮'。'膳食'不用说了，还有'遥思'，就是人该怎么想事情。概括起来说，'吐纳'是气息，'餐饮'是目色，'膳食'是吃喝，'遥思'是意念。你先把这四样弄熟，然后才算入门。"

我那会儿只听得懂极少的部分，心里却充满好奇和感激。我知道这完全出自一个无私而高尚的灵魂，他深知我正处于一个危险时刻，担心伟大的传承会随时终止。他无比痛苦地指出一个事实：整个半岛已在长达一百四十年间没有出现过一个真正的仙人！

我听到这里再也无法沉默,脱口而出:"不,不对!我们祖上至少有两个!"

我大声喊过之后,有一两分钟的寂静。他看着我,抚一下我硬倔的头发,脸转向窗户。这样过了四五分钟,他才吐出一句:

"你那两位先人,都是因为女人,跳崖身亡了。"

那一刻我的泪水夺眶而出。愤怒和惊惧让我双手紧握,全身颤抖。但我说不出一句话。接下去就像第一次见面,他叹息着拍拍我的后背。我嘴巴张开,露出了坚实齐整的一排"马牙"。邱琪芝摆摆手:"算了,我不该说破。"

我心里恨着那一场谈话,但好像并不太恨邱琪芝。我们继续往来。他吸引我的东西太多了,就因为令人着迷的这一切,我暂时还不会离去。午夜里想到自己的韬晦和隐忍、这种无处不在的功利主义,时有自责。可是他真的侮辱了我们家族里两个显赫的祖先,这等于将我精心修订的石印族史撕掉了两页,好比釜底抽薪。

以前认为"吐纳"是烂熟于心的,与对方相处日久才恍然大悟,那实在只算一点皮毛。这使我越发相信他关于父亲的论断:过于相信那服毒药了,说到底它不过是支援生命的一种外力,并未牵涉生命的根本。我心里多少能够同意,只是出于家族自尊及其他,当面没有附和。

我与之相识的第四个年头,叹服逐步淹没了最后一丝疑虑。总之,我们已由宿敌变为朋友,渐渐能够一起谈论养生,还有其他无法穷尽的一些话题。我全面投入新的修持,身心予以强烈回应,好像新生般地面对了一个焕然一新的世界。当然,这个世界是向内打开的,外部世界简直糟透了:半岛惨案一桩连着一桩,革命党的暴动正经历第十二次失败,土匪们不断制造绑架事件,一些豪门大户正酝酿逃离。清廷摇摇欲坠,驻守半岛的兵士变得嗜血。邱琪芝面对可怖的时局说了令人难忘的一席话:

"凡乱世必有长生术的长进,春秋魏晋莫不如此。我们如今又进入乱世,这样的年头除了养生,不值得做任何事情。只有生命危在旦夕,才更加明白生命的宝贵。"

我半晌不语,因为这让我想起了父亲的遗言。看来两个对手至少在这方面达成了一致。

四

在那个诸事顺遂的春天我正好二十四岁,接下来却经历了一生最大的挫折。我可能永远都搞不明白:这是命中必有的一个关卡,还是无比老辣奸诈的江湖术士设下的圈套? 我不知他这样做的目的何在,也想不出以他的胸襟与气度,竟会如此卑鄙地加害后生。这个涉世不深的人对他是如此地信赖与忠诚,已毫无保留地将自己和家族事业托付于他。

起因是我在这个春天里患了一种罕见病症:下腹发烫以至于烧灼,焦躁难耐,极度渴望什么却又无以名状。我不知这是否因为过分沉迷典籍及其他。我的生活过于单调了,或者单调得还不够。我没法让自己安定下来,双目烧灼,长时间干枯无泪,说不定什么时候又会双泪喷涌。下体胀痛,牙齿磕碰,有时一连几天难以安眠。

邱琪芝看着我，沉默一会儿说："这是人生必要经历的一个阶段，趁着强烈的欲念还没有把你烧成一把灰，就赶快行动起来吧。说到底这还要求助于他人，你自己是做不来的。好的'合作者'是这样重要，不可或缺，这需要的是一些品质高尚的人；这些人可能个个都被误解，却又在所不惜，因为他们从心底明白要做什么。一旦开始了则容易许多，要顺藤摸瓜走下去。这中间少不了我的点拨，既不至于走火入魔，又不会劳而无功。那些好人会慷慨相助，只要你心存感恩就行。"我实在等不及他的饶舌，就迫不及待问一句："这些人是谁？"邱琪芝挠挠头皮，把垂到胸前的马尾辫轻轻荡开，回答："姑娘们。"

　　我的脸烧起来。我将后背转向他，心跳如鼓。我知道他在说什么，以前不知拒绝了多少桩婚事，因为这对我是一件极为审慎的大事。我的事业需要自己过一种严整的、白璧无瑕的生活。这一点季府的人全都理解，他们每个人都领略过我这副严肃的面容和坚毅的决心，知道步入成年的老爷重振家族的雄心可以压倒一切。他们甚至怀疑我会终生不娶。当我说出这些时，邱琪芝给予严厉驳斥，说这是多么软弱肤浅的见识，这将让我付出巨大代价，也许要弄到前功尽弃。他试图以无懈可击的义理说服我，尽管得不到一声回应。仿佛他一切都了然于胸，不久就指派了一个"合作者"，当然，那是一位异性。

　　这个可诅咒的春天很快消逝得无影无踪，然后又是夏天和秋天。冬天来临时我的导师稍稍放松一些，在炭炉旁一边与我促膝长谈，一边做出不乏严厉的指点。我发现自己走入不可穷尽的长路,面对了难以完成的任务。可对方还在奋力着鞭,仿佛已经到了关键时刻,稍有懈怠即前功尽弃。

在长达四年的时间里我已走得很远,走到荒漠深处,没有绿荫,也没有水。我病了,一直咬紧牙关坚持,就像一个尾随骆驼的人。当骆驼趴下不动时,我的死期也就到了。我相信自己一口上好的“马牙”就在那段时间里受到了致命损伤。我枯目大睁,渴望一滴甘霖垂下。我哀求导师:“我要停下,我真的不能再往前了。”

导师背对着我,那根马尾辫纹丝不动,好像让我揪住它爬起,重新上路。他的沉默是因为要说的话全都说完,表示了深刻的绝望。

父亲在睡梦中出现了,他抚摸着我滚烫的额头、瘦瘦的脊背,托起我僵蚕似的下体,长喝一声:“季府的死敌!”我醒来时冷汗四溢,一直盯着黑夜,想把他的背影唤回。他再也没有出现。

我在这个夜晚从头追寻与邱琪芝结识以来的每个细节,把他设定为三个形象:阴毒的复仇者,走火入魔的养生家,无私无欲的导师。我在三个角色间反复辨析,最后仍旧不能确认。他的一生太沉溺了,已经深不可测。如果他眼下将我当成了某种试验品,那也足够残酷。想到此,汗水瓢泼一般涌出,简直要把人洗涤一番。

后来我终于清醒一些,睁开眼睛时正好是黎明。我在曙色里想着那个人,追忆那些醍醐灌顶的时刻。是的,就是这些时刻叠加在一起,把一个意志坚毅的少年彻底改变了。感激和愤恨在这个早晨均匀地搅拌,让我十分痛苦。我最终还是告诉自己:停止吧。

也就是从那个早晨开始,我心里滋生出一个自囚的念头。

第二章

一

我有一位年长三岁的兄长，他是父亲的养子徐竟，刚过十二岁生日就去了东瀛。从此，千斤重担就落在了我的身上。我深知自己既然肩负了家族使命，就需要拥有一颗相匹配的雄心。我认为季府必在第六代传人手中复兴，当然这并非指实业之类。我们的财富已经积累得有点过分，它或许会在某个时候散尽。而我真正专注的事业却关乎伟大的永恒，它是这样玄妙而又朴实：服用丹丸，辅以不可言喻的悟想和修持，达到人人都可以看到的活生生的实例。比如说你能够找到一个举止安详、随处透着生机与活泼的一百二十岁的人，会在一座再平常不过的居所里，看到那些忘记了时间的人。是的，时光在这些人身上已经不起作用，留不下痕迹。

父亲在生命终结之前说了一句话："死是一件荒谬的事情。"他尽管走入了一个终生痛悔的结局，却绝不服输。他最后强调了一个事实：人是不该死的。这座城市里每天都有人死亡，他自己也不能例外，但正是这种普遍性将一个天大的秘密掩盖了。当这世上的一小部分人知道了这个秘密，并且动手去纠正，扎扎实实从头做起时,真正伟大的事业也就开始了。

　　父亲是季府第五代传人,理应专心致志不屈不挠,可惜他做得不好。他并不怀疑半岛地区流传了几千年的养生术,认为永生是水到渠成的事:只要一个人出生了,也就意味着永生。但要抵达这个理所当然的目标,首先要做到不犯错才行。父亲的死即因为犯错,而且是不可补救的大错。究竟是什么错他没有说,因为时间不够用了。

　　我今生的任务之一,就是弄清父亲所犯错误的性质与细节。只有完成这个任务,才能够免蹈覆辙。这太难了,比想象中难上十倍。父亲好像并未舍弃季府传统,哪怕是最匆忙的日子里都要按时服下丹丸,寻一切机会独处静坐。他是所有传人中首位深入施行吐纳术者,而不仅仅倚重丹丸。

　　季府遍藏典籍,有一些可称之为秘籍。人人知晓、令人谈"虎"色变的几千年前的咸阳焚坑事件,烧毁了大量长生不老的秘术,它们都是方士们殷勤西去,献给秦始皇的宝物。秦王在方士诱导下做遍长生功课,令最卓异的方士出海求长生不老药,结果全都劳而无功。秦王一怒之下就做了千古首恶,烧书坑人,不久自己也伤绝而亡,年仅四十余岁。他将怨怒泄到方士身上无济于事,因为他自己一生杀伐,断然不会长生。

　　其实几千年前西去咸阳的方士并非精华人物,这当中最深奥的人士都留在了半岛,秘籍才得以保存。季府中存下的大量樟匣中就有这一部分。这些脆弱的简帛和残页在父亲前半生是陪伴的至宝,后来就疏离了。我接下来要做的就是从父亲止步之处重新开始,抄录和装订那些脆弱的典籍,这成为刻不容缓的大事。

我最熟悉的名字不外乎葛洪、邹衍一类,但真正让我痴迷的还是徐福他老人家。此人行踪缥缈,正史上没有多少记载,因为他是一位超凡脱俗的仙人。他与那些倒霉的方士不同,不但没有死于暴君刀下,而且还从那里骗得了巨量资财,打造出世界上最宏伟的船队,漂洋过海一去不归。这个人其实是"仙化"了。

我的目光由远及近,寻觅那些不算过于遥远的仙人。半岛是仙人产地,遗踪处处,真要找到一个健在者却要踏破铁鞋。但我绝不能将他们的事迹一概视为传说,那就成了一个愚不可及的人。我造访过不下十余处修炼的洞窟和野屋,还有再平常不过的居家之所。给我印象最深的是这样一户人家:主人常年修持,在一百多岁的某一天,吃过晚饭后与家人一一告别,说一声"我去了",就缓缓腾空。这个惊人的案例就发生在乾隆末年,就在今天的城郊一带,否认也是枉然。

最为切近的还是自己家族。季府的祖谱就是一部长生记事,上面载有多位百岁寿星和两位"仙化"者。季府简单点说就是一部生命的传奇,如百岁老翁看上去宛若处子,常常令外人闹出辈分颠倒的笑话。传说曾祖父一生都热衷寻仙,一多半时光耗在山野林中,远近岛屿全被勘遍。他曾与一群海上仙人聚在季府喝茶饮酒,客人们来来去去并不乘船驾筏,而是直接从空中走。有一个仙人酒喝多了,半天只升到树梢那么高,淘气的娃娃用弹弓去射,被曾祖父狠捆一掌。

也就在我专心编订族谱的日子里,季府的那个宿敌一点点浮出了水面。

二

我至今不能判定自己是否犯下了不可饶恕的大错,这里指拜邱琪芝为师一事。将一个险恶的仇敌轻轻放过,转而对其钦佩神往,听起来令人震惊。首先是他的容颜让我迷惑,第一次见面即惊呆,那会儿要忍住极大的惊异才能与之对话。我本来想有一场凌厉的舌战,让这个腐朽的家伙领略一下青春勃发的季府主人。可他从头到尾都懒洋洋的,根本不与我过招,只眯着双眼。我有些泄气,但无论如何仍得面对眼前的奇迹:这个人既然做过祖父的朋友,那么他的年龄往少里说也有百岁,可看上去脸上没有一道皱纹,脸皮像无鳞鱼那么细滑,银丝绝少。

他不把我作为对手,这令我惆怅而又困惑。他完全把我看成一个晚辈、乳臭未干的孩童,几乎不正眼瞧我。对于季府引以为傲的秘传独方,他眼里全是轻蔑,说"啊啊好嘛,我也吃过"。他说:"那是自己年轻的时候,今天看或无大错,算是聊胜于无吧。"一番话让我怒火中烧,觉得这是当面羞辱。

"比起外施的补益,我更依赖自身。"他慢慢合上了眼睛。

"父亲从来没有放弃,你说的这些,他倒是最用心的。他将补益与吐纳合并,这才是高于你的地方。"我的声音提高了。

他仍旧是平缓懒散的语气:"不可过于用心,也不可过于用力。这话太长了,一时怎么说得完?孩子,这世上没有比我更爱惜你的人了,对你父亲也是一样。可惜他太过用心,你不可学他。"

"你虚伪,而且狂妄!"我怒不可遏。

"他如果在世,也会赞同我这样教导他的孩子。因为他只活了七十四岁,而我一百四十多岁了。"

我一时噎住了。我突然记起了父亲临终的愧疚。我开始细细端量这个不温不火的家伙,发现他如婴儿般细嫩的肌肤下边,正透出一条条青色脉管;额头、眉梢、太阳穴那儿,闪着红铜一样的光泽。

我渐渐没了争吵的欲望。因为至少在这个时刻我有些迷惘,发现自己正步入上一代人布下的迷宫。我必须尽快从这个迷宫中逃出,踏上一条清爽宽旷的大道。任何怨怒和激愤、强词夺理的好胜之心,都挡不住逼到眼前的真实。真实就是真理,需要服从。摆在自己面前的是一个极为显豁的事实:一是父亲的早逝,二是越活越年轻的百岁之人,是这二者的并置对比。我吸了一口凉气。

他邀我参观丹房,我谢绝了。这样的机会肯定还有,我需要尽快回到自己的空间里,好好安定自己。夜晚好长,我失眠了。这在我是极少的情形,因为即便是最亢奋的时候,我只需以意念导引,将激越的心潮平息下去,很快就会迎来一场香甜的安睡。可这一次似乎难以成功,我尽管稍稍用力,却感受不到那种抚平的力量,相反午夜之后蒸腾而起的躁气如野马奔驰。楼下巡夜人脚步清晰,他踏过边楼砖道又折向东,回到更房。我甚至隐约感到了离此一丈之地,还有一个人在甜甜酣睡,她就是仆人朱兰。

十余年前她就为我伴读,瞌睡袭来,她会用呵气似的声音在我耳旁呼唤。我们这样度过了童年,而后自己也就习惯了这样的伴读。一个无比闷热的午夜，她在一旁挥动绢扇，我却不意间瞥见了薄纱下隆起的双乳，目光不适当地在那儿停留了三五秒钟，让她低下了头。

那个夜晚我第一次注意到了她娟秀端庄的面庞。在灯光映照下，她的皮肤呈杏红色，且散发出甜杏香气。我紧抿嘴巴盯视纸字，却不知所云。那时我正在新学读书，这是依照了父亲的旨意。新学不同于教会学校，但同样教授算学与西文，除西文不如教会学校之外，其他方面当为最好。校长王保鹤是父亲的朋友，这人在养生方面受益于季府，自然对我爱护有加。朱兰每天接送，有时旁听一会儿，夜间陪读时竟能与我一起谈论算学和西文。

这个无眠之夜全是浓浓的杏子气味。我披衣长坐，两手抚膝，感受自咽部那儿开始的流贯，它缓缓下行，沉入，驻留一会儿又自行周游，好比一场例行的疆土巡视，最终还回驻地。

三

"我想知道你和季府到底为何分手。"我的声音低沉，但并不急切。在与这个奇怪的对手交往过程中，我总算学到了不匆不忙的本事。我知道这既是深藏不露的心力与谋略，也是一种优雅。

"这句话你早该问了，不过之前已经答过。我说过太爱季府，因为没有什么比它更能安慰我们这些人的了。我想告诉你，季府是半岛地区的这个，"他手指胸口，"'心'。"邱琪芝重重地吐出一个字，睁开细长眼。

我真的一点不懂，甚至有些慌乱。

"所有人都知道这个府邸藏有长生不老的秘钥,它是一些人的指望。季府老爷的一举一动都牵着大家的心。我就是这些人中的一个,我们祖祖辈辈都知道经过无数个朝代,战乱,大养生家死的死隐的隐,有的逃到天外,如今只剩下季府了。"

　　我心跳加快。因为这无可比拟的、庄严的宣布出自一个敌手。我不动声色地听下去,任何破绽和伪饰都难逃双耳。

　　"我们不容他人践踏季府的声誉,它连接千年根柢,谁也别想拔脱和毁坏。没有什么比那座教会医院更可恶更可怕的了,他们的蒙骗、教唆让人迷了心窍,等大家全都对针剂药片上了瘾,咱们的根基也就完了。我们最不能答应、最怕看到的是季府的自毁,这才是最可怕的事情。"

　　我站起:"谁在自毁?"

　　"就是季府老爷,是你父亲。"

　　"这怎么可能? 这真是天大冤枉! 他断不会这样⋯⋯"

　　"我不想多说了,因为这是说不完的。我只想告诉你,我本来无论怎样都要参加你父亲的葬礼,可那会儿已经没力气了,我也死了一次。我知道自己吓坏了。我再明白不过的是,我的指望没了。"

　　邱琪芝好像在泣诉,可是眼里没有一丝泪光。他已经不会哭泣,哀伤也难。我想从中找出什么纰漏,发现很难。隐去的细节太多了,一切只能留待以后。我有倾听的耐心,关于父亲和季府,我可以用自己的一生去探究。我发现不知不觉间开始信赖这个人,对他后颈上垂下的那根马尾巴不再厌恶。只是对于他所描述的与季府深不可测的情感，还是有些疑虑。

　　"你父亲离开的那些天我孤单得要死。不错，我还有些朋友，他们散在南南北北，不过全都代替不了季府老爷，他是半岛上的一颗'心'啊，心不跳了，我们这些人等于全死了。"邱琪芝放在膝盖上的手指跷起，中指和食指有点粗胀。

　　"前辈，'我们这些人'指的是谁呢?"我首次使用了"前辈"这个称谓。

　　"如果你愿意，还是叫我'师父'吧。哦，那些人都散在南南北北，在半岛的，以后自会见面。"

　　我没有再说什么。说实话，叫"前辈"是一回事，叫"师父"又是另一回事。如果季府主人拜了他人为师，这是一件多么大的事。我没有应承，也没有回绝。

　　这一天他引我去了丹房。他的举动令我稍稍吃惊，因为没有哪个人会将外人领进自己的秘修重地。我进入之前当然不会期待看到曾祖父碉楼上的东西，知道这里的"丹"不过是吐纳术的别称。尽管如此，迈入这个幽暗之所还是让我屏住了呼吸。这是一间有着双层木格窗的阔大厅堂，一半铺了毡垫，一半撒了光洁的卵石，由此分成了两个不同的区域。卵石部分竖了一个真人大小的木雕，上面刻满了经络穴位。毡垫用以坐卧，一旁是檀木书架，上面搁满了书籍。帘子垂下后不见一丝光色，但扳动机枢即现出几个不大的方孔，它们朝向不同的方位。一把紫铜熏壶中冒出若有若无的烟气，厅内是淡淡的檀香味。

　　令我费解的是木人上标画的穴路，这是任何一位养生者必得熟稔的，为什么还要矗在这儿？我凑近了端量、抚摸，手指感受它坚硬冰凉的质地。每处穴位都凹下一点，好像被霰弹击中。这会儿邱琪芝已赤脚踏上卵石，双目紧闭，绕木雕行走，待步子越来越快时，双手即轮换戳点那些穴位，准确到分毫不差。

这是十数年操练的功夫，迷惑的只是其他：对方既不准备技击，又为何如此苦练？为了防身还是其他？显而易见的是，任何一个人与他近身缠斗都是相当危险的。我吐出了长长的一口气。

在那朝向不同方位的高高低低的方孔前面，有的是一把木椅，上面带有趴伏的横板；有的只是一根依靠的圆木；还有的什么都没有，不过地上的毡子破损了，可以想见主人常在此站立。

天色已晚，我被挽留一起用餐。他摇了几下手铃，进入隔壁的房间。这是半岛地区才有的席地餐房：地上铺了红篾席子，中间摆放一张精致的小桌。仆人提来一个食盒，从中取出几个碗碟，不过是三样素菜、一碗掺了白米的鱼汤。主食仅为一份稍稍浓稠的米粥。他用餐无语，嚼得很细，吃菜喝粥皆无声音。

饭后端坐原位，过了半个时辰我们才一起回到丹房。

这里点起了一盏黄黄的圆罩灯烛。一个个方孔全部闭合了。他请我到那把带横板的木椅上趴伏，下颌搁上抄起的两臂，然后拉开面前的方孔：一轮满月正从山坳升起，那么大那么圆，清辉四射。我似乎从未见过如此皎月，一时凝神。

我好像忘记了身在何方，只看着那轮满月。他拍拍我的肩膀，我这才醒过神来。他手里端了一个小小的木杯，我接过来饮了一口，是玫瑰花茶。搁下杯子，他又让我抵住那根圆木，用椎骨贴紧着它,顿时似有一个微凉的活物在后背上蠕动。他打开又一个方孔,这个位置稍稍高过眼睛,我需微微仰头。啊,浩瀚无垠的星海天宇,满天繁星闪动。

四

许多天来我都无法一个人待在府中,心里有些焦灼。我知道这种情状是最糟糕不过的,总试着让自己沉潜下来。可是打开一本书,上面的字迹似乎不像以往那样跟随目光,而是出乎寻常地顽固和缄默。朱兰捧来香茗,我却品出了苦味。她想和我一起到花园中走一走,我拒绝了。

我从头回忆与邱琪芝交往以来的每一个细节,不放过那些对话中的任何一句。我的记忆绝好,这会儿甚至记得许久以前的每一个词语,以及对方吐出它们时的神情。这是让人费解的一个老人,身上有着完全不同于父亲的气息。父亲当年也许是不得不长期料理实业的缘故,西洋奇巧的应用多多少少改变了他的仪态,比如他戴着老花镜一遍遍看酿酒师呈送的图表,会让我想起学堂先生。这种神气我在王保鹤身上也见过。还有,每当他暗中会见革命党人回来后,那种神态也会有所不同,比如唇上掺杂了银色的胡须就不像过去那样紧紧贴伏,而是稍稍兴奋地翘起。我知道他并没有安静下来,更没有用意念引导气息。他随手吞下一些丹丸,这不过是一种习惯性动作罢了。

父亲的那些祖传秘籍已经束之高阁了。他后来很少谈论古代方士,也不太愿意接待来访的养生家。有一次一位身穿深色长袍、头戴黑帽的道士来到季府，两人只在厅堂交谈了十几分钟。那人是极有名的山林人物，他走后父亲大失所望，说："我越来越受不了这种黏黏糊糊不清不爽的东西了，稀稀拉拉的胡子，头上那个发髻，都让我受不了。"我至今记得那些场景、那些话，明白其中包含了太多意味。我发现他与新式学堂的王保鹤先生越发投机，两人畅谈一两个时辰仍旧不倦，有时还招呼我去背诵几句洋文助兴。

王保鹤比父亲小一点，却令父亲无比敬重，见了总要躬身长揖。对方为了在半岛兴办新学几乎耗空万贯家财，为开启民智奔波操劳不知疲倦。父亲私下里评议说："这是几十年来半岛上最伟大的人物。"他认为历史上立有赫赫战功的人都远不及王保鹤，对此我稍有异议，提到了几位疆场英雄。父亲大不以为然："杀伐而已。""可是不杀恶人，就会流更多的血。"父亲长时间不再说话，可能是被我问住了。他停了一会儿才盯住窗子说："王保鹤他们也许能从根上找到不流血的办法……"

那会儿我还想问，但又怕父亲难堪。我知道那些革命党人就是主张杀伐的，可父亲却在暗中与之交往，赠予宝贵的丹丸，显然想让这些人长生。当然，父亲也把丹丸交与王保鹤，耐心地为他加减，这都是我亲眼所见的。我想父亲的晚年已经陷入了巨大的犹疑之中。这样的一个人不可能专注于养生，也不会是一个好的传人，这可能就是他临终前的愧疚所在。寻求这个答案太难了，远非我的能力所及。我知道这需要邱琪芝的帮助才行。

邱琪芝与晚年的父亲不同，也与半岛上的方士们大异其趣。他既没有前者的清新气，又没有后者的黏滞气，或介于二者之间。

我从他清癯的面色和未留长须诸方面看出了他的革新,但也从那根束成的长马尾上生出极为不快的印象。

我暂时还不想认其为师,但这并不妨碍虚心求教。关于"气息""目色""膳食""遥思"这四项,实践他强调的要义还是浅尝辄止,几近朦胧。季府是倚仗丹丸的,一剂独方征服了半岛;吐纳术的采用自祖父开始,是否受到了邱琪芝的影响还不得而知。我和他在一起时就从气息周流的奥秘开始谈起。

邱琪芝并不急于回答我的问题,而是首先以回忆的语调嘲讽了父亲。"我一想起他,就是端坐在那儿双目垂帘的样子。又在引导周身行气了。真气像一小片云彩那样慢慢聚拢,变成细长的一条,像蚯蚓一样往前爬,最后停留在一个地方。这实在是错了……"

"您的意思呢?您与父亲讨论过吗?"

他答非所问:"你的祖父真是一个好人!他执白子,我是说下棋,总是赢我。我执白子他就输了,可他还是执黑子。他不在乎输赢……"

我有些生气,不再看他。

"你父亲赢心太强,总是握住白子不放,这盘棋就无趣了。我是说他用心过重,遣气下行,让它们盘结一处,这不是太危险了吗?比如积起的一潭水,越积越多就会破堤而出,冲毁田亩。他不听我的话,以为丹丸就是固堤的宝物。"

他的眼睛睁开了一条缝,看看我,咂一下嘴巴。

我似乎听懂了一点。他在说一个至关重要的问题,这指行气的方式,也指蓄气的方式。我听下去。

"开始那会儿必得使用意念,可是日久之后就是另一回事了。得悟就是弃意,让气息在无意间自由周流,才是高人。气沉丹田?那不过是赶路人停歇的一个站点罢了,不能在那里蓄气。"

"在哪里蓄气?"

"膝盖之下。"

邱琪芝弯弯腰,在腿上拍打一下。

五

我承认自己那会儿就像一个幼雏。我以前精研细琢的那些方法经他轻轻拨弄就风化瓦解了。我相信这种毫无戒备与保留的授予,只能来自一种特别深刻的情感与责任。照他的话来讲,那个顽固到不可理喻的季府老爷离世之后,一个新的时代来临了,它的标志当然是年轻传人的出现。他为重新开始的友谊而兴奋不已,愿意付出一切。"我这里,只要你认为有用的即刻拿去,一点都不用犹豫。"他这样说。接下来他以最为清晰扼要的方式,讲授了有关"气息""目色""膳食"和"遥思"的基本程序及要领,指出这四者是长生的基石。

我一直忍住内心的讶异,心甘情愿拜他为师。在季府的认识中,那些秘传的丹丸才是基石,其他一切都不过是一种辅助。在导师这里则被颠倒过来,也许是照顾到一个季府传人的自尊吧,他并没有让我抛弃那些丹丸。

"餐饮"曾被我误解为吃喝一类,其实是指"目色"。在导师看来,世上一切皆有生命与能量,而个人的力量小到不能再小,所以每个人必得谦卑,与万物取得联系时,需用目光去接纳它们,这种联结方式是那样虚幻而又实际:仿佛不经意的一瞥,一切也就开始了。初升的太阳和月亮,还有田野,都在这个过程中参与了我们的生命。

我自此明白了丹房里的方孔作用何在,原来那是使用"目色"的,是个人与外部世界建立关联的通道。是的,力量来自浩瀚的星空,那是无穷的、至远至深的,给予我们哪怕只有微小的一点,也将是巨大的援助。我在导师身旁仰脸注视,感受来自遥远天幕的一切。他轻语道:"太过用力了。轻淡,微眯即可,这才是采纳。不然就是投放,向外射出的力也就阻止了进入。你需养成平淡的习惯,看所有的事物,一朵花、一棵树或一个人,都不能使用咄咄逼人的目光。谦卑,含蓄,那就适当了,那就最好了。"

导师的话让我突然想到了初次相见的那一幕。那时我怒目圆睁,自以为锐不可当,实际在对方眼里是可笑的。我记得那一天他自始至终都耷拉着眼皮,像一个孱弱无力的人。我在想,这世上交织着多少目色啊,它们大多太用力了,一遍遍地击打着外部世界,其实已经拒绝了这个世界上最美好的东西,同时也把自己一点点耗尽了。

"没有什么比人的眼睛更贪婪的了,它只要见到想要的东西,就会睁圆睁大,放出强光。比如看到财宝和美女,就是这种眼神。生命就随着这样的目色走散了,投放得很远很远,再也返不回体内了。"

在他的低声细语中,我突然意识到对方绝少使用高声,好像永远都是平缓低沉的,唯恐惊扰了什么。这使我想到声音何尝不是跟随"目色"的? 它们的态度和方式都是一致的。谦卑一旦化为习惯,举手投足也就不同了。

　　我由那个木柱又移到另一边,伏到了那把椅子的横板上。时间早了一点,那就再等一会儿。啊,只顷刻间,月亮从山坳探出来了,一丝丝向上,所谓冉冉上升。我觉得它在注视自己,美丽而慈祥的目光让我垂下眼睫。可我的脸颊已经感受到那种微凉的、洁净无瑕的抚摸。这一刻心中静谧、甜蜜,有某种依恋和慰藉在心底浮动,我想吐露什么又忍住了。

　　这就是在他的丹房里度过的那个夜晚。

　　回到季府有一场特别香甜的睡眠。好像这是许久以来唯一没有在睡前施行意念引导的一次,我已完全确信了在自然状态下的那种自由的力量,这才是最有价值的。清晨起得早,我照了一下镜子,出于谦逊,没用"容光焕发"四个字形容自己。我到花园里去,朱兰已从小径迎来。她笑吟吟地看我,然后称赞我的气色。她不是恭维。

　　我们在一丛浓艳的芍药跟前停住了。我以最轻微的目光去迎接朝霞里闪烁的花朵,好像嗅到了平生未知的某种香气:有点像刚掰开的涩果的气味,清清的淡淡的,却十分清晰。这会儿我发现朱兰睁大一双眼睛,蹲下来看着,不由得呼唤了一声。

　　她转脸看我。她的一双大眼光闪闪的,像花蕊上的露珠在跳荡,高耸的胸前落下一片霞光。我把脸稍稍挪开一点,再次看她时,只轻轻地投去目光。

六

我以为和导师之间似乎不需要找专门的时间去谈"膳食"了,因为有许多共同进餐的机会。他很少,不,他至少在前三年里没有在季府吃过一次饭,而总是我在他的丹房里磨蹭到很晚,不得不留下来吃一些东西。这期间我好好领教了一番这个怪异的居所,心里暗暗与季府做着对比。我承认邱琪芝的宅第小多了,也好像过于簇新了,没有时光痕迹的交叠,显得有些单薄。它占据的面积太小,大约只有那个麒麟医院的网球场两倍大。而季府则有几百年的历史,已经是半岛上苍黑沉重的存在,像一头衰老的大象。这头大象卧在那儿痛苦地喘息着,但就是不死。

半岛地区的磨难太多了,就像一场飓风刮过海面,所有的船只都已沉散,除非有一只铁打的巨轮才能残存下来。邱琪芝的家业倾荡了几次又勉强恢复,住地移迁了不止一次。他自己说其中的大部分原因怨不得别人,都怪自身对更伟大的事业倾尽心力,这就难以好好料理产业。这与季府主人是一样的,不同的是季府这艘船太大了,而且有第一流的大副和水手,船长不过是挂名,他即便吊儿郎当船也沉不了。邱琪芝说他专心去做的只有养生这一件事。

这儿的主建筑是两层的木头屋,除了几个卧房就是书房,那么多的书积满了空间,也许总量要多于季府。他的存书中铅印的远少于季府,这是二者的最大区别。书房内黑漆漆的,没有光色,拉

31

开帘子则通明耀眼。一条弯廊通着卧室，里面是一个地铺，上面是蜡染花布面料的被褥，一个结实的橡木衣柜，简简单单。到处死一样沉寂，好像四下都没有活人。弯廊从屋角延伸，循着它可以到净身浴屋、厨房、仆人室。原来这里有三两个仆人，他们除了我见过的送餐童子，其余的都很老了。其中有一位四十多岁的妇人头包花巾，长了鹦鹉似的嘴，眯着眼睛，走起路来像在水上漂移，无声无息。她指指他们的背影说："都是一些小东西。"我开始不解，后来才醒悟过来：他们只是显得年迈，实际年龄不到她的一半。

从主楼通向静坐的草寮、丹房和花园，都由相互连通的长廊穿起，让人有一种穿行在迷宫里的感觉。邱琪芝说他一生没有妻室，只有过几个女伴，可惜她们都不能伴他走下去。"您为什么不帮她们？"我有些惋惜。他叹一声："都是一些不愿修持的人，像火。柴躲开了火，火自己就熄了。"我没有再问。我在想这些不幸的女人，隐隐约约感到他把自己比成"柴"：真的不胖，但还不能说骨瘦如柴。

经过一间冒着蒸汽的房子时我们进去了。这儿是厨房，很大，差不多有丹房的一半。这是我见到的最复杂的兴饮之所了，大锅小锅垒成一排，还有细细一口深井、几只筒炉。正好是做饭的时候，有三个人在忙碌。摞得高高的小笼屉冒出热气，它们层层揭开，分别装了绿色的菜叶和面饼之类，取出后又推进另一个锅里。还有人从那口深井里提出一个瓦罐，倾倒出黄色的汤汁，浇进一个有盖的陶碗，再把陶碗放入炉上的铜盒。白色蒸汽浓一阵淡一阵，从里面走出一个人，走近了一看，吓得我目瞪口呆。

这个人原来是鹦鹉嘴，与我打了个碰面，让我就近看到了她那双比鹌鹑蛋还要大的灰眼睛里，神色竟是散开的。她几乎并不定睛看人看物。可怕的是，她大概嫌热吧，像男人那样光着上身，一对乳房黑乎乎的，每只都像小孩头颅那么大，而且鼓胀着，乳头挑衅地直伸着。我有些蒙。这会儿邱琪芝过来，对她说："饼好了。"她说："嗯。"

我们总在丹房隔壁的那间屋子席地用餐。从他盘腿坐下的一刻，"膳食"课就算正式开始了。手提食盒的少年其实是仆人中最年轻的，不过十五六岁，留了女子才有的发髻，双目漆黑如墨。他扎了黑色围裙，下边露出亚麻窄裤裹起的两条细腿。邱琪芝指着他说："这是我的书童。"

我有些不明白的是，一连多少天在这儿见到的都是少年为吃而忙碌，厨房里也有他的身影。当我的目光在少年背影上停留时，邱琪芝说："人生大事是进食，吃。其余都在其次。"说着把一个瓷扁盒打开，里面是两张不大的饼。他用竹夹为我取一张，然后享用自己那一份。我知道一切交谈即要停止。

这饼软软的，像他这儿的所有食物一样。中间有馅，是松仁和莲子，或者还有栗与藕。它们都绵柔之至，仅能从形貌上分辨，咬进嘴里就混为一体了。口腔中像含了饴糖，沿着上腭滑动，半是咀嚼半是自融地走入食道，快快乐乐奔到腹中去了。然后又是岂绿莹莹的糊糊喝，木勺像拇指那么大。品不出什么，只有青气逼人，细腻滑润。我觉得这是某几种菜蔬磨细了，又掺了莼叶吧，滑爽和青气让人做出这样的想象。

最后喝粥。这里几乎每餐都有粥,但餐餐不同。有粟米和南瓜红薯,花生玉米,更有高粱土豆,无不可以为粥,但一定会与肉糜蛋羹之类混合,烂到不能再烂才行。它们看上去已经是油状的,不似汤汤水水。

我们吃得很慢。如果我自己用餐,只用十分之一的时间就足够了。坐上半个时辰后,我问到了那间复杂的厨房,他说这相当于季府的丹房。我说季府哪有丹房啊。"有的,从你曾祖父就开始有了,那个麻烦,盆盆罐罐,火,风箱。有一次坩埚裂了,你曾祖父的左脚趾烫坏了。"我哑口无言。我知道他在说那个碉楼。我可没听说那些逸事啊。我们现在早就不那样了,不过是在一间密室里将各种药物制成丸状。

"膳食的大要就是'柔和'二字。这是一般人做不到的。入口之物或养或伤,或损在顷刻,或贻害久远。世人被食物所伤只无察觉,吞饱即好,一天天铸成了大错。其实每样食物先要去掉它的'刚倔',厨房主要是做这个的。"

"啊,我明白了,那是尽可能让吃的东西变软。"

"当然。不过生硬凉热和大苦大辛都不宜,它们都是伤人的。所以我们最看重粥食,它是'柔和'的。'刚倔'不是蒸煮就能免除的,有的还要放到深井里浸泡。有的食物埋进冬雪,有的挂在树上风干,种种方法你是见过的,都为了一个目的……"

"去掉它们的'刚倔'。"我接过他的话。

他瞥瞥我,这样三两次,让我不安。后来他的两手一直放在膝上,双目低垂说:

"为师的对你也是一样,先要去掉你的'刚倔'。"

七

仔细想一下,邱琪芝关于养生的所有方法似乎都可接受,虽然这与自己习惯的一套做法大相径庭。好在他并没有排斥季府的秘传独方,也没有表现出蜿蜒曲折的兴趣。在这方面有过不少教训,因为总有垂涎三尺的家伙为之不择手段,比如跟踪采药人,扮成仆人溜进密室,或用重金收买家人等等。祖上严守一个成规即传男不传女,而且须为长子。我在与邱琪芝交往的第一年,尤其留意他是否运用欲擒故纵之方:故意闭口不提那个单方,却会以毫不经意的口吻骗取秘密。没有,一切都是过虑了。

邱琪芝是散在民间的修炼者,却并非默默无闻。他代表的是一个深奥而广大的世界,这个世界一度被季府的强光所遮蔽。从曾祖父开始,季府与半岛上隐匿的高人多有往来,从中吸纳和接受异人异术,但从未放弃独自固守。与这个传统相一致的,就是我在倾心于邱琪芝的同时,丝毫没有丢开药物补摄的义理。我永远不会怀疑祖上创造的奇迹,而现在只想令其发扬光大。

我发现用心揣摩领悟,无论是"气息""目色"还是"膳食"之道,入门都是不难的。而要真正深入精髓,还需要漫长的坚持。令人一开始就感到困惑的是"遥思",它被推迟到最后的阶段,可见别有一种晦涩在。就以前交谈所知,这最后一道关卡确是关于意念的,因为无论如何它都要归于一个"思"字。可是当我就怎样运思请教时,他却背着手走开了,说:"随我读书罢。"

我们安坐于毡上，饮茶，取檀木架上的书。四处静到极点。我读到的是一本有关瀛洲水路的古籍，讲水波隐秘、鲛鱼故事、各类船舶。对此领域我并不陌生，因为那个为秦始皇寻访长生不老药的大方士徐福就多次往返于这条航路。此书虽然并非写方士东渡，却在描述那一带的海域事迹，引人入胜。

我渐渐忘记了其他，当取起一旁的杯子时，茶已凉了。邱琪芝端坐于三步外的毡垫上，轻翻书页，唯恐惊动了浮尘。他的茶冒着热气，端杯时眼睛并不离书。半天时光过去了。

第二天仍旧读书。我进入丹房时发现架子上的书已被动过，明白是书童将别处的书又添在上面，已摞得很高了。我不知道这样沉寂的阅读还要多久，只是照旧取过一本。解开函套，精制的木刻本，图文兼备，是关于山野风物、远游实见之类的。书中有一些前所未闻的动植物，还有各色怪异的遭遇，所载远超已知的地理疆界，早就是瀛洲之外了。

一天过去了大半。我站起伸展手臂，长长地呼吸。邱琪芝仍旧在翻书，我走近时他全无察觉。这样读过一个长长的段落，他才取过一片松叶夹到书中，抬头问："你在哪儿？""我在丹房里。""刚来吗？""上午就来了。""可我听说你昨天在海上，今天又去了野外。"

我一愣，后来才明白他话中的机趣：批评我没有沉浸在书中。我笑笑："读过了也记住了，不信您可以考我。""记住与否无妨，只要心思能跟上就好。""可是书太多了，这要读多久啊？"

"一辈子。"

邱琪芝一边说一边摩脸,两手从脸上挪开时,面颊竟像婴孩一样细润,额上青青的脉管又变得簇新了。他半眯的双眼掩不去清亮的目光,这会儿轻轻地拂着我。

"一辈子坐在这儿？那要耽误多少事情。"

"你会忘记坐在哪里。你还会忘记自己。我要问,当你两眼被一个个字牵走,越牵越远时,你的心思是不是跟上了?"

"是的,心思走远了。"

"这就是'遥思'。"

我长时间一声不吭。我在琢磨这两个字的准确含义。我不得不面对一个困惑,问:"难道只有阅读才能'遥思'不成?"

"你阅读就一定会有'遥思'吗?"

我被问住了。我知道有些书是狭促的、逼近的,于是我摇摇头。

"无论做事、读书,只选那些长远的,并且让自己的心思跟上,忘我,这就是'遥思'了。"

八

原来"遥思"并非刻意思索遥远之物,而是指心思存在的距离,这距离绝不由意念遣送所造成,问题的关键就在于此。我没有将心中的悟想说出来,只愿由此向前举一反三。父亲在世时曾仔细为我图解"子午流注",可见对另一种繁复而精微的义理并不排斥。他一度认为季府已经走上了全新的时代,这个时代需要综合与互补,同时贯彻非同一般的笃定心和固守力。父亲那时正值盛年,将大量时间花在研读典籍和配制丹丸上,以至于引起母亲的抱怨。这种情形如果继续下去,整个事情的结局也许就会完全不同了。后来母亲去世,没有她的哀怨和叹息了,父亲却顶着花白的头发从密室中走出,再也不愿返回。他越来越多地思念起那个远渡重洋的养子,一遍遍默念他的名字。也就在这不久,我亲爱的兄长回来了,于是就有了父亲与那个革命党北方统领的第一次会面。父亲所说的那个"全新的时代"就此结束,转而踏上了另一个时代。这是一个令人恐惧的、陌生的时代。

邱琪芝正在手拉手将我领向"遥思"之路,此路将使人脱离已经身陷其中的这个时代。不然就会陷入战乱流血,哀号挣扎,这是疯狂卷起的涤荡一切的旋涡。我曾自问那个新兴的麒麟医院是不是这场瘟疫的一部分,想回答"是",可又不能漠视其屡屡挽救生命的诸多奇迹。在痛苦不解中我只好请教了邱琪芝,他听后立刻手指那个医院的方向说:"当然是,灾殃的两面都是一样的,这好比清廷和革命党,二者一定要火拼流血。"

我对这回答似懂非懂。

我日益用心的只是怎样走入玄妙的深处。在舍弃意念的"气息"、若有还无的"目色"、"膳食"与"遥思"的无比坎坷的路径上,奋力攀缘却不敢过于倾心。这是微妙不言的尝试和触探,是稍稍孟浪即丧失分寸的冒险。但我知道一切只需坚持,当于某一刻松弛下来的时候,坦途也就来临了。

与此同时,我把大部分时间用在书房中,想同时初尝"化百万册为一页"的升华之道,这是邱琪芝所倡言的。他把百岁人生品咂的全部贡献出来,让我有一种深长的感动。我曾冷静地推算过他的真正年龄,若以祖父在世的事迹来论,那么他现在确有一百四十多岁了。这个结论让我吸了一口凉气。

午夜时分,我在卧榻上不知不觉间又一次感受了气的周流,这让我有些沮丧。我披衣伏到窗前,微眯双目迎接满天繁星,让徐徐移近的清辉、一种凌晨时分才有的沁凉进入肺腑,替代或驱除那该死的意念。可惜这样做有时成功,有时仍无济于事。我不忘按时吞服丹丸,它在体内衍化时好比垂挂的丝绒,滑爽、舒适,自上而下地给人以安慰。稍稍令我不安的只是意念本身:如果不是它,我又如何得知丹丸之妙? 这真是最不可解的一对矛盾。

不知是否为持久努力和参悟的结果,我发现自己正在发生不难察觉的改变。我的外部体征大有不同,毛发、筋肉,甚至连目光都在日新月异地演化,大致趋向充实粗重或阴郁沉实。我不敢盯视镜中的双目,因为它像紫李子一样滚动,眼皮也像紫李子那样有了一道叠痕,显出甜厚的滋味。双唇红中透着黑绒光泽,让我的手背不忍摩擦。体内总有什么在鼓胀、冲决,双手想把坚硬的青檀拂尘柄攥碎。我感到了无与伦比的强健之力。

因为对饮食的要求大有不同,仆人朱兰颇费了一番功夫。她一遍遍琢磨,设法让所有入口之物变得“柔和”。厨房里的人已经很难满足主人,这让她不得不亲自忙碌。我们时常一块儿研磨粥食,不觉间汗湿额头。她身上的香气与糯米气息混淆一体,令人鼻塞。她的大眼睛总也不能微眯,就像隆起的胸部总也不肯收敛一样。我的下颏生出奇怪的酸痛,不得不去铜盆撩水,以此缓解一下。可是这种酸痛每到与朱兰在一起时就会复发,所以很容易得知病之源头。

午夜时分,某种思念使气流潮涌得到了遏制,因为它正费力地攀越,在一道高高的山岭前知难而退。我惊惧地盯住这夜色中的浑茫,终于辨认出这山岭正是脑海中的沉浮之物,是朱兰高耸的胸部。

夜间无法安眠,白天的阅读也就难以专注。分神不可避免,"遥思"已成奢望。朱兰终于做出了最好的莲粥,盛在柞木碗中端来,我只吃了几口。糕饼,素汤,只用一点作罢。朱兰试试我的前额,摇头,懊丧地收拾碗碟。她的背影关在门外的一刻,我的手足又一齐灼烫起来,不得不起而疾行,在室内走个不停。

接下来的几天,我一直宿在了邱琪芝的丹房中,将厚厚的毡垫当成卧床。可是仍旧难以入眠,半夜竟嗅到了毡子上残存的一丝膻气。天亮了,眼睛里布满血丝。我在饮茶时走神,手足又阵阵灼烫。因为我的往复走动,他终于放下了手中的书。我在他面前站定说:"我……没有办法静下来。"

他并不看我,转向一旁。我盯了一会儿沉默的马尾。这束马尾奇怪地抖了一下,他说话了:"我也曾经这样。"

"那该怎么办?"

"没有办法。你自己没有办法,这要有人帮你。"

"谁来帮我?"

"女人,只有她们。"

我在焦愤与羞怒中涌出了大股的泪水。这是积攒了二十余年的苦涩。我大声呼喊："够了,不要再说了！千万别说了……"

他的手按在我的头顶,又轻轻捋下。在后背那儿,这手停顿了一会儿,最后拍打两下。"可怜的孩子,这是你的一道坎儿,大胆迈过去吧……"

第三章

一

那一年我二十四岁。还记得那天下午,从丹房望出去是一片火烧云,像血一样纵横涂抹了半个天空。邱琪芝还在一旁规劝,哀伤的声音让人难忘,好像在悲悼人生仅有一次的青春。他大概要驱动一支哀兵并令其树立必胜的信心,嗓音颤抖着,听起来就像夏天的蝉鸣。他说就一个人的修持来说,大概再也没有比泛滥的欲念更可怕的东西了,它能毁掉一切。而战胜欲念的办法只有一个,就是排遣和驱逐,而不是禁锢,"你会咬碎牙关忍着,不过最后剩了一口残牙也还是不成。"

我的目光从那铺天盖地的火烧云挪开,看着他。我想好好聆听。

"要紧的是与她们在一起时不可思来念去,须有个平常心。到了一丝欲念都不存时,你这一道大坎就算迈过去了。记住,人世间没有比欲念更可怕的东西了,你得从头至尾把它去掉。"

我垂着头,两手不自觉间攥紧了。

"去掉它吧。"

他摇了手铃。我退开一步："不,让我再想一想,也许……"他鼻翼上挂满了鄙夷,这激起了我的怒火。

　　那个留了发髻的书童进来了。邱琪芝往西北角指一下："去吧。"书童躬一下身子,在前边引路。

　　我们在黑漆漆的长廊里拐了几次,然后又往上攀了一层。楼梯不知因为错觉还是果真如此,竟在脚下颤颤地摇晃。在一扇挂了艾草的黑门前边,书童止步,让我自己进去。嚯,好大的一间厅堂,阴暗无光,透着一股怪味。我一直在辨析这似曾相识的气味,但总也想不起来。我拉开帘子想看那片彤云,这才发现整个天空都变成了冷酷的铁青色。余下的天光足以照亮整间屋子,我看清这儿有一张牢固的原色橡木大床,床上铺的仍旧是蜡染花布被褥。床下是和丹房相同的厚毡,上边随意扔了几只枕垫。屋角有一个门,推开门,原来是一间宽敞的净手处,里面放了大大小小的木桶和水盆之类。

　　正在我发怔的时候,有人进来了。我转身一看,差点喊出:这人正是我在厨房里见过的那个鹦鹉嘴,可能刚刚还在灶前忙碌着,这会儿被人差遣过来正有些烦,弯长的上唇绷得更紧,厚厚地包裹着下唇。像我上次见到的一样,她光着上身,两只奇大的黑色乳房沉甸甸地晃动。她极不友善地扫我两眼,回身把门重重地关了,咔咔上闩,然后进了净手间。她在里面哗哗冲洗。

　　我不知接下来会发生什么奇异的事情。大概这个人一会儿就要离去。我这样想着,哗哗水声停息了,那扇门打开:她全身一丝不挂地走出来,粗壮的裸体散着热气,下体一团浓密的毛发蓬松着。我只瞥了一眼，喉咙像被什么扼住了，憋得喘不过气来。我真想像个大力士那样冲过去，将其扔出这个厅堂。可那会儿心怦怦跳，无法喘息，脸上极可能憋出了紫绀。一股悲酸注满全身，我一动不动僵在了原地。

她走近了，脸上是多少有些不耐烦的、匆忙的神色。她就这样定定地站了片刻，一双散散的大眼睛迎过来，漫不经心地看着我。她身上散发出刺鼻的大茴香味，逼得我后退了一步。我还没有来得及跳开，她的粗臂就抬了起来，像一根木梁似的搁上我的肩头。我大口吸气，弥漫四周的全是刺鼻的气味，呛得我泪花闪闪。

她的体息把整个世界都笼罩了，嘴里发出哼呜哼呜的声音。我的衣服不知怎么滑脱了。她一声不吭，低头看了看，揪紧我的腰部，像把一条大鱼按到了砧板上。我看不清她的脸，只觉得她懒散的眼神盯着自己的巴掌，往上呵气，然后飞快搓动……不知是因为恐惧还是她的膂力超人，反正我用尽全力都无法将其推开。我有几次看清了那张鹦鹉嘴，它就在离我脸庞极近的地方嚅动，像在咀嚼东西。一种随时都要被啄咬的恐怖溢满全身，汗水涌了出来。

我长时间紧闭双眼，听着鹦鹉嘴连连发出的屏气声和叹息声，一边感受她粗粗的手指、坚实的臀部、鼓胀的乳房。乳房是最难以躲避的令人窒息之物，它一度拥住了我的鼻孔和嘴巴，简直接近于一场谋杀。大茴香的气味更浓了，一条鱼被煎得吱吱响，冒出了煳味。她终于有些累了，蹲在了一边，那双散散的大眼盯住我，等我醒来。我已经遍体鳞伤，没有一处皮肤不被搓碎或炙煳，整个人都变成了赤红和炭色。无比的疼痛和怨恨，还有羞愧，让我的泪水不停地流出来。

鹦鹉嘴转身铺着皱成一团的被褥,让我趁机看清了她门板一样宽、石碾一样圆、泛着古铜色的身躯后影。我的目光落在她的臀部下方,那儿有个巨大的凹陷。胸口被剧烈撞击。她转过身,我不敢抬头。她低头仔细勘察一遍,捏弄几次,再次往手上呵气,飞快地搓动。这时厅堂里不知何时点起了辉煌的灯火,我在通明灯火中经历着一阵阵颠簸,不发一声。鹦鹉嘴从头至尾没说一句话,只是喷气,发出粗重的喘息声。最后时刻她才显出了稍稍满意的神色,散神的大眼眨一眨,厚而弯的上唇翘起来,露出了黑紫色的牙龈。

二

我恨着那个剥夺了自己童贞的人,这个人就是邱琪芝。他经过精心谋划,终究得逞了。至于为什么要如此大费周章和极度残忍,我也想不明白。大概是深深隐藏的忌恨、捉弄的快意和某些试验的兴趣合在一起,用来加害一个涉世不深的青年。我会找到报复的方法,但不知什么时候实施。

奇怪的是对这个季府宿敌,如上清晰冷静的判断并没有维持多久。我暂时摆脱了那股刺鼻的大茴香味,第一夜是在沉睡、惊醒、再沉睡的轮换中度过的。身心俱疲,每一个骨节都痛,周身零件散开,只待重新组合。第一场睡眠花掉了十个钟头,醒来时已是半上午时分。朱兰取了丹丸放在床边,端着水。我一双痴呆的眼睛看着她阳光初照的脸庞和上面那层不易察觉的绒毛,嗓子哽住

45

了。"老爷,早饭都错过了。"她要扶我起床。我握住了软软的、手背上留下浅浅肉窝的手,端上鼻孔深深地嗅着。朱兰脸红了,麻利地抽出手。

我梦见自己被压在大山下边,已经化为齑粉。随着时钟嘀嗒,一个新的我一点点转活了。我下床,第一步差点没有踏稳,朱兰赶紧过来扶住。她说:"老爷,你昨天与什么人打架了吧?"我没有应答。

整整两天我都在自己的房间里阅读,平静而又专注。我真的感受了心思追随之妙,同时于忘我中体味了周流自如的满足。头脑清明洞悉,心胸一片豁亮。我在入夜后眯目接视星汉的一刻想到:无论是"餐饮""目色"还是"膳食",它们都与"遥思"化为一体。

可是掺杂了羞愧的愤怒却仍旧难以消失,我甚至不无残酷地想象,会有一把尖利的屠宰刀划开某个古铜色的、散发出大茴香味儿的躯体。我永远不会认为那个厅堂里发生的一切仅仅出于良好的用心。我一次次将邱琪芝视为淫荡和阴郁的源头,虽然还有些犹豫不决。

两天两夜过去了,深刻的愧疚正转化为另一种急切,而且远超从前。我明白有一种无法摆脱的魔力已经控制了自己,思虑、饮食,更有睡眠,都被它操控。我在镜前注视干燥坚硬的眼球,还有起了白屑的双唇,觉得两脚正急于挪动。"是的,这个魔鬼就是欲望,世上没有比它更可怕的东西了。"我这时承认那个人的归结或许不错。

仍旧是半下午时分,我匆匆赶往那个人的丹房。我的胸前扑满了秋风,可是体内的火焰却在燃烧。

"哦,重症必得重剂,怕的就是半途而废。从根上剪除吧。"他的声音比以前更加哀伤,好像要迎接不得已的死亡。

手铃摇响了。书童步履轻快,进门领人,踏上长廊,再次把我引到那个黑漆漆的门前,然后悄声退去。

有了上一次的经历,我再也不那么匆促,这会儿细细地看了整个空荡的厅堂。厚厚的窗帘,结实的毡垫,那张柞木大床四腿如象足,坚硬如石头。床上的被褥已换成了芍药花图案的,松松软软,透着茉莉香味。上一次嗅到的那种怪味已经消散,走到净手处时却嗅到了一股曼陀罗的气味。季府花园中就有这种植物,它结出的刺果是堵塞鼠洞的良物。

就在伫立走神的一刻,那个人来到了。这一次是扑鼻的香气把我吸引了。转身时,发现一个女子笑吟吟地站在了门口。她有二十多岁,微胖,穿了鲜艳的花衣服,腮上有两个酒窝。那一刻我就在心里叫她"酒窝"了。终于不再是那个鹦鹉嘴,谢天谢地。

"酒窝"走路一点声音都没有,肩上的针织挎包沉沉的,不时往上耸一下。她那双圆圆的大眼看着我,一直走到跟前,两手搭上我的肩头。这时我才看到她的胸前挂了一个香囊。她满脸喜庆,偶尔伸一下舌头,有些顽皮。我们像一对久已熟悉的友伴一般,既无拘谨也无不适。她的手不离我的双肩。这样坐了一会儿,自然而然地宽衣:木槿花上衣里面是绿缎子小袄,然后又是绉纱背心。她打开一旁的挎包让我看,里面有一双绣了一半的彩线鞋垫。原来她正做着刺绣,半截停下就来了。这让我想起那个扔下手头炊事赶来的鹦鹉嘴。她们天生就比我们这些男人忙碌。

"酒窝"的身体是红薯那样的颜色,乳房上纵横着细小的青青脉管。她将我的头扳向自己,不断地吻我的头发,双手按着我凸起的脊骨,像刺绣似的一下下移动。她熟练地使用着手语,分毫不差地让我会意。这会儿我才意识到对方从进门那一刻起就没有说过一句话。

为了证明自己的判断,我迎着她的耳郭呼出一句,没有反应。她一直仰着一张喜庆的笑脸,嫌痒似的缩着脖子,像个娃娃。我的鼻子抽了一下,拥紧她一动不动。不知过了多久,我好像睡着了,醒来已是灯火灿亮,她在一针针做着刺绣。

我取过那对彩垫看着:上面是一对鸳鸯,已经绣成了大半。我知道这样的礼物通常是女子婚前送给男人的。

三

我们一直没有离开这间厅堂,只在喝水吃东西时离开那张坚固的大床,其余时间总在一起。休眠被分割成一段一段,睡睡醒醒。令我吃惊的是,每一次醒来她都在忙里偷闲做着手工,已经绣好了三双彩垫。她见我醒来就放下手中的活计,小心翼翼地将针线收起,然后给我一个热乎乎的拥抱。我们总是回避亲吻,按邱琪芝所言,这样的时刻最忌纵情。可躲过热吻已经是勉为其难了。"酒窝"一开始就保持了迷人的微笑,这让我难以遏制。后来才发现,对方的笑靥其实是天生的。

我为自己的软弱而沮丧。我试着把平淡的目光投向她,她却仍旧无法收起热忱的脸庞。原来这是一张生就了的表情，不可更改。就此而论，鹦鹉嘴倒是难得的友伴，那何止是冷漠，简直就是一座恐怖的山峦。我这会儿强制自己冷漠、生气，沉着脸去迎接，可惜收效甚微。只一会儿，我的诸般努力不仅全部作废，而且增添了难以控制的游戏感，这反倒使她活泼了许多，干脆不管不顾地将我热吻了三次。我擦擦嘴巴，害怕了。

　　一个不容置疑的事实正在发生，自己喜欢并依赖这个女子了。我觉得她鲜艳如花，温柔可人，是不曾见过的异性伙伴。我们在一起大概可以做所有的事情，而且好得超乎想象。我觉得自己的身体乃至灵魂交给她也没有什么不好，并且不会悔疚。我和她在一起时，已经分不清那热烈的面容和举止有多少是天生的，又有多少是激情的流露。她洁白的牙齿、薄薄的舌头常常显露，因为她看我的时候总是半张着嘴巴。我却要尽力回避这诱惑，转脸去看别的地方。我与之相拥而坐，目光落向她背部的曲线，常常忍不住抚摸起来。但这手触碰到奇异的柔软和温热、微微颤抖的那一刻，立刻嫌烫似的缩回。

　　我不敢功亏一篑。是的，在丝绒一样滑润的异性的质地上移动、依偎和行走，太过危险了。我需要一种严苛的心情去抵消幸福和欢爱，以强制而不是迁就的姿态去拒绝自己。我感到那个叫作"欲念"的魔鬼成群地蜂拥过来，它们没有丝毫收敛，倒是愈加放肆和狂热了。它们最后极有可能将我劫持一空。我渐渐感到胸口下方滋生了一股抽拉的力量，那似乎是向下的、毫不留情的索取，身体中某些至为宝贵的东西正在一点点流失。

我明白要阻止这一切,只有立刻离开这个厅堂。可我同时也知道这里才是遣送魔鬼的场所,在经历了一切必要的烦琐之后,会有胜利的曙光穿过厚厚的布帘射进来。我在一种希冀中抱紧了不可或缺的友伴,浑身战栗着将下巴抵紧了她的肩头。

"酒窝"所有的表达都依赖手势,那是简洁明快、通俗易懂的,仅仅三个昼夜,我已经弄清了她表述的所有意思。我对她完美无瑕的躯体内包容的丰沛心智感到吃惊。她就像一个适时而至的、只可意会不可言传的尤物,白皙、软胖,时而蜷起四肢,时而松松软软,令人爱不释手。我甚至想在她的足腕拴上红线,因为半岛传说中要留住那些幻化的美物,就得如此。

三个昼夜过去了,我们分开有些艰难。她将散在床上的刺绣品装进包里,又细细清点了一遍,这才提上裤子,认真煞紧了水红缎子腰带,乐呵呵地告别了。她的背影消失那会儿,我心里一阵惆怅。

回到丹房,像踏入久违之地。邱琪芝正在翻书,听到响动转过身来。他碰了碰我滑下的一绺头发,上下端量,还攥了攥我的小腿。我感到一阵钻心的饥饿,他却端上一杯浓茶。我一口气喝了三杯。"第二天就该让你出来,想了想作罢。这种事不可突兀。跟上次不同,她的火太旺了。"他怜惜地抚着我的后背,拍打着。

我的身体有些摇晃。他说再有一刻就要午餐了,然后竟问起厅堂里的细节,"说实话,我最担心你们俩亲嘴。"我慌慌地摇头。"别接火,这是要紧的。那会儿你的手放在哪里?"我躲闪着他的目光。这种回忆是极难的,因为一双手不可能长时间停留在一个地

50

方。我把手放在他的肩上。他稍稍满意地垂下眼皮。我想，如果这个人不是有着强烈的窥阴癖，那就一定是太严格了。我还是愿意相信后者，作为一个历尽沧桑的人，他早已遣送了所有的欲念，这会儿正在指引他人完成这个艰难的任务。

这一餐全是粥食。

四

季府里一片死寂，就像我的身体。经历了令人眩晕的喧哗之后，体内各个器官都进入了休眠。我与下人说话时语气淡漠、低沉，在府内活动时脚步变得格外轻缓。管家肖耘雨来禀报时，我仍旧不太入心，最后说一句："就依你的主意办吧。"他是父亲最信赖的人，年长我二十多岁，府里的任何事情都有他的参与。他离去前打量我一会儿，说："老爷好好将养啊！"

朱兰说近来土匪闹得更凶了，官兵在西郊被杀了几十个，为报复，海防营出动了上千人清剿，打了三天三夜，死伤无数。我出了一头冷汗：屈指算来，那三天三夜正好与"酒窝"在一起。朱兰时不时过来搀扶，像对待一个易碎品。我偶尔发出一声干咳，她就端来雪梨煎汁，还加上一勺金黄的蜂蜜。她对我一次次离开府邸从不询问，像所有下人那样恪守规矩，却能够洞悉全部的隐秘。母亲去世后，我从她身上寻到了最多的安慰。父亲太忙了，他总是将我交到她的手里。她常常让我骑在她的肩上四处走动。终结这个动作的还是父亲，他有一次看到了，厉声说："下来下来！"从此以后我再也没有那样做。

每天总有一段空寂的时间。我的思绪时而徘徊在那间阴暗的、弥漫着曼陀罗气味的厅堂中。鹦鹉嘴沉沉的上唇和散散的眼神让我战栗，须倾尽全力才能从屈辱和痛楚中挣脱。我开始怯怯地思念着"酒窝"。我害怕了，为这如饥似渴的思念。一股热流伴着被禁绝的意念往上冲决，让我双手紧握。她美妙的手势，在灿灿灯光下一针针刺绣的姿容，都让我欲罢不能。

　　深夜时分，云朵遮去星光，漆黑的天宇透出无限的恐怖。我与心中的魔鬼拼搏，力气即将用尽。如果我今夜不能险胜，就将一败涂地。我打开窗子吹了一阵凉风，又狠狠地关上。这响声惊动了一个人的安眠，只一会儿门外就有了轻轻的脚步声。我蜷在沙发上，等待雄鸡啼叫。天迟迟不亮，再也挨不下去。我慌促地披了一件长衣，蹑手蹑脚地出门。迈出庭院的第一步，我蓦然回首，一眼发现了倏然亮起的一扇小窗：她正伫立窗前。

　　我低头继续往前，直奔邱琪芝的宅第。这大约是凌晨四点钟，丹房的门拍打不开，我又转向那个两层木楼。被惊醒的主人在窗洞上探一下身，书童出来了。

　　我一个人待在那间冷冷的厅堂里。今夜曼陀罗的气味比任何时候都浓。我的头抵紧了大床，让叠起的蜡染花布把鼻孔堵塞起来。沉沉夯地的脚步声响起来，宛若大炮轰鸣。灯亮了，进来的人默立一旁。我抬起头，第一眼看到的又是那肥厚弯曲的上唇、散淡空洞的大眼。

　　一阵死寂，两人大气不出。我把灯吹熄，对方却再次点亮。我用被子把自己层层包裹。后来好像就是这个动作惹得她火起，她伸出粗壮的胳膊将被子连人一齐揽起,像拆一个襁褓那样不耐烦地一层层解开。我没有反抗,只在心中呼喊另一个名字。她低头看了一会儿,触动一下我的小腹,像上次那样揪紧了我的腰肌。我鼓起勇气与之对视,看到她两只大眼像毛玻璃一样,闪着浑茫的夜色。

天大亮了鹦鹉嘴才离去。我就像刚刚做了一个噩梦,冷汗挂满额头。看着窗帘缝隙中透出的霞光,我感到自己这一刻离欲念何止是遥远,简直充满了憎恨。是的,长久以来邱琪芝所希冀的、我追求的,大概就是这样的结局吧。想到这里,身心充斥着少有的轻松,纠缠不去的罪孽感也一并离去了。

我在霞光的拂照下竟然沉沉地睡了几个钟头,醒来正是午餐时间。邱琪芝这次备下了两份粥食,还有松仁饼和红薯发糕、芋头肉卷。极丰盛的一餐。

五

自那次凌晨造访之后,我有了十多天平静的时光。这期间偶有躁动,也总被一些日常琐屑压制和冲淡了。十多天里除了眼前奇怪地掠过一次曼陀罗的气味,再无其他。一天傍晚,管家肖耘雨无不神秘地压低声音告诉我:"徐竟着人来取一笔银两,数目不大,但时间紧迫。"我略有迟疑,他就稍稍提高声音说:"老爷在世那会儿,这只算一个小零头了。"我知道这是送给革命党人的,并无疼惜,只是听到"徐竟"两个字心头一热。我们有太多时日没有见面了。

我与管家商量了实业事宜。关于警匪诸项，我表现了前所未有的宽容：准许府里将小量银两送与海防营的人，但要在他们真正出手相助的时候。有一件事让我按捺不住火气，因为一个仆人不小心跌伤了手臂，府上竟然将其送到了那个教会医院。尽管这人在短期内痊愈了，还是让我心中愤愤。

已经许久没有去那个人的丹房了，当然是极力忍耐的结果。我在心中与之对话，盯住一个阴沉的面容。"你能一直待在自己窝里，也就大功告成了。""试试吧，也许会的。""但愿能够。""没有谁的盘算比你更周密更老辣。""也没有谁比我更爱惜你。"

我沉默无语时，常常将自己看作一只身陷罗网的小兽，血迹斑斑遍体勒痕，却能一次又一次挣脱。某种熟悉的焦渴总在喉部那儿汇拢，然后弥散到全身，像炭火般炙得我坐卧不宁。我预感这段平静期过去之后，一只翻毛刺刺的野兽又会在原野上出没。我隐隐觉得：正在施行的这一切不过是扬汤止沸，而非釜底抽薪。

府内的时光变得漫长了。为了驱除日常的庸碌和厌烦，我琢磨着怎样有所作为。一连多天去酿酒公司的地下酒窖，对蜿蜒百步的贮桶长廊深感兴奋，陡然意识到祖上产业日日累积之功，这当中凝聚了多少心智与汗水。这期间经历了行业倾轧、世事变异、革新与守旧，可以说每一步都不平坦。特别是西洋技法之引进，从曾祖父开始的古老程式被一一废弃，当是父亲的至大功勋。他能够重用海外归来的技工，耐心听着对方咕噜噜吐出的洋文，欣赏最新的彩色酒标，终于成为半岛地区的时新人物。

站在地下长廊中感受一阵阵凉爽，想象父亲当年踏着这里的石板往前,伸手抚摸橡木桶的样子。他认同酿酒师的言说,相信在时光中慢慢酿化的酒浆是有生命的,"它们是隐伏的精灵",他说。我想未来的一天,无论是革命党还是保皇党,或者是苟活的清廷,只要战乱一过,这地下长廊又可拓出百步。一个伟大的前景鼓舞着我,觉得未来的一切并非虚妄。我在府邸中走动,发现攀缘植物充斥了每个阴湿的角落,黑苍苍的建筑实在太拥挤了,缺少几个稍稍开敞的花园。所有树木蓊郁的地方都是寄生植物的天堂。我端量着几代人造就的格局,设想日后的改易:拓宽甬道,辟出空地,还要加盖麒麟医院那样的新式楼房。我登上那座石头碉楼时脚步放得轻轻,生怕惊动了沉伏于此的灵魂。我甚至认为曾祖父和祖父仍会不时地光顾这里,在深夜里捣弄一个个心爱的器皿。我摸了摸坩埚,嫌烫似的倏然抽手,虽然它已经熄灭了一百多年。

我吩咐车夫备车。朱兰好奇地看看我,只一会儿就提来一只小巧的食盒。马车已经待在南门,车夫手持长鞭站立在全城最奢华的车子跟前,目不斜视,待我和朱兰走近,立刻上前一步撩开厢帘。坐定后我才告知:去城里转转,沿着青石街往前,到东河后再绕向西大街的闹市区。

以前常有这样的周游,朱兰正好趁机买回一些东西。她坐在车中满脸欣悦,大概想起了过世的老爷领我们游玩的情景。还是同一辆车子辘辘前行,可转眼已物是人非。眼前的街市有些萧条,行人衣衫破旧,神情不爽。巡街的兵丁排成一队,挎刀并背一杆火铳,已经是新军装束了。车子沿河往前,渐渐飘来浓浓的淤泥和腐草味儿。再往前就该是那片滩涂了,那里多次用作刑场砍杀革命党人,看客围得水泄不通。我让车夫改道。

街道变窄,人气稠密了一些。车轮碾着坑坑洼洼的路石,不时有一下剧烈的颠簸。我看着外面的摊子和人流,将帘子掀开一道缝隙。几个女子在卖彩线的摊前围拢,我的目光很快被其中的一个吸住。心跳在那一会儿仿佛停住,因为那只熟悉的手摘下肩上的挎包,正掏出一束彩线与摊子上的对比。她高高兴兴买下来,推拥着一边的女伴。车子就要驶开,我让车夫停下。行人好奇地注视车子,我却一直看着那个彩线摊前的女子。

她们很快就要离开了。我说一句"稍等",就跳下了车子。前面是四个女子,她们扳肩搂腰亲热极了,相互比看新买的彩线,其他全不在意。我真想寻个机会喊一声,还是忍住了,只目不转睛地盯住她们艳丽的服饰、飘起的发辫。她们拐进了一条巷子。我加快几步追上,却不见了她们的身影。

巷子里有三个胡同,我在中间徘徊。有个拐角写了"小白花胡同",我站住了。这儿青石铺就,石缝里长出几枝打破碗花。胡同深处传来了清脆的笑语,让人心里一阵发热。

从胡同走出,阳光刺目。朱兰正站在巷口等我。

六

我一连多天都在书库中折腾,身上挂满了尘埃,像肺痨病人那样巨咳,泪水涟涟。这些老旧书籍是多年封存的部分,早在祖父时期就被列为禁书,父亲有几次差点把它们一把火烧了。我在整理典籍时第一次打开了这间被遗弃的屋子,迈入的第一步就被呛了一口。好像酸腐中透着恶臭,让我疑心有一两只老鼠死在里面。后来我从木匣和锡盒中取出了一些霉变的残页,有的是烂掉了半卷的绢或纸,这才明白邪臭之源。它们是秘藏的养生古卷,甚至可以判为躲过了多次焚书的遗物,或许还是几千年前远去咸阳、最后被秦始皇坑杀的那些倒霉方士的东西。这些帛与简、麻纸,几经抄写装订,显然耗去了不止一代人的心血,可能这才是阻止父亲毁掉它们的原因。他在最后一刻动了恻隐之心。但他在后来还是不忘叮嘱一句:远离这间屋子。

这是一间密室。我发现其中的绝大部分即便花上最大的耐心也无法通读,它们很可能要留给某些专门人士。这些古老的文字十之八九涉及房中秘术或灵符咒语之类,烦琐的记载玄虚而又缜密,相信能够诠释者在半岛地区已经绝迹。其中的一小部分借助近代印刷术保存下来,配有插图,某些局部实在撩拨人心,令人于蹙目攒眉间心旌摇动。那些符咒使人将信将疑,艰涩到无法卒读。我几年前匆匆为之造册,然后照旧封藏,再也没有开启一次。

为了驱除死鼠气味,我洒上了双倍的花精水。我算不得一个积学覃思之士,只想印证一个判断:邱琪芝的用心和秘术源流。我不得不再次面对这里的恶臭和令人愤怒的艰涩,相信这无法解读的缘由多半出于著者的阴邪,他们当中混有不少骗子和淫棍,个个骄奢淫逸,荒诞不经。

几天过去,我先是头昏脑涨,接着恶心胸闷,不得不中断阅读。就此我更加相信父亲封存它们的理由。我在阵阵花精水和恶臭掺杂的黑屋中自问:一个人究竟要将体内的魔鬼紧紧闭锁,还是将其驱逐？结论也许只有一个，那就是冷酷无情地放逐它。

回到了明敞的书房，脑海中却一次次浮现出那个空荡荡的厅堂。我突然想到：如果人的躯体真的应该是一间洁净的房舍，那么莽撞而剧烈的打扫也许会将其摧毁。我靠在窗前，挤压着隐隐作痛的胸部。

夜晚再次变得漫长了。有几次我伏在窗前做沉细悠长的呼吸，尽可能弃绝意念。可是这样一会儿即有灿亮的火花在啪啪闪动，睁开眼睛时，它又消逝了。原来它来自不宁的内心。

整整一天无所事事。我又想到了邱琪芝的丹房，一直在屋里徘徊。当西边挂满了火烧云时，我走出庭院，穿过稠密的林子，打开了沉沉的角门。开阔的街区上行人匆忙，他们都急着回家。我在一间挂了蝈蝈笼的布店门前站了一会儿，又继续往前。我被一个即将收起的摊子吸引，走近了眼前一亮：这正是卖彩线的地方！我急急抬头遥望，看到了对面那个巷子，它在晚霞中泛出了火红色。这样伫立了一会儿，像被一只手牵拉着，一直穿过了大街。

小白花胡同静静的。站在一个黑紫色的门前，看着门板上紊乱的划痕，心怦怦跳起来。门虚掩着，我敲了几下，然后鼓鼓勇气推开。一个栽了石榴的青石小院里拉着几道绳索，上面晾晒着五颜六色的布，中间一个瘦瘦的姑娘，见了我一愣。"我来找一个熟人，一个朋友。"我向她打着手势。她马上明白过来，反身回屋，出来时和三个姑娘一块儿挤在门口。要找的那个女子却不在其中。那个瘦瘦的姑娘又一次回到屋里，再次出来时挽着一个人，正是"酒窝"。我们的目光碰了一下，发现她有些慌张。我上前一步，她却做出一个手势,拒绝我走近。

几个女子一阵哄笑,"酒窝"回到了屋里。我在院里僵着,不知怎样才好。大约过了十分钟,"酒窝"终于出来了。她肩上挂了那个熟悉的挎包,引我走出小院。天色暗下来,我们在街上一家关门的店铺前站住,抚摸了一会儿门边光滑的石狮。显而易见,她也打不定主意到哪里去。这样犹豫了一会儿,她牵牵我的手,从另一条巷子穿出去。我们走啊走啊,一会儿闻到了青生生的气息,前边是一片空地,到处长满藤蔓植物。

我们试图坐下,可藤蔓下全是瓦砾。只好继续往前。她在伸手不见五指的夜色里竟然走得飞快,不时停下来等我。后来她干脆牵上我的手。我们在一片红薯地坐下来。我拉住她的手试一下自己的心跳,她收回手即比画起来。我无法在夜色里看清她的手语。红薯蔓在脚下纵横交错,我折了一条蔓子缠上她的手足,她发出了快意的笑声。她把一双手放在近而又近的地方比画着,我好不容易才看清:

"你是我的贵公子!"

七

那个夜晚我们在红薯地里待到月亮升起,一起迎来了难忘的明媚时光。露水打湿了衣衫,她的眼睛宛若星星。下半夜有蝈蝈在近旁鸣叫,饥饿感阵阵袭来。她伸手从地下挖出刚刚长成的红薯,两人一块儿咀嚼。这个月圆之夜没有风,红薯叶在银光下泛着明暗相间的颜色,像一群伏下的鸽子。她不顾一切地亲吻我,我好像第一次发现这张嘴巴开阔而柔软。

　　远处有雄鸡啼叫,天色仍旧暗淡。月亮隐去,黎明前的凉意弥漫开来。她让我的手感受她怦怦跳动的心房,然后仔细地系好上衣,搓了搓脸,捏了捏我的鼻子站起来。我离开前发现腰上的一只玉坠不见了,伏下身子细细寻觅,还是没见得。

　　那个夜晚让我记住了一个新鲜而又俗气的称谓:贵公子。我每当这样悄声呼叫时就会想起那张开阔的大嘴,它是那么诱人。我实在无法在她浑身洋溢的青生气息里保持一颗冷漠的心。我有一次鬼使神差地对朱兰说了一句:"贵公子。""什么?老爷!"我回过神来,摇摇头。我一静下来就要走神,它已经飞到了小白花胡同。

　　我不得不承认,无论是季府还是邱琪芝的宅第,在相当长的一段时间里都将无法安顿自己。我已经不思茶饭,这让朱兰忧虑。她最后竟将我的窘境告诉了管家。管家在我身边默默站了一会儿,镜片里的双眼更加阴沉和沮丧。我取出丹丸,在他们的注视下吞服了。

　　许久以来我总是按邱琪芝的指导,任由气息自行流转,让身体采取最舒服的姿势。可是这一次身体处于飘摇的状态,好像肉体空前地没有重量,甚至失去了笔直向下的力量。身体仿佛气体一样聚聚散散,又好像随时都在漂移的无舵之船。丹丸在腹中融化,渐渐变为细小的火苗,顺着脉管蔓延到四肢。我睁大眼睛,第一眼就发现了脚趾在脱皮。我又照了镜子,看到嘴唇、鼻头、下颌,几乎到处都挂满了白色的皮屑。

朱兰为我端来了凉水，我一口气饮了几大杯，吃了一点粥食，然后躺下。我什么都不再想，害怕蛮横的意念会乘虚而入。"老爷，三天了，您只吃了半碗粥。"朱兰带着哭腔说。我反驳说："不，我从来没忘丹丸。还有，你给我的是蜜水。"

这天下午我爬起来，觉得全身异常轻盈，就试着走出屋子。庭院里有一棵结子的马兰，我蹲下看了许久，站起时竟差点跌倒。朱兰惊呼着过来搀扶，我摆摆手。两腿像踏在云朵之上，一直飘出了门廊，又出了府邸。朱兰泪眼潸潸地站在那儿看着我。

我并没有想好要去哪里，可是眼前的人流花花绿绿淌了一会儿，嗡嗡群蜂似的喧嚣过去，接着就安静了。我发现自己又站在了小白花胡同里。一种归来的温馨扑面而来，我熟练地推开了那扇紫黑色的小门。

屋子里有五位正在刺绣的姑娘，她们见到我一点都不惊讶。我看着她们，觉得每一个都像"酒窝"那样美艳，没有一个是陌生的。"你想干什么呀贵公子？"她们当中那个瘦一点的问。我这才觉得一阵无法抵挡的焦渴泛上来，大声说："喝水，喝许多许多水。"

"酒窝"马上领人忙碌起来。她们在屋角那儿支起了一个柴炉，又在摆刺绣品的长条桌上放了兰花茶壶和六只杯子。茶很快沏好，是香味扑鼻的花茶。她们像敬酒那样轮流劝茶，我每喝一口就被一只手捋一下后背，舒服极了。这样一直喝到天黑，屋里点起了一盏新式青铜底座大罩子灯，明亮而温馨。许多天来我第一次有了饥饿感，觉得腹中空空需要大吃一场，于是就嚷："我要吃饭，我饿极了。"她们当中的一个留了刘海儿的圆脸姑娘说："知道啊，咱们一会儿就吃饭嘛。"

长条桌又成了丰盛的餐桌,上面的主菜是土豆炖鸡,另有三五种凉菜。最诱人的是一种淡黄色的自酿米酒,那六只茶杯已经改作酒杯,大家一杯连一杯畅饮。她们由那个瘦姑娘领头起哄,一定要"酒窝"好好喂我一杯不可。"酒窝"脸红红的,羞涩到极点,偎到我的跟前,扳住我的头,把一杯甜酒倒进我的嘴里。

我在热烘烘的呼喊中沉醉了,有一种从未有过的归宿感。好像我一路奔波了二十多年就为了寻觅这样一个窝,这会儿一头歪下,再也不想起来。我的眼睛睁睁闭闭,姑娘们就催促"酒窝":"大孩儿瞌睡了,快给他喂奶,拍打拍打。""搂在怀里就立刻睡了,孩儿都这样。""拍打拍打,睡了呀。"在她们的呼叫声中我越发瞌睡了,然后紧紧闭上双眼。接着发生的一切如真似幻。我只觉得"酒窝"把有着青青脉管的乳房袒露出来,我的双唇嚅动、吸吮,直到进入更深的梦乡。

隔间里的寝室分成一大一小两间:小间只有一张大床,我被安顿在床上;大间是一个通铺,她们相挨着睡在那儿。

八

我不知睡了多久,好像一次还清了二十多年的困债。蒙眬中听到姑娘们小心翼翼地走动,然后是悄声议论:"都日上三竿了。""那个睡呀,打鼾呢。""睁开血丝大眼了,然后又睡了。"

最好的睡眠赶走了一切梦境,眼皮像拴了磨石,身上也是,要活动一下很难。大约又到了半夜,身边有什么在蠕动,接着是一张

62

阔大的嘴巴吻过来。浓得令人无法喘息的青生气笼罩了四周，一只胖手在胸部揪紧。我的"酒窝"适时而至，我在黑影里拥住她的脖子，大口咬着那密如茼麻的头发，从中嚼出了一股山芋的味道。我一遍遍探究和挖掘她的矿藏，想找到赤红的金粒。最后的时刻我仍旧紧闭双眼，可是照样能够看到那个甜蜜的手势。

据说这是我在大床上度过的第三天上午。橘红色的阳光照亮了我的肌肤，我坐起来，穿上衣服。环顾四周，一时竟不知身在何方。我轻轻呼唤"朱兰"，过来的却是瘦瘦的刺绣姑娘。"哦，实在对不起，我来这儿多久了?"她故意做出埋怨的模样，沉着脸，下颌探着，一双水汪汪的大眼却有掩不去的欣悦，说:"对不起呀? 你可知道睡了三天?"我吃惊了。"睡着了也没有耽误吃喝，俺姊妹几个扶你坐起，给你围上小围嘴儿，喂你汤水，你吃饱喝足，扑通一下又躺了。"我觉得脸上发烫，赶忙下床，她却阻止了，转身取一块花布围到我的颌下，端来了早餐。我一把扯下了围嘴儿。

屋里原来只她一人，问了问才知道她们都上街了。我努力回忆这三天三夜，隐约记起最初的醉酒。她一边为我端来吃的东西一边絮叨，说小白花胡同可不是谁都能来的，她们是五朵鲜花，一天到晚就是刺绣、刺绣。她说自己叫"秋月"，那个哑巴姑娘叫"白菊"。说着用毛巾擦了一下我的嘴角。我不安地站起。我无法怀疑她的话，认定自己就这样度过了三个昼夜。我想立刻离开这里。可是秋月拦住说:"再等一会儿白菊她们就要回了，难道你连她都不见?"

她站到近旁:"你送白菊的大玉坠儿真好，能送我一个吗?"

我马上明白这是红薯田里丢失的东西。原来是被"酒窝"取走了。她耸动着问我能不能,我随口答:"能的。"

　　我再也不想等下去了,无论她怎么挽留还是出门。轻轻地踏上胡同,接着大步奔到大街上。阳光太强烈了,我抬起眼睛,被刺得哗哗流下泪水。

　　朱兰大喜过望,像端详一个失而复得的宝物那样看我。我想她在这三天里一定寻过人,或许像过去那样去了邱琪芝处。朱兰什么也不说,我就不再提起。"老爷瘦得太厉害了,你从来都没这样。"她翻出了我随身携带的丹丸,稍稍有些放心地清点一遍,又取来换洗的长衫、一摞内衣,包括绣花白绢手帕和锁金线袜子。她拎起换下的长衫问一句:"老爷,怀表呢?"我去换下的衣服中翻找一遍,没有。她在另一些地方细细地找,我阻止了她。我知道这只金表一定留在了小白花胡同。

　　一连许多天没有出门,活动的天地只限于书房和前边的花圃,尽可能躲避阳光。现在只要稍有强光射来就会泪水潸潸。府里有人前来禀报,朱兰照旧把他们挡在外边,回头只把鸡毛蒜皮简要罗列一番。我问这些琐屑为什么不找管家,她说肖耘雨先生病倒了,病得很重。我去看了他,发现是严重的风寒,经过几次诊疗已经好转。这个人太过操劳了。

　　往回走的路上,朱兰突然告诉我:"前些天见过邱琪芝了。"我问:"他说什么?""他说自己就要死了。""玩笑。"朱兰怯怯地停住脚步:"看样子不是玩笑。"

九

我们还是第一次间隔这么久相见。这自有缘故。对我来说这不仅仅是疏离,还包含了自我修葺。我需要站在稍远处看过来。克制是必要的,冲动和怨愤压在心底则是困难的。但我几乎做到了。再次踏入这个宅第,我有些轻松。

他不在丹房里。那个扎了围裙的书童在通向二层长廊的木梯下站立,仿佛早就开始了等待,见了我马上说:"去吧,在大屋里。"我一个人登上长廊。秋天开始深入,廊上有艾草、坚果和另一些药用根茎混合的气味,通常每到这个季节它们就垂挂和被堆放在长廊两旁。

进入卧室,我吃了一惊:邱琪芝没有躺在大床上,而是仰卧在加了两道挡板的窄床上,看上去真的像等待装殓的死人。我把手放在他的鼻子那儿,气息并不明显。我又试按他的脉搏:只剩下若有若无的一线。我伏在他的耳旁轻呼,音量渐渐增高。仰躺的人仍旧纹丝不动。

我奔出屋子问扎髻少年:"多少天了?""第三十五天了,原说睡到十点。""可是……""前十天只喝水,吃果子,再十天不吃果子,后十天不喝水,最后五天就这样。"我知道这套辟谷的程式和方法。看看时间,早就过了十时,于是反身回屋。仰躺的人微睁双目,并未看我,却将左手搭在我的腕上,越抓越紧,像要拉人共赴黄泉。

"我知道有人能四十天汤米不进。"我看着他说。

邱琪芝双手缓缓搓脸。我想搀他坐起,他拒绝了,摇了摇手铃。书童应声而入,端起旁边的泥壶让他饮了两口,然后伸手托住后背缓缓地将他扶起,直到坐得笔直。我再试他的脉搏,发现跳得舒缓有力起来。

"为师的牵挂你哩。"这是他开口的第一句话。我心头一热,但没有回应。不知该从哪里说起。他饮一点白水,先是久坐,之后才站起来活动,步履很是利落。他或许极想知晓我这一段的行踪,不时瞥来一眼。"从神气观来,也算得失兼具,瑕瑜不能互掩。"他的声音渐渐有了力气,"你太急切,这也难免。不过那颗平常心一天未能生出,也就一天不成。少年用情,女子怀春,这里说的全是凡人啊。可你生来就不想做个凡人。"

他说得很慢,大概想让我听得字字真切。这番指教在我听来没有半点隐晦。他所赞赏的当然是那个鹦鹉嘴,对这种残酷的试炼全无怜惜。我想辨析的要点,是这一套玄虚与季府封存的邪淫之术分野何在,是某种稍稍遮掩的蛊惑还是其他?我以身试法的结局不敢想象:我惧怕弯弯厚唇移近的那一刻,还有那双浑浑的大眼在近处晃动的样子。我渴望的是另一个人,只在深夜里为她洒下思念的泪水。

"你是季府老爷,有长生的丹丸,自以为倚仗它也就万事不怕了,是不是?"

"当然不是。"

他走近了,一手扶在我的肩上:"那你就去小白花胡同吧。如果真是一把宝剑,就去那里淬火吧。"

原来这家伙什么都知道。他的手握过来:柔若无骨,像蛇一样凉。

第四章

一

　　管家大病初愈,拖着沉沉的脚步来了。朱兰刚刚放下杯子走开,他的两腿就弯曲下来,被我赶紧扶住。我请他坐在椅子上,他搓搓发白的胡须,还是站起,嘴唇抖得厉害。我问他近期是否按时服药。他点头,泪水涌出。原来在我频频出门的日子里灾殃降临了:他唯一的儿子肖琦被绑匪劫了。为了不增加主人的忧烦,他暗中求助了许多人,甚至还给海防营的一个协管送了银两。残忍的劫匪在最后时限差人送来了一根血淋淋的手指,万分绝望之时,他动用府里银两赎回了儿子。

　　那个危急的时刻恰好我在小白花胡同。这笔钱的数目确实有些大了。我一遍遍安慰他,最后却吐出一句不太妥当的话:“救命才是要紧的,反正季府的钱财是留不下的,最后不是给了革命党,就是给了土匪和清廷。”肖耘雨说他将用一生的劳作来报答府上,从今以后不取一两薪资。我有些难受,不知用了多少话去安抚他。他离开了,那弓下的脊背令人痛楚。其实父亲早将家业交付了这个人,他不负重托,兢兢业业、呕心沥血。他父子两代都有记账的

67

习惯,除了留下细致的物资往还账目,还有一部自父辈就开始了的翔实"手记",上面写了府中及半岛诸多大事,将来重修府志可省却许多麻烦。

整整多半天我都在想肖耘雨的不幸,还有危乱的时局与季府的命运。我不知道他那部续写的"手记"中,新的季府老爷会是怎样一副荒唐的面孔。他的那些文字从不示人,因为不仅仅关涉季府。我确信这位管家绝非一般渊源,基本上可以判定,父亲晚年愈来愈接近革命党的头面人物,与两代管家施加的影响有绝大关系。父亲晚年被难以破解的矛盾缠住,一方面认为这个动乱之期最值得做的就是养生,另一方面又一步步靠近革命。

整个秋天都吹拂着血腥气。海防营有了三艘火轮舰艇,守城士兵从青州旗城调来了一队精锐。接着又有西郊兵营哗变的消息,传言府衙道台康永德的一位爱将被暴民吊死在树上。康永德与季府素有旧谊,这条讯息因为涉及这位府中老友,引起了波动,最后却证明那个消息弄颠倒了:是造反的村民被吊打致死。城里报纸大字刊出的是南方革命党起事失败,记忆中这已经是第十三次举义了。

多事之秋令人无法平静,也就谈不上日常持守。乱世据说从来都是一部分人蓄养生命的良机,但要找到好的避世之地才行。我幻想那些遁于深山的高人宽袍广袖,居茅屋饮流泉,食松仁茯苓,自然是不可企及之境。可叹赫赫一个季府,物质拖累实在太大了,它注定了与那片没有纷争的荒野无缘,也只好让自己的内心荒凉起来。我庆幸这迟来的觉悟,恨不得让心中一夜之间生满芜草。

邱琪芝很少谈论时局,仿佛是一个局外人。我因此而颇感惊讶,因为无论是本城哗变还是城郊杀戮,在他那儿好像什么都不曾发生过,若无其事。他大概为了将我的注意力引回这间屋子,说:"一些事情总要发生,然后又过去,几千年都是如此。我们做的是更大的事情。"

我们一直在切磋人的长生,事关永恒。

半岛地区是这个至大学问的发源地,而我们是为数极少的承续者,因而具有无可比拟的意义。在遍地哀号血流成河之时,有一部分人毫不为之动容,因为他们面对的只有永恒。"可是,如果大家最后都难逃一死,那又怎么办呢?"我双唇哆嗦着问。

邱琪芝唯一一次因为生气而提高了声音:"你真的怀疑自己?你真的认为死是理所当然的?"

我直视着他:"我不怀疑。我相信父亲临终前所说的,'没有比死再荒谬的事了'。"

二

在父亲的藏书中有两部分被禁:内容淫邪荒谬者,暗中传入的时新小册子。后者内容芜杂,它们不尽是有关时政的内容,还有一些纯属西洋奇巧之类,如药物提炼、酿酒和选矿的书籍。我想这大概是事物繁杂,一时来不及整理的缘故。这对我却构成了强烈的吸引,翻找中常有欣喜的发现,比如其中的一本哑语教学书即让我如获至宝。一连许多天我都在揣摩上面的题例和图解,和朱兰一起演示起来。

"费这么多工夫不值得,咱很少和哑巴打交道。"朱兰说。

我反驳:"这比学会跟洋人说话更有意义。"

其实我的洋文在新式学堂里是最好的,时常得到王保鹤先生的赞许。我想念这位德高望重的长者,自父亲去世后他就很少来季府了。因为伴读的原因,朱兰偶尔也能与我用洋文交流几句,而今我们又可以比比画画打几句哑语了。我有一次不知为什么比画出这样一句,让朱兰的脸红到了脖子:"你啊,真是俊美。"

试验哑语能力到底如何,自然有一个最好的交谈者。事实上,我每做出一个手势,无不在想着一个人:白菊。她开阔的嘴巴有一种举世无双的美艳,完整地涵盖了我贫瘠的双唇,那个时刻所有的语言都是多余的,所以她才选择了天生的无语。实在需要交谈的只是空余的时间,是有无皆可的补充,但这对于我们仍然是重要的。她除了躯体的表达之外,还有一些热烈而深情的赞许是通过灵巧的手指发出的,那在很长时间里都让我感到痴迷。有些动作的含义是显而易见的,比如说那些直截了当的赞美;而另一些细微别致、用尽心思才能说出的女性特有的细腻巧话,则令我似懂非懂。

在一起时间长了,我才多少明白她深藏了那么多的柔情蜜意。她双手的诉说越是情意绵绵,我越是在沉醉中感到了阵阵惊恐。"老天爷,我遇到了一个不可逾越的障碍,这是你给我命中设下的一道关卡,我就要在快乐中死去了。"我在呻吟中发出了求告,对着她的耳边说出这一切。可是这对一个双手舞动不停的哑女毫无用处。我不得已也打起了哑语,只是这双手太笨了。

经过了难忘的三天三夜,我终于读懂了心爱的"酒窝"。她的手势也变得简洁起来,大概再也不需要急急辩解了。我苦于无法像她一样流畅地以手相诉,只好以抚摸和生僻的动作去代替。我强调的意愿只有一个:让我们早些怀上一颗热烈而冷漠的心,能够自然而然地合而为一,踏上深长和谐的生命节拍。

我认为自己已经领会了邱琪芝所传精髓,只是在实际运用中难以得心应手。我发现从"酒窝"刚进门的那一刻,从她宽阔的臀部在桐花图案的衣衫下显现的时候,自己的渴求就强烈野蛮起来。也就是说,我秉持和贯彻的义理一下就被粉碎了。我的双手急不可待地寻索着滑润异常的身体,紧紧贴靠,将周身的香气吸入肺腑,一声声询问这滑润和似曾相识的异香来自何处。她疑惑地盯住我,然后是令人焦急地比比画画。为了尽快解开我心头的谜团,再次相见时她竟从挎包里掏出了一根玉米,投在水盆里弯腰做吹火状。

我终于明白了,她是用玉米水洗过身体才赶来的。我在欣悦和感激中紧紧拥住了她,吻着她老虎一样开阔的脑门、至少大我两倍的嘴巴。这个不算精巧却无比妖媚的女子,处处有猫科动物的神采和特征,还有出色的温顺和心智,再加上特异的气质。她的眼睛明亮却不尖利,黑漆漆又大又圆地望过来,准备送来无穷无尽的幸福。她平坦的舌头傻傻地露出,显出了异乎寻常的单纯和稚拙。

经过了哑语手册的培训,我要做的第一件事就是与"酒窝"的交谈。邱琪芝最担心的就是专情于某一个人,不让她频频出入。而在那个小白花胡同里,大部分时间都是五个姑娘一起,她们其乐融融,却难免要耽误别人的大事。我与她们在一起又快乐又懊丧,只要看一眼"酒窝"宽宽的舌头舔着下齿,就知道她也有些孤单了。只有一两次是例外,那会儿不知她们是否故意,反正秋月招呼一声,四个姑娘都提着东西出门了。她们的脚步刚刚出了小院,白菊就急急地比画起来。我这才发现她的手语多半与书上并不一样,也就是说,她等于使用了某种"方言"。

　　不过即便如此也方便了许多。一旦习惯并附和了一种"方言",其生动传神又远不是那些循规蹈矩的书面语所能比拟的。我们愉快极了,幸福和冲动一瞬间抵达了顶点。她比画着告诉我:从那一天以后,就是天上有大圆月亮的那个红薯地之夜,她天天想啊想啊,恨不得用一面铁网罩住自己,谁也不准碰她不准挨近她。我做出手势:那当然了! 那是必须的! 她笑了。

　　我们在这段珍贵的时间里迫不及待地在一起。由于我的突如其来,她没有来得及用玉米水洗澡,身上少了那种特别的滑溜和农作物的香气,却有了更本色的泥土气息。那温热的肌肤泛着若有若无的汗气,散发出年轻母亲才有的乳香,好像随时都准备用充足的奶水饲喂下一代。她急剧喘息时眼白很大,两眼傻傻地望向天花板,像被什么击中了似的浑身一震,伸手比画一下:"她们回来了!"

　　我们甚至来不及整好衣衫,四个姑娘就进了屋子。秋月径直走到隔间,见到我的窘状就取笑一通,说公子害羞了。她说我瘦了,又瘦了,白菊呀,就喜欢骑上长秋膘的小马!

　　这里的晚餐照例是诱人的。那么多的土豆,切成大块,黄得像玛瑙。芸豆和花生,排骨和海带,所有这一切都炖在一起,佐以米酒。"俺不过节不喝,你一来节日也来了。"秋月话多酒量也大,很快喝得脸红脖子粗,转身揪揪这个耳朵捏捏那个鼻子,告诉我另外三个姑娘的外号:"'紧皮猪','红蛹','小花狐'。"那三个嘻着脸。我说多怪的艺名啊,秋月不高兴了:"怎么是'艺名'? 她们的名儿都是实打实的,真是的!"

三

　　我在心里无数次说服自己:小白花胡同是师傅认可之所。伴随这个认知的是与她们水乳交融的关系。我和她们一起用餐的次数越来越多,已经多少喜欢上这里粗率而新鲜的食物。当然,这种简单的烹饪远远谈不上精细,也就是说不能够让入口之物变得"柔和"。为了克服弊端,我总是用双倍的时间细细咀嚼,总是最后一个结束用餐。她们一边饮茶一边看着我,说我用心嚼东西的模样活像一只兔子。"你这样子越发让人亲了。"秋月坐到跟前拍打一下,将我胸前垂挂的首饰解下来端量一番,向另几个挤挤眼说,"我来戴一会儿吧。"她十有八九是不想归还。我很想教会她们制作各种粥食,告诉这种饮食对人的绝大滋养,打个比喻说,就像甘泉流过了焦渴的土地,会悉数吸收。她们说又不是什么饥饿年代,不喜欢喝这些稀溜溜的东西,不过还是一块儿尝试起来。几天来我们做了高粱花生鱼子粥、红薯糜加莲子粟米粥,还熬制了三种鱼汤。我们用青花碗盛了,喝得脑门汗津津的。

　　我分别赠予她们丹丸,并提前做了配伍加减。"啊,这就是仙丹呀?”她们染红的长指甲在手心里拨弄着,一颗颗小心地吞下,只一会儿就兴高采烈地去照镜子。“紧皮猪”说胸口发热,“红蛹”说脑瓜那儿痒痒的,“小花狐”说总想撒尿,而且尿液里有一股甜丝丝的香味儿。白菊一个月前就吃过丹丸,这会儿习以为常地看着伙伴们。秋月好像反应最重,翻着白眼躺下。我蹲下去试她的脉搏,却发现她在抿着嘴笑。

夜晚最大的问题还是睡眠。好在她们把那个有一张大床的单间留给我,让我起码能熟睡。她们已经习惯于将一夜安眠分成几个部分,然后在第二天上午加以弥补。这完全有悖于我的作息规律,所以大多数时候迷迷糊糊。她们一入夜就变得神采奕奕,话多,人也更加机灵,喜欢做各种游戏,讲吓人的鬼故事,还比赛偷东西:看谁能最先把我的檀香手串取走。这当然引起我的加倍看护,同时也想起了那只金表:与其他物品不同,它不仅价昂,而且是父亲留给我的,所以极想索回。我想了想,故意盯住秋月,猝不及防又若无其事地说道:“给我金表吧,你大概也玩够了。”

秋月一愣,笑容马上凝固,舌头抿着嘴唇去看白菊。我更加肯定这只表在她身上,就伸出手。秋月上唇噘起,打我掌心一下:“这么小气。你搜好了,搜不着就怨自己手气不好。”说着将两臂抬起。

我隔着衣服寻觅,确凿无疑地摸到了一只表的形状。她马上扭动着说:“痒死了痒死了”抱胸摇晃,挤着想逃。我一手揪紧了她,去取金表。那只表本来应该悬在那儿的,这会儿却溜走了。秋月笑得喘不上气,站起那会儿斜眼看了一次“小花狐”,这使我怀疑那只金表被乱中传走了。我照例搜过了下一位、再下一位,直到最后的白菊。白菊笑得一对酒窝更深了。

　　五位姑娘真是变戏法的高手,我实在佩服之至。经过一番搜寻,力气全部用尽且有些沮丧,一躺到床上就睡过去。在以往的经验中,在小白花胡同待上三天三夜是极不容易的,但随着暴风骤雨般的激情消退之后,出奇的温煦平静也就降临了。这里有了家的感觉,日光从窗棂上懒洋洋地透进来,照着通铺上横七竖八的身体,一个粗腿压在另一个的小腹上,一齐发出轻微的鼾声。短促的上午来临了,屋里全是粉嘟嘟酸溜溜的温暾气,是一群欢快善良的姑娘经过了一夜沉睡才有的气味。我常常比她们醒得早,这时就由我去做早午合一的正餐。我一边耐心地熬着粥食,一边等她们相继打着哈欠下床。

　　我在这儿超过了四天四夜。我心里出现了一个冷冷的声音:够了,该回家了。

四

　　“谁如果能够在一个地方熬过四昼夜,那我就佩服他了。”我一边吃东西一边对朱兰说。这个长觉大约睡了十五个小时,使我有了讨论问题的心绪。她接着我的话茬说:“那就不该逞能。”我这才发觉有什么不对劲儿,问:“你知道那是什么地方?”“我不知道。”我细细地嚼着食物,牙齿像棉花根做成的,又软又艮。喝粥时品出了薏米和豇豆的香味,好像还有菱角和鸡头米。朱兰做粥的技法日臻成熟且兴趣渐浓,平时会亲手操持。“老爷太瘦了,再也不能操劳下去了。”她今天的话有些多。

我照了照镜子,那模样真是让人心寒:青紫色的皮肤,鼻中沟又深又黑,眼睛尖亮而且充满了狐疑;一头干涩的毛发已经无法理顺,再多的发油也没用;颧骨突出,原有的方正面庞正向雷公脸靠近,这尤其令人愤怒;没有舌苔,口腔红得像九月的辣椒;一股焦煳味儿不知从身体的哪个部位冒出来。"凡事都欲速则不达,事情变得紧急了。"我自语一句,吩咐朱兰为我准备洗澡水。

　　一个硕大的柳木盆安置在一楼,那里有一些瓶瓶罐罐。热腾腾的蒸汽扑面而来,我半裸的身体差点撞到朱兰,她为我把门带上。我把驱除寒湿的草药撒在水中,像条鳗鱼那样滑到水底。这样泡了半个钟点,吹开周边的药屑,接着看到了饿狗似的肋骨、苍白尖削的屁股。汗水从额头和两颊涌出,咸而腥,流进嘴角又吐出。我知道阴邪与寒凉正被药力催逼出来,心脏像擂起了阵阵战鼓。这样坚持了两个钟点,如果没有昏厥溺水,那么就算一次成功的医治。我紧咬牙关,在心里诅咒那些毫无怜悯之心的女人。"'鹦鹉嘴'的阴气一直通到坟墓那儿。"我咕哝了一句,攀着水盆爬出来。

　　身上裹了厚厚的浴巾,一动不动地躺在床上。这之前已吞服了丹丸,佐以浸过姜片的枣花蜜水。朱兰坐在一边,等待我周身的汗水吸干。她试过我额头的温度,把一摞衣物码好才离去。我穿衣时有些恶心,手扶墙壁才能站住,慢慢等待眩晕过去。从床边到外间只有十几步,脚步轻得惊人,差点像病鸟那样飞翔起来。我寻找那种飘升感,却换来一个趔趄。我哀叹一声坐下。

　　一个人度过了安静的两天,除了按时入睡,其余时间都在琢磨丹丸的加减。第三天我花半天时间在密室里调制,而后去了府邸东南角的那座碉楼。每逢焦思困惑的时刻,我就会不由自主地来这里待一会儿。各种冶炼熬制的家什都在,开裂的陶器,碎了半边的砂锅,形貌怪异的炉子,一块儿散发出一百多年前的气味,像陈旧的烟草混合了硫黄和鸡粪,连苍蝇和蚊子都不敢飞进来。这么多年我除了发现过一只仓皇逃匿的壁虎之外,没有在这里看到任何活物。这间碉楼出自雄心勃勃的曾祖父之手,各种器械包括了从更早的冶炼地搬来的,所以此地凝聚的历史是相当漫远的。按照权威典籍的描述,真正能够对长生起到巨大补益的是金石,而草木之类作用是极小的。于是也才能明白这些器皿一直是用来烧炼金石的。

大约从祖父开始,最火烈的冶炼渐渐消停,炉子长达半年不再点燃。据父亲说这是因为服用丹丸的人出现了偏差,不得不一次次封火。接下来的一百多年里金石一点点退出,虽然丹丸的名声依旧,包罗的内容已经迥然有别了。父亲说祖父就此有过痛切的反思:金石太过峻急了,这往往适得其反;草木平易淡然,却会于日积月累中给予深长的滋养。记得有一次父亲与最为敬佩的老友王保鹤论及丹丸,对方叹息良久说:"人间世道又何尝不是如此? 革命很难说就比得上教化啊。"父亲看着老友,长时间一声不吭。

我久久坐在碉楼里,凉气从朽坏的窗子渗入,我打了个寒战。我在想邱琪芝,想小白花胡同,特别是想到了那个冷酷无情的"鹦鹉嘴"。我觉得邱氏有意无意间对我使用了金石之猛。我的两手出满了冷汗,扶着石壁一丝丝站起来。

朱兰见我闭门不出也就不再叩门了。茶水和吃食就放在门外食盒中,我需要时就开门拎进。据说季府老爷们一代代都是难以琢磨的人,他们兴致上来会与下人、与作坊工人、与四方来访者做彻夜长谈,有时还像坐堂郎中那样花上一整天时间在药局里给人诊病。更多的时候是消失在某个幽隐的空间里,而这种自我囚禁的期限是无法预测的。父亲三十岁以前会把自己关上十天半月,出来时胡须乱蓬蓬的。这肯定是可以遗传的秉性,因为我对付紊乱的心绪、荒凉和恐惧的来袭,也常常采取藏匿的方法。在阻断了外面的光亮、气流和所有声息的地方,让心头因为扰乱和震颤而开裂的一道道小口愈合,是久试不爽的良方。这良方须有丹丸的匹配,等于是施行绵长的生命滋补。近来我总是想到王保鹤先生,想像少年时代那样吟诵一段洋文,得到父亲最尊敬的这位半岛新学之父的一声赞许。当我从封闭的屋子里走出时,第一件事就是向管家肖耘雨打听先生的近况。"我已经太久没有见过先生了。"他说。

"可我多么想念他啊!我想去他身边,哪怕只坐一小会儿也好。我有许多大事要请教他。"

管家口气确定地说:"王先生已经去了南方,这次要去很长时间。"

五

邱琪芝来到了季府。这是细雨绵绵的一个早晨,老更夫饲养的那只公鸡竟然没有打鸣,可能是天阴得太厉害的缘故。这是他

78

时隔二十年后的第一次造访,引起了府内不小的波动,年纪稍长的人全都认识这个扎了一束马尾巴的人,好奇而又厌恶。我亲自到前庭去迎接,以告知他人:来客应该受到我们的礼遇。事后我才知道,府里的人一致认为这个阴险莫测的家伙是真正的敌手,他在暗中使用咒符之类的邪术导致了老爷的早夭。这样的推断不仅过于耸人听闻,而且实在是可怕。所有人都透过一大早的雾气和纷纷细雨,盯住来客利落飘逸的步伐和没有皱褶的面孔,心中打鼓:这家伙离死真的还远着呢,大概阎王爷拿他没有办法了。

时隔二十年的回访无论如何都算是一个重大的历史事件。我们的见面不知不觉间变得庄重起来,就像报上登出的俄人接待清廷大员差不多,礼让再三,茶果齐备,最后关在开敞明亮的厅堂里会谈,长条桌上插了气味浓烈的百合花。邱琪芝在我多次的邀请中只是应允,却仅有这一次真的入门。他感叹说几百年的府邸了,几经战乱和世事变易,大致格局和威仪却一直存在。从建筑上看多了一两幢楼房,旧式长廊上满是斑驳脱落,藤蔓也衰死新生积成了厚厚一坨,不过总有些隐在内里的更新气象,这需要明眼人才看得出来。我内心感激这莫大的赞誉,听得出是对新主人励精图治的褒扬。

午宴由我亲手安排,叮嘱朱兰去大厨身边帮炊,要紧的是做好粥食,菜肴贵在精当,不必求多。免酒水。一个童仆端来达官贵人必得侍奉的水烟,被我阻止了。宴请处离炊堂足有五十步,各色吃物均由食盒携来。邱琪芝看着仆人一一摆放碗碟,用扇子戳戳自己头顶,我好不容易才明白,他更希望童仆扎一发髻。“松饼还不够绵软，入笼前火急了。粥是好的。酱瓜不是隔年的。"他端起蒲菜汤盅问："这种小香蒲是哪里来的？"我告诉他府内花塘里就有，他感叹："园子大就有这样的好处啊！"

午餐后歪在书房软榻上，足有半个钟点才开始交谈。他说："与季府绝交这二十年，是半岛上最凶险的日子。我扳指算过，连你父亲在内一共有十二位养生家离世了，其中多么悲惨的事情都发生过。"我立刻端坐了："可我一点都没听说啊！""你怎么会知道？这都是隐在民间的高人，有的已经一百七十岁，差不多就该仙化了，可惜只差一步。"

我大气不出地看着他。

"风霜雨雪、雹子、流行霍乱和疟疾，什么都毁不了他们，他们像老松根一样扎在岩缝里，一千年还是那样。"

"那到底为什么？这二十年到底怎么了？"我不得不问。

"主要是火铳，现在新军都挎在身上了。一杆火铳能射出百步，要躲闪就难了。"

"都是因为火铳吗？"

"还有洋车、电报，反正多出了许多飞快的物件。世间由这些东西搅弄着，养生家的事情也就难办了。"

我多少能明白其中的缘故，因为世界一旦被搅成了飞速旋转的涡流，谁都无法像原来那样站立了。人会像屑末一样团团打转，然后被裹卷而去。这太可怕太不幸了。所有人都必须想个办法，这的确是几千年未曾遭逢的变局。

"这样的时世最难得的就是一批坚卓之士散在民间。这些人本该由季府主人统领,可惜,我们和你父亲谈不到一块儿去了。算了,今天不说这个了,我们只说自己罢。我还是放心不下你,要亲眼看看……"

我知道对方无心追究往事,只着眼于未来,正与季府第六代传人共谋大业。这是不容置疑的。一切如他所言,凡事还要从眼前说起,比如我最想弄懂的就是刚刚踏入的这条道路,到底是通向了隐晦不明的险境,还是云破天开的光明?我正被邪魔步步诱惑,还是一点点挣脱?我伸出两手让他看发乌的指甲、掌心里的斑点,还有绕过拇指的生命线。他捏弄着哼了一声,翻开我的上眼睑,又在我的胯骨处按了几下说:"快了。"

"什么'快了'?"

"你很快就会对那些事情没什么兴趣了,像一个年过八旬的老人一样,今后只把她们当成孩子。"

"她们把我当成孩子呢,吃饭时给我围上围嘴……"我脱口说出,又赶紧闭嘴。

"事情就会过去的。你说话颤颤悠悠比过去老成多了,伸手握住我的那会儿又软又松,不再恶狠狠的了。"

我不再吭声。他平淡的语气和低垂的眼睛显得若无其事,却没有让我悉数接受这些恭维,相反倒生出了一些疑惑。我颤抖的声音和无力的双手恰是体衰的表征,这在许多天里都让我深感忧惧。我没有表露什么,继续请益,毕恭毕敬。

"啊,就像做粥一样,火候是要紧的。说说小白花胡同吧……"他跷起了食指。

他像过去那样热衷于一些细节。如果我说出令人尴尬的一句,他就会问:"下边呢?你说细致点。"对不起,我已经再也不想满足他的窥阴癖了。我说自己在那里睡着了,一直睡了四昼夜,连个像样的梦都没做成。他叹息一声,难以掩饰自己的失望。我在他沉默这会儿却想了许多,突然觉得这个人仍旧是季府的对手,他来这儿或许有一多半是为了实地勘察,想亲眼看看我走了多远。为了让他放心地离去,我就不停地咳嗽起来,站起时一拐一拐走路并扶住墙壁,鼻涕眼泪一齐涌了出来。我喘息着,声音颤抖得愈加厉害,用尖尖的眼神盯住他问:

"您看怎么样了?"

"哦,真的快了。"

六

晚餐后我没有让朱兰马上离开,想问问对他的看法。她说:"最烦扎马尾巴辫的男人。""还有呢?""再没了。"我又问:"你看他多大年纪了?""六十多岁,也许不到六十。"我看看窗外摇曳的树影:"他已经一百四十二岁了。除去别的不说,这本身就是一个了不起的成就。"朱兰愣了一下,抿着嘴笑了:"吹嘛。"我摇摇头,因为这是我从他来季府下棋的日子推算出来的。灯光下朱兰的脸庞泛着红润,双唇有雏菊似的细皱。她的眼睛习惯了看护他人,这神色是二十多年养成的。是的,在她这儿我永远都是被照料的人,即便在呼叫"老爷"的那一刻,这眼睛的神色也从未变过。这么多年过去了,在北风呼啸的夜晚,我只想让她紧拥怀中。

记忆中她为我洗过澡，当然那是许久以前的事了。她给我搓洗，擦干，像对待一只小鸟那样将我放到绒毯上，细细地包起来。不过这记忆一不小心就倒转过来，那完全相同的场景竟然在上个月真的重演了。就因为那一次，我在许多天里没法直视她的眼睛，甚至不想吃饭。她泣哭、哀求，说您绝不可糟蹋自己，这么大一个季府可全指望您呀。

那次是因为晕厥。我是离开水盆那会儿出事的。像过去一样，浴室的门从来不锁，朱兰长时间不见人就拍打呼喊，接着推门而入。我醒来时躺在她的怀中，被一下下揩洗，因为躺倒那会儿沾脏了。她泪眼汪汪地搂紧我，大概是吓坏了。我极力回忆为什么会偎在她的怀中，目光一下落在赤裸的身体上，立刻挣扎起来。可全身一点力气都没有。我的脸贴紧了她隆起的胸部，很快嗅到了一种不可抵御的糕饼的香气。我闭上了眼睛。

夜晚难以入眠，一直在回忆邱琪芝来访的每一个细节。我觉得自己似乎对这个人过于戒备了，这当然首先源于长期积怨，还有半年来的坎坷、难以解脱的精神与身体的折磨。当我发现越来越难以说服自己时，各种不适接踵而来。半夜醒来怦怦心跳，冷汗浸湿被褥，莫名的焦躁让人双拳紧握，却不知该做什么。两腿无力，神情恍惚，有时心里想着一个人，呼出的却是另一个。再也不用担心过分地遣使意念了，因为它根本就无法集中。我偶尔试着像过去那样冥想，让神思自内而外地巡游，却发现它只是盘旋在一个极狭促的角落，滞留于枯干衰败的脏腑之间。每次午夜或凌晨的惊醒都源于深深的恐惧，这恐惧来自生命的底层。

我不能确定这样的结局到底该归责于谁,是邱琪芝还是自己?我竟然浑茫昏聩到不顾一切孤注一掷,只循着那个人的跷跷食指一条路走到黑?我从未自诩为颖悟过人的天才,可也总算继承了根柢深厚的家族传统,并接受了新学教育。想来想去,我只能说事已至此,是放纵无羁的另一个"我"参与了合谋。既然如此,我需要战胜的就是这如影随形、最熟悉最陌生、寄存于同一个躯体内的生命。就此而言,邱琪芝无论多么险恶和阴鸷都不可怕,因为他只有和那个自甘堕落的灵魂一起才能行动。

我必须直面这个令人生畏的家伙:他作为一个当之无愧的导师,至少将我的修持引入了新的境界。那时的他是严苛无私的,让人看到了赓续千年的方士风范,更有超越的睿智与宏远的心志。他采用最末流也是最危险的游戏,想不失时机地掌控和利用正当盛年的季府传人,也不能简单地斥之为"邪恶"。其中或许有复仇的快意、试验的兴趣,也还有一丝共谋与合作的诚恳。他还不愿彻底摈弃养生术中的某一部分,一定在将信将疑中用心揣摩过。总而言之,这个人身上既凝聚了传统方士的精粹,也有最丑陋可厌的东西。他具备半岛术士令人惊奇的深邃和悟想,也挂满了荒诞脏腻之物,后者粘在身上,就连焊锡匠使用的镪水都洗不掉。

我在痛彻的反省中度日,试图蓄养起对另一个"我"的仇视。时间一天天过去,结果却不尽如人意。那个影子不愿离开半步,竟然一路纠缠和陪伴。阅读时它喃喃有声,静坐时它搅得我心猿意马。这天深夜我实在倦了,无可奈何地倚在窗前,想寻找那颗最亮的星。我张望着,不经意间却把目光投向了城区的点点灯火,再也挪不开眼睛。深秋之夜,无论怎么加衣都觉得寒气侵骨,这让我更加怀念小白花胡同的热气腾腾和欢声笑语。"你们啊,今夜可好?"我不敢再想下去,真害怕自己会不顾一切地冲进黑夜。

一场秋雨一场寒,淅淅沥沥的雨下了两天,天气冷多了。纷纷脱落的桐叶像乌鸦翅膀扑在窗玻璃上,天色很快暗下来。我和朱兰一起将新鲜的土豆切成大块,再加上芸豆和肉块合炖。雨似乎下得更大了,朱兰持伞去厨房找来米酒。这一餐在她看来颇为新鲜,以至于有些兴奋。我把一罐米酒都喝光了,雨还在下。我看看空杯,朱兰就打着伞出门找酒。我又把一罐新酒喝掉大半。

"老爷,不能再喝了。"她把酒罐藏到身后。

剩下的半罐米酒令人不安。雨还在下,丝毫没有减弱的意思。骨节有些发胀。我最后喝掉了剩余的酒。

这时候已到半夜。回屋里时腿脚有些轻飘,朱兰上来搀扶,我拒绝了。哗哗的雨水扑在窗子上,还有一片片桐叶。我伏在窗前望着一片漆黑。这样不知过了多久,一只猫发出了孤单的叫声。我轻手轻脚走出屋子。

在门廊那儿看了一会儿雨帘,我不再犹豫。正在这时,朱兰出现了,她不顾一切地阻拦。我用力挣脱,最后以命令的口气说:"让我出去。"朱兰大滴的泪水落下来:"老爷,求求您,求求您再也别去了……"

"去哪里?"我心上一惊,酒半醒了。

"小白花胡同!"

七

那一刻我好像失去了冲进雨夜的勇气,双目大睁看着她,整个人一点点委顿下去。我蹲在了门廊里,又被她搀起。我像发着高烧一样浑身打战,牙齿都碰响了。她把身上的斗篷给我,一手揽住了我的颈部。我发出了微弱而执拗的哀求:"让我去吧,我实在待不下。""为什么?""因为害怕,害怕自己。"朱兰的泪水滴在我的脸上,下巴压着我的额头:"你不用怕,一会儿就好。"她不知道这个雨夜有多么可怕,雨水哗哗不停,每时每刻都在推涌身上的潮汐,它将淹没一切。我一声不吭咬着牙关,两手不知不觉抓住了她的胸部。她终于被我抓疼了,尖叫一声松开我。

我一口气冲进了雨中。

"老爷,您回来!回来啊!您站住……"

朱兰在雨中啪啪奔跑,呼叫。大雨从头浇泼下来,我因为吃惊和害怕,倚着一棵大树站住了。她赶上来,先是揪住衣服,接着用尽全力往回拉。我两脚像生了根须一样一动不动。她哭起来。后来是她的哭声而不是她双臂的力量,让我往回挪动了。我们回到了门廊,又上楼,浑身透湿坐在了我的房间。她的双眼被雨水和泪洗红了,鼻中沟也红红的,疼怜地看着我。我的一颗心阵阵猛烈地轰击,就像连续的炮声一样。潮汐一直往上推涌,我不得不伸长了颈部。最后时刻,我紧紧地抓住了她的手,她的肩部,她散发着糕饼浓香的胸部,不容分说,不再申辩,大泪滂沱。

朱兰完全无法抵御这突然迸发的力量,赶在窒息前吐出几个字："我不能,我是发了誓的,我要一辈子……"最后一句被我捕捉到,不由得停下双手:"一辈子怎样?"她的衣衫被挣下了一半,这时急急伸手掩着:"一辈子服侍老爷,我……已经是个'居士'了。"我听懂了,她要做一个持守戒律的人,不进庙宇的尼姑。我丧气到了极点。我想告诉她:"梦中我们已经在一起了。"我为她掩上衣衫,转过身去。

"老爷,老爷原谅我,我真的是'居士'啊……"

当然是真的,正像这如期涌涨的潮汐是真的一样。我承认自己在一种惯性的冲决中只能算一头野兽,这也是给另一个"我"的命名。我知道今夜最相宜的去处仍旧是小白花胡同。

朱兰跪在了地上,她再次哀求我不要去那个地方。我扶她起来时深深地吻了她,她没有拒绝,泣哭却没有停止。我答应她不再离开,并请求她帮助我,就像帮助一个即将溺水的人,我向她发誓这仅仅是另一种修持,是对付倒霉的命运的一部分。为了不至于犯下更大的不可饶恕的错误,你就做一个不那么严格的"居士"吧,我知道半岛地区确有这样的"居士",他们哪里都和平常人没有什么不同。我说得头昏脑涨,一阵阵乱言乱语,因为一边痴迷混乱地叙说,一边就把她的衣服解除了。她向我袒露出身体的一切隐秘时,我的自尊也被彻底击溃了。她完美无缺的胴体超越了我复杂而粗浅的阅历,让我在虔诚的膜拜和狂喜交织之中,忘记了现实中的一切。我不存在了,另一个"我"也只剩下了一个淡远的背影。

最后,该来的还是要来。朱兰躺在我宽大的、一边堆满了书籍的床上,仰脸看着天花板说:"老爷。"我被她突然的冷静吓了一跳,怔怔地看她。她说:"我不信这是修持。"我无言以对。"我不想把自己交给修持这种事。""那交给什么?""我只能交给老爷。"我听懂了,点点头:"求求你不要再叫'老爷'了。""我早就不记得你叫什么了。"

八

不知是不是巧合,雨很快停了。这个将会铭记一生的夜晚太短促了。我们都愿将接下来的一个白天当成夜晚,一直垂着厚厚的布帘。灯亮着,它是一盏适合阅读的大罩子灯,是西洋物件。借助它,我不知多少次阅读这个熟悉而又陌生的人,我至亲至爱的人,相依为命的人。这个夜晚我才明白,她是悬崖边的一只手,而我是一匹奔马。我无数次地与她一起,觉得两人原本就该是一体两面。这不是结合,而是归来,是回到生命的最大一个站点。我将在此久留,不再驰向远方。

"从今以后,我再也不需要往小白花胡同跑了。"我在理智的时候说了这样一句,却深深地伤害了她。"是啊,这就是我的用处。"我马上自责起来:"不,我不是这个意思,我是说……咱们开始得太晚了。"好在她并不深究下去。她所能做的就是无微不至的呵护,是无所回避的照料和亲昵。过去她会在浴室前犹豫进退,现在则随时进出,还为我细细地打上肥皂搓洗。我的躯体在满溢的柳木澡盆里变轻了,她轻轻一拉,就像母亲牵动婴儿那样把我拖到身边。我无时无刻不想和她在一起,只要离开一会儿,鼻孔里就会掠过她的气味。那是菊芋的气息,不是玫瑰那样的浓香,严格讲并没有明显的香气,但能够一直沉到肺腑深处。

　　就因为这种难分难舍,我们彼此都耽搁了许多事情。都知道这是必须要改变的,可是在我这儿却是断然难为的。她让我闭门饮茶读书,像过去那样静坐,可我告诉她最高的境界恰恰不是这样,"真正的修持是无时不在的"。我给她讲了许多义理,其中大半不是源于父亲的教诲,而是出于邱琪芝的口中。我没有更新的见识,眼下只能承认自己是一个稚嫩的摸索者。她的眼睛是聪慧的,心的领悟则要慢上半拍:"啊,原来是这样,这实在是让人为难啊!"

　　我在最沉迷的时刻是一声不吭的,她想说什么,我就用手势制止了她。后来她急于说话也只好改用手语。不幸的是这让我想起了那个"酒窝",真正忘掉一个人太难了。我为了排除头脑中的杂念用尽了力气,憋得脸都紫了,愤怒地做个手势,她这才无声无息一动不动。她只想慷慨地馈赠,在许多时候甚至超过了爱。对她来说是尽着一份责任。我告诉自己,这是一个无声无息中在庭院中长大的无上美物,是寻遍大地也难遇到的一个奇迹。我吸进她躯体上的气息,好像这是她蓄养的一段美好记忆。我们不断地回忆小时候的事,我说那时总是骑在你的肩上,想不到用了二十多年,才从你的肩上移到下边。她听了拍我一下,算是惩罚。

　　我们偶尔说到了母亲,这时她一动不动地凝望着,泪水蒙蒙。她不记得自己的亲生母亲,只把收养人当成了血缘至亲。有一次她这样望着,我忍不住说出了藏在心中很久的话:"让我们结为夫妻吧!"她马上站起:"老爷!您是想让我离开季府啊……"我提高了声音:"为什么?""我发誓一辈子服侍老爷,做个'居士'。"她的神色告诉我,唯有这个决定是不可改变的。我永远不会明白,在这儿竟然有坚不可摧的固执。"我为什么就不能娶'居士'?""我不会做季府太太,除非疯了。老爷,我会挡在您去小白花胡同的路上,直到有一天您找到称心如意的人,您千万记住这句话啊。"

"这个人已经找到了,她就是你!"

"老爷错了,我是一个'居士'。"

第五章

一

王保鹤先生风尘仆仆地从南方归来,直接进了季府。他和肖耘雨谈了很久才到我的书房。他们都是长辈,两人的友谊远深于季府中的任何一个。管家给客人沏上一杯茶就离开了。王保鹤像过去一样阻拦我鞠躬,坐下后把门推严。"老师,我太想您了。您这一次离开得太久了。"我发现他颧骨变高了,两鬓几乎全白。他也在端详我:"人瘦了,不过精神还好。"

"这次去南方见到了一个人,不说你也知道是谁。他回忆了你父亲,怀念两人的友谊。徐竟是他在北方最倚重的人,这个港口城市如今成为一个要津,争夺越来越激烈了。"

我知道他说的这个人就是革命党的最高统领,父亲在他流亡海外的日子里就与之交好了,只是两人很少会面。我说那个人当然是大统领了。王保鹤笑笑:"'大统领'这个称呼只有你们季府才用的。"我十分挂念兄长徐竟,急着问他近况。

"我就是为这事来的。他很快就回半岛了,会待上很长一阵子。你们兄弟俩可以好好聊了。"

"这太好了！我一直盼着他回来。他也该安顿些日子了，这辈子奔波得太苦了……"

"回来以后也许更忙。这座城市走到了一个十字路口，会有一场巨变。我只盼着能少流血……"

王保鹤的声音有些嘶哑。我心里有一个判断没有说出来，即兄长这次归来一定负有重要使命。自从北方支部主盟过世，他就接手了绝大部分事务，如今有可能已经成为主盟。我每想到此就忍不住地讶异，不知徐竟单薄的身躯该怎样承受这样的沉重。更多的还是忧心，因为每个月都有革命党人被处死的消息传来。我问："徐竟现在已经是'主盟'了吧？"王保鹤没有正面回应，只说："他回来的事切不可张扬。"

接下去我们谈到了新学、教会和医院。我想知道新学与教会学校的分野何在？二者是否殊途同归？王保鹤说究其实质还是不同的，那所学校完全是洋化教育，而我们的新学只是吸纳当今世界新知，仍以国学为本。"其中尚有'体''用'之别。中华文明只需改良而非革除。一族之未来只在于民众之品质，而非物质之囤积。我认为当务之急是兴学，是开启民智。'主盟'在世时讥我太过迂腐，因为他只相信'革命'。"王保鹤有些惋惜。

我一直困惑的是，先生既然固守教化的理念，厌恶暴力，为什么又会加入北方支部？或许面对守旧与革新，他最终选择的也只能是后者，只是反对过于峻急而已。

王保鹤关注季府的另一位老友：康永德。我告诉此君在父亲过世后已极少进门，大概只倾心于养生术，所以现在对季府的兴趣早就淡漠了。王保鹤说不然,此人对养生术固然专注,不过更大的心思还是用在别处:"你见过他的儿子康非吗?"我点点头:当年康永德总把儿子领在身边的。王保鹤抬起头:"这个康非已经是驻守西城的协领,手里有了一支新军,是青州方面倚重的人。这个年轻人极残忍,去年在城郊吊死村民的就是他。"

我回忆小时候见过的康非:皮肤白皙,寡言少语,一双眼睛乌亮。想不到转眼之间,这个来往于季府的少年已成为可怕的鹰犬。我说:"他们父子都见过小时候的徐竟。"王保鹤点头:"你兄长的安危可不是一个人的事情啊。这事千万不可轻心……"

王保鹤离开后,我心里更多的还是欣悦。一想到不久即能与兄长在一起就忍不住地兴奋,料定他会为季府死寂的日子、为我匆忙紊乱的心绪增添许多安定和快乐。只有一个担心、一个令自己战栗的猜度,没有对王保鹤说破:徐竟这次归来或许就为了策划一场大规模的起义。这座城市之前已有过零星战事,如兵营哗变之类。一些令人心悸的消息传来传去,似乎早就预示了一场不可躲避的风暴,而兄长的出现必定与此有关。

二

原以为徐竟很快就会出现在季府,可拖了许久还是不见人影。长期以来他一直与那个大统领在一起,作为那个人的紧密追随者,自东瀛发起同盟会至今,把全部精力与时间都贡献在那个遥无尽头的事业上。父亲生前对他们既钦佩又惶惑,评价他和他的朋友只用两个字来概括:"起义"。父亲晚年甚至有些迷茫,对王保鹤说:"我有一个伟大的'起义'朋友,他领走了我的儿子。"我至今记得他说这话时脸上是疑虑和痛惜的表情。

徐竟迟迟没有归来。我自王保鹤传递消息的那一刻起就在等待,以至于无心做任何事情,甚至停止了与朱兰的无尽缠绵。我白天叮嘱管家打扫整理一处安静宜居同时又不太引人注意的房间,并细细计划与此有关的诸多环节。晚上我长时间站在顶楼看着满城灯火,似乎日夜盼望的那个人随时都会从这点点灯火中蹚出。朱兰住在了楼下,那是二十多天前启用的房间,宽敞、静谧,洋溢着沁人心脾的香气。这一段她几乎不能再独自安眠了,在长时间的耳鬓厮磨中开始妥协,似乎默认了这样一种理念:我所专注的修持已经来到一个最为紧要的关口,或失败或成功,一切全赖于她。

"我以为老爷是不会成功的,起码这样不会。"朱兰的神气有些无奈。我问:"为什么?""因为咱们太用力了。"我没有回应,心口被撞得生疼。是的,她说出了整个事情的症结所在。可我没有任何办法稍稍改变什么,因为自己是这样地沉迷于她。这当然谈不上从容自如的"平常心",而简直就是一场接一场的燃烧。我们每一次都把希望寄托在下一次,在明天,渐渐成了一个遥远的许诺。我们都眼巴巴地等着这场爱火的熄灭,可一天又一天挨下去,一切不仅没有完结的征兆,而是变得更加炽烈了。

不过在等待兄长的日子里,事情好像发生了一点点变化:我有几次竟然耽搁了下楼,只在自己的屋子里阅读或徘徊,有时和衣而卧,一直到第二天半上午才醒来。我还有许多时间和管家在一起,没完没了地商量一些具体事项。我即便不提到兄长的名字,脑海

里也尽是与他有关的事情。我和朱兰在一起的时间少了,有时还
会匆匆分开:突然想到了兄长,于是就坐在那儿发怔,然后慢慢穿
好衣服。朱兰却因此而高兴起来,为我准备夜宵,一边摆着碗碟一
边说:"瞧瞧吧,我们总算能安安静静待一会儿,好好说说话了。"我
无声地喝粥,心里希望这会是一个理想的开端。

　　一切准备妥当,只等兄长驾到,肖耘雨却从王保鹤那儿带来一
个令人沮丧的消息:徐竟从南方径直去了关外,还要去北京和天
津。那些地方统属北方支部管辖,他去那里肯定是处理一些紧急
事务。管家同时还说要将一笔很大的款项交到某个人的手里,我
听了吃惊不小:那人是海防营的副总兵。他说:"这儿有大统领的
亲笔信,不会错的。里面的事情一两句说不清楚。"

　　那笔款项付出了,兄长归来的日子仍遥遥无期。我悬起的一
颗心往下落,又按往日的节拍一下下搏动。照旧服用丹丸,静坐不
再耽搁。"目色"与"遥思"诸法严格坚持,一直维护了沉静的松弛
和潜伏的心志,不敢让这些稍有闪失。我想独处一室,默默化解身
心煎磨之苦,想回到最好的起始之地,循那个路径往下行进。那个
沉默无语的背影、低垂的马尾巴辫,一闭眼就近在咫尺。他说得太
对了,"革命"和"养生"真是相互难容。我想的是兄长在这段时间
引起的颠簸,还有王保鹤先生的加速苍老。在养生方面大概很少
有谁像王保鹤那样备受季府主人的呵护,父亲总是按时馈赠丹丸。
先生可以与"独药师"长时间面对面地切磋。我现在终于知道:一
切丹丸对革命党人都是无效的。

　　半夜,身体的潮汐开始缓缓升起,下颌那儿又开始阵阵酸胀。

这种感觉已经久违了。我站在窗前遥望满天繁星，双目微眯。可是热辣辣的火焰自下而上地烧灼，让人难以自持。我听着夜露从桐树上垂落，发出啪嗒声，终于不再耽搁，急急地离开了屋子。

我在朱兰门前站了一会儿。屋外传来了最后一批秋虫的鸣叫。我闭上了眼睛，先是轻轻的，然后是急促地敲起门来。

三

徐竟一直到落叶成泥的日子都没有出现，也无任何音讯。冬天来了，半岛出现了罕见的大雪，接着是逼人的严寒。城区因饥寒倒毙的人越来越多，官府几乎没有伸出援手。教会组织一些人施救，那个西医院也派人收容垂危者。我与管家从速召集季府的人，分别从药局、酿酒公司和其他地方调集人手，除了分发食物，还让药局直接熬制大量汤剂救治。这个寒冬对于季府而言不啻一场战事，因为所能调度的人力物力几乎全部出动，几个管事的人已经熬得两眼血红。这种危局一直延续到两月之后，随着风向改变天气转缓才告解除。

记忆中这是个前所未见的恐怖之冬，事后才知道天象预兆了世道，它们原来真的相连一体。春天时有寒流，当海上连绵十里的冰凌一点点化掉时，北部海湾就出现了一艘大吨位战舰，它先是泊在城外远海，白天是不太清晰的影子，夜间则变成令人瞩目的一簇灯火。接着传来消息，说那艘战舰是从上海开过来的，到底属于官府或革命党还不甚明了。但是海防营的戒备已明显加强，城区常有马队深夜驰过。这说明防务吃紧，那艘船的出现绝非偶然。

这天早上我伏在窗前，一眼看到了刚刚开放的桐花。浓浓的香味扑过来，我把窗户全部打开。正想回头招呼朱兰上来看花，突然正北方传来了轰轰两声。我还没有回过神来，一阵连续的炸响就开始了。楼下是刚刚跑出来的人，他们都惊呆了。从声音上判断，那是海防营的方向。枪炮声密集起来，持续了五六分钟才变得稀疏。管家和朱兰一块儿上楼，管家声音有些激动，连连说："开炮了，开炮了。"

　　原来是那艘战舰向海防营开火了。守备军的船要小得多，不敢出海迎战，只动用岸上火炮回击，射程不够。到此时真相才明朗：那艘大船属于南方革命党，它泊在近海就为了寻找一个动手的时机。不过如果它要一举摧毁这个要塞，还是不能令人信服。我问肖耘雨："难道起义开始了？"他摇摇头，说："大概不是。"我甚至在想那艘战舰上是否就有兄长徐竟，胸口有点火烫烫的。我在心里祷告他能一切顺利，但似乎并不希望那场规模空前的起义就这样草草开始。

　　以那个炮击的早晨为开端，城区内的各种传言与零星响起的枪声就搅在了一起，前后持续了一个星期。这期间偶有密集的枪炮声，最后还是渐渐淡弱下来。海上的战舰已经离开，就像它的出现一样突兀。正在我脑海里一片迷茫的时候，许久不见的王保鹤又出现了。他拉我回到内室，关门闭户，满脸喜悦："告诉你一个好消息，登州光复了！"我紧紧抓住他的手臂："啊，这是真的？什么时候？"登州是市区西边五十里外的重镇，是旧时设立都督府的地方，如今还驻有海防营的一支水师，是海防要塞。

王保鹤从头说来,情况终于眉目清晰起来。原来那艘战舰的出现意不在此,而只为了吸引敌人的兵力。青州旗城东部驻防的精锐也部署到城区以北沿海,初判为一场主攻大战即将开始。战舰开火的那个早晨也确有一支队伍在衙门附近扔过炸弹,但很快撤离了。城区四周交火不多,大致是巡防兵士控制了街区,有惊无险。与此同时,革命党的队伍却在往西悄悄集结,经过三天三夜的周备布置之后一举进攻,只用半天时间即突破防区,将守军压至方圆五十步的水师内城。内城青石叠垒,背倚悬崖,易守难攻,双方很是僵持了一段时间。后来守军对攻城的革命党人提出谈判,这边遂入内城三个代表。他们对守军头目晓以大义,指出目前大势:东部海防营自顾不暇,且有起义新军奔赴登州。守军头目面面相觑,主意无定。正这时,其中的一个协领在混乱中发出暗号,随即有十几个兵士冲进来。三个人临危不惧,也早有准备,其中一人迅速举起随身携带的炸弹,发誓同归于尽。守军头目惶恐绝望,最终放弃了内城。

登州光复后,南方革命党统领马上发来贺电,并通电南北以壮声威。登州很快于第三日宣布成立了新的都督府,并由一个同盟会员、本次攻城的副指挥就任都督。整个事件实在鼓舞人心,我在兴奋之余稍有遗憾,问:"徐竟在哪里? 他该是整个行动的指挥者吧?"王保鹤点头:"是重要指挥者和策划者。""那他该是都督啊。"王保鹤看着远处:"他有更多大事要做。眼下最紧要的就是保卫登州,此时正和南方联系,怎样让援军赶过来。"我由此明白徐竟为什么没有回到季府:他正在进行一场生死之搏。我心中十分忧虑的一件事就是海防营和城内守军的报复,他们实在太强大了。另外还有西南方向的青州旗城,登州在二者夹击之中,看上去很像一座孤岛。

王保鹤想的是同一个问题。他说:"只要登州能够挺住,大势就会往好里演化了。这对于南方、对于全国之局面该是何等鼓励!登州之役,功莫大焉!"

我突然想起了一个更为紧要的事,就问:"先生,您说徐竟回北方要有更大的事情发生,我想那就是发动一场起义,那么,这起义已经开始了?"

"开始了,并且胜利了,当然还不是最后。最后是整个半岛的光复!"

四

与好消息相伴的还有极坏的消息,这就是在光复登州的前后几天,牺牲了一千多人,这当中包括了海防营和起义队伍,大半都是年轻人,有的才十六七岁。西医院由巡城兵士把守,那里抬进抬出的死伤者多得吓人。就连季府药局也拉来大批伤员,他们大抵伤得不重,糊上止血药缠上绷带就拉走。令人心急如焚的是登州方面,那里既没有像样的医院,又不能及时把危重伤员送到城区,结果两天就死掉了二百多人,都是失血或伤口溃脓而死。整个惨状不忍卒睹。

"战事太可怕了!这才刚刚开始啊……老爷,你千万小心啊。如果,如果徐竟老爷回来,咱们劝他哪里也不要去了,这里总要好些的。"朱兰紧揪我的胳膊。她说到了我的心里。我被血迹吓坏了。管家到西医院那儿去过,回来说这是自己一生看到的最惨烈的场面。他刚说了几句,我就转身走开了。

"有没有另一种'起义',是不流血的?"我像自语,又像请教。朱兰迟疑半天,最后说:"大概没有吧,反正咱这儿没有。"我心中的答案其实是现成的,当然没有。如果我痛恨流血,就要痛恨"起义",可那是徐竟甚至还是王保鹤他们的事业啊。我从来没有这样痛苦过。我现在多少明白了父亲晚年的困境,他不知道养生的意义何在,也不知道季府最终走向何方。他不明白该放弃什么和什么时候放弃。他不仅阻挡不了养子徐竟,而且也阻止不了自己。他眼巴巴地看着季府拴在革命的大车上,被拖着拉着一路向前。

春天随着登州的光复很快就要过去。桐子开始结出,雨水渐多。这十余天里远处不断响起枪炮声,我相信一定与登州的攻防有关。夜里,哪怕是不大的一阵枪声传来,也会让我掩衣起床。我和朱兰静默着,直到四周静下来。她轻轻地吻我,安慰我。徐竟一点消息都没有,王保鹤也没有。我差人去新学找过老师,回来的人禀报说他已经在三天前离开了,去向不明。黎明前的一段时间,我和朱兰紧紧拥在一起,开始是因为春寒的袭扰,后来才发现是被战事耽搁的爱意。我们久久不愿分开,以免想起倒霉的时世。经过二十多天的分神,这会儿我们都被彼此迷住了。我在透进的曙光中发现朱兰的皮肤像菊芋一样,而且果真透出了那样的气息。她在热烈的间隙中安详地望着我,享受着至为难得的静谧与太平。

下起了小雨。这个雨天让我想起了一生中最难忘的那次经历,就是我和朱兰的结合。小雨照例在傍晚时分增大了,也像那天一样。最想不到的是接着发生了一件令人惊喜的大事:徐竟回来了!这真是突然,让人毫无预料。管家打着伞护送一个湿淋淋的人,走近了才看出是自己的兄长。我那会儿泪水差点涌出,一下抱住了他,生怕他再一次跑开。管家转身和另一个人说话,原来同回的还有徐竟的贴身保镖:金水。

我和徐竟住在了一起。我知道他待不久的,所以不能让他独处。我有多少话要问,只担心让他太过劳累。如果不是我想错了,那么他肯定是在一个疲惫的间隙里回来休整。这次将养是多么宝贵。他整个人更清瘦了,那本来就有点像异邦人的深眼窝这会儿变得更深了,目光炯炯地望向我,亢奋之情溢于言表。他嘴角上透出嘲弄的稚拙的神气,看上去像个少年,而完全不像我的兄长。比起他来,此刻的我是多么沉着含蓄啊。我的兴奋更多是在内心。我最想说的是这样一句:这次回来再也不要走了,和我一起打理季府这一摊子吧。可是说出来的却是:我担心登州,更担心你。

我们的床相距只有几尺远,他侧身看着我,一只手放在胸部。这个惯常的动作让人想起那里有过创伤。我终于好奇地撩开他的衣服去看,他笑了:"放心吧,子弹离这儿远着呢。"他的胸部没有一个疤痕。这使我想到那是一颗过于炽烈的心,以至于不得不时时安抚它。它急切地要做许多大事,所以兄长才永远不能安宁吧。

"那些年轻人死得太惨了。这场'起义'才刚刚开始,如果整个半岛光复的那天,死的人会多上许多倍吧?"

徐竟脸上的微笑并没有退去,答道:"无法预料。死一些人是肯定的,一定的,这比打登州难多了。"

我屏住呼吸听着,一声不吭。空气凉得很,它们在静夜里沉沉地压迫着五脏六腑。我想说的是:天啊,既然要死那么多人,而且提前知道,那为什么还要光复?这值得吗?这太不划算了。我想没有比这个账目更容易计算的了,徐竟和他的朋友们为什么就算不出来?我忍住了没有说。后来我又想起了登州,最想知道的是他真的参与了这次光复行动的策划和指挥吗?他是最主要的一个吗?我在昏黄的灯光下看着他,终于这样问了。

徐竟脸上的笑容收敛了,点了点头。

我一下坐起来。我的胸口憋得难受。我突然提高的声音让自己也惊住了:"也就是说,要不是因为你,是不会死那么多人的!"

我盯着他。他闭上眼睛,咬了咬牙,怕冷一样两手抱胸,缓缓地坐起:"你可以这样想。这是必要付出的代价,我们不能做个胆小鬼。"

我深深地吸了一口凉气:"我想问,你们这些策划者、首领,有几个死在这次行动中?"

"暂时还没有。"

"也就是说,那一千多个年轻人里没有一个策划者,他们都不是胆小鬼,也不能做胆小鬼,而首领们却安全多了,你们……"

徐竟眼睛里射出了令人战栗的一束光,让我不由得往后缩了一下。他的牙齿好像咬出了声音,随即又微笑:"老弟,你想说我们这些策划者、指挥者都是胆小鬼。不过我要告诉你,你错了。"

我可能错了,我很快对自己说的话有些后悔。我刚才太冲动了。我说:"是的。不过、不过我还是不想死那么多人,这太可怕了,这是多大的罪孽啊……"

徐竟下了床,下身只穿一条短裤。这让我一眼看到了他细瘦惊人的两条腿,还有中间那个小小的凸起。我有些怜惜他了。我在这一瞬间突然想到:兄长三十多岁了,可是至今没有婚配,也许连女人都没有碰过。正这样想着,他的手紧紧捏住了我的肩头:"我可不希望咱们季府出一个'反革命主义者'!"

五.

我料定兄长随时都会离开。我甚至不敢问他启程的日子,一方面害怕听到分别,另一方面也有打探行踪的忌讳。在他面前我突然察觉了前所未有的拘谨,好像第一次意识到这个人不仅是兄长,而且还是能够搅动南北时局的特殊人物。有好几次我想证实他是否为新的北方支部主盟,只是没有开口。关于半岛的未来、战事、新军和旗城,那么多疑问和新奇等待倾听,可我一时都不知该不该询问了。

我觉得时下最需要做的就是让徐竟在极有限的几日里好好感受一下家的温情,并且能够多多享用美食。他在戎马倥偬中不知吃了多少苦头,整个人看上去除了精神还是精神,身上好像已经没有多少油脂。他的小腹平平的,裤子皱巴巴,随时都会脱落。我为他将那个大柳木澡盆放满热水,待他入浴时就走开了。我让朱兰为他准备了杏仁香皂和绣了猫头的大浴巾,然后就坐在外间等他出浴。谁知只一会儿他就喊我进去,原来他想在泡浴时和我谈话。

我搬一把杌子坐在澡盆旁,不太好意思看他那活像干瘪螳螂似的裸体。这还是除了儿时到现在第一次就近见他一丝不挂。他的皮肤即便浸在水中也让人感到是干燥的,好像上面有一层能够拒绝水珠附着的蜡质,哪个部位一离水就很快干了。他头发均匀而稀薄,身体的任何一处都没有浓旺的毛发,下体那儿就像伏了一只死蚕,黝黑紧缩,一动不动。

我想给他搓一下肥皂,肉体接触能让我感受和记忆异样的亲密。他并无拒绝。我细细地抹和搓,奇怪的是他没有痒感,也没有灰尘、皮屑之类。好像我手下的躯体早已经纤维化、木质化了,只让人感到韧和艮,体温也不明显。他随我搓动,在水中翻转自如,一边拉着家常。他对实业运营十分关切,似乎知道的细节并不少于我,这使我略有诧异。终于谈到了养生,他笑嘻嘻地问:"那些丹丸一直吃着?""是的。我们药局没有过去红火了,可还是城里最好的。这方面不敢稍有懈怠,作为第六代传人,我深感责任重大……"

他往上乜斜着看我,眼白变得很大:"那么你就没有把秘传独方翻翻新?要知道在这方面也来一点儿'革命',这样才行。"

"我……怎么说呢?随时加减的,不过这只能算是'改良'吧?我如果对它发起'革命',大概也就全完了。"

"唔?还有这样的事?说说看,它怎么就全完了呢?"他呼一下从水中坐起,溅了我身上许多水。

我也说不明白。我只是觉得需要恪守的不仅是家族秘传,还有全部的根柢与义理,比如从曾祖父到祖父这段时间是变动最剧的,丹丸中的金石退出也就是这时发生的,但基本的药味组合还在,所以也只能称之为"改良"。从根柢上摧毁这个秘传独方,也就等于自我毁败和完结,整个半岛都会唾弃我们的。我这样想着,正琢磨怎么说,他又一下钻入了水中,出来时伸手撸去了脸上的水花,大呼一口气说:"就是要大胆破局、改变、尝试,哪怕九死一生!这就是打碎重来,成一个新的'独药师'!这就是我们第六代、第七代传人!"

他呼叫着,一手攥拳。一瞬间我觉得他不是在谈论秘传独方,而是在谈论其他毫不相干的事情,比如"革命"。我发现他呼喊这些话的同时,两腿间的那个僵蚕突然变大了,甚至令人难以置信地昂扬起来。我把脸转开。

接下去的一段时间他平静下来,好像刚刚的激动是迫不得已,这让他很快就感到了疲惫。从水中出来,他在我的帮助下草率地擦了一下身体,穿上衣服坐到外间。这会儿那个叫金水的年轻保镖过来,两人耳语了几句。小伙子身材高挑,极英俊,手脚利落。保镖离开后我即赞扬起来,说:"好俊俏的小生也!"徐竟点头:"主要是身手好。他其实也是半岛人,父亲是螳螂拳师,与俄国大力士打过擂台的。我让他跟着大统领,大统领说还是一块儿回北方吧。"

晚餐我让人准备了上好的粥食,并趁机传授了膳食要领。他听得津津有味。入夜后我把他领到了窗前,让他看满天繁星、一轮新月。他瞪大了眼睛,大口呼吸说:"啊,好久没有这样的夜晚了,这是北方才有的啊!"我等他再平静一些,就讲了一遍星空和万物摄取的道理,告诉他看东西时不可太用力了,当目光与外物交接时,须是收敛和含蓄的、平缓自然的。他听后点点头,又摇摇头:"这真是清贵闲人的事业,看来我只有留待以后了。""那还要等上多久啊?""谁知道呢? 反正是革命成功的那一天吧!"我失望了。为了说服他,我指出一个事实,这也是父亲告诉我的:"你们统领在南洋时就吃过父亲的丹丸! 养生是随时都要做的呀!"他嗯嗯两声:"是的。不过吞服丹丸是简便易行的,我以前试过,以后还要试,你就为我多备一些吧。"我很高兴。

这一夜我们睡前谈得愉快而放松。正因为如此,他竟然不小心吐露了一个秘密,吓我一跳。他说早在东瀛读书时,他就对长生术开始入迷了,一方面因为自己就来自这样一个世家;另一方面也因为自己来到了几千年前大方士徐福的访药之地:那个欺骗了秦王,带了三千名童男童女来寻长生不老药的家伙,后来就在此地安身立命了。也算是触景生情吧,他曾经突发奇想,要写一本关于长生的书,甚至连名字都取好了,就叫"长生指要"。再后来结识了大统领,想不到对方早年即行过医,一听养生术即大感兴趣,一再鼓励他好好探究,尽快写出这部著作。我激动了,坐起来说:"那真是好! 那该多好啊! 让我们一起做这件大事吧!"

他笑笑,转脸看着上方:"那不过是一股热情而已,后来事情太多了,哪里还会想这些? 其实父亲已经有意无意做出了最好的安排。"

"什么安排?"

"瞧瞧,他让你来守住家业,做第六代传人;我呢,就做现在的事情。"

我一声不吭。我在想他的话有无道理,越来越觉得周密。但我分明知道这一切并非父亲的心愿,当年只是让他出洋求学。我叹息一声。我想到了"天意"二字。

徐竟长时间没有说话。这样沉默了一会儿,突然问起了康永德:"康大人与我们来往不多了吧?"

我说:"是的。"我想起上次与王保鹤还谈起了那个人的儿子,就把康非如今已是协领,掌管一支新军的事告诉了他。他嗯了一声,兴趣仍旧在康永德身上:"这个季府的老朋友还在研磨长生术,不过他热衷的是另一派了。"

"他算不得老朋友,父亲后来不过是应付,不敢开罪而已。他们父子其实是我们的敌人。"

"是敌人,也是老朋友。"

六

我相信比自己更能了解徐竟身体的人不会有了。虽然我们俩不过在一起待了两天两夜,而且几乎没有问起他这方面的具体情形,比如对健康的感受之类。事实上,他可能已经没有多余的精力去关心自己的身体了,不会细细地揣摩它。五脏六腑各器官性格迥异,它们活泼着呢,一个稍稍不那么迟钝的人在安静的一刻,最好是午夜,即可以很容易地看清各自的面貌。它们有时候是沉默的,有时候恰恰相反,这一刻会期待神思的垂顾,企盼注视的目光。躯体的上下左右犹如几个大的区域,都拥有自己的节令与风习,甚至有自己的故事和声音、欢乐和哀愁。在黎明时分,我时常听到胆囊像小鸟一样欢唱起来,膀胱打着哈欠。有些器官在值夜,它们会在一天开始的时候睡一会儿。

徐竟干瘦的身体没有赘肉,也没有其他多余之物。它绝少贮备,是一个"无产者"。为了一路轻装,体内甚至只携带少量的水。所以只要离得稍近,就会感受到这架机器在隆隆转动中不断生成的灼热,闻到透着些许辛苦的焦味。他的鼻孔因为总是流动干热的气息而坚硬苍白,仿佛早就木质化了。我知道润化对他是多么重要,却不能让其一次性地饱饮,那样他整个人就会步履维艰。我从他稀细而均匀的发质上,看出长期简化潦草的生活带来的全部利弊:韧顽却也单薄。这样的人会在极其艰难的苦境下挺住,但更容易在出乎预料的时刻里突兀崩坏。我小心地为他做着丹丸加减,这中间毁掉了两次成品,第三次才开始放手制作。我用蜡盒密封,尽可能做到易取易存。我看着他吞下第一粒。

"我觉得咱家的丸子越来越难吃了,有一股铁锈味儿。"他活动着喉结。

"无论怎么忙碌,丹丸是不可忘记的。"

徐竟把一堆药物放在一个帆布囊中,又交给金水保存。我再次叮嘱,他微笑点头,长时间看着我。我有点不好意思了。一会儿,他说:"你真的以为,从心里以为这玩意儿有用?"

我的目光犀利起来,盯住他。

"或者说,这玩意儿真的会发生很大作用?"

我心里有些痛惜,不知自己的话是否多余:"兄长,这是不需怀

108

疑的。只要坚持下来,生命就会受益的。"

"你真的以为人能够长生不老?"

"是的。父亲说过,'人的死是最荒谬的事情'。"

他望向窗外:"那么,死这种事情因为总是发生,每时每刻都在发生,所以也就变成最正常不过的了,"他说到这里扭头看着我,"季府一代代都试图扭转这个,反而被一些人看成不可能、不正常的了。"

"岂止是季府?所有大养生家,包括几千年来的那些方士,都被看成不正常的人,有时还被看成骗子。"

徐竟笑了,不过很快收起笑容,搓起了双手。

我接上说:"长生是自然而然的事情,因为上天造出了这么完美的生命,不会让他就这么死掉,这个玩笑开得太大了。不过要长生就不能犯错,尤其不能犯大错,只要犯了,那就必死无疑。"

徐竟这一会儿显然被打动了,头往我这边探着:"那你说说看,哪些事情算是犯错呢?"

我有些为难了。说实话,这恰恰是一个养生家倾尽一生才能回答的问题,可以说是整个学问的核心之所在。有一些错误是立马可断的,而有一些则是十分困难的:也许在努力防止犯错的同时,就已经犯下了大错。我稍稍思索了一下,说:

"我也说不好。但我知道,'仁善'是长生的基础,是养生术的根柢。"

"'仁善',"他踱着步,念叨着这两个字,"这也麻烦啊。有一些行为好像是,其实不然;有一些是大恶,到头来却是大善。"

我知道他在为某些事情辩护。我不想反驳,但还是忍不住:"无论如何都不能杀伐,那就是养生的反面了。"

"是吗?"他嘲弄地盯住我,"那么忍受才算养生了?那些土匪和清兵杀了多少无辜的人!对付他们也只有刀枪!血是流了,可是害怕流血就会流得更多、流个没完!你来回答,后一种杀伐是不是'仁善'?"

我回答不上来。但我明白事情还要复杂得多,这是一言难尽的。人哪,有时的确是需要极大的、非同一般的忍受力。我说不好。

徐竟激越起来就声高气壮,难以止息。他在我面前走动,手掌翻飞:"所以说究其根本,我们革命党人所做的一切也是为了养生,许多时候它们是一回事。挽救人生,季府有一味独药,就是这传了几代的丹丸。在我们这儿,挽救世道也只有一味药,那就是'革命'!"

我不再说话了。我明白这是压根儿不同的两味药,就像我们季府与那个西医院一样,大概是不可调和的。我叹了一口气。我只希望兄长能好好将养,服用丹丸,平平安安。我忍不住又看了看他细弱的双腿,特别是窄到令人吃惊的臀部:这样的人是绝对不适合奔驰沙场的,甚至连结婚都有些困难。我不认为有哪个女子能够坦然自如地和他在一起。

"有些养生家就是邪术家,还有脸奢谈'仁善'二字!他们是为另一些人准备的,比如那个康大人。我得到的情报是此人如今迷上了'男女双修'……"徐竟愤慨至极。

110

我啊了一声，站起来，脖子突然一阵胀疼。

"怎么，你知道这事？"他盯住我。

我期期艾艾。我真的不知道康永德的事。

七

除非是兄长主动提到近期战事，我是不会过多询问的，就像他从不问丹丸秘方一样。我发现他闲下来时常望向窗外，神情肃穆。这让我想起了"遥思"，这一刻远驰的思绪算不算呢？兄长的心事显然全在尚未结束的战事上，这一趟归来或许是难得的喘息间隙。后来他的一席话证实了我的猜测：

"登州最危急的日子过去了，这全倚仗南方革命军，他们把青州旗城的新军堵在了半路。两军在登州以西的龙口城打了一仗，新军撤了。这样一来，东边的海防营也不敢妄动。"

他的眼睛灼灼有光，右手攥拳击了一下左掌心："只要我们这个都督府挺住，对南方和关外的鼓舞，还有兵力牵制，那作用就大了。那个康大人这会儿是最不好受的，他一天拔不掉半岛上的这根钉子，就一天不能安生。"

他的话让我想到了那个新任的登州都督，就冒失地说了一句："你才应该做都督。"他听了一怔，马上答："我们革命党人要做大事，而不要做大官。你不晓得，那个人智勇双全，早年毕业于东京士官学校。那场危险的谈判就是他领人去的，千钧一发之时举起了炸弹，可以说一举乾坤定！"

我听着，不由得心生敬佩。那是将性命置之度外的特殊人物，这一类人与处心积虑保存一己生命者,真是天壤之别。不过我又想起了父亲的话,他临死前的最大愧疚就是偏离了原初的道路。他为自己保存不当、以区区七十余岁离世的生命而遗憾,甚至有点职业上的耻辱感。我一时无语。

徐竟说到康永德,又接上了前一天中断的话题。他的鼻翼和嘴角挂满了鄙夷,还有极度的费解,以探究的口吻说:"这家伙一心想长命百岁,当年就是为这个才与父亲交往的,他听说季府祖上出过几个仙人。后来父亲过世有点早,他就不再迷信我们了。不久以后他就和另一帮民间术士搅在了一起,在家里养了一大群使女。这样的恶棍不光难以长寿,还会不得善终。你对那些邪术怎么看呢?"

我一个字都没有漏掉,心跳加快了。同时一个强大的声音在心底响起:邪术仍然有悖于义理,可以说恰好相反。尽力放纵与剪除欲念怎么会一样?仅从形式上看,二者倒也容易混淆,但实质是截然不同的。我说:"不过……它们……"

"唔?"徐竟咬咬嘴唇,"你怎么看?"

"哦,方士们传下来的方法流脉很多,一时说不清的。"我慌慌地结束了这个话题。这方面深奥晦涩至极,绝不是现在可以讨论的。为了转移他的注意力,我问到了静坐。他说:"是的,实在疲乏时我就这样,闭眼想着体内的气自上而下,几个来回,最后收束在一处。"

我有些欣慰,但还是告诉他:"开始这样是好的,日久之后意念就要淡下来,再淡下来,只要你能安静,气息就会自然而然地、完美地在体内周流。"

他拍着我的肩膀:"难说不是偷懒的方法吧?"

"不是。看起来废除了意念的牵引,实际上却变得更难了,因为一个人真的让自己静下来,一生都做个安静的人,那实在是太难了!那样的人,我想也就是父亲所说的'不犯错'的人了……"

徐竟皱着眉头想了一会儿,最后摇摇头:"这我们可做不到。你明白的。"

我当然明白。是的,只要他不留在季府,说什么都是多余的。我所能做的只是在心中祷告,愿所有的灾殃都离兄长远一些,再远一些。

我害怕兄长再次离开,因为他每一次离去都遥无归期。在那样的日子里我倍感孤单。有多少事情要和他商量,但那得需要时间。他留在府中的时间不多了。也就是滞留府中这短短几天里,他有许多时候和肖耘雨及保镖在一起,还要出门。我担心的事情终要发生,这天下午徐竟匆匆回到房间整理东西,说马上要出去一下。

"什么时候回来?"我希望这次不会太久。

他的手按在我的肩上:"说不好。老弟,好好养着,照顾好这里。我只要一有机会就回来。"

我抱住了他。他用一只手臂挽住我,好像极不习惯这种拥抱,最后轻轻推开了我。他走了。

八

天气渐热,草木飞快长高了,府中更加沉寂、空旷。我的心一直悬着,而它必须稳稳地落到原处。我知道这是那个黄昏的火烧云造成的:送别徐竟时,一转身看到了满天血红的云絮,淋漓着。记忆中这样的天色没有一次会带来吉祥。这时管家过来了,我指了指天空,他没说什么。"外面有任何消息,你都尽快告诉我。"我扔下一句,快步回到自己的房间。

朱兰曾经问我:登州光复后,是不是就意味着这场起义已经胜利结束? 我肯定地告诉她:"不是。这只是大起义前面的一仗,最后还会有更多交火,我们这座城市也要光复。"朱兰听了不仅没有高兴起来,反而更加忧愁了。她叹息着拥紧我,久久不愿松开。"老爷,无论外面的枪炮打得多紧,你都不要离开,这儿有我。"我不由自主地偎在她的怀中,这是世间最温暖最安全的地方。

等待开始了。这样的日子格外漫长。没有枪声传来,到处一片沉默,好像整座城市都在等待。午夜有雁鸣,这样的季节不该传来它的声音啊。一切都因为太静了。朱兰在整一种草药,原来一直背着我喝一种叫"徒然草"的煎剂,那是远离身孕的古方。我不想阻止她,因为一个"居士"的主意既定,谁都拿她没有办法。她爱我,认为自己有十足的把握挡住通往小白花胡同的路。那条路真的荒芜了,尽管这期间有许多次在脑海中闪过。我会于静默间出神,然后吐出一声古怪的叫法:"老虎头!"这世上除了我没有一个人会得知这三个字的秘密,它代表了某种不可救药的欣悦和颓唐、热烈与绝望交织的情愫。

它是我在暗中给"酒窝"取的一个外号。那是我于难分难解之时收获的灵感。我被她宽广馥郁的大嘴吻住时,沉迷忘我地抚弄着那个开阔的脑门,总觉得上面写了个"王"字。这个虎头虎脑的大眼美人是个不折不扣的尤物,单纯、爽朗,有一种凌驾于一切动物之上的优越感。她在情急时动作繁乱的比比画画永远印在了我的心上。我不知道那个大动物的称谓该怎样变为手语,只是一边比画一边气喘吁吁地叫着,最终也没让她明白。好在她多少知道那是来自一个男性无上的赞美,对我表达了加倍的爱意。

每当呼叫这三个字时,我都觉得是对朱兰的某种背弃。我尽力压抑自己忘掉那个人和那条胡同,可是另一个地方又会浮现在眼前,这就是缓缓升起的明月下,那片青生生的红薯田。"原来一切都会留下刻痕,我真是太不幸了!"我在心中呼喊,一手按住了胸口。

因为这等待实在太煎熬了,也因为没有任何事情可做,就和朱兰一整天关在屋里。这儿闷热得就像大雨之前,我们只穿很少的衣服。朱兰开始不习惯这样,到后来喝茶和读书也不穿衣服了。我对她讲了兄长干瘦的裸体、我的怜惜。她马上阻止说:"我不想知道别人的身体。"她可能担心再次见到徐竟不好意思,将这种私下谈论视为不洁。我觉得在不知何时就会袭来的隆隆炮声中,最不能离开的就是她的庇护。我只想躲到她的身体深处,更深处。

有一次我用手语告诉她:"我必要娶你。"当时她正瞪着深情的眼睛,明白此意,立刻推我一下坐起。"我们说好了,老爷,我求您再也不要这样说。"她生气了。"难道这有什么过错吗?""我说过了,怎样都行,只有这个不行。""到底为什么?""我是下人,我是'居士'。"我却认为没有一条可以成为理由。"下人"从来不是天

115

生的,"居士"也不妨成家。朱兰却固执地说:"我发过愿,我要看护您一辈子。"在她的心目中,那些通过以身相许挣脱了"下人"地位的女人是最下贱的。"可是我从来没有想过,也从来没有这样看你啊!"我拥住她摇动,眼泪都快出来了。她点点头:"这一点都不关您的事。是我打定主意这样,我一辈子最后悔的就是把自己给了您。我不能再往前走了。"

这场谈话会让我终生记住。不过娶她的心念却难以断绝。女子对我来说是无尽的谜团,各种各样的女子,经历的和即将经历的,无一不是天下最费解之物。我会时不时想起某个可怕的日子,那是被一个非男非女的人剥夺童贞的时刻。鹦鹉嘴代表了世间全部未知的恐怖和幽暗,还有生命里注定要经历的忧伤和背叛。我首先背叛了自己,而不是任何一个人。我曾经许诺过什么,面对自己的良知。我的贞洁不仅仅指身体,还有意志。我太软弱了。

亲爱的朱兰,趁着炮声还没有响起,我们抓紧时间吧。我有时会躲在角落里呜呜泣哭一会儿,然后擦干红肿的眼睛去找朱兰。我只有把无尽的愧疚和伤痛排空,才能和她在一起。那时我是真正幸福的,无牵无挂,就像重新回到了孩提时代。我们彼此拥有,毫无邪念,更无拘谨。这一天来得太晚了,这一天如果早几年来到,我大概也就不会犯下那些致命的错误了。

在间隙中我会想到徐竟。我不知此刻他奔波在哪一条路上。一连多少天过去,什么消息都没有。我忍不住了,不得不一遍遍去问管家肖耘雨,他是府中最灵通的人,而且好像接通了过去与未来。他说自己也有些焦急。又过去两天,他告诉我:"南方有两艘舰艇正往海防营这儿开,半路上哗变了!"这大约算是好消息。果然,第二天报纸上就刊出了这条新闻。

据说那两艘舰艇一直停在半路,进入渤海之后就再也没有继续往前。

"登州怎样了?"我问管家。

"登州还是登州。"

综合这一切,我觉得半岛大事正往好的方向发展,兄长也是平安无恙的。我再次和朱兰吃起了土豆炖肉,还喝了米酒。这是小白花胡同最多的饮食,是无言的纪念,引起的是超乎寻常的激情。我们一直到半夜还不能分开,而且毫无倦意。大约是凌晨一点的时候,我们正紧紧相拥着,突然外面传来了一声闷闷的、巨大的响声。

"是打炮!"朱兰跳起来。

九

这一次的炮声比记忆中的任何一次都猛烈而持久,好像是攻城的大声宣告。从这种笨重的火器发明以来,几乎每一次像样的战事都要以轰鸣的炮声开始,就像最著名的半岛大筵一样,第一道菜肴永远是"葱烧海参"。我知道这是某些人赶赴的邀约,他们急不可待地要以身相许。谁都无法阻止的飞蛾密集而来,然后纷纷投入焚烧,发出肢体迸裂的噼啪声。我分不清那些在烟气中的影影绰绰,只想寻找一两个熟悉的面孔,他们会在梦中出现。

马队又奔驰在街头,蹄音震动夜空。密集的炮声变为零散的单击,一会儿又是群发的枪声。城市正北、东部甚至东南部都有枪炮声,这是从未有过的。要知道战事如何,应该去那座西医院看一看。府里人从外面回来,只说战事激烈,却讲不清交火的双方隶属哪一部分。不久,有人说西医院又一次堆满了伤员,他们大都是海岸守军。不久,季府药局也抬来了受伤的兵士和民众,一切都和上次一样。我到处寻找管家,在这个混乱惊惧的时刻却见不到他的影子。

两天以后城区周围的交火减弱了,西部却一直没有停息。那是登州的方向。城区又戒严了,大街上空空荡荡。巡街的兵丁一律身挎马刀,大概火铳全去了前线。第三天,肖耘雨不知从哪里钻出来,身边是缺了一根手指的儿子肖琦。他们带来了凶险可怕的讯息,而且与期待和预计的一切迥然有异。南方革命军原准备与驻扎龙口城周边的人马会合,一举拿下这个重镇。届时海防营及守城官兵必将西奔,一直泊在海上的军舰即可相机突破。副总兵将在内部接应,城东潜伏了一队义军。城防一破即兵分两路:一部夺取府衙,一部占领水师。困于水城的登州将士正可一显声威,届时东西联手一并夺取要塞,光复半岛中东部。计划可谓周密,本来胜算在握,谁知那个副总兵不慎走漏消息,水师内乱,总攻不得不提前开始。双方交战甚炽,青州旗城倾巢出动时,革命军尚有一半人马跋涉中途。

“从南方赶过来路太远了,他们走了半月,打打停停。这边急得心都跳到外边去了……”管家流下了泪水。

这个人的泣哭让我害怕,不敢再问下去。症结显然在那个副总兵身上,可以说一着不慎,满盘皆输。管家的儿子肖琦说:"就是按期起事也不成,因为南方兵太糙了。""糙"就是无能的意思,我难以苟同。

"副总兵拔刀自刎了。"管家说。

战事的惨烈远超想象。不久,消息坐实:革命军战死大半,残余已经西撤。增援之旅被阻于中途,这边未得一弹之益。自上次登州光复后,半岛守军备战增员,添置洋炮及各色火器不计其数。然而义军纠集数支队伍,成分十分复杂,只可乘胜追击,却难以负隅顽抗。海上战舰倚仗船坚炮利,威风凛凛,无奈不得上岸,最后只好随大势而去。总之此役损失惨重,不仅这座城市没能易手,就连登州也失去了。我问那个新任都督:"时下怎样?"管家摇头:"打听不到下落。"

我最不敢提到兄长的名字,管家说:"你尽可放心,徐大少爷平安。""你能肯定?""我能。"

我和朱兰整日不作一声,默默相对,无心茶饮,每天只用粥食。窗户紧紧闭锁,担心风中飘来血腥。朱兰几次踱到窗前,目光里闪烁着悲绝。我们甚至来不及牵挂徐竟,因为接下来的消息更加令人心悸:两千多人战死,其中多为义军;登州破后遭到屠城,革命军任命的那个都督逃至南部山区,却在隐匿间被自己人出卖,押解途中吞金而亡,吊在城门外示众三天。如此惨败已是定局,不知徐竟诸位该受何等责罚。我觉得每一个手指骨节都在发疼,喉咙突然哑了,一个字都说不出。

朱兰说:"天哪,今后该怎么办?"

119

我用手语告诉她:"不知道。"

"这到底是怎么回事?"

"大起义失败了。"

第六章

一

在一年多的时间里没有徐竟的任何消息。整座城市都难以从惊惧中解脱，变得悄无声息。大街上没有了高声叫卖，连狗吠鸡鸣也绝迹了。后来才听说来了一位提督巡查，责令捕杀全部鸡狗鹅鸭以加强防备。据说无声的城郭更不利于乱党，因为那些不安分的家伙最显著之特征即喧哗。这位提督的妙招起码在一年多的时间里是奏效的，这段日子里城区静谧，百业萧条却无战事。

我患了"暴喑"病，不得发声，一直延宕了半个多月，这是从未有过的。朱兰认为这是深忧和淤愤汇积而成，是欲喊无声欲哭无泪的缘故。她说得对，季府里每个资深仆人都算半个良医。她为我去药局配制了煎剂，那几味药甚至不需我过目，因为宰鸡何需牛刀。我在这段特殊的日子里专心丹丸加减，用尽全力让神思回归原处，以抵御非人的折磨、无所不在的忧伤。连日来的手语已经让我习惯了这种交谈方式，后来即便嗓子康复也还是时不时地比画一下，以至于成为改不掉的一个毛病。我的哑语直到时下也只对两个人有用，那就是朱兰和白菊。后者已经杳无音讯了。

这一年来我不愿说话,不愿做任何事情。无论怎么收拾心情,也还是荒芜颓唐。我用没完没了的爱抚来驱除孤独,在漫漫长夜里一刻也不能离开朱兰。她被我的缠绵吓坏了,有一次掩衣举灯,仔细查看我阵阵潮热、时不时涌出冷汗的身体。她按按我凸出的肋骨,敲敲右侧肝区,大拇指在椎骨上一寸寸挪动,又把耳朵贴在小腹上听了一会儿,最后撑开我的眼睑。最后的结论是:"必须停止了。"我用手语发问:"怎么停止?"她答:"你连话都不想说了,这说明已经没有力气了。"我做个手势:"就算是吧。"

她单方面做出了那个决定,时常把自己锁在屋里,只在我不注意的时候才悄悄打开。她显示了最大的决心和忧虑,提议说:"老爷,您也做个'居士'吧。"我勉强同意,不过我说:"一辆飞跑的车子是不会立马停止的。"她急得哭了,在门的另一面祷告起来。我一声不响地待在门边,屏住了呼吸。"老爷您在吗?"我没有回应。这样过去了半个钟点,她以为我离开了,就缓缓地将门打开了一道缝。我乘机猛地推门而入。"老爷,老爷,这可怎么办啊……"她呼叫着。

入夜后我独自待在楼上。半夜时分毫无倦意,大睁双眼仰躺着,突然听到了隆隆声。我啊一声坐起,心怦怦跳。这样呆坐了一会儿跑到了楼下,砰砰敲门:"朱兰,快开门吧,外面又打炮了。"她隔门安抚道:"这不是打炮,是打雷。老爷,您回屋去吧。"我愣怔怔站在黑影里,终于听出是雷声。

我回到自己的屋里。雷声更猛烈了,闪电照亮窗户。雨点落下来,渐渐下大了。这雨声像我自己发出的号哭。我哭不知下落

122

的兄长，哭这个孤单的夜晚。我真的泪花满面，像个无依无靠的孤儿坐在黑屋一隅。不知坐了多久，雷雨毫无停歇。这样的时刻绝望而又恐惧，更有莫名的急切。我急于找一个人，这个人无论是谁都可以，我们需要在一块儿度过这个夜晚。我又一次下楼，一下下敲击朱兰的门。似乎有轻轻的脚步声，但门没有开。

我又来到了门廊，看着外面的闪电和从屋檐上浇下的水柱。这让我想起许久前的那一幕，也是这样的一个雨夜，它意味着一件事情的结束，还有另一件事情的开始。这对我是何等重大的变故啊。我在闪电的弧光中双拳紧握，浑身战栗，仿佛已经站在了雨水中。我在犹豫。

这个时刻如果有人走过来，将手搭上肩头，我就不会再往前迈出那一步了。然而这里空寂无人，谁也没有来。我推开了大门。雷雨声骤然加大，我像躲避大雨一样冲出了几丈远，在一棵大桐树下站住。这会儿站在了记忆的分界线上，却不知该去哪一边。头顶的雨水将桐叶和细小的枝茎冲到脸上，我狠狠揩去。从这个角度能望到朱兰的窗户，它是黑的。

我离开桐树，继续往前，投入了更深的雨幕中。

二

大街上黑极了。只有闪电划亮时才能看到地上的狼藉。在雨水的冲刷之下，来不及流逝的昨日气味突然变得浓烈，它们从脚下、从四周淹漫过来，如果不是错觉的话，我真的嗅到了血腥气。这让我想到，自那场可怕的战事到现在，一年多来还是第一次下这样充沛的雨水。"兄长啊，我站在大街上等你，找你，喊你，可你一声不应地踏着满地血迹走开了。这都是年轻人的血。"我在心中与徐竟对话，其实是独自默念。

除了雷雨声，再也没有任何声音。大街上见不到一个活物。我是唯一的游动者。往昔的流浪狗不在了，它们随着那个巡视提督的一声杀令而消逝。我在流浪，湿衣沾身，瑟瑟发抖，没有一个抵达的目标。如果不是一道闪电照亮了"小白花胡同"几个字，我会一直游荡下去。

每个字都像美丽的莲花。我的心头温暖愉悦，嘴巴快乐地张开了。几乎再无耽搁地进入这条狭长的通道，脚下的青石板滚烫烫的。我在那扇小门前突然踌躇起来，好像不敢面对眼前这个难以失去的奇迹：它在历经了一场腥风血雨之后仍然存在，依然故我。它原来比许多东西都要顽固和永恒。我的泪水在眼眶中旋动，然后推拥、敲击，力气越来越大。也许是雷雨声太大了，这样许久都听不到回应。我坚持着，直到小院里响起慌慌的脚步和叽喳声。我大声说："是我啊！是我……"

"俺听着不像哩！""你到底是什么人？""俺不认识你……"

我狠狠捶了一下门板："除了白菊，你们的声音我都听到了！"

门猛地打开，我没有防备，一下跌在了院子里。她们一齐弯下腰，借着闪电辨认："天哪，真是贵公子！"我想爬起来，她们却一块儿动手把我扶起，小心得像对待一件瓷器，"可怜人哪，别动，瞧你像个落汤鸡。"这是秋月的声音。几个人手忙脚乱，把罩子灯芯拨亮，再把通铺收拾一下，轻轻把我挪上去。被这几双滚烫的手抓住的那一刻,我的力气全没了。她们为我脱下淋湿的衣服,擦净,又让我换上一件可笑的女式长袍。"真想不到啊!俺以为你不在了……啊你还在,好生生的,不过瘦了也老了……"她们从惊异中平静下来,拍打,询问,我一言不发。"贵公子大概吓坏了。"她们互相看着。"你到底怎么了啊?"这会儿白菊把几个人推开了一点,对我发出一句手语。我用手语回应:

"我实在饿坏了……"

她们忙起了凌晨一餐。我躺在那儿,恍惚中觉得回到了梦境。这儿全是她们闭门闭户睡了多半夜的那种气息,与户外的清凉迥然不同,温甜中透着一丝丝汗腻。我的鼻孔滤过这些,能够准确地分离出白菊的气味,那如同被大嘴巴吻住的青生气。炖菜的香味渐渐覆盖了一切,米酒味也飘在其中。我坐起时,竟然发现手脚都在发抖。

热乎乎的汤和米酒驱除了寒冷,也赶走了慌恐。又听到了欢笑,逗趣,打闹,还有冷不防送到腮边的一吻。她们想让我快些高兴起来,后来见总也不能如愿就有些丧气了。"俺一听见打炮就想你,贵公子可别擦掉一点皮啊!俺为你祷告了!不信你问'紧皮猪'!"秋月说。"就是就是,俺等了一年多,还以为人没了,我刚这么说,秋月姐就呵斥:'胡说,掌嘴!'你可来了……""紧皮猪"两眼像星星一样亮。听着她们的话,我的心头翻起阵阵热流。这个世界上会有几个这样牵念我的人?我一时无语。

我们在黎明前结束了这一餐。回到床上,秋月握了握我的手和脚,一边喊一边比画:"白菊,瞧他手脚冰凉,别自顾自了,快些吧!"白菊在黑影里牵着我的手,一刻也不想松开。我们分别得太久了,这是必须的,然而也是无法忘却的。我不想说那个禁忌的字眼,不想说"爱",却要承认她是第一个令我渴望和痴迷的女子。如果这种难以隔绝和分别真的是犯下了大错,那么连一场血腥的战事都不能终止它,我又有什么办法?黑影里我对她比画:"我又有什么办法?"她亮亮的大眼射穿夜色,回应的手语是:"你是天底下最大的宝物。"这句笨拙的比喻出于心底,让我泪涌。我觉得她一年多来因为思念和爱的积蓄,那对乳房变得更大也更灼热了,阔大的嘴巴吻过来时不容分说。

　　我在她们中间,几乎忘记了外面正在继续的雷雨。一天一夜过去,哗哗轰轰的声音依旧,只是没有引起我的注意。我好好睡了一场,醒来时心情欢愉。她们的面孔在中午时分让我好好端详了一番,想看看久别之后的些许变化。几乎没有,仍然像以前那么鲜亮、顽皮和无忧无虑。看来牺牲和恐惧没有光顾小白花胡同,这里俨然世外桃源。我问她们一些具体的事情,比如登州的得而复失,比如海中的舰艇,她们笑嘻嘻的,说:"打炮是听见的呀。"

　　我久久沉默。我本来想将这场悲惨的战事从头讲给她们,后来还是忍住了。我不想让这几个欢快的女子悲伤。

三

　　由于小白花胡同从不按时作息,所以常常让人忘记是白天还是黑夜。这里有时厚帘低垂,有时光明大敞,全要看主人的心情。她们平日忙着刺绣,按定制图样绣出胖孩儿和大鱼、戏水的鸳鸯,还有死人装殓用的彩衣、丧葬棺罩,不一而足。这些活计做了一半堆在一个地方,货主三番五次催促才会接着做完。除了刺绣就是陪酒,商家官家打发一个童子来请,她们你推我让,最后少不了出去一个应付。这让我想起了最初结识白菊的情形,那时自然有人请她。

我待在这儿的日子里她们很少被人接走。有一天正吃晚饭,门被敲响了,进来一个头戴瓜皮帽的童仆,秋月迎过去小声说了几句,回头就把"小花狐"支派给他。我看到她被领走时面带怒色。门关上了,秋月对几个挤挤眼:"俺们卖艺不卖身。"我随口问一句:"什么艺啊?"秋月指指身边:"大家都有手艺。"

"小花狐"的离去让大家都不高兴。她们唉声叹气,想说什么又忍住了。我说:"别再出门陪客了,就在家里刺绣吧。"秋月皱眉:"都像你这样就好了,咱们一天到晚净喝米酒。"她凑近了拍拍我的脸,"俺姊妹几个挣钱养活你,大春娃娃!"这个昵称让人心头一热。天快亮了,"小花狐"还没有回,"红蛹"看看天色打个哈欠:"咱的苦日子又来了。"秋月不再吭气,咬了一会儿嘴唇说:"睡觉睡觉!"

醒来时已近正午,是被抽泣声惊醒的。"小花狐"回来了,几个人围着她忙,不断发出哎哟声。我走到通铺前才看清:她们正为她上药,她的背上腿上,还有胸部都有擦伤。白菊对我做着手势:"又是那个坏人! 又是!"我问秋月怎么了。她不答,只用棉花蘸一些白色药面去按伤处。"小花狐"不时发出一声尖叫。

秋月揩着手小声告诉:"那位老爷一开始'修炼'俺就得受苦了。日子一太平他就得闲了。"我听得发蒙:"什么'修炼'?""瞎缠

磨呗,想把年纪和我们几个倒换过来……"我似乎懂了。秋月恨恨
的:"谁和他一起,回来就得老上一岁,对着镜子细看就知道。"我不
知该怎么安慰她。"俺最恨这个人,早晚有一天用剪子把他捅死!"
我吸了一口凉气。

我问那个可恶的老爷是谁,她们都不答。单独问白菊时,她费
力地比比画画,也无法说个分明,只知道是府中一个大官。我想到
了康大人。

外面的雨停了一会儿又下起来。雷声没了,雨丝却好像变得
绵长无尽。秋月叮嘱几个人:"这样的雨天谁都不许开门,咱过节
了。"炉火烧得红旺,炖菜和粥食样样丰足。她们一遍遍劝酒,直到
把我灌醉。她们喜欢在这个时候捉弄人,逗醉话,藏起我随身带的
东西。我想起了那只金表,再次讨要,秋月就说:"上次打赌你输了
嘛,怎么还要?"我说:"不记得打赌呀!"她打一下我的手:"你最后
什么都没找着,不是输了是什么?"我无话可说,只认倒霉。

门被拍响了。几个人先是不动,后来"红蛹"跑出去隔着门缝
看了一会儿,回来告诉:"又是她,来找贵公子的。"我呼一下站起:
"谁?"秋月把我一按:"别吱声!"门还在敲,咚咚、咚咚,门外的人显
出了少有的固执。我挣开她的手,踮着脚走到院里。

我伏在门缝上看。啊,是朱兰,她头发尽湿,两眼都被雨水洗
红了,正耐心十足地一下下敲门。

我站在那儿。她们跟在身后,呼吸轻轻的。

我看着,再也忍不下去,拔了闩子,一下推开院门。雨水像瓢
泼一样浇下来。

朱兰直眼看着我,好像此刻只有我们两人:"老爷,咱们回家吧。"

四

那一天我觉得老天在哭。事后才知道,正是一年前的这个日子响起了起义的炮声。我随朱兰走出,怔怔地站在大街当中。我们任大雨冲洗,头顶一道道划亮的电火。街上空荡无人,连巡查的兵丁都躲了。我缓缓往前,朱兰跟着。不知走了多久,停住步子才发现眼前横亘了一道爬满藤蔓的砖墙,终于认出这是季府的北墙。我在身上摸索,想找到开启角门的钥匙。手抖得厉害,怎么也找不到口袋。正这会儿头一晕,眼前的藤蔓突然剧烈地旋转起来……朱兰喊了一声,我什么都不知道了。

醒来已是黄昏。我倾尽全力辨认身处何地,好不容易才想起这是自己的卧室。身旁有两对突兀而生疏的目光。想啊想啊,最终认出俯身探究的两双眼睛:朱兰和管家。我大声呼唤,可是发不出声音;我想做手语,胳膊抬不起来。管家到外间去了,随即进来两个人,其中一个散发出浓浓的药味儿,是药局坐堂先生。他把脉,翻开我的眼睑。朱兰握住我垂下的一只手,泪水一串串落下。

所有人都离去了,只剩下朱兰。"你昏睡了两天两夜,老爷啊!"她拭着我的额头,后来又想将人扶起,可刚一欠身我就呕吐了。重新躺下,闭上眼睛,一动不动,我令呼吸轻细,等待自己平息。阴郁和寒湿纠缠在脏腑和关节间,怎么也不肯离去。我知道需要几十个昼夜,才能蓄养起足够的力气,它的名字叫"凛然"。头脑昏涨、剧痛，忍住，让浑浑茫茫的记忆拥住。从头检视不堪回首的日月，苦涩的泪水在心底流动。记得一路从季府走出，走进邱琪芝的丹房，然后是小白花胡同……这条路上交织着隆隆炮声，登州得而复失，满城腥风血雨。我紧闭双目抑住泪水，用手语告诉朱兰："我和大起义，全都失败了！"

朱兰沉默着。她想不出办法安慰我。这是极度绝望和沮丧的时刻，难以言喻。她背向着我，只让我看到垂下的锦缎般闪亮的发丝。我想伸手抚摸一下，可这手刚刚抬起就停住了。一个可怕的念头攫住了我：在季府几百年的历史上，再也没有谁比第六代传人更可怜、更可耻、更不可原谅的了，也没有谁比他更愚蠢，他简直就是一个罪犯。

冷汗从额头渗出。朱兰换了三块毛巾揩拭。整整多半天里她不置一言，我知道这些年该说的话她全都说完了。她为肮脏可悲的主人耗尽了一切，从贞洁到青春，还有"居士"的严苛持守。一种难以饶恕的罪孽感令我疼痛难耐，牙关紧咬，浑身颤抖。

三天之后开始用一点粥食。朱兰给我系上围嘴，一匙匙饲喂，像对待一只病鸟。餐前净手时端来镜子，里面的男子让我大吃一惊：发枯面焦，额上有了一束细纹，下面是一对陷入深坑的眼球；原本挺立的鼻梁因为极度的颓丧而变形，显出可厌的鹰钩倾向；鼻中沟里有揩不掉的清涕；颧骨凸起，出现了古稀之人才有的两道弧纹。最令人心惊的还是面色：绛紫，苍黄，干冷。我一阵恶心，整匙粥食都吐出来。朱兰赶紧拍打我的后背。

为了对付无法消除的头痛，我不得不用一根布条扎紧额头。

人极困却无法安眠,神思散向四方,整个人像是躺在了荒无人烟的大漠上,只等前来啄食的秃鹫。令我寒悚的是,这无眠的长夜里朱兰却很少陪伴。我不知那只秃鹫何时飞临,只无恐惧。这奇怪的无畏令人诧异,直到挨近黎明时分才稍稍醒悟:自己正渴望着一次死亡和再生。

大约是两天之后的又一个黄昏,我刚从蒙眬中醒了一会儿,就隐隐听到了扑打翅膀的声音,心头立刻呼出一声:"秃鹫!"真的,那声音越来越清晰,最后房门掀开,我一眼看到了展开的黑翅。定睛望去,这才看清是穿了黑色披风的邱琪芝,他正被管家几个人簇拥进来。厌恶和愤怒交织在上腭那儿,只是不能发声。我盯视着。他上下打量,对一旁的人说了一句:"药石无用。"说着像驱赶什么那样挥了挥手,几个人退去了。他俯身对着我,一对焦黄的眼珠闪着深不可测的光泽,真的露出了猛禽的神气。他好不容易才隐藏了幸灾乐祸的心情,很费力地将怜悯挂上了颊部。他离得更近了,我看出他的肌肤变得愈加细嫩,宛若童子。他伸开拇指和食指,像要度量我的身体,从颏部往下移动,直到肚脐才停止。他在犹豫什么,后来轻呼一声。朱兰进来了,端了水盆。他取过热气腾腾的毛巾敷在我的小腹上,又出人意料地飞快撸下内衣,随手拨动几下我毫无生气的下体。那一刻我奋力蹬踢,可双腿就像被缚住了一般。他垂着眼睛,取开渐凉的毛巾,手掌悬在我脐部上方一寸处,一起一落。随着手势,我腹中如同潮汐退涨,又像被重锤狠狠地击打,整个人上下耸动。与此同时,一股热流往上弥漫,瞬间淹没全身,豆大的汗粒挂满我的额头,然后哗哗垂落。

邱琪芝用力地揩着手。

"老爷,好一点了吗?"朱兰附在我的耳边悄悄地问。

我不知涌出了多少汗水,已近虚脱,全身没有一丝力气。我的眼中不断有泪滴渗出,幸亏与颊上的汗水混在一起。我闭上双眼仍能清晰地看到那个人,看到他投来的轻蔑目光。我使用手语,让朱兰即刻转告:"希望这是我们两人的最后一次会面。"

朱兰迟疑了一下,还是如实向邱琪芝重复了一遍刚才的话。

"听听,多么孩子气!"邱琪芝揪揪我肩头那儿的被角,掖紧,对朱兰叮嘱几句,离开了。

五

我的哑喉终于痊愈了,却还是忍住不语。沉默会好受一些。朱兰早已习惯了手语,这些天一直打着简洁的手势忙忙碌碌。我长时间紧闭双目,尽力回避阳光下的一切。她闲下来就坐在床边握着我的手,有时从黄昏坐到午夜,直到听见均匀的呼吸声才蹑手蹑脚离去。剩下一个人时,我就大睁双眼盯视这浓浓浑浑的一团。四周寂寂无声,使人想起历经几场杀戮,所有呼号的生命全部灭绝了,只剩下一些苟活者和缄默者。我就是这当中的一个,成了哑巴,或者是一个幽灵。从今以后我的处所,季府里的一切,对我来说都成了陌生之物,我要小心地掩住惊悸和屈辱活着,活下去。

大约凌晨三点,我走下床榻,怀着告别的心情来到楼下。正犹豫是否敲门,那扇门却自己打开了。朱兰穿着一件紫桐花睡衣站在那儿,身后灯光把她的半边躯体照亮,熟悉的菊芋味儿瞬间涌

132

来。她蹲下挽住我，将我的一只胳膊搭在自己肩上，吃力地扶拽起来。

我被安顿到她的那张又矮又窄的床上。这儿有她浓浓的体息，我闭上了眼睛。"让我在这里睡去吧，一辈子都别醒……"我喃喃着。她听到声音坐起来，将灯移近："您、您能说话了？"我点点头。"天哪，我们都吓坏了！"她高兴得不知怎么才好，为了看清我，一次次把垂到胸前的浓发撩到颈后。

我不知该怎样开口，因为这一刻要说的实在太多了，千言万语都哽在喉部，这就是连连失语的原因。"朱兰，你不该把我从小白花胡同领回，这样做太不值了。"朱兰怜惜地抚摸我的额头、颈部和后背，没有说话。我相信她此时此刻大概同样绝望。在这个倒霉的时世，所有的挚友亲朋都成了悲苦无告的人，包括兄长徐竟。这样的夜晚我不敢想象他辗转在怎样的泥泞中。兄长啊，愿你一路平安。在无语无眠的几天里，除了兄长，我还一遍遍地想着那个人的用心。他就是季府的宿敌，这个人心机耗尽，曲折委婉又阴险歹毒。我猜测这个人的用意：让季府第六代传人在这个混乱时世中彻底烂掉。

她好像听到了我的心语，说一句："好在最后他救了您。"

"他是想让我慢慢去死！"

"老爷！您高兴一些吧！您就该好好的，只要我在，您就得快快乐乐！"朱兰的口气有些严厉，鼻翼翕动，伸手摇动我的肩膀。

我早就醒了，此刻格外清晰。我在心里问：你凭什么这么自信？你已经用完了全身的力气，交付了自己的一切。季府欠你的太多了,这里一辈子都无法偿还你。我定定地望着她,自语一样吐出了"居士"两个字。我一遍遍大声追问:为什么会有这样的陪伴?为什么?

"从老太太收留我的那一天,她就成了亲生母亲。老爷暗中和革命党来往时,她就让我陪着去寺庙。她说自己来生一定是个尼姑。夫人读经,我最早识的几个字就是她教的。夫人离世我就成了孤儿,一天到晚在庙里转。后来老爷找到我,说你哪里都不能去,你们都不见了,少爷哭成了什么!老爷说你到处找妈妈、找我,哭得撕心裂肺。直到如今,只要你说不出话的时候,我就想是那会儿哭坏了……你见了我立刻就不哭了,老爷说你再也不要离开他……"

"再也不要离开……"

"我不会离开。可我再也不想和以前那样了。老爷,我必须告诉您,在您得病的日子里,我去参加'羯磨'了!"

"什么是'羯磨'?"

"啊,就是诵戒,大家围在长老面前,每个人说出自己的罪过。老爷,我说出了自己犯的淫邪戒。以前我总觉得做在家菩萨,可服从'饶益有情戒',就是说,为了救您才开戒啊。后来我知道这是自欺。在家信徒要尊世间法,这里对'主仆'间要怎样做说得明明白白。老爷,那天我当着长老和大家的面发了誓,您今后就饶恕我宽待我吧……"

我的泪水流下来。乞求宽恕的应该是我。我点点头。

"老爷,找个太太吧,做季府主人该做的事情吧,你这样做了季府才有指望,我们大家才有指望。"

我长时间望着她,点了点头:"好吧,我要你做一个见证的人。"

六

第一件事是找管家深谈。肖耘雨作为季府老一辈,大小事项无不受到倚重。他与我在一起从不落座,我也习惯了这位老者恭立一旁。这次我请他坐下,他只在红木椅上沾了一下屁股又赶紧站起。我问到了实业,特别是远在江南的产业,他禀报:按原来议定,那一摊子将由儿子肖琦打理。我早就对这事忘得干干净净了,只是点头。父亲过世前南方产业已所剩无几。这会儿酿酒公司、药局与垦殖公司都一一问到,好像第一次关心起经营细部,这令他惊异中有些振奋。"老爷,我陪您到下边看看吧,他们都盼着呢。"

我对管家的劳绩给予了充分肯定,并表达了感激之情。我记起他自儿子遭到绑架后就拒领薪资,这会儿嘱其恢复,因为这种自我惩戒已经足够了。最后说到西郊那座关闭的铁矿,他的脸色马上沉下来:有少数工人仍旧不愿离去,他们就住在窝棚里,因为压根儿无处可去。可恨的是巡防兵士不断骚扰,自上次战事后又将这些人当成暴民驱逐,境况惨极了。

我能想象出那里的惨状,深感愧疚。我决定去矿山一趟,让他早些备好抚慰银两之类。"我会陪老爷过去,再带一些人。"我嘱其在府中留守,只让他的儿子赴江南之前陪我一次。

由管家陪同,几天来一直在酿酒厂和垦殖公司几处检视巡察。酒厂工人一律身着标志制服,神情昂爽,颇能使人振作。他们当中很少几个人见过季府老爷，这会儿瞥来的眼神好奇而又羞涩。管家熟悉其中的领班，就招呼过来面报。这次正巧遇到法兰西酿酒师来访，技师充任译员，于是可与洋人畅谈。我仍按习惯称译者为"通嘴子"，一旁的人忍不住发笑。法兰西人蓝眼闪动，跷起拇指称赞我们的酒。一连品尝了三五种葡萄酒，主客皆欢。

垦殖公司总部看上去毫无萧条之象，倒是仍如前几年那样气派：雇员长衫簇新，革履闪亮，桌上还有了一台西式打字机。不过我知道他们的业务实际上已萎缩大半，从半岛东部到境外都有项目搁置，所有鼎盛期的岛外扩张都在艰难维持，止步不前已是最好的局面了。不过瘦死的骆驼比马大，这一父亲盛年开拓的产业不仅得以存留，如今仍为实业中规模最大、盈利最丰者。打字员为一穿夹克女子，装扮新奇，透着帅气，一双细长眼稍显顽皮。

逗留时间最短的是药局，因为这里离季府最近，就坐落在东邻街区，府中人光顾最多。这儿临街的窗子全部由小格木扇改为大块玻璃，显得亮堂、气派，是父亲当年令人赞叹的手笔。从那时起城里人就直呼这里为"玻璃房子"。阔大的厅堂设有五间医师坐堂、七丈拐尺柜台，并连通一排制药作坊。最老的坐堂医师为局内总管，这个人眉粗发盛，手臂上生了密密的黑毛，长期以来我都怀疑他有胡人血统。他恭维我的气色，我赞扬他的浓发。

整个行程给了我久已生疏的明朗心情。管家一路上都挺直了脊背，回到府中才像往日那样弓下腰。他以最快的速度做好西行准备，又把儿子领来叮嘱："一路上好好侍奉老爷，让随员多长眼色，不得出半点纰漏。"我看着这个失去了左手中指的青年，又想起

136

了那些惨烈的日子。他毕恭毕敬,留了新式分头,一双厚唇呈深紫色。

季府老爷出行是隆盛的。除了那辆豪华马车,还有四辆篷车尾随,分别载了物品与几个青壮护卫。季府自曾祖父那时就蓄养武人,他们当中有铁鞭和三节棍高手,还有螳螂拳师。而后府中器械添了几把火铳,还有两杆抬炮。坐在我身边的管家儿子身藏一支小小火器,它长约半尺,很是精巧。

朱兰想一起上路,我让她静待府中,保证三天即可回返。我心里明白这一程或有不测,一切难以预料,但又必得前往。车队刚出城区即遭巡防兵士盘查,但照例很快放行。我让车队直驶西郊,当夜就在矿上过夜,不得耽搁。

七

尽管一切预想在前,废弃矿山的惨象还是令人心惊。一溜儿空置的窝棚就像巨兽踞在岭下,不远处就是新垒的一片坟头。乌鸦在槐枝上鸣叫,荒草遮住小径。我们绕过一堆堆砾石和杂物才来到几间青石屋前,这是矿山关闭前的职员用房,这会儿全都挂着锈锁。我让人破门入室,简单打扫,作为此行的宿地。随员们面有疑惑,但还是照办了。

最难的是设法找到那些矿工。一间间查过大小窝棚,没有一丝踪迹。这些人大概被巡防兵士们吓破了胆,再不敢于近处逗留。多半天过去,一阵阵马嘶总算引来了几个衣衫褴褛的人,他们个个都像乞丐,以草绳束腰,弓着腰在远处瞄着,看准了才趔趔撞撞奔过来。这些人全是遣散的矿工,有人认得季府的车子,一声声呼叫起来。他们仍然没有远逃,只是不敢再住窝棚,就隐在一些废旧的矿洞中。

我让人将所有穴居者悉数寻到,劝他们入住窝棚和青石屋。这些人分得物品和银两即要离去,千恩万谢却不敢停留。我再三申明:矿山虽因战乱关闭,但固有物业仍为季府财产,任何人无权掠取;季府对员工顾护不周,望尔等能够体恤,共克时艰;矿山总有重开之日,这之前不愿离去者可作为留守,尽维护之责,尚可垦殖度日,由府中给予补助。

我的话音刚落,几个人就泣哭起来。一位老者跪下,我赶忙将其扶起。"老爷恩德我们死也不忘。可这里实在不能住了,前一段土匪劫掠,最后官府也来剿我们,他们比土匪凶狠十倍。登州那一仗把人打疯了,有个协领说留下来的都是乱党一伙,还逮了十几个。这个人比畜生还狠,当着大伙的面吊起后生,一刀劈下了他的胳膊⋯⋯"老人哭得说不下去。旁边人告诉:后生就是他的儿子,断臂后第三天就死了。

如果不是亲耳所闻,简直无法相信这样的残暴。人果真比动物邪恶。我在想如何收拾时下残局:对即将溺死者先是救生,让其喘息,而非援以物资。日后季府需要在此设驻守人员,必得做好善后,而非一弃了之;还有,时下最紧迫的是怎样直面那些官兵,这已刻不容缓。

我留下少数人在这里安顿,其余皆随我上路。我要直接去那个兵营,他们在三十余里外的北马镇上。那是龙口城以东重镇,上两回战事都有官兵在这里打援，扼住了革命军东去的咽喉，所以青州旗城将这里视为要冲。我一路想象那个年轻的协领，不知他长了怎样一副丑相才匹配那样的一颗兽心。我当然知道此行必有一场艰难遭逢，一切皆无法预料。该来的就来罢，既打定主意，一颗心也就无惧。

车队急急行进，进入那个大镇之后才慢下来。兵营紧靠镇东一片玉米地，围了高耸的灰墙。肖琦已改乘头一辆篷车，驶近后开始与门岗交涉，好像费了许多口舌。一会儿他回来禀报：所有车辆人马须候在营外，他们只许老爷一个人入内。我正思忖怎样才好，他马上说道："我们可要陪老爷进去，这里是个狼窝。"还没等我说什么，他挥手就招来两人。我于是不再犹豫，一起往前走去。

门口守兵毫不通融，粗鲁地将我们挡在外边。我瞥瞥寒光闪闪的刀戟，示意不必坚持了，然后独自进入。肖琦想拦，但为时已晚，他急声对两个守兵喊道："他可是我们老爷！"兵士极不耐烦："哧，鸟！"我听到这句对答，回首时肖琦已与他们争执起来，拔出短铳，另外两人也持刀逼近。一切都发生得猝不及防，我惊呆了。只几秒钟篷车中的后生全部冲出，兵营也蹿出七八个举了火铳和腰刀的兵士，两拨人在门口对峙。奇怪的是兵营里的人并不多。肖琦大声呵斥着往前，想一举突破挡在前面的这些兵士。他们的吵闹淹没了我的声音，一个兵士回头瞥一眼，立刻持刀后退，将利刃横在了我的颈部。管家儿子只好驻足。

两边的人都在厉声呼号，吵骂，震耳欲聋。

"什么人哪？"身后突然传来一声吆喝。一个穿长衫的年轻人从营中走来,路过我身旁盯了一眼,继续往前。有个兵士跑到他近前耳语几句,他这才止步,缓缓转向了我。他在离我几步远时突然回首,望着对峙的一群人喝道:"听着！来的是季府老爷,是贵客！"兵士们张望着,纷纷收了刀铳。季府的人也只好收手。

我就近端详这个年轻人:二十岁左右,面色白净,鸟目闪闪,一根发辫又粗又亮,紧紧抿着红润的双唇。我正猜测这是什么人,对方已双手抱拳:"对不起季老爷,在下康非……"

八

这一刻的惊诧让我怔住了。康永德的儿子就这样突兀地出现在面前。我脑海飞快地闪过那个跟随老管带进出季府的稚儿,一时难以置信。但我必须强制自己正视这样一个事实:他真的是青州旗城器重的那个青年才俊,是据守军事要地、握有重权的新军协领。我很难将众目睽睽之下吊死贫民、挥刀劈人的狂暴与眼前的青年对应起来。他白皙的肌肤与浓黑的发辫两相映衬,倜傥俊逸,倒像一个钟鸣鼎食之家的多情公子。我须全力忍住才没有让自己的愕然与震怒爆发出来,那一刻只想怎样应对。

我们进入一间装饰考究的屋子,刚开始寒暄,外面就传来了马队的声音。我忍不住到窗前去看,原来是出巡的兵士回营了。这让我对刚刚发生的那场对峙有些后怕。康非躬身为我沏茶,一副殷勤的样子。在离我几步远的衣架上挂了一套簇新的军服,上面有肩章和穗饰,还垂下一支短铳。这是新军装束,显然是他的行头了。"我还记得老爷的模样,我是说您父亲,总是给我吃不完的糖果。"他说话时并不看我,只盯着茶,搓动自己白皙的手。这期间我要努力压抑满腔愤怒,还要平息诸多疑惑和诧异,根本无心听他怀旧。他见我未曾应和,终于问起了季府实业之类,我发出一声悲叹。

他不再说话,一双乌亮的眼睛看着我。

我将战事爆发以来的苦难艰辛一一罗列,尤其是挣扎于水火之中的矿工,已成为季府最大的噩梦和伤创。"焦急中几次想求助康大人,又怕打扰了前辈。这成了府上最大的心病。"

康非站起,盯着窗外:"季老爷有所不知,那些矿工被季府扔在山野,他们走投无路也就无所不为,有的加入了乱党……"

我站起:"协领可有证据?"

"上次攻打府衙的全是乌合之众,是土匪和临时纠集的贫民。"

我很快明白他并无实据,至多是疑惧而已。我冷冷道:"康协领或许误会了。我已着人细细查过,这些矿工不光没有一人入伙,相反还屡受匪徒劫掠,对他们心有余恨。如果连这些人也加入了乱党,那岂不要株连季府? 此事断不可为! 断不可信!"

康非转动着茶杯,笑了。

最后我承诺废弃矿区在重新开工之前仍由季府照料,所有遣散工人全部算作留守人员。"协领的人辛苦巡防,季府理应犒劳。整个事情的细部将由管家料理,还请协领多多襄助。"康非出乎预料地爽快,说:"只要是季府的事情,全都好说!"

我悬着的一颗心总算落地。剩下的时间不想耽搁,害怕自己压不住愤怒,将刚刚破掉的僵局重新搞砸,只想匆匆告辞。康非一再挽留,说今天一定与季老爷痛饮一杯,我还是谢绝了。

归程中肖琦又坐到了我的身边,冷汗凝在脸上,神色稍定。我问他何时启程江南。他说一切都由老爷定夺。我说:"你还是尽快离开吧。"我担心康非手下的人会记住他。

车队夜宿矿区。经过了两天一夜的周旋,一切始有眉目。正如临别时对朱兰的许诺,我们第三天黄昏赶回了季府。管家大喜过望,连连庆幸。我不得不告诉他:那个康非如康永德一样阴鸷,万不可大意疏失;应付此人光有银两恐怕还远远不够,须格外用心提防,因为这是青州旗城伸出的一只利爪,最急于猎获。

我请管家一起用餐,并于餐后茶饮。这样一直到深夜,老人不安了。他声音颤颤地问:"老爷几天来颇为费心,凡事亲力亲为,叮嘱细致,难道要离开一段日子?"我沉默着没有回答。其实我想说的是,自己日后将做的或许要比远行更远。我点头又摇头,扔下一句:"不会离开的。"

管家松了一口气:"我一直害怕哩,这就好啊,老爷!"

"可是,"我按住他的肩头,"日后你会更加操劳的。你会看到季府的诸多改变,这或许是前几个主人都没有尝试过的。因为我们遇到了更乱的世道,非得如此而不能……我是个失败的主人,最难过的是拖累了你们。不过事已至此,再也找不到其他办法……"

他瞪大一双迷茫的眼睛,显然没有听懂。是的,我今夜怀着一种告别的心情与之谈话,却又许诺不会离去,这就让他惶惑起来。他有些慌促地叫了一声:"老爷!"

我垂下了头:"是的,让一切都重新开始吧。"

九

接下来的几日,我一直闷在屋里画图。朱兰看了几次才晓得我在设计房舍,问:"要盖一座新楼吗?""是一座碉楼,不,一座监狱。""啊,那要关什么人?""关我自己。"

她把一声惊叹咽进肚里,踮着脚走开了。

我想的是东南角的那座石头碉楼,越来越觉得那是曾祖父的杰作。这是上一个世纪的创造了,是整个季府的心脏。我现在居住的是西北角的一座两层楼房,我想将它的楼顶掀掉,沿坚固的墙体往上垒加,使用最坚固的材料,筑起一个超大的阁楼:内中须有特别格局,满足非同一般的功能。我期待它密闭无声、冬暖夏凉、空间充裕。总而言之,它将是一个独自周旋的世界,从炊事到书屋,无不周备。此地将有旷日持久的坚守,这当中少不了困兽犹斗。在想象中它是一道战争壕堑,为拼死一搏而备足了粮草。这场一个人的战争究竟要打多久,自己还全然不知。但我已经在奋力挖筑工事,决意死守。

一切计划停当,土木砖石开始运营。仅仅为一座阁楼如此操持,大费周章,管家等人全都迷惑了。所有人都不敢置疑,只奋力营造。轮廓初起后引起一片惊叹:它高高挺立宛如塔顶,强固坚实好似堡垒。岂不知这只是外在骨架,内部曲折更是远超揣测。我几乎将邱琪芝那座丹房的优长全部汲取,然后再加增设,可谓五脏俱全。这里的未来将是静谧、坚固、孤单,而且让人绝望。此地适合豢养一只狂躁的大型动物。

站在阁楼上可以望到整个府邸。四周设有几处方孔,它们用来遥望星空和原野,可是初看又好似留作火铳射击之用,府里那几架筒炮安放于此也并无不妥。怎么看都是一处防务重地,是战时所需。府里从管家到仆人,都认为主人住在这样的地方也算合乎情理。人人都对刚刚过去的两场战事感到惶恐,这座新落成的建筑又一次提醒他们:激烈的搏杀随时都有可能发生。

堡垒已经筑起,防守即将开始。我把居所物品往上搬运,通宵达旦。朱兰一声不响帮我收拾东西,特别仔细地铺设了被褥,将整个阁楼擦拭得无比洁净。她好像第一次发现这里的烦琐和曲折,甚至看到炊室旁的窗孔那儿安了一个滑轮,上面垂了一只不大的竹篮,就近端详许久,终于忍不住了,问:"这做什么?"

"用它提取饭水。"

她咬住了嘴唇,待了好一会儿才抬起头:"老爷,您准备在这里住多久?"

"一辈子。"

第七章

一

我在阁楼中自囚的时间虽不是原来说的"一辈子",可断断续续也有三年多,准确点说是一千零八十九天。在这漫长的时间里,我基本上算一个合格的囚徒,除非遇到万分火急的事务需要亲理,我是轻易不会走出囚室的。

这是我亲自设计和督建的一个独居之所,打造它颇费了一番工夫。与邱琪芝那个简陋的草寮不同,这座阁楼除了足够宽敞,还安装了冷热水管的洗浴设备,有抽水马桶。后两种在整个半岛都属非常物件,父亲在世的话也会感到惊愕的。我需要一个舒适的场所来完成严苛的事项:多年放荡不羁之后的自闭生活。做出这样一个决定是困难的,也是必须的,因为我经历了那么多恍惚不安、沮丧绝望、半夜醒来大汗淋漓怦怦心跳。以我这样的年纪论,似乎过早地面对了需要悉心爱护的生命,但这是历经摧折之后的大痛,也是季府传人必有的敬畏……

我要将自己锁闭在阁楼中,任何人不得惊扰。当我宣布了这一决定时,一直服侍我的朱兰问:"我也不能进去吗?""你更不能。"

我把门重重地关上了。这就是自囚的第一天。整整一天都在读一本关于吐纳的书,这是父亲的珍贵藏物,可惜他去世前许久都没有翻动了。中午没有用餐,入夜后自己在厨灶上做了一顿难以下咽的食物。

作为一个"独药师",我必须熟稔秘传独方的精微所在,深知它们貌似平常的配伍奥秘,能够轻而易举地做出性味加减。常年服食丹丸并配合必要的日常功课,就能得以长生,对此我深信不疑。修持者须严谨遵行,尤其不要犯错。"犯错"这个词在父亲临终嘱托中出现了多次,它到底在说什么却要好好领悟。我知道有些错是绝不可犯的,因为它们造成的后果终其一生都不能补救。每到深夜我就恐惧起来,因为这会儿面对自己发出了大声质询:你在哪里?跌进了深渊?你是由一个人牵引向前的,那人又在哪里?我回望、呼号,感到了深深的绝望。

我在静谧的个人空间里实行自囚,像一匹独狼那样徘徊。当时我刚满二十六岁,却觉得度过了漫长的人生,经受了全部的冷热与陡峭。我洞悉了那些在英年之期突兀地结束了自己生命的人,窥见了他们心底的奥秘:或者是这个世界已经没有了一点隐秘,于是再无诱惑和留恋;或者是身陷彻底的黑暗,再也见不到一丝光亮。我和他们一样,因为绝望和颓丧而变得手足无力,面色青苍,嘴唇上连续出现蛇蜕似的皮屑,斑斑驳驳露出血红的嫩肉。

可是我还不能结束生命,因为心底至少还有一个问题不能做出解答,那是关于父亲的:他到底犯了什么大错?我尝试回答,答案一个个浮现在脑海中又一个个被否决。为此我曾求助过季府的宿敌邱琪芝,这使他有抑制不住的兴奋。他仿佛是一个生来就准备回答这些问题的人,而且早就预知了一切,像个吃饱餍足的猛兽那样踞在一条必经之路上。结果我不仅没有寻到关于父亲的答案,而且还在寻觅的过程中险些被吞食。

三年多的时间里我再也没有见过那个人,思念他而且仇恨他。这当然是一种自我惩处,就为了那长达四年的迷惘和沉沦。我的行迹变得诡秘,这在季府倒也引不起多大惊异,因为他们早就习惯了这样的主人。我小心谨慎地遵行那个人的传授,小心剥离出其中某些精微可信的部分,这样做的时候呼吸都变得轻轻的。我想凡事都应该有个公允的鉴定,那其实是最难的:每个人都不是完人,会同时囊括了精华与糟粕,而那个人恰恰在这两个方面都做到了极数。我不能完全否定我们共同的昨天,就像不能背弃季府一样。可尽管如此,也还是在心底滋生出无法抵御的痛楚。这痛楚就是失望和疑虑,它深源于我们两人一起穷究的义理,还包括与那所西医院的关系。我不能无视那些对洋技趋之若鹜的人、他们的摒弃与狂热。我甚至想这一切越来越成为那个自诩为无所不能的导师的深忧,只是他掩藏得更好而已。

他加紧做的,就是在这四年中摧毁另一个"我",让其夭折。这个"我"是醒着的,是多疑和不安的。我不愿与另一个"我"和解,却要与之一起囚禁。这种生活一直延续了三年多。这个过程有多么漫长,非人间尺度可以丈量。我由二十六岁变成了二十九岁,直到有一天下午像个凶神恶煞一样冲出阁楼。我下楼时遇到的第一个人还是朱兰,她吓坏了。

二

当时她手中的抹布掉在楼梯拐角,张大了嘴巴。我没有说话,眼含一丝泪光从她身侧绕过。她呆呆地望着我出门,一直走远。这个秋天刚刚开始,窗前的菊芋花开得像金子一样,享受着下午的阳光。牙疼已经折磨了我十个昼夜,而自囚生活折磨了我三年多,这三年多最大的收获就是这最后的剧痛。左腮肿得像皮球,洗脸时左手向上一举就碰到了腮部。我长时间盯着镜子里那个狰狞的鬼怪:愤怒的双眼隐藏在稍长的睫毛后边,闪烁着鲷鱼将死才有的神色;已经有了两道浅浅横纹的额头,上方被一绺向下弯曲的发梢扣紧了,让人想起西式打字机上的那一排撞针。我盯着额头,发现这些毛发闪着金属一样的光泽,硬倔,弹性十足。

我终于做出了决定:让一切都结束吧。这些天口腔深处总有一个恶毒的魔鬼在施工,用一根凿子不停地击打上腭,显然是想在牙齿与左耳之间打出一条血淋淋的通道,以便从那里逃匿。我在心里祈求:快别这样费力了,你随时都可以逃窜。

可它就是不肯离开。我知道这是拼尽全身力气,耗费了三年多的时间才培育出的一个对手,足够阴险毒辣。它可以伪装成不同的模样,以各种方式向我发起进攻,直到把我消灭。汗水顺着两颊淌下,流过肿胀的左腮时稍稍停留了一瞬,然后直接滑进颈窝。

黎明前我打开抽屉,取出了几颗丹丸,吞服后重新躺在床上。不过我越来越明白,即使它真有长生不老的伟大功效,大概也是远水不解近渴了。药局大夫几次来瞧我的牙齿,如此小疾自然不在话下。可我不知为什么将对邱琪芝的淤愤和疑虑全撒到了他们身上。我甚至毫无来由地发火、拒绝,指责他们无能。好像就为了证明这暴怒是理所当然的一般,我的牙疾竟在他们的医治下变得越发不可收拾了。

从黎明前到第二天下午,我一直在经受着双倍的煎熬:如何释放身体中的魔鬼?是否屈尊去那个西医院,让洋大夫们扒拉一下我的口腔,瞧瞧我这"马一样的牙齿"?这个比喻还是出自四年前的仆人之口。这会儿我心头一热,痛击一掌床板,骂了一句粗话坐起来。我当时还不知道,这会儿做出的竟是这辈子最重要的一个决定。

麒麟医院建在城郊高地上,这使它的整个院落、几幢两层楼房显得越发豁亮和突出。铸了西洋图案的生铁大门不时打开,进出一些洋包车,上面下来的都是油头粉面的男女。偶尔有一辆锃亮的黑色轿车开出,里面坐了院长,它是这所医院的象征,也是整个半岛屈指可数的炫目之物。我从医院门前走过时,投去的目光除了藐视和嫉恨,还有好奇。我不得不承认,自己在近五六年里路经麒麟医院的次数增多了:匆匆而过,不愿停留。这是一个可憎之地。

在这个初秋的下午,我从季府阁楼下来,瞥了一眼明晃晃的菊芋花,泪光闪烁,一直往西。我在心里默念:不是我背弃了季府药局,而是牙痛折磨了太久,这让我实在忍无可忍。就这样,我走向了那个可憎之地。

三

很久以后，我才知道弥漫在楼道、房间以及其他地方的怪味是用来消毒的石炭酸液。从那以后我就将它当成了西洋的味道，连古龙香水都无法更替。那些穿白衣服的人只要走近，那种气味就更加浓烈起来。

挂号登记卡上是我的化名。一位体态轻盈的白衣小姐看了一眼我鼓鼓的、青光闪闪的左腮，发出一声叹息。她把我领到一个房间门口，示意我进去。屋里空无一人，映入眼帘的是一把高背转椅，旁边是一个向日葵模样的铁家伙，那竟然是灯。里屋的门开了，那种熟悉的刺鼻气味瞬间变浓。一声问候让我一惊，啊，竟然又是个女子。我转身抬头，目光被强烈地弹拨了一下。我需要屏住呼吸，再次去看她。

她站在那株铁制向日葵的旁边，近得令人不适。我轻轻一咳，一阵剧痛。她让我坐到转椅上，放下手里的器械盒，伸手拉过那个向日葵。我紧闭双眼，躲避平生所遇到的最强烈的一束光。她小心地扒开我的嘴，我这副桀骜不驯的"马牙"。一会儿，她说："应该早些就医啊。"

她的话音刚落，我的泪水就涌了出来。"啊，没事的，就会没事的。"她取一块纱布为我揩拭，温柔得像对待一个孩子，却仍然伤了我的自尊。那一刻我想，如果她知道面对的就是那位季府老爷，心里会发出多么快意的讪笑。

她是一个中国人，这令我多少有些吃惊，因为听说这里的所有

150

医生都是洋人,护工和杂役除外。正这样想的时候,她说:"雅西大夫马上就来,请您稍等,哦,雅西来了。"

随着一阵有力的脚步声,进来一个细高个子男子,洋人。他爽朗热情,年轻,可能年纪与我差不多。"你好"两个字说得别扭,稍稍用力。从跨进这所医院的第一步我就做好了挨刀的准备,这会儿两脚紧紧抵住地板。

雅西再次看了一遍我的"马牙",不同的是没有发出前边那两个女子的叹息,只有小心而麻利的动作,不时从一旁的女子手中接过器械。没有刀,没有割开我的嘴巴,好像也并不准备那样干。冲洗,拨弄,一连塞上三个棉球。女子与雅西小声咕噜,使用了英语。我能听懂一点,这还要感谢父亲将我送入新式学堂呢。"估计还要几次。""很严重。但愿保住这颗臼齿。"

雅西与我简短道别。女子差不多用中文重复了一遍刚才的交谈,然后陪我到一个窗口取药。这时我才发现自己后背全湿了。可怕的西医院。我跟在她的身后,不经意间发现了一副苗条的高挑形体,还有轻捷却不失优雅的步态。这是我所看到的、记忆中绝无仅有的异性娇姿。我不觉间放慢了脚步。她因为把病人落在后边有些不好意思,转回来悄声询问。我嗓子干涩,费力地吐出几个字:"我的牙齿不疼了。"

那一刻她的眸子可真亮。我终于能够如此近地端量她的眼睛,在长达十几秒的时间里目不转睛。浓浓的睫毛掩着稍长的外眼角,眼窝有点深,介于半岛人与异邦人之间的那种神气,从挺挺的鼻梁上显露出来。口罩垂下,这使我看到了她的全貌,看到了唇上那些可爱的细皱。整个诊疗期间这张面容都被遮去了一半,只有这会儿才毫不吝啬地呈现出来。我的目光又落在她的胸牌上,记住了一个名字:陶文贝。

"啊,我想您很快就会康复的。不过您忍耐的时间太长了。再冲洗几次,局部敷药配合口服,大概就可以了。"她声音的高度及语速都恰到好处,牙齿洁白锃亮完美无缺。眼前是多么好的一个例子,这又一次证明了我长期坚信的理念:没有什么比声音更能泄露生命的隐秘。我想自己假使是一个盲人,也完全可以从她的谈吐中想象出一副丰实而紧凑的女性形体、一张温文俊美的面容。她二十多岁,良好的教养与某种天生丽质使之看上去更为成熟。

当然是职业的原因和怪癖,我发现自己在这短短的时间里过分猜度了一位陌生的女性。我不由得将她的神态与步履、她目光里的丰富蕴含和秀美绝俗的姿容做统一观,推测出一个紧实而圆润的形体中,必定跃动着一颗柔软善良的心。够了,打住吧。

她为我取了药,叮嘱服法及注意事项,一双猫爪般的小手灵巧地翻动着说明笺。我们约定了下次诊疗的时间。

四

最不可思议的事情是在那个西医院发生的,那个地方不断演绎出一些神奇,想不到这一回瞄准的是我。回来以后牙齿即好了大半,尽管左腮那个"皮球"还在。我仔细看了一遍服药说明,吞下了不同颜色的五枚药片。它们又扁又薄,宛如最小的纽扣,每一颗都小于我常年服用的丹丸。后者是否要暂停几日,让我犹豫了片刻。我隐约明白这些药片也许就是丹丸的克星，如同麒麟医院是季府的死敌一样。可尽管耽搁了一会儿，我仍旧将它们服了下去。

然后是不无忐忑的等待。我预料体内将有短兵相接的一场搏杀，由西装革履迎击一袭长衫。城门失火，殃及池鱼，我自愿引火烧身。两个时辰之后，胸口那儿生出了蔚蓝色的火苗。我屏住了呼吸。夜色里好像一点点洇出一个姑娘的面庞，她的姿容惊世骇俗。我一下坐起来，迎着夜色悄声呼唤："陶文贝……"

原以为那束蓝色的火苗会蔓延全身，那时就会连连呼叫一个名字，直到一切结束。出乎预料的是它很快熄灭了，接着是格外舒适的感觉，仿佛有一只神奇的手安抚了每一个器官，而它们许久以来都是愤愤不平的。我有了一场最好的睡眠，醒后日上三竿，橘红色的小窗预示了美妙的一天。果然，牙齿几乎全好了，我像往常那样垂直地举起左手，没有碰到那个"皮球"。我奔到镜前，发现两腮差不多对称了，左边只留下几道粗糙的纹路。

早餐不再自己打理，而是像三年前那样由朱兰操持。我吃了很多，让她一阵惊喜。她站在一旁，看着我细细地咀嚼菊芋酱瓜，像小鸟一样吸饮香米稀粥。她俯身收拾盘盏，我对她说："从现在开始一切照旧，全都结束了。"

我如约去麒麟医院做二次诊疗。太阳照亮了医院的铸铁大门，我站在近前细细研究上面的西洋图案，对几种纠缠的花卉未能识别。穿行在走廊里，鼻孔里吸进的全是浓烈的异国气息。不时地看到白衣人，他们用英语或中文轻轻交谈。我两眼急切地寻找那个身影。

"啊,陶文贝小姐。"我在敞开的门前一眼看到了她。"您好,先生!"她满脸惊喜,上前一步,"真想不到这样快,太好了啊!"她的脸庞在上午的光线下泛着红色,双眸在略深一点的眼窝里闪闪灼人。她把我轻轻按在了那把高背转椅上,拉过那朵铁葵花。

一把小巧的器械按住了笨拙的舌头,可我担心它一旦抽离,一腔蠢话就会蜂拥而出。我平生第一次这么自卑而拘谨。花了短短十几分钟,陶文贝细细地检查了一遍。我可以随便说话了。可是什么都说不出。刚才她的胸部还紧挨着我。她以异样的仁慈挽救了颓唐的季府老爷,而这个人几天前还立志与她的麒麟医院为敌。

我必须承认,因为常年修持所形成的某种不可言喻的习惯,在某个猝不及防的时刻,只要内心泛起一阵渴望,就会轻轻地垂下眼睫,让眼前的一切阻碍缓缓退去。我好像看到了她完美无瑕的身体。她说了什么我没有听到,只恍恍惚惚看着这张洒满了阳光的脸庞。我着魔一般地说:"你是我闭关结束后看到的第一位好姑娘。"她眉头一皱,微张双唇:"什么? 您说什么?"我揩着手心里的汗,牙齿打抖:"你是我疼得死去活来后看到的第一位好姑娘。"

她眉头舒展,很快恢复了微笑,脸红了。羞涩如期而至,瞧,我是能够让她羞涩的男子。我搓着手:"怎么也想不到,想不到会遇到这样的事,在这样可怕的地方……"她的声音略略扬起来:"这里可怕?"我嗫嚅着:"不,是我的牙齿太可怕了。""是的。不过已经治好了……稍等,我请雅西过来一下。"她说着就要转身,却被我伸手拦住了:"不,我们还是不要惊动洋人了。"

陶文贝对我的执拗感到诧异,不过最终还是迁就了。我坐在那个转椅上,大张着嘴巴,那样子该多么丑陋啊。当一股尖细的水流射向上腭时,我突然大咳起来。她的手轻轻地抚在我的后背,想让我快快平息。大滴的泪水从颊上滑下。我第二次在她面前泣哭。

五

因为我仍然拒绝朱兰进入阁楼,她惶惑了。我似乎听到那个温柔的声音:"老爷不是说全都结束了吗?"我在屋里踱步,听着下楼的脚步,在心里回答:"是的,所以才有新的开始。"

这三天是前所未有的挣脱、煎熬,还有绝望。就在这突如其来的又一次囚禁中,朱兰竟然在门前轻轻叩击。我忍不住大吼:"谁?"她吓坏了,战战兢兢地回道:"老爷,是、是邱琪芝来了,他正在前楼客厅里等您。"我不假思索地喊道:

"告诉他,我已经死了!"

我的手按在胸上,希望摸到一颗勇敢正直的心。是的,它应该还在。我在这三天里回忆了父亲和母亲,我所知道的一切。季府老爷老来得子,他们大喜过望。不幸的母亲在我四岁时就病逝了,我只恍惚记住了她秀丽的轮廓。从吸吮第一口甘甜的乳汁时,深爱就渗进了血液。我曾经要死要活地想念她,向所有人打听自己的母亲。他们都说她是人世间最美丽最温柔的人。也正因为如此,父亲一直没有再娶。半岛上富裕之家的男人少不了三妻四妾,但父亲一生只有母亲一个。她过世之后,父亲加剧了与革命党的来往,这使我想到:抑制巨大悲伤的最好办法,也许就是革命。

母亲逝去了,革命来临了。一同消逝的还有对养生术的热情。父亲虽然没有舍弃那个"独药师"的头衔,但显然不再像以往那样热衷于丹丸了。关于意念引导的痴迷几乎终止,所能做到的仅仅是每天按时服药。他在我十四岁生日的那天正式传授了秘传独方,并草草讲述了日常持守。我那时全神贯注地倾听,知道自己正经历一生中最重要的时刻。可父亲好像在勉为其难地完成一个仪式,只想尽快结束。我还有诸多疑问提出,比如实践那些传世秘籍碰到的困惑。"'气'既然无形无迹,那它为什么还有颜色?"我问的是真实遭遇的情形。父亲大惊失色:"颜色? 什么颜色?"我鼻尖上渗出汗粒:"它是蓝色的,后来又变成红色,然后……"父亲大睁双眼看着我,痛惜了,拍拍我的头说:"孩子,凡事不可太用心。你把那些书放些日子,好好玩去吧。"

　　父亲那天回到了自己的屋子,好像有些匆促。我知道他被一些异常重大的事情缠住了,并且心甘情愿,因为只有这样才能不去想念母亲。大约每个周末的下午他都要换一件长衫,将皮鞋擦得锃亮,由下人陪伴离开季府。朱兰大我五岁,她好像洞悉府里的所有秘密,极小心地贴近我说:"老爷去'北方支部'了,他们都是革命党。"我大气不出,明白这是一件要命的事:前不久,一个"革命党"在城东大沙河那儿被斩首了。

　　打我记事起,父亲就是一个临危不惧的人。他经历的事情太多了,沉着冷静,足智多谋。我觉得他过去并不是这样的人,是母亲的离去才让他变得不苟言笑。他太爱我的母亲了,她带走了他所有的欢乐和幸福。她走了,留下他一个人琢磨长生不老的问题,这对他是难以忍受的折磨。

如今他也撒手离去了,将同样的难题留给了自己的儿子,这就是命运。这个事情太棘手太沉重,它本来是属于所有人的,却被狂妄的半岛方士们在几千年前接到手里,历经千难万险仍不放弃,甚至在那个暴君惨无人道的坑杀之后依旧坚守。季府接下的就是半岛方士生生不息的薪火,忍韧、顽强、孤单。我相信那个邱琪芝也有相同的感触与处境,所以我们才走到了一起。然而我们的联手注定了是一场悲剧,这就是我后来的觉悟。

在默念"陶文贝"的日子里,我充分感受了自己的怯懦,总想听到父亲的一声怒斥,那是强烈的催促。"父亲,我遇到了一个人,这既是第一次也是最后一次,我只有和她在一起才能继续活下去,这好像是唯一的机会了。"我还想告诉他:忠诚而贤淑的朱兰说了,只有我过上正常人的生活,季府才有指望,她也才有指望。我渴望父亲发出严厉的命令,可惜再也听不到他的声音。

我在阁楼上踟蹰了三天三夜,几乎没怎么入睡,最后像个梦游人一样跌跌撞撞地下楼,像被一根线牵着,一直向城郊走去。我走向了麒麟医院,脚步轻飘但准确无误,直到踏上了二楼的阶梯,并直接推开了那扇门。

"啊,先生!"陶文贝口罩上方那双眼睛露出一丝惊讶,叹气一般吐出几个字,随即把手中的针管放到桌上。

她把口罩摘下,看着我,伸长了询问的目光。

我口吃起来,低了一下头又昂起。额上有一根脉管噗噗跳起来,我用两手按住它。这样过了许久,四周安静得连掉一根针都听得见。我直直地看着她。她好像躲开烧灼那样退后一步。我轻咳一声，字字清晰地说道："没什么，我不过是路过这儿，顺便捎个口信给你。"

"口信？是出诊吗？"

"是的。那个人被牙疼折磨了十昼夜，幸亏被贵院治好了。这个人后来又染上了更重的病，他没法忍受，只好来告诉你：这世上只有一个人能挽救他，这个人就是你。"

第八章

一

那次孟浪让我愧疚和后怕。很久以后我对她说:"这完全是因为深不可测的爱力,是神秘的冲动。"

她当时不能相信自己的眼睛和耳朵,长时间愣着。我可怜巴巴地再次重复那几句话,远不如第一次流畅,语气却更加恳切了。不过全都无济于事,当她真正听懂并领会了我的意思之后,鼻翼那儿出现了一丝轻蔑。她的眼睫垂了一下,再也没有正眼看我,自语一样说:"对不起先生,我还有事情。"她拿起桌上的针管出去了。

我垂手站立,不想走开,等待她返回这间屋子。我显然估计得不对,因为一会儿出现的是另一个人:雅西。这个蓝眼人客气有余,却让我感到了逼人的冷漠。他用别扭的汉语解译说,陶文贝小姐上午太忙了,请不要再等她了。

走出麒麟医院的大门时,我两手抄在衣兜里,认真研究了一会儿铸在门上的西洋花卉图案。我猜它们可能是罂粟:邪恶之花。为什么选择这样的图案? 有机会我一定当面请教陶文贝小姐。

可惜那样的机会十分渺茫,除非再像模像样地大病一场,并且由她参与诊疗才行。我太莽撞了,这是季府少爷的脾气。我已经习惯了做那个痛苦的高高在上的男人,从阁楼上冲决而下,二十九岁,经历了三年多禁欲闭关的折磨,全身散发出一股小公马的气味。

我将为自己的愚蠢和轻率付出代价。

奇怪的是,回到阁楼上即渐渐平静下来。我静坐,感受气流如满月时的潮汐,平缓地溢满又徐徐后退、落下,脸部有一层清冷的薄膜在收紧,双肘沉重,两肋松弛,两腿也是如此。小腹泛起的亲切的灼热安慰了全身。

这一夜有一个沉沉的睡眠。每当某件事情告一段落,总能够如此。我用过早餐踱到写字间,铺开红条信笺。我想给扎了马尾辫的百岁老人写一封信,落下的第一行字是:"久违矣,引路者!此刻殊为思念。然而你把我引入苦境……"端量了一会儿,又把信笺揉成一团,重新铺开一张。

我的手有些抖,等待它安稳下来,以便写一封真正重要的信。这一次是写给陶文贝。我明白这才是聪明的做法:诉诸文字。

鼻孔那儿有一团玫瑰花的气息。我将其徐缓地吸入肺腑。这个时刻我沉着平静,得以运用一个独药师才有的古雅柔美的文法,入情入理地从头道来。先是表达歉意,而后自我介绍。关于季府,关于第六代传人。光荣属于先祖,而今只剩下稍稍遮掩的自卑。字里行间全是恳切的口吻,是与优质墨块中散出的淡淡麝香混合了的气息。这是半岛地区最古老的府邸才有的优雅,谁都无法改变。

无论如何此信的通篇仍旧浸透了爱欲,与那天的直面表白有所不同的,只是它的含蓄与雅致,所谓"文质彬彬,然后君子"。

送信人是朱兰。我嘱她:"须亲手交到陶文贝小姐手里,最好看着她打开。"

十天过去,二十天过去,一点讯息都没有。我需要生一场病了,可是总也未能如愿。这一天雷雨交加,我满头汗水冲出门去,朱兰也无法拦住。我沿着一排水杉往前,走到院落后边的角门,用随身携带的钥匙打开它。我似乎没有想过要去哪里,脑海里涌着哗哗扑动的海浪。这个时刻到海边是很好的,可惜这里离最近的岸也有十余里。我只是往前,雷声在前后左右炸响。猛地止步时,发现自己又站在那个铸了花卉图案的大门跟前。

雨越下越大。我站了一个多小时才往回走。嘴唇冻得青紫,眼睛被雨水洗得通红。朱兰焦急地取过毛巾和衣服,我接过来后把自己关在了屋里,磨蹭了很长时间没有更衣。

两天过去,一点感冒的迹象都没有。我照常静坐、阅读、吞服丹丸。屈指算来,已经有五年多没有感冒了,恼人的伤寒几乎从不染指。上次患病还是跟从邱琪芝的第二年,我被严重的风寒侵扰,发烧咳嗽数日不好。邱琪芝淡淡一问:"这像季府的人吗?"我没有回答。"你见为师的害过风寒吗?"真的没见过。他总是穿不多的衣服,既不畏寒也不惧风。他开始教导:"人沉静无念时正气自会周流。靠意念牵引总有疏失,那会儿风邪就要趁机而入。正气是凛然不可侵犯的。有几次风邪探头探脑想要钻进体内,我轻轻一声'你算了吧',它们就缩回去了。""怎么才能有这样的'凛然'

呢?"我请教。他没有吱声。面对所有无可言传之物,他都选择沉默。

几年过去,我们一同研习中没有一次谈到"凛然"的话题。我觉得体内充盈着无形无迹的东西,举止也变得舒缓,内心总有肃穆潜伏着。我终于明白"凛然"驻在了体内。果然,从那时到现在,一次风寒都没有患过。

雨过天晴之后,我却被远比风寒还要可怕十倍的东西缠住。我自知无法祛除,而且可能要一生如此。远处有一个沉默,那里有关于我的一切,我的焦渴和狂喜,我的热泪盈眶,我在心上深深刻下的名字:陶文贝。

二

阁楼上仿佛进入了没白没黑的浑浊时光。我永远默念同一个名字,想象同一张脸庞。一个历尽坎坷的男子如此沉迷,真的让自己害怕起来。我多次想求助邱琪芝却又忍住,担心他趁机把自己推进另一个陷阱。我躺在那儿,破例多天没有静坐,茶饭不思。门外有浅浅的脚步声,那是忐忑不安的朱兰。

一天半夜,我又听到了门前的声音,猛地开门。朱兰吓了一跳,僵在那儿。深深的歉意使我低头,轻声说:"进来吧。"我请她坐在对面,斟茶时她慌慌地接过。有些昏暗的灯光下,朱兰面色红扑扑的,有一层永不消退的羞怯。她面容姣好,身材微胖,仍然挺秀。这个夜晚她坐在对面,在温温的光色下静默,并不看我。她听得见我的心声,是季府中唯一拥有这种能力的人。这样坐了一会儿,她

162

好像察觉了什么,站起摸了一下我的额头:"老爷,您身上烫人啊!"

我这才感到了眩晕、难受。其实这种不适自昨天就开始了。我指了指一边的丹匣,她取了几粒。接下去我越发不能安坐,只得伏在案上。朱兰急促的呼吸声响在耳边。她开始小声呼唤,用一块湿巾擦拭着我的额头。

黎明前有几次呕吐,身体烧得更厉害了。朱兰急得流出了泪水。我看着她,点点头。她马上说:"好的,老爷,我们马上就去,就去。"

我被送到了麒麟医院。正是上午七八点钟,医护们刚刚做完晨祷,有条不紊地忙碌起来。为我诊病的仍是雅西,他别扭的汉语中透着亲切。我的眼睛一直在四周寻觅,最后还是失望了。我索性闭上了眼睛。

雅西也不能确定我患了什么病,决定让我留院观察。风寒?食物中毒?肺炎?雅西为我听诊,最后是伊普特院长来到了床边。他是雅西的导师,麒麟医院里最高级的人物,身边跟了三两个男女。他们进屋不久,那个渴念已久的身影出现了。我因为激动而紧紧咬住了牙关,身上有些战栗。伊普特用英语与雅西交谈,我听懂了几个词:"战抖""虚脱""高烧"。

他们好不容易退出了房间。一会儿她回来了,手里是一个器械盒。啊,她终于来了。我的心脏剧烈跳动。她在我耳旁悄声细语,让我明白马上要注射。她在我身上揩拭棉球,这是我生来第一次往体内注射某种液体,而这种方法不久前还被我狠狠地诅咒过,我说:"这是魔鬼才能想出的方法。"

我被施过了魔法之后,不久即有了舒服的感觉。但我认为她的出现才是自己转好的根本原因。我一个人喃喃自语,叫着她的名字,直到她第二天再次出现。她为我试体温,注射,一直不说话。我从浓烈的石炭酸液气味中分离出她独有的体息:小羊羔一样的芬芳。我忍住了才没有让感激的泪水涌出。我紧闭双眼说:

　　"您没有回我的信。我知道自己不配得到您的回答。"

　　"对不起,我、我不知该说什么啊。非常抱歉,季先生,季老爷……"

　　我猛地坐起。她啊了一声,似乎要阻止我。我低沉沙哑的声音让自己都有些吃惊:"你怎么知道是我?"

　　她注视一下我的眼睛,目光较前用力,但随即挪开了:"您的仆人登记入院手续……"

　　我后悔没有提前叮嘱朱兰。这多少有些可怕。一个视麒麟医院为敌的人可怜巴巴地躺在这里,这个人正是声名显赫的季府老爷。瞬间失去全部自尊的感觉如同被剥成了赤裸,我把背转向了她。但我似乎仍可以看到她那双长长的外眼角,她鼻翼上透出的顽皮、快意,还有微微的羞涩。

　　"请原谅我的信,还有那一天的莽撞吧。"

　　她没有回应。但我听到了轻轻的叹息。她是理所当然地接受了我的道歉,还是在表达相反的意思,只有猜测了。我不知自己说了什么,好像一切都不由自主地倾泻而出:"真是迫不得已,对于我的确如此。从第一眼开始,就像命中注定一样,没法躲闪。担心你误解,因为所有浪子都是这副嘴脸,于是写了那封信。比起口头表达,我更相信文字,特别是文言,它更准确也更讲究信誉……"

我说着,当觉得自己有点可笑时,这才戛然而止。我低下了头。

三

从入院第三天开始,我的热度渐渐消退,头脑变得清明爽利。我不得不在心里承认西医的作用。也正是突然的轻松,让我记起了多日未食丹丸,立刻担心和忧虑起来。我又恢复了每日两次静坐。医生和护士每见我这样都要悄声退开。有一天,当朱兰把取来的丹丸交到我手里时,正好被陶文贝遇到了,她上前一步阻止说:"对不起,请不要服别的药。"

不能通融的口气。但我难以放弃。我盯住了她的眼睛,而在平时是不敢这样凝视的。她则盯着那几粒丹丸,以及托起它的那只苍白的手。我把药握在手心。

"这是什么药啊?"她像呵气一样,问得十分小心。

小羊羔似的气息。在春天的河岸,青草中间有花,花旁是洁白的小羊。我被咩咩叫声引得遐思远去,好不容易才转过神来。我该怎么回答?季府相传六代的秘传独方?我紧紧握住了丹丸,摇摇头。

"雅西和院长会问这些药的。他们绝不会同意,这会影响您的康复。"她的声音多么温软,长长的眼睫噗噗闪动。

我却在这会儿飞快地将丹丸填进嘴里。她啊了一声,转身跑开了。我从朱兰手里接过一杯水饮了一口,说:"小羊羔就是这样的。""老爷说什么?""瞧她吓着了。"

一会儿她领来了雅西。雅西的蓝眼睛看我空空的手掌,又看陶文贝。他问:"季先生,我想知道您刚才吃了什么药。"

我摇头。雅西转向陶文贝,摊摊两手。我只好告诉他们:"除了我,整个半岛再没有人知道它是什么做成的。"雅西一脸迷茫,有些沮丧。陶文贝与之耳语之后,两个人告辞了。

因为夜间不允许留人陪床,朱兰离去了。她一直担心我独自在外面过夜。其实这里并不比阁楼的夜更孤独。我闭上眼睛,身上的潮汐在消退,化为涓流在脏腑间自如地周游。是的,意念常常是可怕的,错误即在一念之间。我今夜之所以躺在消毒水味浓重的洋人病榻上,就因为犯了一连串的错误。我的意念强烈到不可遏制,终止了无时不在的、平缓如常的周流。

四周静到了极点。我突然想到这该是一个星空清澈之夜,于是伏到了窗前。果然,紫蓝色的天宇缀满星星,弦月初启。我微眯双目去迎接无边的清辉,与广漠的天穹呼吸相接。来自空阔的微凉进入体内,与无时不在的周流混而为一。远处是季府阁楼下的那片菊芋花,我能听到此刻它们洒下的点点露滴。

一夜少有的香甜睡眠,而且获得了一个清晰的梦。梦中有两朵菊芋花,它们先是并蒂,然后一边一朵盖住了我的眼睛。有一只蜜蜂在追寻,它们于是合在一起,把那只蜜蜂藏在了深处。醒来一阵沉思,不解其意。几年前我曾着迷于一本解梦的书,而且试着解过几次。

第一次是梦见两棵相同的青桐,它们每到午夜就长到父亲的窗台那么高,看父亲写字,父亲拍拍它们,它们就一齐矮下去,等待第二天午夜。我依据解梦书想啊想啊,早上对喝茶的父亲说:"我大哥快回家了。"父亲放下金边杯子看我,那一刻我才发现他的胡子白了一半。他没有说什么。父亲一位至交好友离世前将儿子托付给他,收为义子。那时我还没有出生。我七岁时大哥去东瀛读书,自那以后我一直想在梦中见到兄长。

还有一次梦见了父亲打点行装,神色匆匆地在季府里走动,见我坐在庭院的石凳上,就脱下长衫。白天父亲不停地咳嗽,想到梦中的情景,我明白与他分手的日子不远了。不久,父亲就病逝了。也就在父亲的葬礼上,我终于和兄长团聚了,我们紧紧地拥在一起。他已改名徐竟,这次是专程陪革命党的一位统领来的。

可我弄不懂昨夜的梦,一直想着那两朵菊芋花。

朱兰来了,我讲了那个梦,她神往而不解。陶文贝结束了晨祷,进门后发出问候。经过一夜睡眠,她的脸上好像染了一层霞光。我多想讲讲那个有关菊芋花的梦,又担心唐突。我对梦的预言深信不疑,确信昨夜的梦一定与这所医院有关。

我与她的谈话从晨祷开始。我知道医院里的医护人员每天早晨都要这样。"为什么要这样?"她听了双唇微启,那是稍稍吃惊的模样:"啊,当然要的,我们的力量太小了,天父的力量才是最大的。""他会帮你们吗?""帮所有人。比如您的康复……"我不再询问。我从来没想过这些,只知道最该感谢的还是眼前的姑娘。

"康复"两个字意味着离开麒麟医院。我讨厌这两个字了。我无望地看着窗户,那上面映出她的影子。她检查我的体温、脉搏,又在一个册子上记着。她按住我的手腕数脉搏时,得知了我慌乱的心跳,皱皱眉头,有时不得不重复一次,小声说:"太快了,而且不稳。"我回答:"是的,一点办法都没有。""这要告诉雅西……"我挑衅地看着她:"算了,这事与他无关。"

四

谢天谢地,出院前能有这样的一个夜晚。这一夜是陶文贝值班,而且好像并不需要照料太多的病人。由于一连两天她都试过了慌跳的脉搏,有些忧虑,在我入睡前的例行巡房又试了一次。我看着她一丝不苟的神情,说:"不要担心,这再正常不过了。"她摇摇头:"不,有些慌乱。"我把脸转到一边,盯住泛着紫色的窗外说:"没有一个男人见到你还会保持正常的心跳。他们都要慌乱。"

她像被烙铁烫着了一样倏然收手,站起。受惊的小羊。我想说事实肯定如此,比如那个蓝眼睛雅西,他也会如此,虽然他可能稍稍适应了一点,也只是一点吧。我想说自己就要离开这里了,让我告诉你一个不能遮掩的事实,这就是:你的一切,从形体到心灵,到气息,都让我迷恋。这不是一般的倾心爱慕,而是像海潮那样淹没过顶,让我没法呼吸没法活下去,像死亡逼近般可怕,像到了一个大限、一个最后。这仿佛是一瞬间就发生了,但这个瞬间非但未能消失,还在继续生长和弥漫,它罩住了整个季府里的房舍、园林,又从那片菊芋花往上攀缘,进入我的阁楼,紧紧地扼住了我的咽喉。结果就是,我像一个垂死的人那样被抬到了这个西医院,我们季府最厌恶最忌恨的西洋领地。

后来我在昏暗的夜色掩护下,说了许多许多。我说自己不把这一切告诉你,就没法离开,没法正常活下去,就会永远也出不了院,因为一个病入膏肓的人你们是不能赶他走的。

陶文贝呼吸急促起来。她的胸脯急剧起伏,两眼闪着愤怒或委屈的泪花,让我担心随时都会离开。我停止了。她移动脚步,还好,只是站在了窗前。这样站立了大约有十分钟,四周没有一丝声音。她像是在问夜色:"您这样做,为什么?"

"没有理由……"

她转过身,马上吓了我一跳,因为她的眼睛发红,好像刚刚哭过。可是我没有见过她擦拭眼睛。她的语气明显地平缓下来,说:"您当然有理由。您会有很多理由,您是季府老爷,您以为任何人要拒绝您,都是没有理由的。"

我不能忍受这样的屈辱和挑衅,这已经超出了一般的误解。我几乎吼叫起来,但马上又被自己吓着了,赶紧压低声音:"我没有理由,可你本身、你这个人,就是全部理由!我向你发誓自己不光没有一点季府的骄傲,相反从来没有这样胆小和自卑过……我唯一需要向你道歉的,就是太突兀太直接了,打扰了你惊吓了你,而我,真的没有这样的权利,谁都没有……"

陶文贝没有打断我。她一直等到我的声音淡弱、停息,这才说:"对不起,我的话伤到了先生。我想说,我十分尊重季府和您,当然希望您也一样,虽然我是这样一个微不足道的人。您对我什么都不了解,我对您也是一样。我们没有一点讨论的基础,难道不是吗?"

我把她吐出的每一个字都听到了心里。我做了一次深呼吸，以安定自己。令我惊讶万分的是她的条理与冷静，这超出了我的预料以及与异性交往的全部经验。无论如何，一股透着凉意的挫败感从头浇下。按她的逻辑，我如果继续下去就成了一种无理纠缠，是对她的轻蔑与不尊。我出了一头冷汗。对天发誓，我从没想过这些，因为我不知道爱还需要这么多理由。这一次大概真的错了，我面对的不是一般的姑娘，她与我荒唐岁月中经历的那一切毫不相干，可以说是一个全新的人。

　　我好像只有今夜，这个时刻，才意识到自己遇上了一个每天都要做晨祷的人，这个人不同于我，也不同于半岛上的大多数人。

　　我还想说点什么。我的声音变得比刚才低沉了许多。我说："实在对不起，请原谅。我虽然没有多少理由打扰你，但真的不是一时的冲动和轻浮。这些今后可以得到证明。好在还有时间，我们住在同一座城市，总能够……"

　　我的声音越来越艰涩。我发现自己真像一个破烂故事中的男主角，真正想说什么连自己也不知道，因为找不到相应的语言。我又想回到阁楼上写一封信了，我只相信言辞优美的文言，只有它才能准确无误地传递我的意愿。今夜我最好适可而止。

　　可惜她却不再耽搁，回答："我们只是医护与病人的关系。我不想从其他方面去增进了解。我真诚地祝福您，也感谢您的信任和友谊。"

　　她说完就要离开。我一急挡在了门边，还拍了一下脑袋，很快又觉得这个动作本身就足够愚蠢。我说："我记住了你的决定，不过也请给我一点点权利,或者说一点点机会……”

"什么机会?"

"我想再说一遍,我在你面前不光没有骄傲,而且还有点自卑。我觉得自己是这么低贱,真的配不上你。我犯过可怕的错误……本该是一个干干净净的人,可惜落在了肮脏的陷阱里,像个倒霉的动物。我不把自己的一切全说出来,就不配让你正眼瞧一下,也没有权利开口。我只想让你了解我,绝不会有一点隐瞒……"

"谢谢,可我真的不想知道。我从来没有遇到这样的事,请原谅……"

我大口呼吸,脱口而出:"不可能! 真的不可能! 这怎么会!"

"请让我离开,好吗?"她可怜巴巴地看着我。

五

我相信自己的人生分为两部分,那条分界线就是麒麟医院的大门。季府华丽的马车停在那儿接我,我却长时间站在铸了西洋图案的门前,听不见朱兰的催促。我在想:这次竟忘记了问陶文贝门上的花卉是什么,不知何时才有这样的机会。辘辘车声搅着我的心绪,自上车后就一直闭着眼睛。朱兰把我当成大病初愈的孩子,为我围上毛巾,从一旁轻轻揽住。

大街上一阵嘈杂,呵斥声大得吓人。车停下来,朱兰下去三五分钟,又回到车上。车子继续向前。那是一队海防营的士兵,他们正进行严厉的盘查,当认出是季府的车辆后便立刻闪到路边。朱兰简短说了外边的情形,我仍旧闭着眼睛。这个混乱的时世发生什么我都不会惊讶。就在上个礼拜天的下午,整个城市都听到了海上传来的隆隆炮声,后来才有消息:从南方驶来的一艘革命党人的舰艇就泊在近海,海防营已经做好了殊死一搏的准备。那艘舰艇两天后又消失了。

关于城市易手的消息越传越盛,驻兵哗变真的发生了,不过虎头蛇尾,事情很快平息。从三百里外的大营开来了三千精锐,整个市区才稍稍安定。午夜或者凌晨,说不定什么时候有马队驰过,然后就是渐渐息落的市声。

从医院归来的第二天,肖耘雨再也不顾朱兰的阻拦,一定要来禀报,我只好到楼下客厅去。"老爷肯定明白,我是轻易不会打扰您的。是另一个矿出事了,劫匪来了三拨,护矿队和兵营一块儿守了三天三夜,死了几个人。我给管带的礼银是这个数。"他把三根手指捏在一起,"这个矿该关了,可我不敢做主……"我打断他的话:"那就关吧,我知道了。"他起身离去前我又嘱一句:"不能亏待那些矿工。""明白,老爷。"管家站立着,一脸愁容。

自父亲在世时季府的实业就开始萎缩,江南大部处于停滞状态,半岛地区唯有酿酒公司还算景气,因为它所在的城区稍稍安定,或战乱之期更多的人要以酒浇愁。我知道自己无力扭转大局,这一点最清晰的还是父亲,他在最后的日子里对庞大的实业竟然未提一句。由此我又想到了邱琪芝与父亲的决裂,他们对这段友谊的终止语焉不详。但两人有一个结论是共同和清晰的:遭逢了这样的乱世,人真正可做的事情、最有意义也是最紧迫的事情,就是养生。

我回到了阁楼上。朱兰在我住院的日子里将这儿好好打扫了一番，三年来积起的肮脏被一并扫除。她不知用什么方法去掉了那股弥漫在空气中的公马味儿，让这里随处都透着一种清新。早餐后，她折了一大束菊芋花插在瓶中，何时退下我竟没有察觉。我盯住这束鲜亮的花说："人在这样的世道其实还有一件值得好好去做的事情，就是爱。"

　　我为自己新的结论而激动，在厅中长时间踱步。我不知道这个想法与父辈的恪守相去多远，又能否合而为一？最后我有些胆怯起来，因为无时不在的强大思念充斥了整个身心，再也无法容下其他，我可怜的躯体一直在焦渴等待中。潮汐仍旧在星辰的注视下缓缓涌起，只是再也不能如期消退，不能像过去那样平滑自如地周流，启动这无始无终的浇灌。随着夜色加深，我仿佛再次面对了那个垂下的马尾辫，他如果转身，我就会看到一张幸灾乐祸的脸。久违了，爱恨交加的家伙。

　　朱兰想尽办法调节膳食，我细细咀嚼，但食量很少。我越发消瘦了，脸色已经接近最糟糕的那段日子，青苍苍的，嘴唇再次开始脱皮。"老爷，我不知该为您做点什么，我真是一个没用的人……"朱兰的泪水溢满眼眶，只是没有流出来。以前每逢这时候我就会安慰她，为她揩去泪花。她一直是我最亲的人。那个做了革命党的兄长一年里见不了一面，这世上再无亲人了。我想起什么，问："如果不是因为他，父亲后来会与革命党走那么近吗？"

　　朱兰眼里的泪水很快干涸了，答道："老爷是因为太太去世才那样的。他再也没有耐心了。"

我点点头。这与我长期以来的猜测是一致的，父亲因为失去了自己的最爱，也就不再等待。而养生是缓慢的，需要极大的耐心。如此看来，一个人没有了爱就会焦躁峻急，然后极易铤而走险浪掷生命。我的右手长时间抚在胸口，感受它沉着的搏动。它终于不再像以前那样慌乱了。

　　一个人待在与世隔绝的空间里，享受独处的幸福。这是季府主人才有的专注和闲寂，父亲在鼎盛时期更是如此。总听府里老人回忆，他们说父亲在新婚的第一个月，就因为要试验那个方剂的加减，竟把自己闭关了两个多月。这六十多天里只用一只竹篮往高处吊送饭水，谁都不得入内。那是府邸一角的一座碉楼，是祖上为防乱匪而筑，阴森窄逼。我曾多次到碉楼上去，想嗅到往昔的气味。我看到了碾制草药的器具、煎钵，还有烧制什么的坩埚，大大小小的金属和陶瓷器皿。尽管已过去了几十年，这里还有一股汞和硫黄的味道。我把它当成了先人的气息。

　　父亲曾经多么忍韧，这种坚毅既来自一个独药师的持守与信念、一种血脉遗传，也与充盈心间的爱有关。他爱我的母亲，终生不渝。我甚至怀疑他是急于追随母亲才过早离去的，尽管这意识大半是潜入深处的。

　　此刻我感到庆幸的是自己像当年的父亲一样找到了深爱，虽然惨遭拒绝，但这爱已经驻在了心里，并且在体内周流，每天按时造访体内的每一处，自顶至踵地通融和循环。每个清晨酿成的朝霞会由内而外地洇红我的面颊。既有这样的自省，也就不会是一场虚待，该来的必会到来。

我重新加减了丹丸并按时服用。每个星夜在窗前度过,用微眯的双目迎接浩瀚清辉。满月当空的那个时刻,还有旭日升腾的辰光,我从不错失。当这一切完毕回到静坐间,四周恰好是温煦可人的、透过细密竹帘洒来的满室光明。我用一段时间反省自己,过失和欣喜、躁气和妄念,都在内心一一指辨。我用超过双唇吐露的十倍的力量相诉,只说给一个人:"爱是不会变质的,而且最后很可能只是一个人的事情。我不去打扰你,世上所有的至爱都该享受特别的安静。我因为怜惜和爱护,甚至不想让你为任何事物波动,最美好的一定是最安静的。你说并不想知道我的一切,是的,但这并不能阻止我的倾诉,我毫不留情的检点和反省。是的,只有爱才有这样的力量。"

我双手抚膝,睁开双目。这是上午七点多钟,正是早餐时刻。突然听到了一声声叩门,是朱兰。我从声音里感到了不同以往的急促,就稍稍用力地开门。她双唇打战:"老爷,我是不该这会儿打扰的,可是,可是……"

"有事快说,到底怎么了?"

"是大少爷,徐大少爷,从小门那儿进来了……他和另一个人,您快去看看吧……"

六

我听到禀报的瞬间呆住了。因为我一连两个晚上梦见了青桐,长到了季府围墙那么高。我当然想到了兄长徐竟,以前这样释梦是灵验的,这次又是如此。

朱兰见我门都未关就下楼了,匆匆反身锁门。她在前边引路,直接从杉树林穿过,踏进一条走廊,从主楼的左翼拐入边厢,那是朱兰的屋子。她的门前已经站了管家,他赶紧为我撩开竹帘。

正是兄长徐竟,他细长的背影朝向我,正躬身与床上的人小声说什么。我们目光相接时有些灼烫,他伸来手臂挽我一下。床上的人四十岁左右,有些胖,目光炯炯,一只无力的手伸给我。朱兰把他左腹上的纱布挪开一点,露出的是殷红的血。"这是海防营的火器伤的,很深。已经换了第三块纱布了。"管家说用了许多止血粉,但作用不大。我马上想到去麒麟医院,可没等开口徐竟就摇头。他的嗓子已经半哑了。

原来他们北方支部正在召开一个重要会议,半夜遭袭了。受伤的人是从南方赶来的,为大统领特使,正准备由此去奉天。徐竟背着特使钻着小巷,从小门那儿翻墙入院,整个脱险过程令人惊悚。徐竟说几个人都打散了,禁卫军管带亲自领人抓捕,街巷处处森严,那个麒麟医院正是他们着力搜捕的地方,因为中了火器的人一定会去那里。

我们交谈时肖耘雨出门去了,不一会儿匆匆返回:"老爷,府里前后门都有了海防营的人,他们好像在盯着季府。"徐竟的手习惯地碰了一下长衫下的短铳,用焦灼的目光扫着我的脸。我想兵士不会贸然闯入季府,因为他们的老管带、现在的府台是父亲的老友,两人热衷于切磋养生,平时对季府十分尊崇。不过以防万一,我还是让人把早就闲置的碉楼下边的屋子收拾出来,任何人不得吐露半点口风。我让徐竟和那个人都住那儿。

逼到眼前的火急就是设法挽救那个人的生命。徐竟告诉我：目前自己已是北方支部的副主盟,因主盟病逝,这个北上的革命党人实际上肩负了最重要的使命。他说一场起义正在酝酿发动之期,北方支部下辖东北三省、北平和天津几个分支,可谓重镇枢纽。他急得来回走动,搓手顿足。"难道季府就没有一个麒麟的朋友？可以将他接来府中嘛。"他停住脚步看我。我低下了头。"有没有这样的朋友？当然,这必须是足可信任的……"我抬头看着窗外,声音低低却足以让对方听清："那里有我的爱人。"

徐竟一把攥住了我的胳膊,把我弄疼了。他使劲摇晃："那简直……快些行动吧！"

"但是她不爱我。"

空气凝住了。徐竟再次搓手,那双烧灼的眼睛近乎憎恨地盯住了我。这样停了片刻,他狠狠地说："你必须让她爱你！"

我忍住就要涌出的泪水回答兄长："是啊,她必须爱我。"

"那就快些行动吧,我们的人也许撑不了多久。你还犹豫什么？你的勇气哪去了？你让我们坐以待毙？难道这事儿比登天还难？"他快要吼起来了。

我不得不小声,然而是严厉地回答这位北方支部副主盟："这事太难了,就像你们革命党的起义。"

徐竟愤愤地以拳击墙："可我们的起义已进行了大小十多次。"

"是的,父亲在世时说过,这十多次连一次都没有成功。"

七

季府的马车是半岛地区最华丽的,由两匹油亮的三岁马牵拉。

轿厢罩了锦缎,厢内铺设了呢毯,放置了软座和小屉,内装热茶和各色吃物。蹬脚垫上缀了银丝,连拂尘柄都是金丝楠木做成的。这是父亲为迎娶美丽的妻子定制的,从此就成为季府的一个标志。城区的人只要见它驰过就会喊一句:"看,季府。"这些年来城区出现了乌黑锃亮的小汽车,它最先为那个麒麟医院拥有,接着又是官家和富商。许多人预言季府很快也会有一辆,他们错了。

马车停在门前,几个海防营的兵士在看,并不靠前。我穿了华丽的长衫,头发梳得光亮,登上了车子。

咯噔咯噔,车子太慢了。在这短短的时间里我做出了新的决定:更换车辆,季府必须有自己的一辆西洋汽车。我让车夫加鞭。

当我踏上这条熟悉的长廊时,起码认定有三两个可疑的便衣,他们都是海防营的人。我出奇地镇定,就连自己都感到吃惊。我像一个衰老的绅士缓步走过,双眼微眯,面容倦怠,内心里却充斥着"凛然"。我一连推开了三个门,记忆中的药味儿又浓烈了许多。没有那个人。我手心出汗了。

正在这会儿我听到从一楼的门厅那儿传来一声"阿门",这才大舒一口气。我竟然忘记了晨祷的时间。我笔直地倚在一道门廊入口。几个白衣女子走来,她们当中有一个步态最美,在离我三五步的距离露出了讶异的表情,看看我,又看看旁边的人。她们伫立片刻,很快走开。我瞥着那些离开的人,压低声音说:"请到一个没有人的房间,快一点。"

她每到吃惊时就微微张开嘴巴,一双大眼睛望着我:"请在这里说吧。""绝对不行,来往的人太多了。我非常焦急,我没有时间了。""该说的都说过了,季先生,今天我太忙了,雅西……"我提高了声音:"去他的雅西!人都快死了!"她上下端量着我,鼻翼上又出现了嘲弄的神气:"我看您蛮健康的。"我嗓子里带出哭音:"不是我,陶小姐,是另一个……我们需要找个地方商量。"

就在第一次就诊的那把高背靠椅上,在灿亮亮的铁葵花下,我说有一位老友因为各种原因,他不能到医院里来,所以务必要请她去一次。我最后说的是:"虽然我们彼此都不够了解,可是、可是我就是相信,只有最美好最善良最正直的人才能长成你的模样。所以我敢于这么冒昧地来请你,求助你……我不认识其他西医,我想起了我爱的人!"

她看着一旁的花束,像发出一声叹息:"我说过不爱您的,先生。"

我抓住了她的手又嫌烫一样放开:"我知道!我明白!我只是向你求助……"

这只铁葵花把我的眼睛刺得泪汪汪的。这会儿门开了,有个人探进头来。她把我的嘴巴扳开,看着我结实的两排"马牙":"就快好了。"门关上,人走了。我紧闭嘴巴,等待一个判决。这样过了几分钟,她轻轻说一句:"实在对不起,我不能去您那儿。"

我就这样绝望地回到了府中。徐竟愤怒了。他不知还该怎样。

药局的人来过几次,伤者还是烧起来了。"你就眼瞅着他这样?再去一次!要快!"徐竟盯着我喊。

我在菊芋花丛那里镇定了一会儿,开始折一大束金色的花。

我在心里打定了一个主意：从头至尾向她讲出一切。这有点太冒险了，可我已来不及跟兄长商量。

我怀抱一大束鲜花出现在长廊里时，那么多白衣人都在看我。我将陶文贝堵在了诊室里，语气急促却十分清晰地向她说出了一切秘密。她怔了一下，看看我。"人很快就不行了，你是我最后的指望……"我声音颤颤的。她沉默了许久，最后说："您稍等，我马上回来。"

这十几分钟让人不能忍受。再有一会儿我真的会疯。我实在猜不透陶文贝离开的这段时间会做什么，这才后怕起来：兄长太相信一个被单相思弄得半疯的人了，而这样的人通常是最愚蠢最没有理智的人。事已至此，只有任人宰割了。我闭上眼睛祷告，可是我对祷辞一无所知。我只是说："上帝啊，我真的爱她，我爱她，阿门！"

门开了，我睁开眼睛。她没穿白衣，身着一件藕荷色的衣服。整个人比过去显得更高了一点。我们对视一眼，目光又一起落在那一大束花上。

我们并排走上三楼的长廊。我们需要稍近一点，臂弯里是灿亮的金子一样的菊芋花。

一个护士怔怔地看着我们。由于羞涩及其他，也许是紧张，陶文贝没有和同事打招呼。我们径直下楼，楼梯拐角那儿的便衣伸长了脖子，喉结蠕动一下。我的心慌极了，不得不求助于他人，于是不容挣脱地挽住了她的胳膊，在众目睽睽之下步出大门，登上车子。

八

多少出乎预料的是,季府老友登门造访了。他就是父亲的一位养生切磋者,以前的禁卫军管带、现在的府台大人康永德。父亲在世时他是这里的常客,记忆中他们两人一块儿下棋饮茶,谈天说地,主要内容当然是与养生术有关的事情。康大人小父亲许多,尊父亲为师,恭敬得很。父亲用四个字评价这个人:"领悟超凡"。

面对这个长辈我不知该说些什么才好。实际上他在父亲过世前几年与季府就有些疏淡了,用他的话说是"乱党猖獗,忙于军务,不能按时请益"。令我吃惊的是这个人至少也有八十高龄了,可看上去除了白发较过去增多,其余倒没显出太多的衰相。我赞叹他的体魄,并无太多恭维,对方立刻拱一下手:"全仰仗季府的丹丸,我谨记老爷教导,不敢一日疏忽啊。"

康大人最喜欢饮一种皖地香茗,原产经一位岛上道人炮制,成为难得的珍品,以前父亲也品过,赞叹不已。他说太久未登贵府,自己应尊待少爷像原来的主人才好,说着将随身携来的木匣打开,里面是两个拳头大的青花瓷罐,启罐后揭去一层锡纸,一股深长的香气直入肺腑。

我们当即试饮。朱兰端水照应,给康大人问安,然后退出。他等待我的嘉许,小小杯盏放在鼻下,并不先饮。片片碧叶在严寒中敛起一生的芬芳,捂雪卧冰,终于在北方的呵护中舒展了,它们像鱼儿一跃,来到唇边。我觉得它们有竹下书寮的清爽,好比一群书童刚出沂水,正迎风而歌。我合起眼帘,吟哦了两声。

康大人放下杯子叹道："好。"他肿胀的五指按在我的肩膀上，随即挪开，眼睛湿润了。"每到午夜不眠时，丹丸想必润化已尽，接着是气息运行。小腹一点点温热起来，热力散漫全身，凌晨也就来了。这会儿恍然入睡，鼻孔那儿有一股樟木味儿，与以前截然不同！我想请教少爷的是，这是否意味着不祥？"

"以前不是这种气味吗？"

"啊，那是青杨，春天叶片齐整后的青杨。樟木柜子的沉暮气，让我害怕。少爷，如果老爷在世，他会为我施以加减……"

我暗暗观察，想看出他的沮丧，没有。他的眼睛像悲伤的猿猴那样水滑灵动，只是故作惆怅地看着我的一举一动。我收敛鼻息，睐目垂首地答道："康大人，我已经明白了，两天后会差人呈上新的丹丸。"

康永德要告辞了。我陪他穿过厅堂，步入前院。他拍拍那棵高大的青桐："时光好快。"转过花墙照壁，再往前就要揖别，他这才止步说："少爷千万保重，乱党闹得凶极了，我已让海防营守护季府，万万不可大意。"

他走远了，我站在青桐下一动不动，微风下感到后背那儿已经汗湿。我料定他的出现必有缘故，他一直在留意季府和新的主人，想从对方的慌促紊乱中印证什么。两天之后，我会让管家差人送上一些新的丹丸，除此之外，他什么都得不到。

我发现几天来季府四周兵士仍在，风声日紧。朱兰有些胆怯地将我引到后院，指着被踏乱的铃兰让我看。我发现了阔叶上有几滴深紫色，心上一紧。这是血迹，或许墙外也有。我明白了康永德为何来访。

好消息是伤者已经止血并缓解了疼痛，致命之险可以解除。不过注射之类还需要陶文贝亲为。麒麟医院常出现一个手持菊芋花的男子，医护们都知道这个痴情汉就是季府老爷。有一天我正站在廊柱下等人，两个白衣姑娘议论着从旁走过，一个说："他应该捧一束玫瑰啊！"另一个说："谁知道呢？真是怪人。"

为了做得更像一些，有几次我不是将陶文贝直接载到季府，而是让车夫拉我们去悠闲的地方转一转。所有看到我们的人都投来钦慕的目光，这让陶文贝羞愤难当。可在这样的时刻她却有一种无法言喻的美，我在心里惊叹：有一些令人过目不忘的、逼人的内美，竟然要在愤怒的时候才能放射出来。我不敢挨她太近，像害怕灼伤一般。我热烈而矜持，可是不敢多说一句话。

我们并排坐在车里。铺了厚呢的车厢是最安全的两人空间。可是这里有最多的沉默。我心里明白，随着那个人的伤势好转，失去她的日子越来越近了。坐在她的身边，又一次被特异的香气笼罩，好像从杏红色的朝霞深处溢出的体息，让我下颏那儿一阵战栗。我需要使尽全身的力气才能保持声音的平稳。我说："但愿那个人快些痊愈，这太难为你了。"她不吭声。我又说："革命党永远不会忘记你的。"她仍旧不语。这样过去了十几分钟，她两眼看着自己的双脚说：

"我不知道这辈子该怎么办！"

我心跳如鼓，两拳紧攥，想呼喊又不知如何分辩、如何道出深深的歉意。是的，半个城市都知道这是一对热恋的人，其中的一个却在被迫演戏。就因为我们生在了倒霉的乱世,才要出演这样的一场悲剧。我想问的是:难道事情真的没有一丝转机,难道季府这个人从头至尾都让你厌恶? 这会儿我觉得整个人生都走到了尽头,这辆马车的前方不是季府,而是一道悬崖。趁着离毁灭结束的终点还有一段距离,就让我说个痛快,把长期以来的心思全说出来吧。我看着她,从来没有这样近地看着她:

"如果你有了心上人,我一定走开。如果事实上还不是那样,就请你听我说完,因为只有了解一个人才能做出判断,才能最后决定。那时候你仍旧讨厌,我就会离开。你还在犹豫,将信将疑,我就会一直追下去,用上自己的一生,因为人这样使用自己的一辈子是多么幸福! 我想试一下,看看自己能不能做一个这样的人……"

她看了我一眼,那是微微惊讶的目光。我停顿了一下,当她的目光移开后,又说下去:"我觉得到现在为止,你的拒绝都是合情合理的。因为你一点都不了解对方,这个人除了一钱不值的财富和名声以外,一无所有,相貌平平。他信奉和继承的家族事业,也和你的麒麟医院南辕北辙,一点都不相干。我在你面前只有自卑,认为自己脏得洗都洗不干净。我必须从头开始,坦白一切,你才能决断这个人值不值得为他祷告。我在这里请求了,请求你耐住性子听一听,我们还有时间,我们的马车会沿着城区街道绕下去……"

第九章

一

城里的人已经习惯了看到这辆华车在街区徘徊。他们知道车里坐了那个有点怪异的年轻老爷，知道他身旁有个如花似玉的女子。车子一直转过三个街区，最后才恋恋不舍地转回府邸。陶文贝下车时由我搀扶一下，然后径直走进大门。她先是进入前庭，从侧门踏上更道，再隐入茂密的林木。朱兰已经在那儿等候多时。

一个多月飞快流逝，时间过得实在太快了。那个南方革命党的特使已近痊愈，正做离开的准备。徐竟有些欣喜和轻松，对我满意极了。陶文贝施治时徐竟总是寸步不离，一双专注的目光不放过她的任何一个动作，病人皱眉他就会上前一步。一次治疗完成，徐竟会在外间对陶文贝细细询问一番，然后致谢。这个过程从开始到结束大约需要一小时，我却觉得有半天那么长。为了避免太过匆匆引起疑虑，我们通常还要再延留半个小时或更长。余下的这一段时光是极其珍贵的，我可以陪她在府内走一下。从引以为傲的花园到上个世纪的老宅，都让她发出赞叹。我留意她的每一个表情，在心底盼望这一次次强人所难的出诊能使她多少改变一

185

点。我既感知到她那副高傲的性格,同时也窥见与其年龄相符的纯稚。她对这座古老府邸饶有兴趣,常常表现出某种好奇,对它的主人却依旧敬而远之。我小心地接近或不得已地退缩,幸福与痛苦交织在一起。不可遏制的爱欲常常使人忘记一切,那会儿除了坦诚和真挚,再无其他。她冷冷地打断我的那一刻总是令人呼吸急促,羞愧难当,还有一种压迫感和窒息感。但我还是设法重新开始,尽管这十分艰难。因为我知道这远远不是结束的时候。

自她踏入府中的那一刻我就有个奢望:请她到那个阁楼上去,哪怕只短短一刻也好。在那个仅属于季府主人的囚禁之地,她会身临其境,嗅到一种自我煎熬的焦煳味儿。那是一个决绝之地、印证之地,锁闭了三年多非同寻常的时光,积蓄了难以消散的愁思与苦难。凭她的灵秀和敏悟,这一切大约是不难领会的,说不定还会暗暗滋生出些许怜悯。可惜我的努力全部落空,她绝不想进入我的个人空间。那儿藏匿了一个男子的心灵,她只想躲开。

那个南方特使一旦离去,一段不无浪漫的插曲就要突兀而悲伤地结束。我有些心痛,夜里睡不着,忍不住要与徐竟长谈。至此我才发现,在这一个多月的时间里我们竟然缺少这样的倾谈,而这之前我对他是那么牵肠挂肚。

我们说到了登州以及起义始末,特别是那不复生还的两千个青年。徐竟说血是不会白流的,起义虽然失败,宝贵的经验却被获取,巨大的激发力已经产生。他认为在经过了必要的准备和忍韧之后,下一个高潮为期不远。令我惊异的是兄长总是那么自信,几乎没有什么摧折能够使他颓丧。夜色中他的眼睛闪着光亮,几次站起来走动。我突然想到了王保鹤先生，因为自从登州光复前见过他，到现在没有谋面。我想念先生，上一次他取走的丹丸大概早就用完了。我提起他时，也顺便问了兄长服药的情形。徐竟说王保鹤就在北方，你们相见的日子不会太晚。说着从衣袋中取出一个小瓶，笑吟吟地看我："你看。"他倾出几粒吞下，连水都未喝一口。我放心了。

心中磨得滚烫的一席话还是关于陶文贝的。我多想听到兄长的一句鉴定，更希望能为时下的困窘指出一条道路。在我出神的时候，徐竟探探身子拍了我一下："好极了，眼力不错，就这样定了吧。"

我望着他，一点都不怀疑这句简短有力的话说的就是陶文贝。我扯紧了他正在缩回的手："可是、可是这太难了……"

"比一场起义还难吗？"

我未能回答。这是两个人的事情，这基本上不关乎他人的生命。不过这同样是无测的、艰难的。我知道许多时候，就连宝贵的生命都未必能换取一场成功的爱恋。怎么向他解释这些？我相信连姑娘的手都未碰过一下的兄长，压根儿就不会理解这复杂的一沓子。我觉得喉头发烫，一时无言。

兄长举起了拳头："该发起致命的进攻了！再犹豫下去不仅贻误战机，而且浪费生命！"

"我……我想如果比作一场战事，那么要紧的不是何时发起进攻，而是保证胜利！"我不知为什么憋出了这样一句，说完立刻有些后怕。

187

果然,徐竟在屋内急急走动,咳嗽,最后立定在我面前。我被他那目光吓住了,禁不住后退一步。他哼一声,扔下轻轻一句,坐在了床上:"胆小鬼总是想着失败。"

二

兄长就在夜谈的第二天离去了,与那位特使一起。行前那位英俊的保镖金水又出现了,小伙子可能是特意赶来的。三个人趁着夜色掩护出了角门,很快消失了。我和朱兰、肖耘雨站在铃兰丛中,看着他们头也不回地走了。

"那个金水真是水滑滑的孩子。"朱兰往回走的路上说。"水滑滑"是极俊美的意思。人人都是爱美的,"居士"也同样如此。

这个夜晚我一直想着陶文贝。我自问:难道一切就这样完结?回答是当然不能。我回溯一个月来的每个细节,这时惊奇地发现:她竟然容忍了我长长的倾诉。而我只想面对一个全新的自己,只想交付全部的忠诚。我知道一个诚实的人才有资格吐露那个"爱"字。在我来说,只有真实地面对她,才能掂出这个重若千斤的"爱"字。

我一遍遍回想兄长的话。是的,毫无夸张地说,这活活就是一次人生的战斗。然而我发起"致命的进攻"了吗?我不知道。因为在这场战斗中我没有任何武器,只有爱,它是不掺一丝杂质的东西铸成的,但好像不是金属。不要说"致命",哪怕危及对方一丝一毫,我都将即刻缩手。

然而勇气和决意却不能缺少。我在这个夜晚大口呼吸,一遍遍让自己沉静下来。我知道力量不会从浮泛的冲动中爆发,也不会因焦虑而增加一分。我几次靠近窗前,望着满天繁星,微眯双目,感受那布满天宇的仁慈。在这样的时刻,一个卑微的生命也只好如此这般地仰望了。

许久了,她一直在倾听。这说明她能够面对也愿意了解一个陌生的世界,而不仅仅是厌恶和拒斥,没有将自己隔绝起来。想到此,心中敞开一线光明,从这里一遍遍遥望和揣测:经历了这一个月之后,许多事情好像变得迥然不同了,我似乎可以随时出现在麒麟医院而不会显得过分怪异。这使我马上急切和冲动起来,胸口变得灼热。不过只一会儿心底又响起了另一个声音:这可是至为关键的一个时段,你小心一些,再小心一些;你须谨言慎行,任何孟浪都会葬送一切。

我在屋里走动了一会儿,再次坐下来写一封信。比较起来我对文字更加信赖,认为只有那种无与伦比的古旧文法才能够准确无误地传递心声。我对刚刚兴起的半文半白深恶痛绝,只与典雅的修辞有一种不解的亲和力。温煦的灯光下面对纸与笔,心情马上变得质朴了许多。交谈者仿佛近在咫尺,我们简直可以声气相接。不过说实在的,这种书写与其说是准备黎明后的投递,还不如说是为了今夜的自我疗救。我知道,说不定在第一缕曙光的映照下,我因为胆怯和其他,会把这些热辣辣的倾诉悉数毁掉。

我在想:她打开这封信笺时已经是全新的一天了,而自己正在度过一个绵绵细语、耳颊发烫的长夜。我回忆,我记叙,不放过任何一个同处的细节。我好像仍在她的注视之下做这一切,因害怕而稍稍躲闪,却又担心失去这目光。我惊异于那么冗长的絮叨并未将其吓跑。可是我在那段时间里简直算得上孤注一掷,已无法终止。该说的都说了,剩下的只有等待,像等待一个判决。这无声的长夜隐含了无尽的隐秘,这样的夜晚会发生什么?

在我所有的记忆中,再也没有比这半年来的经历更险峻更陡峭的了。自己有许多次离那个不可思议的存在、离一个灼烫烫的神话几乎相挨无间。同乘一车时,因为厢内过于窄逼,那会儿真是如煮似煎。她的气息满溢了一个小小的世界,幸福令人无法喘息。那会儿我双手发冷,双唇肯定没有一点血色。偶尔的颠簸让我们的身体触碰一下,心跳骤停。今夜我写啊写啊,渐渐忘记这些文字是送给她还是留给自己,只记得结尾写下了这样一句:"原谅我吧,因为对我来说,这会儿就像一个束手待擒的罪犯。"我怔怔地看着"罪犯"二字,又加上八个字:"狭路相逢,遭遇至物"。

这封信像夜色一样浑茫,又堆积了太多的热情和恐惧,真的无异于一场彻底坦白之后,正在祈求一个裁决。最后那八个字突如其来,令我全无提防。老天,没有什么比它再准确再真实的了,可谓道出了最大的实情,也透露了全部的尴尬。我端详着,只觉得"至物"二字太过粗俗直露:人怎么会是"物"? 可想来想去,此处换作任何一个字都不成。

天快亮了。余下的时间里我做了一件颇为冒险的事情,不过也足够果断:将信迅速封好并用力写上她的名字。大概是害怕自己变卦吧,这会儿即刻跑下阁楼,从门下插入朱兰的房间。她将在黎明后为我送达。

做过了这件事后,我觉得极为疲惫,倒在床上便睡着了。

三

又是两天过去,什么都没有发生。我预感这次与往昔不同,究竟怎样不同却不知道。为了打发难耐的等待,我又乘车去了街区。季府的华车只要驶过必有注目者,他们或许又想到车内是并肩而坐的两个人。这回他们错了,那种美妙的时光或许一去不再复返。我在车上闭目默思,想得最多的还是那封信,这会儿差不多忘掉了所有措辞,只觉得意犹未尽或语焉不详。我如果现在执笔则会清晰无误地添加如下的意思:爱的决意在我,而您是自由的;无论您做出了怎样的决定,我都会一如既往;为了您,我愿意改变一切,从里至外,毫无保留。

车夫没有得到我的指令,只是信马由缰。我偶尔掀开厢帘看着毫无生气的市象,心中黯然。一个个布摊前顾客寥寥,行人无心无绪又匆匆忙忙。有个摊子让我心里咯噔一下,忍不住睁大眼睛:啊,这是那个彩线摊子,它的对面就是那个小白花胡同。我喝停了车夫又马上后悔,很快挥手让车子再次启动。当潮湿腐烂的气味扑面而来时,我知道河滩到了,车夫赶紧驱车向南。不知过了多久,车子明显地慢下来,打帘一看竟离麒麟医院很近了。车子行驶得越来越慢,最后几乎贴近了那个铸铁大门缓缓驶过。我又一次注意到了门上的图案,想起至今未能请教陶文贝,不知道上面铸的究竟是什么花卉。

回到季府时朱兰欣喜地望着我,那像雏菊花瓣似的双唇抖动

191

起来,两手从背后抽出,捧出一个洁白的信封。我的牙齿都碰响了,慌慌地把灼烫之物取到手里,一刻不停地爬上了阁楼。

这里面可能是一纸令人昏厥的判决。紧张使我不能呼吸。我搓动两手,将信封放上案几,又挪到一件青瓷瓶上,让它像一朵即将开放的百合。我在心中默念着她的名字,一点点打开。白笺,仅一行字,稚拙而简洁,不错,像一只小羊羔留下的痕迹:"尊敬的季老爷,能否请您屈尊来一下麒麟医院?"落款是那三个字。就在它的旁边,我还发现了信笺上固有的水印花卉,好像是玫瑰。

我冲下了阁楼,朱兰要说什么时,我已跨入了门厅。"老爷,老爷。"她在我稍稍停顿的一刻追上来,以询问的目光盯住我。我这才说:"备车,麒麟医院。"

车子太慢了。这使我想起以前添置一辆西洋汽车的决定。我问车夫汽车的事到底怎样了。他举着鞭子回答:管家正差人办哩,要不是因为战事阻隔航路,车子早就停在府中了。我这才明白汽车要从水路运抵。

踏上医院长廊正是下午四点多钟,浓浓的石炭酸味让我想到了第一次:差不多也是这样的时刻,自己来这里瞧了那排"马牙"。我下意识地摸了一下左腮,抬头辨认那些穿了白色长衫的人。似曾相识的女医护们来来去去,并不看我。我看着她们的背影,发现这些姑娘的脖子较外边的人好像更长一些。她们当中只有一两位洋人,即便这样,医护们相互之间打招呼还是习惯地使用洋文。拐过长廊去那间熟悉的诊室,没人。正站在门口等待的一会儿,迎面走来了雅西。我忍住不快与他打招呼,他马上说:"是的,是的,她

192

就在那儿的,是的。"

我往雅西手指的那个方向走去。"是的"两个字好生奇怪,仿佛他提前知道我要来似的,这令我更加不快。不过我希望这是蓝眼人古怪的文法造成的误会,实际上他什么都不知道。越是往前,怦怦的心跳越是加快,使我不得不在一个廊柱前伫立一会儿。一个端了白色器械盒的护士专注地看了我一眼,我却不记得见过她。奇怪得很,她的脖子也有些长,细高身材,走路颇快。我想追上去问一个人,刚刚起步身后却响起了一个声音。这声音让我立刻停住,但不敢回头。

抱歉,我没有像过去那样手捧一束菊芋花,可是心中冲动得像一个拥满了鲜花的少年。我缓缓转身,两手奇怪地藏到了身后。那是空空的两手。

"季老爷,请跟我来吧!"陶文贝说完就转过身去。她的目光和声音都过于平静了。

我马上疑惑起来:她可能并没有收到我的信。不过我又在心里否定了这个判断,果真如此,她就不会发出这次召唤了。是的,我如约而来,忐忑不安又幸福无限。我可能会永远记住这一天,感激这一天。这一天无论如何都将是极不平凡的。

她走在前边,步子稍快,以至于不得不停下来等我,但并不回头。她灵敏至极的听觉可以准确地判断两人之间的距离。就这样,我们转过三个短廊,来到极安静的一个区域。这儿本来是自己极熟悉的地方,然而此刻我竟毫无察觉。

我们在一个门前停住。笃笃敲门。里边响起了男声。门开了,一阵冰冷的惊奇感突兀地袭来,让我发出啊的一声。

屋里半躺着一个人,他是院长伊普特。

四

"亲爱的朋友,季先生辛苦您了! 这是陶小姐的意见,请她跟您解释吧……"伊普特的声音疲惫而又低沉,像是尽了最大努力才说出这样几句,说完又靠在了床头垫子上。这时我才认出这儿就是那个病房,他旁边的柜子上有针管之类。

我慌促不已,脑子里近乎空白。我不敢转身去看陶文贝,不知道将发生什么。

"季先生,事情是这样,伊普特院长已经病了很长时间,眩晕,全身无力,常常不能坚持工作。医院尽了最大努力,可还是不够理想。院长暂不能回国,因为这里实在离不开他……"

她的声音一点点低下来,仿佛力气也越来越小了。我的心跳开始变得平缓。我听得明白,这个房间里躺了一个病人,而且是麒麟医院的院长。原来我的到来与此有关,不过这似乎也太唐突了。

"您能来,我们太感谢了。没有用车去接您,因为不想惊扰太多的人,还恳请您能谅解。这是伊普特先生的意见,他愿意尝试一下……"

我不得不打断她的话:"我还是不明白,请您说得详细一点,如果、如果这儿不方便,我们可否单独谈一谈?"

陶文贝看着伊普特,像在征得院长的同意。床上的人点点头。

陶文贝走出屋子。我们来到隔壁一间闲置的病房。她将门留了一道缝隙，犹豫了一下又关合了。我身上有些燥热，手足无措。我渴望只有我们两人的空间，可是这会儿又格外不适。我真正想说的是：我的信，你真的读过了吗？

"院长肯定是累的。两次打仗死伤那么多人，这儿连走廊都挤满了。所有能用的地方全腾出来了，他的办公室都变作了病房。每天只睡三两个小时，除了晨祷从不耽误，连吃饭都顾不上。就这样他病倒了，用多少药都不见好。我就想起了您，府上也许会有办法。雅西不同意，院长说不妨试试，我就给您写了那封信。"

我的手伸进衣兜里，那儿有一瓶丹丸。我已经习惯了随身携带它。可是我知道即便对方同意，服用这种东西也是以后的事情。眼下最要紧的是解除他的眩晕之苦。我凭经验知道这可能并无大碍，仅仅是长期操劳忧烦所致，药局里任何一位坐堂先生都可以为他诊治。我点点头，吐出的却是在心里憋了很久的话：

"我想，您大概没有收到我的信……"

她的脸倏地红了，眼睛转向窗外：那儿正飞起一对雪白的鸽子。同样，她像我一样答非所问："我这样请来季府老爷太无礼了，不过您也曾经在我十分为难的情况下，把我拉到季府，去为一个生人治病。"

"我那回可是手捧一束鲜花来的……"

"我也会给您一束的！"

她说完定定地望了我一眼。我被这目光逼得心慌，说："你知道，我一直在等你的信，日日夜夜，每时每刻。我已经无心做任何事情了……因为、因为我……"

195

"因为您遇到了一个'至物'！"

她的胸脯剧烈起伏，那个精巧挺拔的鼻子也在动，长睫闪闪。她生气了。老天，我愿意用一切方式向她赔罪，为自己不合时宜的真诚和可怕的莽撞致歉。可是我张开了嘴巴，却找不到一句合适的言辞。

"我觉得这才像季府老爷啊，把人当成'物'，可以随意怎样，只要喜欢就没有什么不可以的。这回您大概错了。您的信不需要回，它不过是您的忏悔，我不能打断您，您只要愿意就继续好了……"

我对这番率直大胆的话感到震惊，更多的是好奇。我还是平生第一次听到有人对我这样说话。美妙的女子，悦耳的声音，令人惊奇的清晰和辩才！我一瞬间被迷住了，绝不想错过这个就近端详的机会，忘记一切地看着她。最后，我几乎满怀欣悦地问道："请问什么是'忏悔'？"

她垂下眼睛，脸庞又一次红了。无论如何，只要是美丽的姑娘，她最终还是要回到羞涩。她的声音比刚才低多了：

"就是……说出自己的罪恶……"

五

那个黄昏，我是背负着罪恶感离开麒麟医院的。她突如其来的回答事后将愈加显出它的分量。我出了大门，随着离她越来越远，那种不可饶恕的罪恶感也变得更加强烈。我几乎是在车夫的搀扶下爬上了车子，两腿像灌了铅。我一路回顾自己一月来向她坦白的每一句话、每一个细节,深为震惊却毫无悔意。因为面对惊心动魄的至爱也只能如此。对于邪恶颓唐的往昔,我绝无夸大修持的理由而巧做掩饰,也没有将责任完全推卸给他人,只是如实地道出了淫邪的欲念对一个生命的折磨。在她面前我的心智已经丧失,却表达了一个男人应有的坦诚和自尊。我从那会儿到现在都一直是沉迷忘返,但绝非一个下流的猎艳者。在冰雪聪明的陶文贝那儿,她对这些当不难体察和理解。当然,理解只是他人的事情,就自己而言,确实进入了这样一个沉重的时刻:认罪和悔罪。这也是我的期待。想到这里,我稍稍有些轻松,但还是不敢去触碰那个"未来",不敢想象最终的结局。

不能耽误的是这次至关紧要的出诊。我在心里细细盘算一遍,以便派出药堂里最合适的某位先生。其实随便指定一个即可胜任,不过我还是宁可谨慎一些。这是个多么好的令人扬眉吐气的机缘,我真想让全城人都知道季府药局出诊麒麟医院了,可惜这事最终还是得暗中进行。陶文贝不想惊动更多的人,说明她充分顾及了洋人的脸面。好吧,为了她,暂时也只能如此。

我首先想到了最老的坐堂先生,即那个须发茂密的人。由他为洋人诊疗也算适宜,因为他自己或许就有胡人血统。最主要的还是其丰厚的经验及高超医术,我也曾吃过他的方剂。在空闲时与之切磋医理是一件快事,我们曾就药石克病与长生原理之异同有过辩论,当他一时忘记对方是尊贵的老爷,只顾挥动熊掌似的浓毛大手滔滔不绝时,真是可爱之至。

此人趣事多多,是一个为药局博得声誉的人。最有名的是那贴传递了五个人的膏药事件，该事件集神医传奇、阴谋奸杀、侦探破案等诸多元素于一体，经过多年演绎，已成为一个脍炙人口的神奇故事。那时的先生正值盛年，医名初起，正展露出雄踞一方的气势。他伸出蓬蓬毛手按住患者腕部，一双闪着幽光的猫眼眨动不停，曾经令多少人望而生畏。也就在那些年里他发明了一种特别的膏药，该药贴在患处能够催生汗液，激发腺体分泌，并在病灶周围缓缓游走祛病。

传说有一个富商被人杀死，恰好在七天前贴过他的膏药。探员在办案过程中陷入疑团，从饮食起居多方勘察，盘问妻妾仆役多人仍不得破解。后来探员找到药堂先生，无意中得知一贴膏药须贴敷十天，死者却于案发前第三天到处寻觅不翼而飞的膏药。先生随探员到现场勘辨，竟在年轻账房身上发现了敷贴膏药的痕迹。他幽幽的眼睛盯得对方瑟瑟发抖，探员于是追问不舍，账房只得招认：他与庭院女花工睡过一觉，回来后发现身上粘了这贴膏药。先生当即判断药物随汗液游走，两人缠绵时附到了他的身上。顺藤摸瓜审问女花工，女花工又供出了与之苟且的管家；原来管家与富商小妾早就有染，两人前一天曾在一起。由此算来，那贴膏药先后传经五人，至此凶案告破：管家正是杀害主人的凶手。

当我陪伴坐堂先生来到麒麟医院，将他介绍给陶文贝时，两人都显出了惊愕的神色。这也在预料之内：还没有哪个男人对这个女子的美无动于衷，而对方则对他猫头鹰般的眼睛和浓密的毛发有些措手不及。尽管如此，陶文贝很快恢复了平时的温婉，恭敬有礼地接待了先生，先是致谢和介绍病况，再把他领到那个静谧的房间。

整个诊疗过程我都陪列一旁。陶文贝帮院长坐起时动作温柔极了,院长用洋文道谢。坐堂先生看了患者的舌苔,号脉,简短询问了一下,不长时间就开出了方剂。他把写了药方的纸片交与陶文贝,然后麻利地取出背褡中的银针。伊普特注视纤纤针芒,哦了一声,看了看我和陶文贝。陶文贝一侧身子挡在两人中间,微笑着说:"先生这不可以,先生请等一下。"坐堂先生一皱眉头,我赶忙扯了扯他的手。因为我明白陶文贝要做什么:给银针消毒。这个必不可少的过程早在自己住院、在她去季府诊疗时为我熟知。

经过了消毒的银针扎在了伊普特身上,选取了不同的穴位。伊普特孩子似的眼神看着颤颤银针,咕噜了一句洋文:"瞧多么有趣!"

第一次诊疗就这样结束了。我让车夫将坐堂先生送回,自己借口商量事情留下了。陶文贝手拿那张写了药方的纸片,费力地读给脸色红润的院长听,两人不时停下,将方剂中涉及的植物名字按拉丁文转译做中西对照。伊普特很满意的样子,忙里偷闲向我点头示意。我一直等到他们停下来才小声提醒她:最要紧的还是让患者早些服药。陶文贝随我走出病房。

雅西过来了。他歪着身子看陶文贝手中的纸片,只瞥了两眼就将目光转向我。如果没有猜错的话,那么这个蓝眼男子早就对我产生了戒备。陶文贝用目光示意他去探视院长,他才离开。"我们去取药吧,大概车子停到门口了。"我催促道。

我们一起下楼,彼此没说一句话。剩下的事情心照不宣:再次重复不久前的那个场景,即两人相挨坐在车中,在嘚嘚蹄声中穿越大半个城区。

六

仅仅服用五剂,伊普特院长的眩晕症就消失了。这期间坐堂先生又去了几次医院,做过三次针灸。"神奇,好极了!"伊普特对我说。我建议:对疾病的最终祛除仍需要耐心,这是一个缓慢调理的过程,这方面的功效莫过于食用一种丹丸,如果能够坚持下去,那效果将是十分惊人的。"那是什么东西呢?""哦,它在这里,当然具体到每个人还需做出一点点加减。"我取出了口袋中的小瓶,伊普特细细查看:"季先生,把它的成分写在纸上吧。"我没有回应。这是不可能的,不过到底为什么,却很难让其明白。我看到一旁的陶文贝用力抿着嘴,显然藏下了一丝顽皮。我将长时间记住她这一刻可爱至极的表情。

离开那间病房,她随我走向长廊。我可以在这个距离内感受一种浓郁的气息,这是她独有的;这气息会在我独处的某个瞬间袭来,让人深深地沉浸其中而不能自拔。被其就近笼罩时则有一种远比眩晕还要可怕的后果,如手足无措慌不择言,或者更加严重的某些表征:牙齿突然因为巨大的胀感而微微抖动,磕打出细小的声响。当初我就是因为牙齿问题才与之遭遇的,可见一切都是从这排"马牙"开始的,这真有点神秘。我们一前一后地走着,对不时走过身侧的其他白衣人视而不见,只听到她不时打一声招呼。在长廊拐弯处,她放慢了脚步,几乎要停下来。她说:"季老爷太慷慨了,不过我代院长感谢您的好意,您的那种长生药丸还是留给自己吧。"

我蓦地站住。回头注视的一刻,我再清楚不过地看到了凝在她嘴角的那一丝讪笑。羞辱感和不可折损的自尊让我一时忘了其他,牙齿不再磕碰,盯住她看着。这在以往是不可思议的,因为这样的直视对我来说还需要莫大的勇气,我总是像无法迎对强光一样回避和躲闪她的脸庞。我这会儿的目光中有委屈、愤懑和惋惜。我面前不是一般的西医雇员,更不是季府的敌人,而是一个得以倾听和洞悉第六代传人的肺腑之言、得知诸多隐秘和禁忌的人。我低了低头,说:"主动馈赠丹丸,这是极少有的,除非是府上老友,而且……"

她脸上换了一副郑重的神色,或许为刚才的话感到了歉意。"对不起,季先生,我想您的药对于伊普特院长,还是太早了点。"

我一时无语。她的话自有道理。是的,这方面我简直有些忘乎所以,竟要引导洋人进入养生路径,如果父亲在世必会大声训斥。还有,这一刻我还想到了邱琪芝,似乎又一次看到了他那双嘲讽的眼睛。"对不起,一切都操之过急了。不过你知道为什么,原谅我吧!"这样说着,最后却在心中追加一句:"一只小羊羔!"

奇怪的是,那句隐下的悄语好像被她听到了,因为我在一瞬间发现了一副羞红的面庞、一对因激动和怯懦而变得愈加迷人的眼睛。这一刻她想到了什么? 曾经被我信中的言辞稍稍打动过吗? 哦,我此刻终于意识到自己仍旧是一个苦苦等待回信的男子。我的脚左右踏动,像一个做错了事的小学生那样嗫嚅:"我…… 我还在等你的信;如果你铁了心拒绝回答,那就……""怎么了?""那就把原信还给我吧!""这可做不到。"我大惊失色:"为什么?"她看着我,好像很耐心的样子:"因为您的信被我扔了。"

我双手颤抖,好不容易才克制住什么,询问的声音小得连自己都听不见:"这是真的?"

"真的,"她的声音同样低低的,"我把它扔到了海里。"

我怔怔地看着她,终于明白这是一句玩笑。我舒了一口气,差点在极度的惊惧和愤怒、在过度紧张之后喜极而泣。我打趣说:"打鱼的人会捡到它的,那时候许多人都会知道我们的事情了。"

这一天从未有过的愉快。我徒步走过了大半个城区,毫无疲倦地回到了季府。我没有从正门进入,而是转到街区的一面,像大街上的就医者那样直接走进"玻璃房子",笑眯眯地坐到了最老的坐堂先生对面。他习惯地抬起毛茸茸的手给人号脉,一眼看到是我,马上站起。我让他坐下,说:"不错,一切良好。"他脸上出现了自负和愉快的神情,微微仰脸:"小事一桩嘛,这些洋人。"我们议论西医院、那无所不在的消毒水味儿、来来去去的白衣人。最后他突然提到了引见病人的那位女医助,鼻子奇怪地哼了一声:"瞧她在洋人面前那副神气,有一天来药局,我要给她贴上一贴膏药。"我的脸立刻沉下来,厉声说:"不可,你对她不得这样轻慢!"

老先生挠挠头站起,一脸迷惑地僵在了那儿。

七

像过去一样,晚餐用过粥食之后,我将自己闭锁在旷敞、安静的阁楼中。结束三年多禁欲修持之后，日常作息自有诸多改变，如不再坚持独食、每个白天至少两次下楼等。但其他功课并未减免，这些必得贯彻。每次静坐时间或者略少，但总计还是有增无减。我在漫长的闭守苦修中反省最多的自然是从那个人接受的义理，在不乏冗繁严苛的检视中剔芜取精。这是努力克服厌恶和恐惧、不断吸取和扬弃、小心翼翼挣脱偏执的一个过程。这个过程中我差不多翻遍一室秘籍，其中多半如同天书，无异于谶言，令人头晕目眩而最终归束原处。至于无意念牵引的"气息"，还有"遥思""目色"诸法非但笃信，且有了新的领悟。与此同时，那个邪恶导师的面孔却变得愈加诡异，差不多隐在了疑云深处，使我越发看不清晰。

夜的温煦绵长地流过，从十指之间，从垂下的眼帘，从若有若无的鼻息。所有光色一并熄去，双手几可掬起：这由无数思与尘、爱与寂、悔与痛混合而成的物质。遥远处那只白鹤无声无迹地飞过，双翅飘摇，从半岛北部海蚀崖上掠过，在祖上仙化之地行过注目礼，而后消逝在东方海天一色的云气之中。今夜，经我修订的先祖史册就在檀木架上，伸手可及。我比任何时候都更为坚信家族的伟业。这个时刻世事远遁，喧嚣不再，恍然化实。从浑浑夜色望向世界，已是无阻无滞的一片，这原来即是邱琪芝所强调的"目色"。物我一统，往来无碍，无消逝无诞生，也无损益。这就是永生。

凌晨两点听到了踏动的脚步，这提醒我朱兰还没入睡。心头一热，极想能有共坐的一刻。我犹豫了一下还是下楼。三年多来几乎从无这样的打扰。轻轻敲门,屋内没有一点声音。我有些失落地走开,这时身后却响起开门声,黄黄的光色泻出来。我说:"抱歉,太晚了。""不,老爷,还没有呢。"

原来她在读书,是一本佛经。三年来她已习惯夜读,愈加沉迷于佛教典籍。我看到经书旁还有一顶棕色软帽,知道这是为了不让一头浓发影响阅读。我突然想看看她戴这顶帽子的模样,就拿起来。她赶紧接过,说一声"自己来",抚弄一下头发戴上去。我看着她,觉得整个人都变了,开阔的前额被遮住,浓发隐藏,突显的唯有那双秀眉和明眸,别有一种风韵流泻。她如果再加一件僧衣,活脱脱就是一位出家人。我轻叹一声,噎住了。在这段闭守的时光中,她同样进入了一个人的苦寂。默默忍受,并于此间给予无言的援助。此刻我又记起三年前的一句话:请她为我见证。

而今,她看到的是一个重新启程的老爷,还是一个令人垂怜的逃兵?一切还嫌太早,难以回答。我对陶文贝的倾心令她松了一口气:她极为赞同,从心里认定季府老爷必须如此开始,自此结束荒唐的颠簸和冒险。她始终信守自己的承诺,做一个持戒的"居士",陪伴一生一世。她用无尽的仁慈赎着罪孽,为自己更为他人。她心中的"见证"有着另一层意思,那是面对了冥冥中的承诺。

"她回信了吗?"

我摇摇头。

"等等吧。我不信她会错过老爷。"

我垂下头:"她什么都明白。知道我是一个没有指望的人,是所有季府老爷中最可怜的一个。我做的也许已经太晚,已经来不及了。我盼望她能答应，因为这里不能没有她。有她在身边，我这辈子会成为另一个人。可有时又觉得太痴心了，就像白日做梦，醒来难受极了，还有些害怕，可怜自己痛恨自己……"

说到这里，我眼睛一热，抚额垂首。朱兰摸着我的头发、肩头，拍着我的后背。"不，不是这样。老爷，您该相信我的眼睛。再有一些耐心吧。人的劫难是命中注定的，只要发愿了，就是受护佑的人了。我会和您一起祷告……"

"是的，再也没有其他办法了，我会记住你的话。这个夜晚不想睡也睡不着，这样的夜晚太多了。遇上这个世道，待在季府里就像蹲监。幸亏还有你、有她……我一想起她就没法做事情。可我又必须静下来……"

"您会静下来的。"

八

久已不见的恩师、深深牵念的王保鹤先生终于出现了。他给我的印象是更加苍老，白发增多，脸上的肌肤似乎有些瘠薄，如惨烈寒风吹拂下的糙纸。他像往日一样，着一身清洁的长衫，熨得一丝不苟的呢围巾围在颔下，有一种无可比拟的风度。我深深一躬，他的手触动一下我的肩头，如拍似扶。我首先想到的是丹丸，担心他匆忙奔赴无暇顾及。我的估计没有错，他点点头，露出一丝苦笑。

自从上次起义失败的匆别到现在，我们还是第一次见面。见到先生如同回到往昔，好像父亲又转活了，此刻就在府中某个角落饮茶读书。在我的印象里,所有与革命党事宜相关者,如同盟会北方支部诸人,先生是对养生学问最有信心的人。父亲在世时与之长谈,我皆耳濡目染且印象极深。他是父亲最好的谈话对手,两人可以进入幽微的领域,抵达难言的境界。对古往今来汗牛充栋的方士秘籍,那些玄虚无比的记述中接近现实的功用部分,两人总能一块儿探及。父亲背后曾这样评价他:"一个天生的内中高士,只可惜一心不能二用。"先生对新学的贡献更有变革社会的决心,最终深深地吸引了父亲。

"我要为先生配制更多的药丸,怕您一走不见了。"我说这话时心中充满了痛惜。我知道就年龄论他也该老了,但对于季府的老友来说,他必须活得生气勃勃,即便此刻长出一副中年人的面貌也不该令人惊讶。

先生说上次带走的药丸本可以用得更久,只因赠予了南方某个人。"算了,也许真正做到好处,还须大功告成之日才行,这需要真的安定下来。当然,你这样的专门家还当另说。"他说完这句,话题很快转向了要务,这一点都未令我吃惊。原来起义失败后诸事都在运行,同志非但没有畏惧颓丧,反而心志弥坚。我深深感佩,知道必会如此,迫不及待地问他:还需要自己做什么?王保鹤说要筹措一大笔银两,除了用于北方支部,再就是购置新的武器弹药。另有一事更为紧要,除非季府而不能为:南方总部大统领身边一位要员近期将移住本城,即为了手术治疗眼疾,需要以季府友人如实业伙伴的身份入住麒麟医院。

我就这两件事向先生做出了保证。我心中惊叹的是,北方支部的人竟然如此熟知我与那座医院的交谊。我说："明白，那是一双革命党的眼睛。"王保鹤有些激动地攥攥我的手臂："说得好，有了这双眼睛看路，我们会更少一些偏差。"他的话让我想起了那些惨烈的战事，如果这位要人早日来到本城，也许那场战事就将重新改写了。但我没有说出这句话。

我又问起了兄长，先生说他此刻正行走在奉天与燕京之间："那里有一笔大生意。"我明白这是什么意思。"不过这次他不会回来，将另有人，你熟悉的人陪同过来。"王保鹤先生叮嘱了最后一句，站起来。

我舍不得先生这样离去。我问他何时离开这座城市。他说新学还有事情，而且城区周边都少不得去几次，"说不定我还要你陪呢，老闷在这座城堡里也会烦的。"我心里十分高兴。自父亲去世后，王保鹤先生就成为最可依赖的长辈。长期以来积累的许多心事，包括府中事情，都想找个适宜的机会与他细谈，向他求教。

我陪先生在园中走了一会儿。他回首望着高耸的阁楼，若有所思。他定然知道那场长达三年之久的自囚、相关的一些细节。我好像听到了一声若有若无的叹息，其中包含了深深的痛惋。我心中隐下一个疑虑，就是父亲与邱琪芝积怨的真正原因是什么，这会儿就问了一句。

"哦，那真是一言难尽，找时间说吧。我也只能按自己的判断说出来，并不一定就是全部实情。"他表现出长辈人的谨慎和严格的分寸感，眼睛望着一个方向，那是父亲在世时常待的一间厅堂。他按住我的肩头，"还是说那个人的手术吧，他的安危比什么都重

207

要,千万不能出一点差错啊!"

"请先生放心吧,我想不会有问题的。"

王保鹤先生看着我的额头,好像在估量里面的智慧是否够用。他微微皱眉:"啊,最好如此,但愿。"说着重击一下我的手臂。我记住了他转身时的一瞥,那神色好像仍不踏实:"你凭什么这样自信?"

我看着先生的背影。是的,我很少这样信心满满。但我知道它来自不可抗拒的爱力,它已经驻在心中。

第十章

一

    管家的儿子肖琦从江南归来,带回了令人欣慰的消息,还有一些趣闻秘辛之类。江南产业已至收束阶段,父亲晚年几乎无心过问,最后只让管家巡视过一次。眼前的青年雄心勃勃,要将残余部分改造变易,在原地兴建兵工,并鼓动府中再加增设。这之前他提到了远在北疆三省的徐竟,说到此刻兄长的深谋远略:已将那里的新军第六镇统制、第二十镇统制及某混成协的协统发展为同盟会会员,并让他们宣了誓。"老爷想想看,这三人会有多大的力量!咱们掌控了这几支队伍,好消息也就不远了!"我听了稍稍震惊,也隐隐不安,不知道这样的隐秘他如何得来。不过当进一步询问细节时,他却咬着紫色厚唇吞吞吐吐,然后再次转向了筹建兵工的事。

    我一直在想徐竟,挂念他,惊异于其单薄的身躯内何以贮备了如此大的能量。说到兵工之设立,对方随即透露:这是大统领身边的人早有的一个计划。"你见过大统领?"我又一阵惊愕。"不,我是说他身边的人,那人去了我们那里,察视后说:是时候了,要有自己的兵工局。老爷，咱们季府已经有了一个药局。"我摇摇头："那可不一样。"他又说自己随身携带的丹丸已转与了大统领，"他吃后精神健旺，无眠无倦，一夜起草了十八封电文。他的英文女秘书只有十八九岁，熬夜还要打哈欠呢……"我说够了，咱们不议兵工了，兹事体大，回头还要与你父亲细细商量才是。

管家的儿子离开后，我随手翻阅一旁的晨报，进入眼帘的是一则显著的消息：南方又一场起义正在进行中，战事激烈，以至于革命党最高统领亲自冲上壕堑。我有些蒙，随即下楼寻找肖耘雨，手里拿着那张晨报。

"我父亲如果看到它，一定会吃不下饭的！"我把报纸交给管家。他端详了一会儿说："这是一张旧报啊，两年前的事情嘛！"我认真看了看，拍拍脑袋笑了。不过我想到了徐竟的东北之行，嘱其管束儿子：万万不可多言，他现在已经能够接近要人了。我想南方某些人信赖他大概就像信赖季府。管家弓弓腰，说"明白"。

就在这会儿门前响起了一阵喇叭声，还没等我询问就有人进来禀报：订购的洋式汽车到了。我心里一阵高兴，和管家一起出门。几个府里人已经围在那儿看了，这是一辆锃亮耀眼的黑色汽车。"啊，真是不一样的物件。"管家上前抚摸一下，又嗅自己的手指。这会儿汽车前门开启，下来一个头戴深蓝硬檐帽的青年，摘下洁白的手套走向我，伸出手说："季老爷，我是代理车行的，车子给府上送来了。"

青年的眼睛用力盯了我几下，眼角挑了挑。我差点呼出一声："金水！"但我很快忍住，转脸向管家使了个眼色，他显然已经会意。

金水这会儿打开车后门，小心搀扶出一个戴了黑色眼镜的中年人下车，再也没有松开那人的手臂。他将中年人引向我跟前介绍："这是车行的顾老板。""哦，幸会幸会，顾老板！"我紧紧握着他的手。他微微点头，未发一言。我忍不住回头看那辆车，希望里面还有其他人。

我们为顾老板准备了一个合宜的住处，他在里间，金水住外间。我内心惊奇的是，在这样的关头金水怎么可以离开徐竟？他可是兄长寸步不离的保镖啊。待客人稍稍安顿之后，我将金水领到了阁楼上。我最忧心的当然还是徐竟的安危，想印证一下管家儿子口中那些惊人的消息。金水寡言少语，但仍然让我多少明白近期远在关外确有大事发生。而这位由他护送的顾老板近一年的时间里一直与徐竟在一起，近两月眼疾暴发，近乎失明，才不得不离开。"他让我快些将顾老板送回，治疗结束才得以回返，这是命令。"金水口气里好像有些遗憾，那个"他"显然就是指徐竟。

我不能不问到兄长近来的身体状况。上次分手时我从他闪烁而尖利的眼神、微颤的双手、呼吸中的焦味里，判断出常年空耗造成的难以逆转的危厄。其身体因为一种特异的不可思议的调度力，所有涵养生命的液汁汇集在必不可少的要津，其余部分则处于干渴状态。"静坐、服药，这些已经没有时间了，他说回到季府再从头做起吧。"金水说。我心已灰，摇摇头："他回来怕是晚了。"

"他说一定返回，他可是主盟啊。"

"怕是一切都来不及了。"

二

我的车夫找来,腼腆而坚决地要求做那辆新车的司机。他已经忠心耿耿服务了二十五年,以他的年龄看似乎不宜驱驶轰鸣暴烈之物。他心有不甘,搓手顿足,最后只以三个字说服了我:"皆车也。"我只好应允,由金水在空余时间给予训导。

王保鹤探望顾老板,谈的时间很长且颇为激动,这从事后先生发红的额头即可明白。他们在一起时任何人不得接近那座房子,连更夫也须绕道。我开始为即将施行的治疗从头筹划,知道首先需得征询陶文贝的意见。可她总是让我无法冷静地运思,见面时,连一些深思熟虑的打算也说得颠三倒四。好在最完美的人必将一切完美,这是我长期以来的信念。我对她不甚流畅地叙述了与顾老板深长的世交、生意的联结,更有此次手术的重要。她说:"对于麒麟医院来说,每一次手术都同样重要。我会好好为他祈祷的。"我无言以对。后来我问:"祈祷真的管用、真的重要到如此地步?""当然。我们要为他祈祷,不过最好他自己也做。"她极度虔诚的脸色让我不敢置疑。我无法不信一个至爱的人。

我好不容易记住了一段祷辞,先是说给了朱兰,回头还要教给顾老板。朱兰说:"我有自己祷告的方法,这些天里已经为他祈福了,佛会保佑他的。""可是……"我正有些犹豫,但她肯定地说:"一定会的。"

王保鹤好像陷入了焦虑,这在他是极少见的。我们在寂寂无声的阁楼中长时间不说一句话,好像一起静坐似的。后来还是王保鹤先生首先叹出一声："你的兄长啊!"我听着。"他太自信也太急切了,我们在一起时多有争执,谁也无法将谁说服。早年同盟会北方支部就设在我们新学里,是我力主移出。那会儿他刚从东瀛归来,剪辫子、穿白制服,太出眼了。"我从没见他这身打扮。"他不愿迁移,说一所学堂的存亡又算什么。我说再伟大的革命都代替不了教化,一群愚民在什么政体中都是愚民。我们俩吵得不可开交。后来证明如果不是谨慎,新学早就完了。这里出了多少人才啊,他们都是栋梁……唉,顾先生的眼睛就是跟他吵架吵瞎了。"

原来顾先生作为同盟会元老之一,威望并不亚于徐竟,人却沉着周密许多。这次北方支部联络新军几个统制之事关系重大,南方革命党最高统领特派他赶至关外。徐竟已经颇为得手,单兵突进,一连发展了三位握有兵权的重要人物为同盟会会员,又瞄准更为关键的角色:一位将军。该将军同乡为日本士官学校毕业生,与徐竟素有交谊,借此得以接近将军。顾先生发现关外会员已有三千余人,可调遣的绿林队伍再加上三位新军统制所辖,共有武装三万六千人,且一色俄式装备。徐竟认为举义时机已然成熟,执意要成立领导机构"急进会",推举"关外革命讨虏正副大都督",发动奉天独立,夺取控制权,形成"据辽东、逼榆关、窥燕京"的南北夹攻之势,只待入关,直捣清廷。

"如此计划又何止超过半岛起义十倍!顾先生担心棋失一着全盘皆输,力劝'急进会'放缓,同时需将新军三位统制的行动时间后延,从长计议潜忍韬晦。至于几支绿林队伍,则要加倍提防极度谨慎,吸取半岛教训。徐竟最听不得'半岛'二字,两人暴吵数次。

最后总算将接触那位将军的计划搁置,调整步伐,但大策并未改变。顾先生眼疾日重,徐竟极想让他离开,也就急命金水亲自护送……"王保鹤先生声音低沉缓慢,一边说一边在屋内踱步,又站在窗前遥望。

我知道先生与顾老板的意见完全一致。再清楚不过的是,徐竟此一役或立空前之功勋,或留千古之遗恨。最令我费解者,他竟忘记登州光复前后几千青年的热血,另作图谋。当我这样表达心中忧愤时,王保鹤先生说:"关外也是北方支部的辖区,这要作全局观。他说有一天要挥师南下,里应外合光复整个半岛。"

"听起来总是好的,徐竟就是这样。"我又记起了他那双咄咄逼人的眼睛和挥动不停的手臂。

王保鹤先生最后嘱我全力照料顾老板手术事宜,说自己马上要去南方:"我必须尽快见到最高统领,一天都不敢耽搁。"

三

顾先生终于取下了黑色眼镜,让我看到一张极度憔悴的脸。这双眼睛如果不仔细近瞧谁都难以察觉失明,它盯视过来仍然令人恐惧,如同所有革命党人的眼睛。下眼睑布满皱纹,还有鼻头,都有重重皱褶。这是我在其他人身上绝少见到的。他的颧骨坚硬凸出,松松的皮肉因为它才没有松垮下来。几乎没有胡子,只有一层金黄的绒毛,像黄鹂鸟的腹部那样鲜亮,这是整个脸部最有生气的部分。嘴巴像老女人似的紧紧闭合,上唇耸着。我又一次细看了他的眼睛,发现深眼窝里盛满了焦躁和忧伤,还有永不服输的倔强。我在他脸前伸出一根手指晃了一下,他立刻说:"不用试了,除了无花果的花,我什么都看不见。"

他的回答让我放心了一些。还好,一个人只要保有一点幽默感,其他事情总是好办。我开始与之商量入院前的事情,问先生还有什么需要季府做的,这里会倾尽全力。"哦,尊敬的季府老爷,尽管我们与这里是老朋友了,也还是不敢放肆。我只想找一个识字的闲人,能为我每天读一刻钟的报纸。""这好办,我会亲自来做,不过这个城市的报馆每个星期只出两张报纸。""啊,那太遗憾了。""不要紧,如果先生需要,我还会为您读一些时新小说。"他马上欠起身子:"那太好了!我喜欢言情小说,不妨艳一些的,多流流泪对我这双干枯的眼睛总有好处。"我笑起来。

我和金水商量了入院前后事宜。金水问大约需要在那个医院待多久,我说这要住进去才知道。他说整个住院期间绝不可让顾先生独自一人,"我要陪他一起。"我认为这个不难,问题是怎样才能守住秘密,因为这所医院自上次开战至今,一直被巡防营关注,也难说内部就没有他们的耳目。

金水陷入了沉思。我趁机好好端量了他:一个罕见的俊男,五官无可挑剔尚在其次,要害是这之间透露出某种刚毅与妩媚混合而成的东西,显见地散射出强大的磁线,或许让他身边的异性很容易变成颤颤抖抖的铁屑。我万分不解的是徐竟为什么要找这样一位青年做了保镖,尽管他武功超绝,缄默寡言。我不知为何偏在此时想到了陶文贝,啊,一对绝配。我额上渗出了汗粒。

"术后早些回到府里怎样?"

"那除非没人注意才行，不然待在城里任何地方都一样。再就是，这得听医院的意见，需要他们允许。"我觉得整件事操作起来比预想的困难，因为时间和地点特别，顾老板的身份更特别。

金水皱眉："顾先生离开江南就有三个道员暗中跟着，到了奉天才算甩掉。以先生的地位，他在什么地方，清廷一定要知道。"

我们将入院前后每个细节推敲一遍，决定一起与陶文贝面谈。凭她与院长和雅西的关系，还有药局坐堂先生上次的诊疗，院方必会重视，如出纰漏，只怕会生出其他枝节。

我与金水去麒麟医院时，正是医师和护工们晨祷的时间。等了一会儿，一群白衣人分别走向长廊、上楼或进入底层的其他房间。我在一个廊柱旁拦住了陶文贝，直接告诉那位老板的随员已到，我们有要事商谈。她犹豫了一下，最后往一楼大厅瞥了瞥说："我去季府，中午。"

陶文贝如约而至。我和金水在光线幽暗的一个边厢里接待她。陶文贝说更细部的安排需初诊之后才能做出，整个过程院长会亲自督管，执行手术的人是雅西，护理艾琳，皆洋人。"他们都是麒麟医院的台柱。"我念叨"雅西"两个字时，金水将窗帘拉开了一角。他听到了汽车声。新购的那辆小汽车正缓慢地在一块空地上移动，显然车夫已经迫不及待地上手了。

三个人一块儿将视线收回的一刻，我似乎听到了不约而同的一声轻叹，它来自身边的两个人。在明亮的光线下，他们好像刚刚看清了彼此，又匆匆挪开目光。我再次将窗帘拉合了。

四

顾先生入院的第四天得以手术,为他施行的正是雅西。他戴了护帽及口罩、身着隔离服从那个重地步出时,真像一个凯旋的将军。他将口罩揪下一边,鼻梁比任何时候都更加挺拔,"问题没有,顺利很好,放心可以了。"那熟悉的平直语调价值千金,我和金水不知该怎样感谢才好。陶文贝一直在门口,这会儿只听一句就走开了。

艾琳怀中抱了一摞洁白的床布之类,匆匆从廊中走过。我发现她与金水交谈时汉语极不流畅,但这之前谈话时我还惊异于她的语言之好:连半岛方言都不成问题。原来她就出生在此地,只不过十几岁时回国两年,然后又一直随父亲待在这所医院。令我吃惊的是,她就是伊普特的女儿。

金水与艾琳一起去看为顾先生准备的那间病房。它就在长廊拐角的尽头,那儿安静且隐蔽,如果在转弯处设一道门,就成了一个隔离的独立空间。我曾提出过这样的要求,陶文贝不假思索就否决了,金水与她意见相同。我本想随两人一块儿去病房,不知怎么却拐向了另一个方向。我在一扇敞开的门前站住:室内的两个女子正在交谈,其中一人是陶文贝,她瞥我一眼继续谈下去。我不甚礼貌地站了一会儿,因为实在舍不得这迷人的声音,对表达的内容倒全不在意。另一位女子很快离开了,我进入房间。

我一时忘了说什么,垂手而立。她的目光扫来时脸上照例有一种烫感,这一次远超以往。我趁她不注意,看了一眼那浓烈柔软、在北窗下闪着微微蓝光的头发。她颀长的身材比印象中丰满，那个毫不含糊的蜂腰好像之前被忽略了。我轻咳一声，掩饰越来越快的心跳带来的不适。这儿安静得连掉一根针都能听见。我说："真想不到，这太好了。"她仍然没有看我，索性伏在了窗前。窗外有一丛苇竹，紫红色的缨束迎风摇动。"如果没有你，一切断然不会如此顺利。"我觉得自己真是笨拙到极点，因为想说的并非这些。

她坐下来翻动一沓病历："您在手术前一定祈祷了，我想。我和伊普特院长，还有雅西和艾琳都这样做了。本来院长想在晨祷时带领大家一起，我说还是三个人吧。"

"你想得太周全了。你知道，患者虽然只是季府的生意伙伴、一个老友，但我们还是不想惊扰太多的人。"

"是啊，"她抬头看我一眼，又伏下身子，"和上次一样。"

我手心沁出了汗珠。她在说暗中被接去季府诊疗的那一次。为了打消她的疑虑，我想说那个人中了火铳，而这人只是眼疾。她当时没问一句伤者从哪里来、为何受伤。我现在要做一点说明和补充了，话一出口才觉得实在蹩脚。我说："上次那位朋友是你救了他一命，这一次顾老板……"可能我太低估了对方，她当然明白什么人才会让我这样煞费心思。

她合上病历站起。我知道该结束这次谈话了，出门的一刻，热血直涌到太阳穴。每次和她一起，都觉得自己像一个痴心的罪犯。

顾先生安卧病榻，眼睛被罩起。旁边是艾琳和金水。我悄立一旁，金水伸出一根手指竖在嘴边，后又引我出来。他告诉我不要和病人说话,尤其是前两天。他说从今天起,最关键的日子开始了,等眼罩撤掉时就什么都明白了。看着他焦虑万分的样子,我安慰地拍拍他的肩膀。"徐先生在等着消息。""是的,可他的消息我们一点都没有。"

从四天前金水就一直住在医院,我提出替换他,他立刻盯住我说:"不不,您有多少大事要做啊!"我苦笑:"我对先生有个承诺,要亲自为他读报。"

五

我盼着新来的报纸。几年来已经养成了剪报的习惯,凡与战事有关的都拼贴一起订成厚厚一沓。我发现有关半岛的已达三十二条之多,其中包括了官兵与革命党的交火,还有剿匪。这再次证实了父亲当年所言:时下正是屈指可数的乱世。也正因为如此,除了父亲,不止一位睿智之人断言:人逢乱世,唯有养生。自此也可明白魏晋玄学及药石之盛大有必然。而我在私下里还有一个结论:除了养生,再就是好好去爱一个人了,其他事情几乎毫无意义。但这需要是非同一般的爱,需要忘乎所以、生死不惧的爱。一般的爱也就另作别论了。

刚出报馆的一张四版放到了桌上。匆匆翻过,未见北方战事,唯有本地一桩纵火和奸淫案较为引人注目。我把报纸收起,然后去找几本言情小说。去书屋反复寻觅,才知道这种东西在季府是稀缺之物。关于养生的典籍倒应有尽有,除了阁楼,还堆满了那间密室。其实我心里明白,最曲折的爱情已被上几代季府主人演绎得淋漓尽致,对比之下,再奇巧的小说都有些无聊了。这在府中都成为禁忌,而那个邱琪芝绝不放过任何兜底的机会,他甚至说祖上最有名的两个长生者是殉情而亡。在他嘴里父亲年轻时也是数一数二的浪子,只有遇到母亲之后才改弦更张。"有个南方的小美人儿,脑瓜鼓鼓的就像捏成的江米人儿,他一见就疯了。"邱琪芝还要说下去,被我生硬地岔开了。

金水坚持值夜,我只有在宝贵的白天踏上那里的长廊,饱吸阵阵浓烈的西洋味儿。我努力克制不与她见面,更不交谈,有时就像宣判前的重犯那般焦灼。阁楼上的夜晚变得较之前更静、更深长,午夜前照例无眠,正如朱兰所言:"季府主人没有前半夜睡觉的。"我知道先辈们太忙了,他们实在有太多的事情要做,除了冗长的白天,夜晚变成双份也不够用。再好的天光也替代不了夜色,因为这个时段须是晴空才有闪闪星斗和一轮皎月。当一切隐去时,恰是倾听和远望的机缘,这时一双特别的耳朵也就派上了用场。正如顽皮的顾先生所言,季府主人也能窥视无花果的花。

必要的功课之余,我开始与她在心中交谈。这样直到面赤耳热,呼吸急促。每到这时我就不得不站起走动,手抚胸部,像要压迫急切的心跳一样。这样许久才能重新坐下。我在想象怎样规劝她与我一同服用丹丸。"对不起,它还是留给你自己吧。""不,这是必须的。""为什么?""因为我不能让你变老,你生出了皱纹,是我不敢想的!"我呆望夜色,为刚才的对谈感到害怕和震惊。

"我们必须在一起。因为我绝不能将你留在路上。我们要永远走在一起,你明白这是什么意思吗?"

我再次站起,大声问道。

天一亮就去医院。进病房时我握了一下顾先生垂在床边的手,他立刻说一句:"季昨非先生!"许久没人直呼我的名字了,这让人有一种新鲜感。我坐下,然后让金水回去休息,他到旁边一个房间去了,离开前嘱我随时叫他。

艾琳进来喂病人药片,附在病人耳边小声说几句,然后离开。"我为您读报了。"我从挎包中取出了那张报纸。顾先生仰躺着,一动不动。我读了,知道他会失望。果然他很快打断了阅读:"让我们扯闲篇儿吧,这种报实在没劲。"我想把话题扯到关外,尤其是兄长身上,想不到对面这个人真是狡猾的狐狸,看似轻松嬉戏的言谈严密无比,绝不触及半点隐秘。不过我仍能从他抽动的鼻孔和暴起层层白屑的双唇上,看出小心隐藏了的焦虑和急躁。这对于治疗是极为不利的,可我又实在想不出什么办法来帮他。

陶文贝进来了。简短的询问,患者回答也简约。我小心插话,她回头看看我,没说什么。她离开后大约十分钟内屋里是极安静的。等我醒过神来要说什么,顾先生却率先打破了静谧:"好一个美人儿!"

我感到惊奇的是顾先生根本就看不到啊,忍不住叹一声:"您!"他笑了:"我说过,我能瞧见无花果的花儿嘛!伙计,千万别让她溜掉啊,谁都只有一辈子……"

他看不见我低下的头,还有眼中旋动的热泪。

六

我是黄昏时分离开医院的。回去时朱兰已等了好一会儿,她说:"管家来过两次了,他大概有急事儿。"我让她快些请人过来。

"老爷,有一件事我觉得不妥,想了想还是禀报了。我那个儿子今天一早就来商量,说有个南方女子想找朋友介绍加入同盟会。我想问一下王保鹤先生怎么办,又担心……"管家嗫嚅着。

"什么女子?你儿子没回南方?"

"他拖延了几天。那个女子是他在江南认识的,毕业于省城公学,思想新进,两人颇能谈得来。这会儿她就住在城里的一家客栈,想和他待几天一起回南方。"

我觉得事有蹊跷。他的儿子如何引来此女子,两人交谊多深,平日所谈内容为何,皆未可知。不过这女子要加入同盟会且对他提出,显然非比寻常。如今王保鹤先生已在南方,整个人正忧心如焚。我想的是管家的儿子绝非周密之人,当时令其独自支撑江南产业已属粗率,而今再有疏失必会铸成大错。我嘱管家对此事须极审慎,肖琦暂不可与那女子来往,其余容我再思。

我想的是该青年在北马兵营的那次冒险冲决,更有管家以前言及:早在登州光复时,肖琦出于对那个革命党都督的崇拜和模仿,竟然有过携炸弹袭击道台府的冲动。此举虽被及时制止,却在我心中留下了极深印象。联系他不久前倡言设置兵工之前后,愈觉得其人刚勇少谋,恐怕留有遗患,时下必得速做决断才好。经过半夜思虑,主意始定,于是马上找到肖耘雨,对他直言:其子不可再去江南,也不宜滞留城里,还是作为垦殖公司员工远派边地为好。"今夜与他谈,明天就让他启程罢。"

"事情果真如此紧急吗?"

"是的。烦劳你这会儿就叫他来吧。"

年轻人睡眼惺忪,一谈及新的任事立刻两眼圆睁:"老爷,江南大事刚刚开局,而且大统领身边的人……"我打断他的话:"从今天起你就是垦殖公司的派员了,今后只需专心于公司实务,不得言涉革命,后者与你再无关系,望一定谨记恪守。回去打点行装吧,千万不要惊动那个女子,明天悄悄上路。"他看看父亲,管家随即重复了一遍我的话:"听老爷的,天黑前一定动身。"

处理完这件急务已是凌晨三点,回到阁楼时不由得想:是否对那个肖琦过分严苛了?这样想着,困倦已阵阵袭来。

醒来已是上午九时,我看看窗外灿灿的阳光,马上想到耽误了去医院的时间。我草草洗脸下楼,竟把早饭忽略了。朱兰将我拦住,坐在一旁,非看着我吃完才放行。

走在医院长廊上已是差七分十点了。这里比起街市显得有点过分安静了。这会儿已过查房时间,医师及护工皆可喘一口气了。我想陶文贝一定在她的房间,正犹豫是否去一下,艾琳从一旁过来,脸色红红地看着我,说:"文贝刚才生气了,这儿来了一个人,说是季府的,一定要看顾先生。她阻拦他,他说只看一眼……"

"他是谁?什么样子?"

"啊,男的,这么高……"艾琳比画了一下。

这事太怪了。我没有再说什么,匆匆去找陶文贝。门关着,里面有人低声说话。我敲敲门,开门的正是她,屋里的另一个人是金水。还没等我开口,金水就说起了艾琳讲过的事情。"陶小姐拦住他,他很生气。这个人的年龄和我差不多,左手缺一根手指。"我马上明白了。我转向她："最后见过顾先生了吗?""没有,我说病人已经出院了。他离开时很沮丧。""这很好。嗯,金水。"我向他使个眼色,走出屋子。

我们在长廊僻静处站住。金水对发生的事情非常警觉,我宽慰他说:"大半是好奇。不过有一点是肯定的,他已经知道顾先生是谁了。"我讲了这几天发生的事情,特别是昨天晚上做出的决定。我说这就回府里去,只要问一下管家,也就可以弄清他的儿子是怎么得知顾先生的,这非常重要。金水点点头:"要特别盯紧那个客栈里的女子,看她有没有同行的人。"

七

我让朱兰住到客栈里,留心那个女子的一举一动。我问管家是否在儿子面前提到过顾先生,他连连摇头。我告诉他上午医院里发生的怪事,管家拍打膝盖:"犬子真不省心哪!我琢磨王保鹤先生与顾先生在一起,还有府里这一段的戒备,都被他看在了眼里,他大概猜出了什么……""他人在哪儿? 动身没有?"管家说快要走了,我这就把他喊来。

肖琦刚刚站定,管家就呵斥:"孽子,快给老爷跪下!"我把慌慌下跪的人扶起,还没等问话,他就答道:"父亲与王保鹤先生议论的时候我听到了。其实我一开始就觉得顾先生不是一般人……我马上就要远走他乡了,只想最后看一眼传说中的英雄。我一点别的想法都没有,老爷!"

我谅他说的都是实情,并无虚言。我说:"记住我昨夜说的话了吗?""记住了。""去过客栈没有?""听老爷的话,走之前不会去的。"我稍稍放心,拍拍他的肩膀:"那就走吧。垦殖公司需要你。"他鞠躬转身时,我突然又想起什么,问:"那支短铳呢?"

"啊,老爷,这……这里呢。"他从腰间抽出了那件精巧的火器,抚摸再三,还是放在了桌上。

朱兰回到府中已是很晚了。她说那个女子只身一人,不过好像颇不安分,也许在等什么人,几次到客栈门口张望。我说这就对了,然后又问女子的模样。"一看就是时新青年,没有裹脚,穿得也好。白白的,刘海儿下一双大眼,樱桃小口。"朱兰问是不是还要回到客栈。我想了想说,回去吧。朱兰很快走开了。

这个夜晚难以心定,思绪纷乱。静坐时不得不揪紧意念,只片刻又轻轻松开,如同双手脱离马缰。马儿嘚嘚而去,从月下浅水涉过。我微闭双目,等待涟漪消逝。呼吸不知不觉中被忽略,由沉实到细长,渐渐化为游丝一线,与夜色浑然一体。几天来全是激烈而切近的事情,心思跟上它们,必然不得"遥思"。阅读也需中断,不是目光脱离了字行,而是情趣与之分离,念想走向他途。

当我站到窗前迎接那片星光时,一颗凝止的心突兀地关闭了。这一刻我在想客栈里那位面容姣好的女子,今夜是否因为心上人的不辞而别陷入悲伤?还有那个奔走于远乡的苦痛青年……由此我有些忧惧,担心自己正在犯下罪孽:拆毁一对年轻人的爱。

爱是生命。乱世之爱尤其如此。

无眠之夜很想与管家谈谈,以免除他的苦楚,共饮一壶苦茗也好。可我还是忍住。如果真的需要补救,那就留待将来吧,机缘总

225

会有的。

　　管家的儿子离开了这座城市,老人前来说明:犬子在他的亲自安排和督促下当天成行,第二天中午即可抵达百里之外,然后会继续远行。我点点头,没说什么。

　　朱兰从客栈回来,任务已经完成:那个女子等不来人,已经退掉客房走开了。我松了一口气。

　　报上仍然没有什么引人注目的消息。一半为了消遣,一半为了功用,我再次去病房时带了一本浅显的养生书。满眼血丝的金水可以休息一会儿了。顾先生听我读那本小册子,兴味盎然。他说:"季昨非先生,听说您是第六代传人了,有个事儿正想请教。"我说不敢,请赐教。"我感兴趣的还是那个老话,自古以来半岛仙人太多了,您能肯定地告诉我,这种事该不是说着玩的吧?"

　　"当然不是。"

　　"嗯,"他欠欠身子,"我记得看过一本仙人行迹录,上面有名有姓、家住何方,写得清清楚楚,可惜年代久远,全都无法坐实啊。"

　　"有一天我会给您看一本族谱,是我亲手修订的,上面所记都是我们自己家的事。"

　　"啊? 这可太好了!"他差点跳下床来,我将他按住。

　　"还有一个人,他是季府的朋友,而今已经一百四十多岁了,前几年我们还常常见面。"

　　"这个人还活着?"

　　"活着,而且非常健康。"

八

一顶绿呢大轿在离麒麟医院一条街区的地方停下,从旁边过来一个商人打扮的人,向轿子殷勤施礼,然后就汇入了行人。走了一会儿,又有另一个类似打扮者出现,他们一起奔向了医院。一个护工正好看到那一幕,踏上长廊时只离两人几步远。他们中的一个说背部有疾,需要住院就诊。另一个在旁边侍候,称那人"老爷"。

护工有些好奇,对艾琳说起了那顶大轿,艾琳告诉了金水。金水问我:"商人能接近这种轿子吗?"我说肯定很难,"这样的大轿只有大员才坐,如正式出巡还会有卤簿虎头牌之类,簇围很多随员。能靠边说话的不会是商人。"

金水神色凝重起来,这让我有些紧张。不过我还是笑了,因为在他眼里总是疑虑多多,如那个肖琦和客栈女子,时下看来就有些多虑了。想不到金水又一次提到了前天的事情,认为那个客栈女子如果是有备而来,那么管家的儿子极可能已被跟踪。我没有反驳,只是心中大不以为然。

那个商人果真住下了,在病房的另一端,我想这是金水特别关照的结果。我留意了一下那个人,当看到那对圆溜溜的眼睛、一对八字胡时,立刻有一种超过了厌恶的感觉。好像某种甲虫才有的辛辣臭味在这个人的四周弥漫。为他查病的是另一位洋大夫,离开时我让陶文贝问了一下,回答是看不出什么,只是稍做按压就大声呼喊。

商人的仆人提来一个很大的食盒,一会儿那个房间就飘出浓浓的酒气。陶文贝前去劝阻,回来时脸色通红,说那两个人根本不听,实在无礼:"这哪像有病的样子? 还在压低嗓子划拳呢!"我出个主意:"多给他注射几次,脾气也许会好一点。""注射什么?""你们的针管很多的,哪怕是一针水!"陶文贝刺我一眼。

我陪顾先生聊天时金水就离开房间,但不一定休息,因为找他常会扑空。这时候艾琳会小声说一句:"他走不远的。"我为戴了眼罩的病人读读书报,说一些令其感兴趣的话题。他对那个高寿的朋友念念不忘,说一定要见见这个人。我虽然有些为难,还是答应他复明后一定领那个人前来拜见。他的手总要下意识地去戳眼罩,被艾琳制止了多次。伊普特院长过来看了,说再坚持几天就可取下那东西了。顾先生有些急切。

外边走廊传来几句争执。我出门一看,金水已经回来,正在拦住走过来的那个商人。"我不过闲遛,碍尔何事?"商人戴了玉戒的手往下点戳。金水嗓音低低,却很坚决:"那不行,我们老板休息。""我听里面热闹着了。""那不关你的事。"商人气哼哼地转身说:"我什么人没见哪,嚯咦! 先神气着!"

金水刚才到街上,说是出去透透气。这在以前是极少见的。通常他的活动范围只在顾先生的病房十几米左右。他的眼睛有血丝,问了艾琳才知道,他夜里几乎不睡,只在走廊尽头的帘子后边坐着。我担心他会受不住,几次提出由府里后生替换一下,都被拒绝。

这天夜里我入睡不久就被一个噩梦惊醒。梦中有一个汗淋淋

228

的人站在面前,说要去很远的地方,已经来不及告别了。我定睛看着,原来是兄长徐竟。我喊了一声,人就不见了。我久久坐着,正大口喘息,突然听到了拍门声。是朱兰。

"老爷,您下去吧,她,陶文贝,已经在楼下了。"

她竟然午夜出现在这里!一种不祥感一下攫住了我。

九

我让朱兰唤来车夫。"老爷,开小汽车吗?""是的,要快!"我和陶文贝坐上车子,她才低着嗓门说:"季老爷,事情发生得太突然了,伊普特院长吓坏了,最后不得不告诉顾先生。他不让我们惊动任何人,只请你立刻过去。这之前金水出去了一会儿,只半个多小时,想不到就会这样……"

原来这一天从傍晚开始,那个商人就和仆人在屋里饮酒,可能喝得太多了,划拳声越来越高,艾琳和陶文贝分别过去劝阻,对方先是嬉着脸说下流话,后来还动手动脚。金水忍不住过去呵斥,他们挤着眼笑,说:"我怎么觉得有人死到临头了呢?"两人哈哈大笑。金水不再与之纠缠,叮嘱她们小心躲避。这样直到很晚那个仆人才摇摇晃晃离开。金水就在这段时间出去了一会儿。

也就是这短短的半个小时,更可怕的事情发生了。当晚正由陶文贝值夜,她巡房之后刚回到屋子,就有人敲门。她应一声开门,想不到门口站着那个商人,因为醉酒,满脸紫红色,一只眼还有点斜。陶文贝随即关门,他飞快地伸脚挡住。"请你回病房去。"陶文贝口气严厉。"是吗?真不错。好东西。"他搓着手,浑身哆嗦,张大嘴巴喘着,突然一侧身挤进来,反身把门关了。这醉汉动作之快让陶文贝吃惊。

那一刻她并未慌乱,一边退后一边把桌上的一支针管取到手里。那个人还在逼近,眼睛死盯过来,瞥瞥针管:"好大的刀子啊,哎哟,吓死我了。"说着一眯眼睛做个鬼脸,身子一摇,不知怎么就把针管夺到了手里,然后狠狠拧住了陶文贝的胳膊。陶文贝刚喊了一声,他那只脏手就捂过来,对着她的耳朵咯咯咬牙:"听着,从了便罢,不从就随乱党一起去死。这回只有老爷我才能救尔。"他在陶文贝身上乱摸,然后又把她掀翻压上来。陶文贝挣扎,咬他的手,还摸到针管刺中了他,让他大喊起来。

门是闩住的,这会儿被撞开,是金水。他一进来即反手关门。那个人麻利地爬起,抽出了腰间的短铳,往前逼了一步:"好吧,原想再拖些日子,尔自己焦急。真是乱党脾气。尔等死期到了! 今夜就随我走吧,还有那个瞎眼老头……"他说着,咬紧下唇。金水点头,往旁一指,几乎同时闪身一跃。陶文贝还没等看清,一旁那个人手里的短铳就扔掉了,脖子歪到了一边,身子挨着桌子往下滑,噗一声倒在了地上。陶文贝蹲下试了试,发现人已经没了呼吸,颈骨折了。

陶文贝在车上简要说了事情前后,我惊呆了。一切发生得太快,我的脑海里一片茫然。

已是凌晨两点。万籁俱静。穿过长廊时不敢踏出一点声音。陶文贝走在前边。我觉得自己开始安静下来。那间出事的屋里站了伊普特、金水。躺倒的人被一块白单盖住。我还没有开口,金水就引我到了另一间屋里。

"季先生，事情已经很明显了，那个管家的儿子肯定被跟踪了，客栈女子就为这个找他来的。我白天又寻了一遍，她已搬离，不过也可能换了住的地方。来医院这两个人都是探子，另一个在烟馆里被我解决了……"金水说这些时竟无太多惊慌。我听到最后一句大惊，也稍稍放心。"我和顾先生今夜就得撤离，余下事情不得出一丝差错。"他看着我。我一直在想一个主意，说："你们出院的时间应在前两天才好，院方也要登记备查。这个探子既然侵犯了陶文贝，那就必须由我处置。"金水瞪大了眼睛："为什么?"

"因为她是我的人。"

金水来不及惊讶。我们接着一一商定了细节，然后马上去见伊普特他们。

第十一章

一

那是个异常紧张的黎明。我们与伊普特诸人仔细确定了一些事情的细部,又一起去顾先生处告别。院方用汽车送顾、金二人出城。我嘱司机将自己的车开回,然后换上那辆马车于院外待命。时间已经不多了,按计划院方派去告案的人已离开了一会儿。我和伊普特院长及陶文贝一起等候。这是院长室。我向主人讨一杯茶,伊普特说"对不起"。他和陶文贝一起张罗茶水,手有些抖。刚刚饮了两杯,静谧被打破了。可以听到杂乱慌促的脚步声越来越近。陶文贝眼中含泪。我看看她,又转向伊普特:"没有什么,院长先生,他侵犯了陶文贝,就必得去死。"

他们到了。刀,火铳,新军服装色泽逼人。令我吃惊的是,来者并非府衙的兵士,而是海防营的人。领头的是副协领,自称见过季府老爷。他们一边询问一边记下,将我和医院的人分开。副协领出去了很长时间,回来时笑吟吟地对我说:"老爷好身手,咱请吧?"我没有上他的车,而是直接走向那辆在早霞中闪着华丽光泽的车。我的车夫持鞭肃立,灰色马浑身油亮。副协领与我一起

232

登车。

我在车上再次申明:万不可扰烦院方,此事与他们无关。副协领点头:"问个口讯就没事了,老爷不必替洋人操心。"

车子驶入海防营的领地。这里比想象的深邃,直驶了很长时间才来到一个院落。就在这儿,副协领又离去了一会儿,回来后让车子继续往前。前面又是一道大门,里面全是低矮的旧屋,一律镶了铁棂,戒备森严。这让我想到了一座监所。车子在矮屋中拐来拐去,最后停下。一排挎刀持枪的兵士站了一溜儿。副协领先下车,然后殷勤地请我下来。"这是什么地方?""哦咦,当然比不上季府了,全是陋室,给季老爷备下的还是最好的一间哩。"

打开的屋子令我皱眉。腐烂气息直冲鼻孔,墙壁多有漏水印迹。小小的一间屋子里只有一张八仙桌和一张窄床。屋角有一只便桶,竟然没有净手的器具。"咱们进屋说话?"副协领在门口摊着手。我走进去。由于只有一把方凳,他只好站立。我说:"请为我禀报一下,就说季府有人拜见康永德大人。""在下一定禀报。"

门被锁住。我一个人被关在了屋里。看着粗粗的铁棂,我突然意识到自己身陷囹圄。"嗯,好嘛,季府老爷来到了这样的地方。"我看着铁棂上垂下的一只蜘蛛,看了很久。太阳升到半空,云朵从远山驶出。微风透入,霉味稍减。我想象那惊心一幕:自己的手在那个时刻扼住了那个人,迅猛一扭,千钧之力尽发。是的,既然这家伙的脏爪触到了她,那就真的该死,不容商量。

我好像真的做过了一生中的大事,稍感轻松地在窄窄的室内踱步。我发现屋后还有一个小窗,也装有铁棂,透过它可以望到一丛低矮的竹子。

午餐时间到了。提来的竟是小半桶粥食:稀汤寡水,透着馊气。不可食。

在那个康大人到来之前我想静坐一会儿。这里除了气息恶劣,还算清闲。我一闭眼想到的竟是初次见到邱琪芝的那个草寮。这个古怪阴谲之人久已不见,这会儿竟在意念深处浮现出来。我站起,再次看后窗的碧竹。好生可爱,可惜长在了此地。

天色渐晚,又来半桶稀稀的粥食。我未动一匙。天完全黑下来。我站在窗前等待满天繁星,等到了疏疏的几颗。再等,却听到不远处传来一阵喊叫。是撕心裂肺的呼号,还有辱骂与鞭杖。这里原来是刑讯之地,实在可怕。随着夜色深入,凉气也浓,我紧了紧衣服。有一盏大大的灯笼在移近,脚步声告诉我来人了。门哗啦一声打开,进来三个人。为首者是个稍胖的家伙,眼皮沉重,只余一道小小缝隙看我、看屋子。随员说这是总兵大人。我坐在凳子上未动。有人搬来一把圈椅给总兵大人。

“委屈季府老爷了,想不到我们在此会面。久闻大名,未能去府上拜见。事已至此,实在可叹……听说季先生好身手。”总兵边说边上下打量我。

我没有看他:“胆敢碰我的女人,也算活该如此。”

总兵一手抓紧扶手站起:“季先生可知所杀何人?”

“一个醉酒商人嘛。”

“哪里啊！季先生,让我告诉你吧,这个人是巡抚大人、太子少保派来的道员!”

二

　　总兵在屋内急急走动,捻须,不时看我一眼。我连表示讶异,心里想的是金水的话,此刻开始钦佩他的机敏。我问:"既是太子少保身边道员,为何做下这等龌龊之事?"总兵不答。他踱了一会儿,在我身边站住,声音低下来:"我来问你,另一道员死于谁手?""还有一个?""先生真的不知?""处置这一个就够麻烦了,还有一个?"

　　总兵坐到椅子上,好像倦怠了。有人附在他耳边说了什么,他站到粥桶跟前嗅了嗅,怒斥:"换食盒来。"粥桶提走,一会儿提来了一个不大的食盒,打开后香气四溢:两荤一素一汤。送饭人将饭菜一一摆到八仙桌上。我没有礼让,实在饿了。

　　总兵一直待我餐毕,挥挥手让身边的人退下。只我们两人了。他叹气,磕牙,摇摇头:"季老爷想必有所耳闻,贵府中有人串通乱党,闹得凶蛮,罪不容诛啊!"我站起:"岂有此事!大人言重了,季府祖辈持守之信条,即远避各路纷争!我再昏聩无能,也不至于全然失察……"他愣愣地看我,怔了一会儿,突然将手伸到灯下,屈起了一根指头。我马上明白这是说管家那个断指儿子,佯装不解。他说出了名字。我哦了一声:"原来说他!管家早就将这个孽子逐出家门了。不过据我所知,与之来往者无非赌徒逸少,绝非乱党。"

　　总兵眯上眼回到座位:"果真这样倒也无碍,只怕不唯如此吧!"

　　"空口无凭,以后只要拿了,审他便是。你说那个人与季府早

235

无干系。"

外面又传来犯人呼叫。总兵仰脸哼了一声,有人端来热茶。我们饮茶,暂时无话。兵营的茶以前也领教过,浓、苦,只能小口啜饮。这让我想起去北马那次的苦饮。季府的香茗在这里是找不到的。我暗自揣摩对方的心思路径,担心他们得知道员被杀后即做好了准备,故意让我待在这个脏陋处听夜审哀号。一切皆有用心。或许他们会将医院的人关在另一处,这一念让我额上渗出汗粒。既然整个事件起于那个南方女子的一路追踪,那么最后的重点一定会落在顾先生和金水身上。果然,总兵很快将话题切近:"你的老朋友还好吗?我是说那个顾老板。"

"还好,治过眼疾后出院了。"

总兵磕牙,这是他运思的习惯动作:"说来也巧,我这里接到的密报是,南方乱党首领中也有一个半瞎的家伙。"

"那真是太巧了。不过有眼疾者越来越多了,乱世不光折磨人心,还折磨人的眼睛。"

总兵哈哈大笑,站起,说改日再聊吧。他对门口的兵士说要好好侍奉季老爷,然后回首抱了抱拳。

这家伙离开后我才想起了康永德,想这人迟迟不见的原因。这会儿从头将总兵的话一一滤过,从中寻觅玄机。颇费脑力,近乎猜谜。这个冰凉的秋夜想着父亲:正是他让季府走近了革命党。家族与人生啊,认命而已。

静坐总被不远处的哀声所扰,未免沮丧。按时服用丹丸。无思欲无念想,任由气息周流。那个阴郁的导师无处不在,令我气

236

恼。一遍遍想着那个滚烫的面容:陶文贝。此番动荡如若伤到她一丝一毫,都将是一生难赎的罪恶。一个"赎"字又让我想起了朱兰。但愿她们都安然无恙。女子皆为世间妙物,让神灵护佑她们吧。

入睡前照例要如厕。这个脏臭破旧、无坐垫无封盖、边缘参差如镞的便桶成为一个无法回避的奇物。因为生来第一次见到这等拙陋,我好好研究了一番。小解好说,大解为了不伤及臀部,须取马步,那是一种功夫:季府的螳螂拳师们个个都有极深的马步站功。

三

一天无事。茶饭皆好。入夜的灯笼渐行渐近,那个总兵又到了。当阵阵哀号戛然而止的一刻,灯笼正好抵达门口。这次入门仅总兵一人,他抱拳,入座,默默无语。我破例为他斟茶,他以单指叩桌示礼,仍旧无言。过了半晌,他长长叹出一声,抹了一下眼睛。仔细看看灯下的人,面容哀伤,却无泪痕。我问:"总兵大人为何不快?"他再次叹气,站起,踱了几步又坐下:"季老爷,在下失礼! 实言相告,我不过是水师营教官,这些天代总兵行事而已,如今再也不敢相瞒……""还有这等怪事?""是这样,总兵性子暴烈,我担心他冒犯老爷,就代他先行来见,许诺定会劝解功成……想不到他好生性急,已回禀巡抚,今个斩令下来了。"他站起,一瞬间涕泪垂落。

我觉得一股灼流从头顶淌下,淹没全身,随即没了痛感与思绪。眼前的人一边揩泪一边摘下顶戴。我全身重量移至两臂,支撑着才没有伏倒在桌上。"你再说一遍。"我盯住夜色。他复述了一次。"斩令"二字清晰无误。

"他是太子少保身边的道员啊!"他这时涕泪全无,"季先生正值盛年,何不供出一人顶罪?万万不可游移了!"

我强忍隆鸣如雷的心跳,问:"那该供出何人?"

"这就由季老爷定夺了,原是不难的。"

我不再应答,闭上眼睛。一股麝香味儿弥漫过来,睁开眼,见他双手奉上一只寿桃状的香囊:"这屋子秽气太重。"我像他那样单指叩一下桌面,他将香囊放下。"季老爷三思啊!按律法今夜就得佩戴刑具了,在下泣求总兵,这才应允最后那会儿再、再……唔,那会儿再为老爷戴上。"

"刑具在哪里?"

"就在外边了。"他仰脸瞥瞥门口,击掌三下。

两个兵士脚步重重地踏进来,把几件黑乎乎的东西噼噼啪啪放到地上。二人退出,他将灯笼移近,让我看清这副木头夹板,外加锈迹斑斑的手锁和脚链。它们将室外的寒凉一起携来了,这会儿身上一阵剧冷。我蹲下看着,问:"上路又是哪一天?""这得看总兵的脾气了。在他那儿不是什么大事,朱笔一勾,报给巡抚就算结了。""这在季府那儿也实在算不得大事。"我答道。他像被烫了一下,身体一颤:"难道你主意已定?行前没话?不想见几个人?""自然要见。""那你……写下来吧。"他额上出汗了。

有人取来纸笔。我写下"陶文贝、朱兰、管家、康永德"四个名字,想了想,划掉了最后一个。

一夜无眠,窗外传来时断时续的哀号,间或还有秋虫的鸣声。秋虫和人,谁更从容?想不明白。我爬起掌灯,移近了看那副刑具,不知因为绝望还是陡生滑稽,只想发笑。但笑声未出,一行泪水早顺着鼻侧淌下。我躺在床上想:以前曾说为了陶文贝可以去死,而今竟然真的应验了。人哪,大话慎出。

黎明时我于后窗那儿徘徊,渐渐凝神:一丛竹叶下有一只完美精巧的鸟巢,开口处正探出黄口小雏。啊,是织巢鸟,真是令人怜惜到极点。我抵紧了窗户看着,惊异于前一个白天竟毫无察觉。原来人在特殊的时刻才最能把目光投向弱小。

就因为织巢鸟,我这个早晨少了一些悲绝,甚至有了一点儿时的欢愉。早餐只饮一点稀粥,然后等待阳光。

窗户变得眩目时,管家和朱兰来了。两人相互搀扶着,进门时还是差点跌倒。管家泣诉:"肯定是那个孽子牵累了老爷,我们父子真该以死抵罪!"我厉声呵止,让他站好。他扶着桌子才立住,浑身仍旧颤抖。我说:"府里的事情你好好打理吧,一如既往,有事情找朱兰商量。"管家泣不成声,只是点头。朱兰嗓子已哑,可能一路上哭坏了。她急急打着手语:"这怎么会?老爷,我们这就去找康大人!"我告诉她:"不用了,他能来早就来了。"

"怎么会!怎么会!老爷啊!"管家喊叫起来,我再次呵止他。

四

陶文贝没有来。我心急如焚。我必须知道她的安危。又是一天过去,这一天没有任何人造访。白天没有哀号,入夜则要响起,

239

直到凌晨。抵御这可怕的焦灼也唯有"遥思"了，死亡之后可谓至遥，那是未知之境，远在星汉渺茫处。心系那片无尽的黑色会有一种翩然飞去的感觉，十分奇妙。我曾琢磨"仙化"与"死亡"之别，发现二者纠扯难分。相同处是都要挣脱人世，相异处是最后一刻的欣然与恐惧：如果我带着初识织巢鸟那样的欢愉离去，不就成了家族中第三位"仙化"者吗？想到此，浑身一阵灼热，激动不已。

因为睡不着，静坐也屡屡失败，就花了许多时间去研究那副刑具。以前只从穿街的犯人身上远远见过，而今近得可以抚摸了。锈铁泛着腥气，那木枷由槐木或榉木做成，又沉又黑，中间贴颈的圆洞透出黢色，摸一下极脏腻。这脏腻令我不快的心情持续良久，对它的厌恶甚至超过了死亡。如果换一副灵巧的新枷则要好得多。我站起注视，突然闪过一念：自己也许不会很快上路的，因为这脏臭的刑具与我同处一室，就是最残酷的责罚了。

黎明时刚刚打个瞌睡，送食盒的兵士又把人惊醒了。就在这短短一眠之间做了一个梦：有个脸庞尖尖的杏眼女子正用一把小刀刺我，血一滴滴流出。我醒后认定狠心的女子就是住客栈的那个人。

不记得昨夜吃过东西。今晨口苦异常，那糕饼每嚼一口都难以下咽，像是黄连做成的。果然，它的下泻功效很快显现，我不得不在马桶那儿练一会儿马步了。奇异的恶臭，大概集起了全部的冤仇与困窘，还有恐惧和厌烦，这会儿一起泻下。我差不多要昏厥了。如此一来，身上倒也轻松了许多。

那个浑蛋昨夜将香囊取走，我这会儿只好忍受浊臭。有人笃笃敲门,门开了,侧立在那儿的一幕疑是怪梦:一根马尾辫垂下,缓缓转身,是邱琪芝!我忽地一下站起……他掩住口鼻进来,四面环顾,最后抵墙而立。"我心口两次痛醒,就忍不住去了府上……费了好大周折才进来。我的天。"泪滴从他紧闭的双眼渗出,唰唰成串,难以止息。

这是我近四年来第一次见到他。容颜未变,还是那么细嫩。这个人真的不会衰老。我想不到会在这样尴尬的时刻与之会面,哀伤无以复加。一切不知从何说起。这样沉默了一会儿,我说:"最后了,我想听前辈一句真话,您和我父亲到底为什么分手?"

"好吧。这个时候了,为师的告诉你:他是革命党。"

我身上一阵寒战。我咬紧牙关又问:"您害怕牵累?"

他微眯双眼:"在我这里,养生与革命水火不容。"

"可是家国朽败,民不聊生,我父亲也是迫不得已。"

"府吏衙门全都一样,都是人,人不变,怎么折腾都没用,白白流血而已。人如果活上百年,就会看到终究一样。所以人生在世,唯有养生。"

我想起了王保鹤先生的"教化"与"革命"论,觉得二人或有相似之处。不过即便是王保鹤,也仍是北方支部的人。可见人生必得兼顾眼前,于利害权衡中择其善者。

"既然白白流血,为什么要做?你来回答!"邱琪芝又逼近一句。

"那当然不能做。不过也许不会白白……"

"血流成河尸骨成山,只变了个江山名号,最后全都一样,甚至

241

较之前更坏,这难道不是人间大恶? 你觉得不会,那是活得太短。"

我远不足百岁,所以一时找不到话来反驳。

"无论采用怎样巧妙的说辞,倡暴力就是扬罪恶。"他一言以蔽之,站到窗前。待他转身时,又见两行长泪。他正为我而悲。他用力揩去泪滴,换个轻松的话题:

"几年了,为师的想念啊! 你禁欲闭关那些时日,有什么心得?"

"我……啊,记得您曾说高人之气都在膝下,那么它到底在哪里?"我终于记起了一个切近而又具体的问题。

"喏,这儿,"他拍拍脚踝,"气沉于踵,踵随气行。你当知不倒翁的原理,它怎么也不倒,就因为重量全在下边。"

"明白了。我想说,修持诸法中,最难行的就是'遥思'了;而最遥远的不过是死亡,那才归于彻底的安静,无欲无念。"

"这是极而言之吧。不过为心上人去死还差不多;为仇人,为家国,那都算不得有多么遥远!"

我站起来,直视这个面色如婴孩般鲜嫩的人,只想直言相告:"啊,真的是一语中的,豁然开朗,我这一次就是为了心上人去死啊!"

五

整整一个白天和夜晚都处于激越和感念之中。我与邱琪芝的会面带来了新的印证与觉悟,尽管这已经太迟了。不过也只有此刻,我才能领会什么是"朝闻道夕死可矣"。是的,别过至亲,别过导师,此一去遥遥无期。唯一的遗憾还是那个秘传独方:我死或不足惜,可叹的是广陵绝响。

我为最后一念折磨,心有不甘。想啊想啊,眼前闪过一个个面容,最后凝视着深棕色绒帽下的一对美目:"朱兰!"

怎样将独方授予她,令我苦苦琢磨,在屋里徘徊。时间分分秒秒地流逝,焦虑逼人。我向兵士索要笔墨,再次写下求见府上仆人朱兰。两天过去,没有一点声息。第三天上午令人绝望,吞了几口苦食躺在床上。我记起昨日丹丸还没有服,又起来找出那个小瓶:只有五粒了。

黄昏时分铁门洞开,一个衙役模样的人进来,身上没有挎刀,双手抱拳说:"季老爷请吧!"朦胧间觉得这是催我上路,双耳轰鸣,心跳如鼓。瞥瞥窗外日光,时辰不对,再端量面前的人,一脸谦恭:"我家老爷请您小酌,也算讨教,请吧!"他又说了一遍。我这才看到门前停了一抬轿子,几个轿夫站在那儿。

我坐在轿中百思不解,只任其一路轻颠。出了监房不远处即钻入巷子,拐来拐去,最后竟进了一座朱柱灰墙大院,这儿林木蓊郁,估计是哪位侯爷的宅邸。下轿后有一老仆迎候,陪同的那个衙役紧跟一旁。高高的台阶上站了一个又胖又矮的人,五十多岁,笑容可掬,正居高临下地看着,见我开始登阶即转身进屋。

屋里是空的,只有镶了螺钿的硬木桌椅,案上还摆了几碟瓜果。进入内室才见那个胖胖的人坐在席上,向我微微点头。"这是老爷!"老仆弓腰说。"季府先生?"胖子并未起立,只让我坐到对面。酒食颇丰,香气扑鼻。所有人都退下了。胖子笑着,嘴里"啊

243

啊哦哦"。他身上挂了不少玉佩,手中还转着两颗核桃。从进门那一刻,他就一直留心看着,这会儿点头抿嘴,咂咂舌头:"先生奇人!老夫三生有幸啊!"我不知端底。"昨日听说先生进来了,真是机缘天造!我说,会会也!"

"进来"二字说得轻巧,我觉得此人稍稍有趣。这人容貌庸常,看上去非文非武。他笑眯眯地探头:"先生可谓道中异人,请你来说说方术。我本是性急的人。来来,先饮几杯嘛。"他敬酒并一口饮下,我只抿了一点。"老夫百事不喜,只求长生,搜罗不少人间奇方哩。"他连饮几杯,很快脸色红涨,人也更加和蔼。我说:"愿听指教。"他一仰脖子:"哪里?季府丹丸我也尝过。你看,"他攥拳举臂,"我像多大年纪的人?""三十多岁吧!"他哈哈大笑:"哧,老夫五十又二了……"

整个席间胖子自斟自饮,大口吞食,后来发现我并不动箸,就指着菜肴:"吃!"我吃了一点,他高兴了,小声说:"有人献来异方,说来忒简单,不过是采来春天的野兔屎,每天五粒代茶饮……"我怀疑听错,待他再说一遍,差点笑喷。"阁下以为如何?"他无不得意地盯住我。我说:"民间验方嘛,我想那野兔品尝百草,必有奇功。"这一回答令他很快兴奋起来,随即大饮一口,拍打膝盖唱道:"我也曾、在山岗、追赶野兔……"唱罢又附上耳边,"春季的野兔屎最好,夏秋次之,冬天则不可采。"我点头:"不可采。"

他已经半醉了,在我全无预料时竟解了腰带,一定让我看看下体。我躲开一点,他以命令的口气说:"但看无妨。"我只好瞥上一眼,见那里勒紧了一根红色布条,吃了一惊。"唔,这也是一个秘方了,每天勒上半个时辰,可收奇效。阁下以为如何?"我待他束好腰带,一边想着怎样回应。我说:"也许不错,这也算抓住了事物的根本。"

他大笑起来,连连碰杯畅饮。这样高兴了一会儿,他突然撇撇嘴巴:"我刚刚传了你两个秘方,你哩? 该不会把自己的秘方全都带走吧? 带走何益?"

我至此算是明白了他的用意,四个字即可概括:趁火打劫。我心里冷笑,口中却愿与之交换:"我想用这个独方换回一条命,不知阁下可能办到?"

他立刻慌促摆手:"使不得! 这是巡抚、太子少保督办的要案……"

"那就只好免谈了。"

"啊呀! 啊呀! 你带走它又有何益?"他急得垂手顿足,离开桌子走动,哭丧着脸立在我的面前,"我为先生备下美酒吃物大宗,还有更多银子。阁下! 阁下……"

要搪塞这家伙原本容易,随手写下几味"人参""茯苓""桑葚"之类也就打发了。不过我还是尽可能矜持一些,剪手踱步许久,很像最终下了一个决心,对他说:"也罢,念你一片诚心。不过那些吃物和银子也就算了,就为我准备一个上好的马桶吧。"

六

我终得免除马步之苦。安坐马桶这段时间正好用来回想那个胖爵爷,想他的秘传异方,忍俊不禁。而站起来之后却是双倍的焦灼,是无法忍耐的企盼。我深悔上次朱兰和管家探望时竟忘了一件大事:怎样传下那个独方。

陶文贝仍无踪影。我曾分别对水师教官和副协领提到西医院,着重指出整个案情与他们无关。听者讪笑,然后回我"勿操洋心"。可是一想到陶文贝即有揪心之痛,觉得失去的所有光阴太过可惜,我像个梦游人一样恍恍惚惚走到今日,两手空空。正因为没有她不可度日,也就再无多少日子可度,看来真是命该如此。我只想再写一封长信,与她做最后的诉别。

仍如以往,只要沉浸在优美的文法之中,思绪很快变得清新流畅,深情如溪水潺潺,直抵那个人的心田。我相信这强于当面倾诉:每逢那时自己就变成了笨嘴笨舌之人。而在古雅的文字丛林里行走,我是那样自如,无拘无束。即便在最后的话别中,我仍能感受到她身上散发的异香,那是含蓄而持久的馥郁。我能够从朱兰身上嗅到浓烈的菊芋香、从大嘴白菊那儿吸入阵阵红薯和玉米香,却不能寻到一种深深敛起的、藏在花蕊内部的神秘气息。它不一定什么时候,比如此刻,从我鼻孔跟前倏然飘过,让人全身一颤。

我写道:正是从你这儿起步,我一直向前,而今即将走向"遥思"的极致,这也是爱所馈赠的最后一件厚礼。我直截了当地指出,这次突发的悲剧让我们就此分别未必不是一件好事,因为它起码让我避免了第二次死亡:当我真的获得了您的爱,那一刻说不定会因大喜过望而窒息,这就好比一个饥饿难耐的人在丰饶的食物面前倒毙,世上大概再也没有比这更不幸的了。

我一一回述两人一起的时光,把黄金铸成的分分秒秒重温和拉长,让其永不间断。我不敢使用夸张的口吻,担心她从中看出我的虚荣。除了在逼仄的车厢内因颠簸而挨近她的身体,我们两人不曾有任何机会触碰过。令我奇怪的是,好像我们也没有过礼节性的握手:那种洋人礼法是多么好的东西。我总是抱拳。我甚至在偷窥中都要微眯双目,也正是关于"目色"方面的严格训练,让我习惯了谦卑含蓄地接受来自任何方面的美好,而绝不会因攫取的急切而吓走对方。或许就由于这无形无迹的微妙吸纳,我的体内已包含了她那无与伦比的美艳和力量。这对于我这样一个卑微污浊的生命而言,该是多么巨大的支持,也正是这支持使我有勇气在那个关键时刻做出了决意:为了她,我将承担起全部后果。

这封信太长了,并且还要一直写下去,直到地上那摊刑具将我的双手缚住。我深知一旦去了另一个世界,不仅失去抒发交流的语言,就连手语都无法做出,而且后一种方式她也不能读懂。这种哑语最初是由白菊授予的,我在这个时刻还是不能忘掉她。许久未见了,一个少见的善良姑娘,愿你的未来再无苦痛悲伤。一支笔从容向前,似乎永无终止,直到守门的兵士哗啦啦将门打开。

尽管是逆光,我还是被门口的剪影惊得站起,心跳险些停止。这不是梦,然而无数的梦想加在一起的美好和欣喜也不过如此:陶文贝真的来了。

这个让我日夜牵挂思念的人完好无损地站在跟前,一切都不需忧愁,一切都悉数完成了。我小声自语道:"起义成功了。""您,您说什么?""啊,刚才是一句梦话。"泪水从她脸上扑簌簌地流下,她想尽最大努力止住泣哭,却不能够。我问起了她和伊普特院长,还有艾琳和雅西。"他们都好,大家都好。不过谁都不准来这里,直到最后我才被应允了,因为……"她哭出了声音。

"因为什么?"

"因为你对他们说过,我是你的……女人!"

我低下头:"对不起,那是我宰杀这个畜生的唯一理由。"

"我明白。我没有生气。可是……可是他们怎么能这样对待您? 您是季府老爷啊!"

对她做任何解释都不重要了,重要的是她来了,她站在面前。

七

原来我走后还发生了许多事情。巡防营并没有放过麒麟医院,他们将长廊西端的一半隔离开来,让所有参与顾先生治疗的人全待在里面,实际上成为一处临时禁所。雅西和伊普特院长被分别审问,艾琳也没有放过。重点当然是陶文贝,他们首先要弄清那一天的所有细节。她开始按原来设定的回应,即把金水换成了季府老爷:一个在不久的将来要迎娶自己的人,遇到这种事当然怒不可遏。两天之后,审问者告诉她:你的男人将被斩首。她吓昏了,改口说那个醉酒人不是别人杀死的,就是自己。他们根本不信这双纤手会夺下火铳和折断男人的颈骨,那话等于白说。由于事前安排周密,大家一口咬定顾先生等人早在两天前出院,并拿出一本登录为证。对方一时难寻破绽,又因为事涉洋人,巡防营和府衙就不再纠缠下去。

陶文贝开始定定地看我。经受这目光细致而长久的抚摸是至

248

难之事,我觉得如同灼烤。"季老爷,您从来没有这样啊!这为什么,我不明白……"我重复以前的话:"因为他侵犯了你,那就必得去死。这个人最好也最应该被我杀死。"

"为什么啊?为什么要这样啊?"

"我命中注定有这样一个机会,你看,它来了。我说过可以为你去做任何事情,这只不过是其中的一件而已。真可惜,可能以后再也没有这样的机会了。"

陶文贝刚刚止息的泪水又流下来。她转身时看到了地上的刑具,退开一步:"这是……"她蹲下细细地看,瘫在了那儿。我将她挽起时,觉得她的身体那么柔软轻盈,真的像一只小羊。她挣出我的手臂,泪水纵横。我没法安慰她。时光多么珍贵,可惜要被美人的泪水注满了。我轻轻说着,但能听出自己的嗓子发颤:"没什么,不过是这样罢了……让我们说点别的吧,说说你们医院,特别是雅西。对了,我觉得从第一次见他到现在,他一直不太喜欢我。"

最后一句让她怔了一下,泪水立刻不再流淌了。她的目光中有什么闪跳了一下。我的心跳变得快速而沉重。我一直盯住她的眼睛,直到这浓密的长睫垂下。"没有的,季老爷,他们洋人就这样,蓝色的眼睛容易让人误解。他其实是一个极好的人。"我几乎要笑出来。多么美妙的修辞,只有她才能想得出。我爱她容颜与聪慧互为表里的极致。同时我却想到了伊普特,同样是一双蓝眼睛,在他那儿却让我感到了慈父般的温良。我不再说什么。

"我不相信会这样,就是不相信!"陶文贝一低头又看到了那副刑具,叫着。她在极度绝望的时候差一点要扑到我的怀中,但并没有。我渴望在这意味着诀别的时刻紧紧相拥,抚摸她一头滑爽的黑发。没有,真实的情形是,她并非我的女人,她只是西医院的一个医助,是不小心卷到命案中的女子。季府对麒麟医院有了亏欠,最亏欠的还是面前这个人。

这一瞬间,我的脑海里出现了面色激烈而果决的兄长徐竟,他行前曾对我发出命令:向这个可爱的女子发起致命的进攻。是的,我在内心早已接受了兄长的指令,不幸的是,整场战役即将结束,自己已弹尽粮绝。我看着她,摇头:"我是一个失败者。"

"别这样说!我们所有人,包括伊普特院长和雅西,正联合教会的人一起救您!一封求诉书早就递到了府衙……您千万要挺住啊,您不能这么灰心丧气!"

"我不是指这个,我是说我和你。"

陶文贝再次仰起晶莹的泪眼。不知她是否听懂了,只是不住地摇头,呼吸越来越急促。她像怕冷一样双手抱住了胸部,牙齿磕打出声音。她说:"我求求您挺住,您不能灰心,因为还没到最后……还有,您不是一直在等我的回信吗?您还没有收到我的回信!"

八

大概就为了留下一个诱人的悬念,她直到离开都没有透露回信的一丝内容。多么傻的姑娘,如果仅仅如此就能挽救我的生命,该是多么幼稚可爱的想法啊。我再次认定这是一个纯洁无瑕的孩子,同时也为她的倔强感到了深深的绝望。因为显而易见的是,事情的结局极可能是一切都来不及了。也就是说,她的那封回信将再也找不到地方投递,留下永生的遗憾。

我含泪远望她离去的背影,直到空空的远方。我无须猜想她的回信,那只会换来更多的痛苦。我将余下的一点时间用来想念兄长吧,因为一切都是因他而生。如果我的导师所言不虚,他和父亲的分手真的是那个原因,那么其中兄长必有不可推诿的责任。这是一个令我钦敬和惧怕交织在一起的人,一个无论如何都要挂念和依赖的人。说实话,我对他和他的朋友所做的一切躲避唯恐不及,可奇怪的是从来都毫不犹豫地去做他们指派的任何一件事。这已成为季府的一个习惯性动作,从父亲开始就是这样了。

这大约是一种宿命:半岛上首屈一指的豪富、独药师传人,必定要和革命党人连在一起。

我等待一个恐怖的时刻。这大概不远了。

那个时刻的到来将有一个响亮的信号,它是由金属做成的某种声音,飘到树梢上微微停留,再像蝉鸣一样颤抖着滑到地面,毫不留情和确凿无疑地落在我的门口。这扇黑门不久就会打开,然后走出一个披枷戴锁的人。

每天半上午时分,这样的信号都有可能到来,我张开敏锐的触角和听觉,准备接收。那位爵爷送我的宝贵至极的礼物,即用所谓价值千金的秘传独方换来的上等马桶,已经三天多未能派上大的用场了,原因是本人胃口全无。奇怪的是第四天上午,我竟然不得不坐在爵爷的奇物上,仿佛要最后消受一下。也就在这个当口,那个金属般的信号响起来了:嘭嘭擂门,开锁,两个持刀兵士闯入,还跟了一个白脸文书模样的人。后者对坐在马桶上的我拱拳,说:"老爷,咱们走吧!"除了这几个字,我什么都听不见了。咬紧牙关将最后程序完成,一双手颤颤抖抖束起腰带。

门外阳光强烈,要用力忍住,以防刺出满眼泪花。我的心一直狂跳,眼前发蒙,他们不得不上来搀住。我过了好久才稍稍镇定,手打眼罩看看前边,万分惊讶地发现了一顶轿子。这轿子足够豪华,轿夫衣着齐整。我转脸看那个白脸,他又一次弓腰礼让。我满腹狐疑地上了轿子。

坐稳后我鼓鼓勇气问:"请问这是……"他目视前方:"不远了,到了您就知道了。"我不再询问。帘子紧闭,我掀开一道缝,立刻被市相灼烫了一般:这一切久违了。来往不息的人群、挑担匆走的商贩,再分明不过地显现了一个活着的人间。

街上的人流渐渐变疏了。街道变窄。两边出现了持刀背铳的人。我揉揉眼睛看了许久:没错,快了,前边就是府衙。真的,堂皇的大门到了,轿子一停,直接进到内里。这里有整齐的花树,有池塘和假山石。在一幢高大的楼宇跟前,我看到了表情肃穆的石狮。随引路人登上一层层石阶,最上面是几个穿官服的人。他们闪开一条路,让我们走入。正前方有一个老者,同样穿了官服,正朝我抱拳。好生熟悉。我缓缓抬头、仰视,这一刻蓦然认出:康永德。

九

一切宛如梦境,我需要用力走出一片迷茫,将自己唤醒。康永德衰老的容颜格外陌生,那增添了许多的老年斑让我有点喘不过气来。他叹息,嗯嗯呀呀,好像并没有说出什么,这样一直与我走入厅堂。旁边的人待我们落座就退下了。四周洋溢着一股辣椒味儿,使人有一种庄严的感觉,这是大衙门才有的气息。

我彻底清醒过来,开始端量从未见过的道台府。我父亲与康永德交往时他还只是一个管带,所以可以断定父亲没有来过此地。这儿雕梁画栋,有点像庙宇,只是没有供奉塑佛而已。转脸看康大人,他笑眯眯的却不失威严,有点故扮神明的模样。我这才想起向他问安,拱手一拜。

"唔,一别又是许久!老朽几次要去府上,无奈衙里事冗。我又该吃吃丹丸了,离开它终究不行……此事从长计议吧,季先生,你受了苦楚,这都怪老朽势单力薄啊,好不容易,唉,可谓一波三折……"

他眯眯眼睛看我,然后待我发问。我忍住了听下去。也许在接下去的瞬间,吉凶即可明了,这会儿还是免不了忐忑。场景移换太快,我无论如何都难以适应。不过自己面临的肯定不是一场审问,这种事不必烦劳大人亲自出面。我在最初的日子里不止一次求见面前这个人,却全都失败了。但我内心深处或仍存一丝奢念:在最后的时光到来之前能与季府老友见上一面。也就在我完全不做期待的时候,这个人终于露面了。奇怪的是我既没有大喜过望,也没有侥幸和乞求,只有绝望和等待。

"季先生想必知道,这个案子是巡抚、太子少保亲自办理的,惊动了朝廷,府衙是插不上手的。他们甚至不做通报。府上管家和仆人在这里跪泣,我事后才知。倒是见了洋人联署的折子,转呈后泥牛入海。这个案子太大了,太大了……"康永德胡须拳着,看看我,两手使劲按住椅子扶手。

我不动声色,一副听候发落的模样。

"老夫为季先生上奏三次,泣求,以性命做担保,言明道员无礼在先,而后才有这桩失手命案。其实我心如明镜,先生哪有这般生辣手段?杀人者绝非先生。不过……"

我听得分明,即刻打断他的话:"康大人开脱,在下心存感激。不过人的确为我所杀,一时怒发而已。"

"哈哈,不必说了。那道员是何等身手?他们可不是三两人能够近身的!你这双手能拧断他的脖子?以我看,你连一只兔子头都无可奈何!到底是谁所为,你我都知道,这会儿还是不说为好。"

我偏要问他:"是谁所为?"

"他们早就逃了。"

"案发两天前?这不可能啊!"

康永德将一口茶徐徐咽下:"当然是案发后了。我不明白的是,季先生义气如此,自揽命案,要知道这可是天大的事啊!"

"那只脏爪碰了我的女人,也就成了我的事,与他人无关。堂堂季府连自己的女人都不能看护,会令世人嗤笑的!"

康永德全不在意我的慷慨大言,伸出胖胀的大手说:"罢了。我已对上申明,季老爷至多是交友不慎,罪不至死。我把府上百年盛事——历数,尤其为半岛方士秘术之重镇、损折则独传秘方断绝无继,详述周备,以身家性命许下保证,这才换来今天的结局。季先生万万不可大意,世道凶险,乱党何等猖獗!从今以后要审慎过往,切不能轻许义气,冒杀身大祸啊……"

我句句听在心中,许久未语。我想听到他直指顾、金二人为乱党,但终究没有。这是一个权谋阴幽的上一代老人,好像一切都在掌握之中。我甚至想到:自己从关押的一刻至今,全部由他精心设计,其目的无非为了让季府主人彻底驯服,代价就是在锋利之刃上走一遭。此念一闪,冷汗从额头渗出。

"季先生,老夫今天为你压惊了,备下一席薄宴,酒足饭饱之后,我还要亲自送你回府。此事前后老朽如有不周之处,还望先生体谅。老朽一生得益于季府多多,算得上是过世老爷的门生,为季先生付出多少辛劳都是义不容辞……"

听他这番话后,我也只有称谢。尽管满腹犹疑,难言的感激还是弥漫全身,一阵阵心跳强烈地撞着胸口。

"请吧,季先生!"

"您请,康大人!"

第十二章

一

秋天深入了,整个季府正准备迎接一个非同寻常的冬天。我有一个预感:无数前所未有的大事都将在这个冬天作结。从那场可怕的劫难中挣脱之后,府中所有人都用一种特异的眼光看待他们的老爷了。对于朱兰和管家而言,我等于"死而复生"。对于一个已经确定要离开这个世界的人,他的突然出现会给周围带来极大的不适,比如对那些基本上已做好了度过没有我的日子的人,失而复得就多少意味着多余。我在一定程度上成了一个多余的人,一个令人厌弃的人,连自己都觉得是一件很奇怪的事情。当我把这种想法说给事事皆不设防的朱兰时,她直直地盯了我许久,说:"啊,老爷受的惊吓太大了!"

朱兰坚持要做的就是让我独自待在巨大的阁楼上,认为这种方法才有助于修复累累创伤,仿佛那些天的囚禁还远远不够似的。这让我想起了长达三年的禁欲生活,再次感受了人生即是分离、独守和孤单的冷酷现实。我强制自己抛却无数亟待料理的事务,静静地躺在一张结实的小床上。

我将这期间积起的几张报纸通览一遍,想找到一些消息,关于战事,关于兄长。什么都没有。我问朱兰和管家是否有王保鹤先生的音讯。他们说前些天专门去过那所新学,到处都找不到人。我想先生一定还在南方,正为最重大的事情奔走。这沉默无声的时间幕布下面,正遮隐着多少已经发生或即将发生的惊天大事。最使我欣慰的还是从麒麟医院脱身的那两个人,他们如今也许到了南方或关外。我对那双"革命的眼睛"的恢复极有信心。

　　想到顾先生的眼疾、我们的匆匆分别,总有一种难言的遗憾。我突然想起有一个至为紧要的关于眼睛的方法没有授给他:看取万物都需要使用含蓄和缓的、轻淡和谦卑的目光。是的,顾先生也许惯常使用的都是锐利和逼人的目击,太急切了。我判定其眼疾绝非仅仅因为急火攻心,也还有或主要是天长日久的用力:过分着力于心身之外的这个世界了。我叹息了一声。

　　朱兰为我送来几样粥食。我邀她一同进餐,她愉快地坐下来。我进食时不得不停下,说:"你的眼睛太大太亮了。"她的脸红到了脖子。我说:"如果换上一副散淡的目光,就会省下许多、存积许多。""啊,那是什么?""是一种非常非常需要的力量吧。"

　　这是一个明亮温煦的上午。十时左右,我正看着窗外飞过的一群鸽子,琢磨它们是否属于府中的屋门就被敲响了。朱兰站在门口,脸上是难掩的激动:"老爷,快下楼吧,是她,她来了!"

　　我的心怦怦乱跳。我忍住不想的一个人终于出现了,她还是第一次来这儿啊,因为以前的几次都不能作数。我赶紧去镜前整理了一下乱乱的头发,极不满意地盯了几眼毫无生气的面庞,随朱兰下去。她一边走一边说："就在前楼门厅里,一个人待着。"

朱兰在厅外即悄悄离去。我进到厅内,一直看到的是那个背影。她好像在等待的这会儿认真地欣赏了那张屏风上的雕刻艺术,这时听到脚步声才转过脸:我马上看到的是胸前那一大束鲜花,因为季节的关系,主要是深红和紫色的菊花,中间有几枝玫瑰。她的脸色因为花的映照变得更红了,好像还汗津津的。

"谢谢你的花。"

"我说过,我要回赠您一大束花的。"

我发现她消瘦明显。但她说我的主要变化就是瘦了。我迟迟没有接过这花,它和她在一起有多么谐配啊。"伊普特院长,还有雅西,他们都要来,我先来了。"她把花递给我,稍有夸张的动作使我下巴颏那儿胀痛起来。"谢谢你,谢谢他们……还有艾琳,真的,太久没有她的消息了。"

想不到我的一问让她眼窝红了。稍稍停顿了片刻,她说道:"从金水离开她就在哭。她是忍不住了。先生,您能明白,她已经爱上了金水。"

我不知该说什么。她可能更清楚一些细节。我问:"金水爱她吗?"

"不知道,他来不及说就走了。"陶文贝抬头看我一眼,又望向那个屏风,"听说革命党有两种,一种见人就爱,一种谁都不爱,金水可能是后一种吧。"我在脑海里迅速做着判断,凭感觉认为她说得太对了,因为我首先想到的就是兄长,是的,他是一个谁都不爱的人。我不知该怎么说。陶文贝突然问:

"季老爷,您是革命党吗?"

我摇摇头:"不是,真的不是。"

"啊,那还好一些!"

我们的目光撞在了一起。我没有问为什么,但我明白她害怕,害怕遇到这当中的任何一种。她的眼睛移开时,我嗓子艰涩地说了一句:

"这么久了,我一直,一直在等你的回信。"

二

我将她的那束鲜花插在水瓶中,就像与一个随时可以促膝长谈的人在一起。菊的芬芳和玫瑰的浓郁充溢了整个空间,让人有无法言喻的醺醉。分手时并没有听到任何允诺,但我相信一定会收到那封期待日久的回信。我想这极可能是在她心中酝酿而成的、多少有些神秘的、措辞像她本人一样优美的文字,既非情书,又非冰冷的通牒,而是季府多年来未曾收获的一份最宝贵的礼物。我把那个幸福庄重的时刻想象成了伟大的庆典,好像在钟鼓齐鸣的繁文缛节中降下的一道神谕,里面装满了幸运和吉祥的密码。从此我的一生将完全改变,我所获取的是与整个生命等值的馈赠。

在监所里,在那间黑沉沉的死亡阴影笼罩下的房子里,她说出的每一句话都重若千斤,供我一生品味。这好比空前绝望中射进的一束永恒之光。我那时准备捧着这光走去,将整个世界都抛到身后。

等待令人心焦。人的一辈子都是等待,再加上一些不期而至

259

的喜悦与噩耗,安宁只是一种梦想。由此看季府传人所专注的以静谧为核心的修持,从根本上讲是难而又难以至于不可能实现的境界。这也就理解了长生者为何稀缺难觅,"仙化"之路有多么崎岖坎坷了。

我找到管家,将这一段府内诸事详细问过,特别是他的儿子肖琦。他说犬子已去遥远边地,按以前所嘱,没有指令不得回返,也不得直接与府中任何人联系。"他差点害得老爷丢掉性命,这让我悔痛不及。早知如此,那次就不该将其从土匪手里赎出。"他说得涕泪长流。我抚着他的肩背:"热血刚勇也实在难得,只不过要等合适的时间和人去召唤他。他还要等待,人生其实就是一场等待。"

肖耘雨惊异于我说出了一句颇具深意的哲思,长时间点头吟味。他补充说,在主人离开的这短短一段日子,他遵嘱与朱兰商量一些大事,发现即便在这等慌乱的时刻,她做事也是有条不紊,周到细密。就是她的提醒,他才让府中后生加强了戒备,夜间更夫增勤,白日轮换值守。无论是酒厂还是垦殖公司、药局,所有方面都保持外松内紧,未出一丝差池,秩序井然。我听了深感欣慰。

因为王保鹤先生一直杳无音讯,报上也没有披露新的战事,所以关外及南方的任何信息都不知道。这样一种封闭的沉寂或许只对修持有利,尽管刚刚经历了那一场颠簸,已经很难让人适应下来了。好像革命的幽灵一直在府中徘徊,它并没有随着上一代人的离世而消逝。这是最为令人不安的。我一遍遍回想与邱琪芝在监房里的那场深谈,当时涌起的信任与感激至今还簇簇如新。我那

260

时差不多已将父亲一生所犯的致命大错厘清，现在却又多少有些犹豫了。在他的口中，是他而不是父亲提出了分手，两人从此走向了决裂。这是令季府很无面子的一件事，但对方那会儿言之凿凿。

黄昏时分，朱兰终于成为美丽的信使：交给我一个洁白的信封。像上次一样，我屏住呼吸爬上阁楼，将它放到细颈瓷瓶上，双手合十许一个愿，然后再小心地打开。上一封是召唤，这一封呢？啊，展开后又见短短一行："季老爷，您能在方便的时候来一趟医院吗？"

我怔住了。这太像上一封的复制品了，难道又是伊普特院长犯了眩晕不成？不管怎样，我仍如接受了最大的恩泽与默许，急不可待地下楼了。朱兰看着，以目光送来祝愿，我只说："备车吧，啊，那辆马车。"

车夫已成为熟练的汽车司机，打扮也时新起来，竟然剪了辫子，戴了日式水手帽，这让我稍感唐突。他对老爷放弃锃亮的驰骋之物而坐老式马车，不解且略有不快。我说："唔，这种车子让人更踏实一点，也更像季府的东西。"

三

我在长廊拐角僻静处遇到了陶文贝。她出现的地点并非偶然，好像还有一种极力遮掩的热情。她像过去一样含蓄和沉稳，温文有礼，仍然叫我"季老爷"。这让人有点不适，这不适好像在这个黄昏变得突然强烈了，以至于我不得不予以纠正："请不要再叫我老爷了。"她敛起微笑，但随后还是要吐出那三个字。显然这是一种难以改变的习惯,而非其他。我问起了伊普特院长的身体,她摇摇头:"这一次是为他女儿艾琳的。自金水走后她就哭泣,不爱吃饭,也打不起精神,再这样就要生大病了。"我没说什么,只在心里惊叹爱情的力量。她又说:"洋人更率直更强烈,他们绝不会一直藏在心里,所以……"我说:"咱们半岛人也一样,也许有过之而无不及。"

原来这一次仍然是受了伊普特院长的邀请,这使人有一种失落感。在院长办公室,我对他和医院同人表达了深深的谢意。他像以往那样谦逊平易、语气低微,生怕惊扰了什么。尽管他完全知道女儿是患了一种爱情病,却有点病急乱投医的意味,竟然对我提出了奇怪的疗法:"如果季先生能够请来上次那位大夫,为她扎扎针开几服汤药,也许……"

我看看一旁的陶文贝,不得不做出令他失望的回答:"我敢肯定这种治疗不会有任何效果。"

"那该怎么办?"

"如果您不介意,我想单独和艾琳谈一次,了解她的病情。"

伊普特连连点头:"当然,那最好不过,非常感谢季先生。"

我与艾琳的交谈是必需的,因为与金水匆匆分手的缘故,我丝毫不知两人之间发展到了何种程度。要做到对症下药,自然少不得"望闻问切"。艾琳明显消瘦了,不过这使她变得更加可爱,一双大眼睛因思念而显得楚楚动人。"你明确表达了自己的情感?"她点头:"我想是的。""他怎么说?""他好像听不明白。""你使用了汉语吗?""当然。"我想了想又问:"他爱你吗?""我想他喜欢在一起,和我。"她手指自己的胸口。

　　能够知道的就这么多。离开之前艾琳提出如何与金水联系、他什么时候能回这座城市,都是我无法回答的。为了不让她过于失望,同时也为了表达自己的真切心愿,我说:"我相信他一定会返回半岛的,只要他一出现,我就会以最快的速度逮住他,把他交到你这儿来!"她笑了,泪花闪闪。

　　陶文贝在外边等我。我们一起往前,彼此无话。心中翻涌的波浪发出的噗噗声是相互听得见的。沉默的适时而至,反而给人某种强烈的感觉。这样走了一会儿,停下来才发现来到了一个陌生的地方:三层上面的阁楼。啊,这儿安静极了,完全是另一个世界,石炭酸味儿淡了,换成了若有若无的青生气味,就像水。我打量,回首望着拐上来的那道窄廊,这才看出是尽头的一角。她打开外边一间,让我看到是小小的图书室:"我兼它的管理员,是我们科室自己用的,院里的图书室很大,它在一楼西翼,从做晨祷的大厅往左不远就是了……"

　　我太喜欢这个地方了。一张拼接木小桌上放了一束干花,似乎放出了淡淡的香气。架上几乎全是英文书籍和期刊。一尘不染。我在这儿陡然静下来。我翻开一本书,发现自己的外文水准还不足以流畅地阅读。我低头深嗅了一下,这个动作让她微笑了。通向里边还有一扇门,我随手一推,她上前阻拦已来不及了。

　　那是一间卧房,准确点说只能是她的住处:素雅简单,洁白,没有一点多余的东西。我看到了床头和小桌上的针织披巾,还有一本厚厚的《圣经》。我轻轻合上门:"对不起……"

"我请您来,除了受伊普特院长委托,还因为今天是我的休息日。我一直想给您回信,可这信要写就太长了,我又没有您那么漂亮的文法。您讲出了自己的一切,我非常感谢这份信任和……真实的感情。不过我想说的是,这在我们来说还是有些冒失,我是说对您也有点太不公平了。您对我一点都不了解,比如我从哪儿来、过去和现在,还有更多,什么都不知道! 你对一个一无所知的人怎么能说那么多、写那么多? 特别是,你怎么能说、怎么能保证、怎么有权利说那个字,说自己'爱'呢?"

我在心里固执地呼叫:"我能,我能确定,而且我绝不会错,我会坚持下去,后悔的永远都不会是我……"

她看着我,目光坦然多了,不再躲闪:"我要像你做过的那样,从头讲出自己,也只有这么做了,才能有个真正的开始。"

四

"先说我从哪里来吧。我不是当地人,不是半岛人。我记事以后,不,我从一睁开眼睛那会儿就看见教堂了。我记事的时候妈妈就不在了,我听来的都是教会的老妈妈们告诉我的。她们把我收养在身边。她们说妈妈是从南边逃过来的,一路上怀着我跑啊跑啊,只为了能有个太平地方把我生下来。她遇到了教堂,看人进去祷告,就随上。她没有住的地方,一些祷告的女人帮她安顿下来,我就出生了。"陶文贝说到这儿停下,大吸了一口气。

"我们都算作半岛人,因为都出生在这儿。如果要追溯祖籍,季家也来自南方。"我说。

264

"不,我的'南边'大约没有那么远,听说离一个叫'仲宫'的镇子不远,离北面的黄河还不到一百里,有大山。我这辈子一定去那儿看看。爸爸妈妈都在当地兴办的一所新学当老师,爸爸还是新学校长,他让所有男生都剪辫子,让女生放足。后来出了一群土匪占山为王,他们烧了当地的教堂,抢老百姓东西,杀了我爸爸。我妈妈差一点落到土匪手里,她长得太美了。那会儿她刚刚怀上我不久,就没命地往北、往东逃……"

她眼中渗出了泪水,转向窗子。

"教堂里收留了几个逃荒的女人做义工,我妈就和她们一起了。就在刚刚住下的第三天,我出生了。幸亏有这所医院,我才活下来。我活得太难了,现在看真是一个奇迹。我特别要告诉您这个,您听了不要吃惊。"

我点点头。我想不出会有什么吃惊的事发生。

陶文贝抿抿嘴:"虽然我在妈妈体内待了九个月,可生下来只有一点点,医院的记录上说不足两千克。你没法想象有多么小,打个比方,还没有大人的一只鞋子大。幸亏医院里有保温箱,我才能活下来。那时一般家庭生了这样的孩子只能扔掉。"

我吸了一口凉气。我好像面对着一个自己生下的小小婴儿,不知该怎么办。我想象她的小而又小、她的啼哭。

"医院里称这种婴儿为 small-sized term infant,是一个专门的术语,可译为'足月小样儿'。您看,我就是这么小的一个人。您该吃惊了吧?"她稍稍蹙眉,浅浅的冷笑挂在秀挺的鼻梁上。

我真的吃惊了。不是为她的小,而是为眼前这样一位身材颀长匀称、无法言喻的美艳。奇迹原来是这样发生的。我想起了杜甫的一句诗："肌理细腻骨肉匀。"是的，没有什么比这一句更能活画出现在的她了。

她轻咬着下唇，看看我："'足月小样儿'的特征是生下来哭声响亮，贪吃，肺活量大。如果能够长大成人，他们除了一般的健康方面常要发生一些状况、要操不少心之外，主要还是精神上的麻烦，比如易焦躁、偏执，比如难以想象的倔强和忧郁……总之就是这样难缠的一个人。"

我现在终于听明白了。她在警告和吓阻他人吗？我忍住没有笑。不过我的神态还是被她准确地捕捉了。她说："请记住这些特征，这是西方医学的概括。我想有必要告诉您，先生。"

我夸张地捂了一下头："我害怕了。"

"我一点都没有玩笑的意思。我自己一直在验证和感受这样一些后果，小心地接受上帝安排下的这些果实，唯有感恩……"她的眼睛又变得晶莹闪亮了，"我还想说，我的生命是天父给的，是他指引妈妈一直跑到这里，不畏千难万难，就为了能让一个'足月小样儿'活下来。我的一切都是他给的。妈妈把我带到这儿不久就离开了，她在人世的工做完了。妈妈，我不记得她的模样，只知道她是天下最美的女人……"

我的眼睛潮湿了。我想起了自己的母亲。

"我在教堂长大，直到上教会学校、上医护班，进麒麟医院当护士，升医助。我平时主要是配合雅西的，"她说到这儿稍稍停顿了一下，"伊普特院长就像慈祥的父亲，他对医院所有人都要求严格，

266

甚至有点严厉,就像父亲一样。我按时到教堂做礼拜,医院里的人大多这样……"

"那么,"我顿了一下,"你是一个基督徒了,从很早起……"

"不,我还没有受洗。有一天会的。"

我听到这儿心里有些惶惑,甚至是莫名的不安。我小声问了一句,很像叹气:"啊,是这样。你希望我做些什么?"

"我想请您耐心地听下去。"

五

我那么渴望倾听,只想探知她的往昔及现在,她所有的隐秘。可我又迫不及待地想让这诉说和告知停下来。我担心她还有一段像自己那样的漫长故事,尽管内容将是完全不同的。说到底,无论她讲出怎样令人震惊的个人故事,结局仍然只有一个,即我对她矢志不渝的爱。

她问我:"您,先生您的信仰是什么?"

我第一次遇到这个追问。有些惭愧的是,自己好像并没有什么信仰。不过我和季府的所有传人都对长生深信不疑,并倾其所能地追寻它。因为这是半岛方士几千年来的传统,这条道路既有渊源,也有承续。我嗫嚅了一会儿,小心谨慎地提出:关于独药师的坚毅和事业,算不算是一种信仰呢?她沉思了一会儿,为难地咬咬嘴唇,仰脸看着我:"这和我理解的信仰完全不同,我不知道该怎么说。"

我琢磨她的话。我问:"信仰会不会妨碍我和你,我是说你是

267

否会因为这个离我远远的,躲开我?"

"我当然希望您和我拥有共同的信仰。不过这应该是您的志愿才好。"

这算是回答吗? 不过她说出的也极尽情理,这就像我一样:多么希望她服用丹丸,却永远不会逼她吞下肚里。我暗自笑了。

她继续说下去:"那些日子里我承认被您吓坏了,我不知多少次下决心永远都不再见您。可是我决心最大的日子,也是您的朋友病最重的时候,我还得坐您那辆肮脏的马车⋯⋯"

我的心因为胆怯和气愤而颤抖。我问:"我的车肮脏?"

"是的,一个不洁的人坐了那么久。我每一次回到自己这里,都要把衣服洗一遍又一遍。我向主祈祷请求宽恕,宽恕您和我。那时我认为自己遇到了一个堕落到地狱的人,这人沉沦到最底层,谁也不能挽救了。您是被魔鬼俘获的人。再后来,我又觉得自己能坐在这辆车里,正是神对我的试炼,他在交给我一个最难最难的、一辈子都不能完成的任务⋯⋯"

"什么任务?"

"帮助您,使劲拉住您,从魔鬼手里抢夺您。"

我觉得眼窝发烫。我问她也问自己:"你,文贝,你觉得已经拉住了吗?"

"我一直努力,已经用尽了全身的力气,大概就是这样⋯⋯"

我咬咬牙关:"不,你还有更大的力气。你们晨祷时常说一句话,'人的力量太小了,天父的力量无所不能',那么,你就使用他给你的力量来帮帮我吧!"

我发现自己这番话一出口,陶文贝就往前走了一步。她的一双眼睛变得那么热切。我还是第一次看到这样的目光,受这激励,我一口气说下去:"你厌恶一个淫荡堕落的人,那么让我告诉你,从我把自己囚禁到阁楼上的一刻,特别是见到你的一刻,就成了一个最恪守最严肃最不容忍放纵欲望的人了,如果将来世界上还有一个这样坚决的人,那就一定是我。这是我的誓言,我再说一遍。"

陶文贝的目光转向别处,像自语似的一句话还是让我听到了:"多么自信啊,多么骄傲啊,一点都不谦卑……"

我擦一下脸庞,因为渗出了汗珠,无可奈何地举起两手又放下。我说:"请相信,我说的全是真话。"

她转向我:"我一点都不怀疑,这是您这一刻的真话。可是您在说'将来',那是很长很长的一段路啊。季先生您想过没有,人的一辈子要经多少事、多少关口,谁敢肯定自己永远都不犯错?我们每个人都是软弱的,都不敢肯定自己是个战胜一切的人,所以才要忏悔,才要祷告……"

我望着她,目不转睛。我一时真不知该说什么了。后来我小心又小心地问道:"你对自己,也不敢肯定吗?"

"不敢。我太软弱了。"

"哦,你说过,自己是一个'足月小样儿'。"

"不是那个,我是说,因为我是人。所有人都是无助和软弱的。我们只有信靠主,再没有别的办法……"

六

这次交谈令人兴奋和惆怅。我觉得自己与陶文贝在一起总有些发蒙,总是不能说出最想说的话,总是因为这些话压在心底而遗憾。当时那种令人眩晕的激切和幸福像海浪一样涌来,将人淹没。当潮汐缓缓退去时才能一点点从头寻思:发生了什么?听到了什么?意味着什么?

朱兰的目光掠过我的脸,闪着喜悦和快慰,这更加佐证了我内心的判断。是的,那一端终于有了回音,这是真实无误的、刚刚发生的。我一个人时更能够切近地面对这种真实和幸运。季府从此有了一个值得好好铭记的日子:它的主人等到了回音。

她并没有应允任何事情,可是她愿意从头开始。

我吃惊的是两人竟有这么多重要的相似之处:都有一个美丽的早逝的母亲,都嗜读并拥有许多书,而且都住在阁楼上。最后一条非同寻常,绝不可称之为巧合。我们的故事将来可以命名为"阁楼之爱"。我长时间伏在床上,把无法消受的感激和幸福、大把的希望掩埋在一片夜色中。我长时间独处,一个人咀嚼和品味,用尽全力才把浑身颤抖的狂喜压在心底,不使它变成浮浅的欢叫冲口而出。我紧闭双目,默念着一个名字和由此牵出的另一个绰号:"足月小样儿"。

"这么小?"我坐起,伸手比画,大惊失色。这事不可思议却又绝对真实。生命啊,多么神秘而倔强,它是孱弱的,更是顽强的,成活,长大,并且演变为惊世骇俗的美。我遭遇和见证了这奇迹,真实无误,近在身边。不过这会儿又陡增了新的忧虑:如何才能小心翼翼地爱护和保存?无论怎样,她曾经那么小那么微弱,哪怕稍稍的一点莽撞和用力就会碰碎。我觉得自己未来的责任重大而神圣,绝不敢再有一丝的荒疏大意。一旦失手碰坏,一切将无法复原,不复再现了。

尽管有点为时过早,我还是应该从现在开始,制订出一份周详的计划:关于以后,关于相处,关于爱。

"老爷,她答应您了吗?"朱兰在我走下阁楼时这样问。

"没有。也许才刚刚开头呢。"

"不是早就开始了吗?"

"哦,那不算。那是我自己的事,她还没有。大概从今天起才算共同开始了吧。"

朱兰舒出一口气:"太好了。老爷大难不死才有这样的福报。世上再也没有比她再般配季府的女人了,她天生就该是这里的太太、夫人,我第一眼见了就喜欢她,就这样想了。说真的,我私下里不知多少次想过您和她在一起的日子,那会是多么好啊。有她在这儿,我和大家都有了主心骨……"

我不忍打断这令人陶醉的唠叨,知道这番话压得她太久了。不过最后我还是说了一句:"你才是这儿的主心骨。"

朱兰低低头,看我一眼。她的眼睛太大太亮了。她把热情和力量耗散给了他人、给了这个世界。我有些怜惜。

入夜时我又展开了信笺,像以往那样,在一种典雅的文法中流畅自如地倾诉。我以这种方式安顿了监房中的漫漫长夜,也在倍感孤单的阁楼上度过了艰难时光。我让幻想铺展开来并化为行行墨迹。那些无法当面陈述的期待、深爱和思念,都从笔端汩汩涌出。我发现她虽然多次来过府中,却一次都未能踏上这个阁楼,而自己则有幸窥见了她那透着芳香的居所。我今夜郑重地提出了邀约，盼望她的光临。我这会儿想起了古代白话小说上的一句话，信手写出："仙体不踏凡地"。诚然如此，但我会将这个紊乱沉闷的地方弄得尽可能地整洁，撒满娇嫩的花瓣。一个人的居处即盛满了他的隐秘，这对于那些颖悟过人的生命是无从遮蔽的。我请她来，是进一步将自己对她敞开。

我和朱兰商量怎样布置和洁净这间阁楼。朱兰深嗅了几次，说经过三番五次的擦拭，加上浓烈菊香，古籍的腐味和桧木的怪味都不见了，唯有一种特别的气息还在时不时地钻进鼻孔。"那是什么？"朱兰垂垂眼睛："是您留下的。""难闻吗？""有点像拉车的那匹青花马，对不起，真的很像……"我明白了，那是一匹三岁公马。我有些窘迫，一时不知怎么办才好。

我想陶文贝会接受这邀约的。季府中所有的建筑中唯有这儿渗进了我的心血，也才真正属于我。她如果能够在这儿待上一会儿，也就算真的走进了季府主人的世界，这是他一个人的王国。

我耐心地摆弄一束花，觉得它们当中少了几枝玫瑰。我问朱兰，朱兰又找花工。花工说暖房里的几个品种都不在季节中，但他知道教堂的那个玻璃花窖中是很多的，要自告奋勇去讨来几枝。花工刚走朱兰又在敲门，管家来了。

管家的脸色告诉我有紧要事情。他待朱兰走开就扯扯我的衣袖："老爷，咱们走吧。"

七

我们没有乘车，只闲逛一般往前。到了大街上管家才小声告诉："顾先生那边来人了,他这会儿在新学那儿,王保鹤先生先他一步赶回来。"我一阵惊喜:太好了,我夜间时不时泛上心头的牵念这一下该有着落了。我问他们为什么不住季府。管家皱眉:"麒麟医院出事后就得格外小心了。王保鹤先生估计府里四周少不了耳目。不过新学那儿也不清静,因为有南北时新人物来来往往,也是惹眼的地方。"我明白时下最需要寻个合适的居处了,以后的用场会越来越大。

王保鹤先生把我和管家引见给一位教师模样的人。这人戴了窄框眼镜,让我想起了当年的西文老师,竟不由自主地用洋文致意,他马上笑着摆手说"对不起对不起"。下边没有多少寒暄,直接说起了正事。这人叫"子艮",前十天还和顾先生及徐竟他们一起,然后去南方,又和王保鹤先生一前一后赶回。革命党人真是奔波,他们几乎没有安定的日子,所以就会衰老,服用再多的丹丸都没有显效。面前的两位实在太疲惫太赢弱了,让人看了心疼。

"顾先生手术成功,现在能够看清脸前的五根手指了!"子艮先生说。我大大失望。他说:"这已经比预想的好多了! 大统领也高兴得很,他说我们革命党人太需要这双眼睛了!"接下去他扼要地介绍了关外:就凭借这双视力微弱的眼睛,一场可怕的危局才得以收拾,从而避免了难以承受的大难。徐竟在关键时刻与顾先生达成一致,迅速做出决断。北方支部紧密联系的实力人物即三位新军统制先后出现异变,有的被部属告密,部分计划被侦悉。不到半年时间,一位委以"宣抚使"派赴长江一带,实际上被剥夺了兵权;一位被暗杀于酒馆;一位改任他职。"急进会"在形势急转直下的关口决定提前举义,部分新军精锐即将动作。顾先生和徐竟在万分危急的情势下,只好将小部新军撤出防区,携德制"曼利夏"步枪和大炮,与城外绿林队伍会合。

子艮先生的汗水从额头流下:"尽管举义终止,但革命党总算有了江北最大一支武装。徐竟他们有一天会挥师南下,半岛全境光复也就指日可待了。"王保鹤先生看着我说:"顾先生感激季府,请你们致意伊普特院长及属下。""金水呢?""他在徐竟身边。""可是他们什么时候回来?"我最急于知道的是这个。子艮先生"啊啊"两声,抬起了皮肉松弛的颈部:"后会有期吧。"

这等于什么都没说。我郁郁不快。王保鹤先生抚着我的肩头去了另一间屋子,只留下管家陪子艮先生。他坐下后马上问起了麒麟医院那个事件的前前后后,目光中满是父辈的恩慈。他同意我的揣测:自我入监后发生的一切皆为康永德设计。"这是半岛上最阴险老辣的敌人,徐竟最恨最提防的就是这个人。"他顿了顿,转而问起了邱琪芝,"你和他还有来往吗?"我点点头。"那就好。徐竟希望你把他抓紧一些,这个人真的重要。""是的,父亲在世时如果没有和他分手,修持也就完全不同了。"王保鹤先生摇头:"徐竟并不关心这个。季府对长生术的兴趣自你父亲开始淡下来,邱琪芝就趁机扩大了地盘。如今半岛上全是他的门徒,江南也有不少,势力大着呢。各色门徒中少不了与康永德来往密切的,你知道那家伙是最迷恋长生的。这边随时都会用到邱这个人。"我琢磨他的话,不难洞悉徐竟的心思。就此我又想到了在小白花胡同亲历的那一幕,当时就曾想到那个无耻的修炼者是康永德。但我不能肯

274

定甚至不能想象邱琪芝会是康的朋友。我说出了自己的判断,王保鹤先生点头:"这就是邱琪芝的重要了,这边需要他。"

我让先生有机会转告兄长,自己一定会经常和那个导师在一起的。不过这样说时,心里想的全是修持本身。我记起了上次王保鹤先生许诺的那件事,就请他告诉父亲与邱琪芝决裂的真正原因。他没有拒绝,说:"扼要讲来,邱琪芝一直觊觎季府的秘籍。还有,他着迷于邪术,竟然怂恿你父亲亲自去试,说季府里有这么多女仆。你母亲最厌恶这个人,你父亲最后也只好和他绝交。"王保鹤先生没有时间讲出更多细节,但这已经与邱琪芝所谈的大相径庭了。

我必定弄清其中的谜团。这是第六代独药师无可推卸的责任。

八

回到阁楼上一阵惊讶:朱兰竟将这里打扮得美轮美奂。大束的名贵菊花品种、含苞欲放的丰腴的玫瑰,还有鸢尾,插放在映着晶莹的透明玻璃瓶和青花瓷皿里,或从上方披挂下来,于高高低低处绽放,笑靥迎人。橡木地板疏疏地抛撒一些干花瓣,不忍去踏。浅紫纱帘让室内尽染黎明光色。待在这儿,忍不住要于花丛间寻觅啾啾小鸟,它们都收声敛口。香气馥郁,似浓还淡,我深深吸进一口,闭上眼睛。朱兰一直在旁边看着我,这时说:"小公马的味儿一点都没了。"

是的,就是这气味的消失才让人感到了陌生。这儿的书屋和静坐间,还有环廊,以至于餐室和净手处、厨房,都在绝对静谧的绚丽之中变得风韵卓异了。这儿的主人应该是一个肃穆雅致、腹富口俭的英俊男人,秀浓的眉头下有一双敏慧黑亮却又谦和的眸子。他是一个令人尊敬的传说般的人物,而非我这样的凡夫俗子。这个时刻如果驻足镜前,必会有一阵厌恶生出,所以我远远地躲开它。

我说:"多么好啊,可惜她两天不来,这里的花就会蔫下来……"

朱兰马上答道:"她会来的,她不会让老爷失望。"

真弄不懂朱兰的信心来自哪里。我预感到这一次可能就像盼望那封久而不至的信函,同样需要极大的耐心。在这儿,不是我在等待,而是这些娇艳的花在等待。两天过去了,我问那个年轻的大眼睛花工,从哪儿弄来这么多艳丽的花儿。我知道季府的老旧花房已经培植不出这么多的新品了。他说自己与教堂花房主人已成朋友:"那是全城最大的花房,老爷有空一定去看看吧。外人进不得的,老爷去他会高兴。"我答应了。我知道他极想拥有那样的一座花房。

这天下午我告诉朱兰一声,就和花工走开了。我们被迎进一个有着宽敞玻璃顶盖的特别大屋,主人是一位戴了白手套的中年人。这人是从洋花匠手里接过这份工作的。"他们洋人离了花还真不行。"大眼睛花工说。我四处看着这些目不暇接的奇花异草,发出阵阵惊叹。高高的梯架、水池和悬起的胶管,全是未曾见过的时新器具。"医院和教堂的人常来取花,另一些体面人物也来,进项足够用来侍弄这座花房了。"大眼睛花工跟在身边咕咕哝哝。"医院"二字让我心口那儿一阵发烫。他见我出神就问:"老爷想找什么?""哦,一朵最美的花……"

我们走出那座花房两个小时以后,我说就在一年多以前的这个时刻,我的牙齿疼痛难忍,结果就给逼到了洋人那儿。我指指医院那个方向:"牙疼起来真是要命!""啊,他们洋人用什么办法给老爷治好的?""鲜花疗法吧!"他怔着,我没有停步,只沿街区往前。不知不觉走过了一些熟悉的地方:彩线摊子、小白花胡同。我不由得放慢了脚步,但终究没有停留。我们向西北方的高地街走去。一会儿就看见那片两层西式建筑了,风中开始有了不同于身后街区的味道。我站住了。

身旁的人目光迷离地望向那儿。我问他:"你如果生病了,敢不敢去那个地方?""听说洋人是动刀的。不过老爷敢来,我就不怕。"我拍拍他的肩膀:"好样的。其实没那么可怕。"他眨着大眼睛问:"老爷说的'鲜花疗法'是怎么一回事?""这个嘛,你得自己试一下才知道。"

正说着,低低的喇叭声响过,一辆黑色小汽车缓缓停在身边,原来是府里的车。司机下来弓弓腰:"朱兰请您回去。刚才去了教堂花房,好不容易一路找过来。"我声音颤颤的:"什么事情?""不知道,好像有要紧的客人来了……"

第十三章

一

　　季府正南门停了一副八抬大轿，一溜儿轿夫抄手而立，另一边则挺直了四位挎刀背铳的兵士。我马上明白是府衙里来人了。我首先想到的是康永德，心情立刻冰冷寒彻。前厅迎出的是管家，他用稍高的嗓门禀报："老爷，康大人驾到，还有公子……"我心上一惊，脑海里浮现出那个乌目滚滚的年轻协领。我快步穿过前厅，没有理会两个身挎短铳的兵士，直接去了后堂。"康大人！公子！"我躬身抱拳，"让您久等了！"

　　康永德起座，有些气喘，看一眼旁边的年轻人："快见过季老爷！"年轻人施礼，我说："早已结识康协领，大人！"康永德做出畅笑状却无声音，气息虚羸。他看我两眼，说："季先生恢复得不错。自先生回来就心心念念，早应该过来讨教。非儿，"他指着儿子，"我今儿个把他牵挞府上，就为了拜先生为师啊！"我心里极厌恶这个凶残的青年与自己同占一个"非"字，只是谦言："哪里哪里，大人指教！"

　　康非未穿军服，着缎面浅蓝长衫，那垂下的辫子似乎比上次见

278

到时更黑更粗了。只是他的面色有些苍白,日渐冷肃的秋风使紧绷的嘴角那儿挂上了凶厉的痕迹。我此时较能够将他与那个惨无人性的形象合而为一,用力压住了心中的愤懑。他一笑,转向父亲:"季先生去军营之后,我已按吩咐悉数办理,几年来矿区再无烦扰。"康永德垂目:"季府诸事,必得尽力。尔后你需殷勤讨教了,我年纪已大……"说着站起,将康非拍拍按到座上,扳住我的肩头走出一步。我知道他要单独和我说点什么了。

我们坐到旁边的小厅中,仆人送来茶点即避退。康永德长吁短叹了一会儿说:"府上老先生走后,我就成了无有倚傍的残树,说不定来阵什么风就倒下了。你为我加减丹丸吧,再就是,嗯,"他眼中射出了热辣辣的光束,"不瞒你说,你父亲在世时给我看过那方面的秘籍,如今已经遗忘荒疏……"

我此时已经捕捉到了什么,立刻在心中说:一片谎言。父亲绝无可能与他妄言邪术,更不会授予秘籍。我做出惊异的模样:"啊,竟是这样!那太可惜了!父亲大半担心后代偏执自戕,离世前最不该做的一件事就是把封存的残卷填进了丹炉!"

康永德站起:"有这等事?全烧了?"

"是啊,府里老人都记得焚了一天一夜,老爷不让别人插手,从碉楼下来时头上全是灰屑,像顶了花白的头发。"我故意添加了细节,以求逼真。

他重重地坐下,盯着冷茶说:"没有毁于兵祸,竟自己烧了,悲夫!"他瞟着我,"府中一点都没剩下?哪怕传下几句口诀,有时也是要紧的切口,就好比找到一把开门钥匙……"我一脸茫然:"那都是古人才有的大心智,季府如今不过是小心地守住一个独方,哪敢再想别的?"

康永德按着右肋哼叫,眯了一会儿眼睛,仿佛抓住空隙小眠片刻,再次睁眼又变得神情尖利了。他把肿胀的巴掌举在脸旁,像是让我看手背与脸上的黑斑哪个更多,"季府太大,也太过古旧了,什么妙物都会藏在旮旯里,季先生只要留心就会挖个宝贝。""那太好了,只要找到,晚辈一定立马送到大人手中。"康永德往门口瞥瞥:"我那小子是找东西的好手,你日后想起什么来,尽可以招他过来。"我心跳有些快,摆手说:"岂敢烦劳协领!""那就见外了,从今儿起,他就是你的徒弟了,只管随意指派! 来人啦!"他说着,一声高喊出其不意,让我心上一紧。

管家和康非一前一后进来。康永德指着儿子说:"你要给季先生行师徒大礼,我今儿个牵扯你来就为了这个。"康非说:"孩儿遵命……"管家一直看着我的脸色,这时慌慌阻止:"这等大事不可草率,老爷、大人,容我一一周备,找个良辰吉日从头来过才好。"康永德不语。我拱手说:"大人,那就换个帖子吧,改天再补上礼数。"康永德高兴了,点头称好。

仆人开始为客人张罗晚宴,康永德拒绝了,说拜师宴改日再说,那一定是康家来做的。临别时他看了府中半残的花园,站在园中望着那个堡垒似的阁楼问:"防兵患用?""不,我自己待的地方,就好比丹房。"康永德捋着胡须:"我想念季府过世的老爷啊,他若在,我就不会这么恓恓惶惶的了。那会儿我还是一个管带,一口好牙……"

280

二

我和管家细细揣摩康家父子造访的深意。索要秘籍？引康非入府？重温旧谊？好像都有一点,又似乎另有他图。父亲当年一度将其当成朋友,但很快就疏离了。这个人在五十岁之前极为迷恋丹丸,后来则另辟门径,只与一些奇怪人物往来。我同意管家的话:此人绝少言及上次麒麟医院的命案,也没有提到一句徐竟,显然是故意回避,藏了诡异。他让康非拜师是假,借此随意进出季府为真。"多年来季府就成为康永德的一块心病,他也多少摸清了这里的脾气,只是没有找到最后下手的机会而已。他想以这里为饵逮一条大鱼。"我问:"多大? 像顾先生那么大?""越大越好。"我冷笑:"那样的大鱼不会游到这里了。父亲在世时是最好的机会,可惜康永德错过了,今后再也别想了。"管家沉默着,可能又想起当年南方大统领造访的情景,脸上是满足和自矜的表情。

回到阁楼,我发现虽然已经过去了三天,满屋花卉依然簇新,还是娇娇欲滴的样子。朱兰说:"花儿在等一个人,她不来它们是不会枯萎的。"我们静静地坐在芬芳里。这三天三夜我绝少进入这里,夜间则去别处安歇。我不想在此留下令人生厌的体息。据朱兰回忆说那三年多禁欲闭关的日子里,即便是门窗紧锁,只要从这儿路过,一种熟悉的气味就浓浓地扑过来。"老爷的头发先是又黑又亮,后来又变成了蓝色。我听见你夜里咬牙的声音。"她这样说。我想这极度的焦盼持续下去,说不定一头乌发会再次变色。我叹息起来。

这是一个寂怅难熬的长夜。朱兰准备了玫瑰香茗与我共饮，展开用小楷抄写的佛经让我看。她的屋子总有一股古墨与沉香混合的气息。这会儿她又戴上了那顶棕色绒帽，稍稍敛藏的妖媚映在温温的灯光下。她让我写一幅行书，最后勉为其难地草成，毕竟难掩浮躁的心气。她却多有褒奖，说"丰实沉潜又自然散淡了许多"。我想起什么，问她多久没到寺里去了。她说已经半年了。"你想去就去吧，手边的事情尽可差遣他人。"我说。朱兰点头。

　　凌晨一起用过粥食，然后回到寝室。星辰闪闪，像一些清纯的眸子。我恋恋不舍地在窗前站了一会儿，开始歇息了。一些不连贯的梦，一些鸟鸣，牵出一个清新的黎明。半上午时分被一阵敲门声惊醒，朱兰出现了。她喜悦的脸庞写着一天的吉祥，那会儿真想将其紧紧拥入。"老爷，我还是得喊您起床……"

　　是的，我已经从徐徐北风中听到了一个佳讯。这会儿她正待在客厅中，准备和我一起登上那个不无神秘的阁楼，一座男人的隐修秘堡。我脚步匆匆赶往那儿，穿过窄窄更道，先朱兰一步推开了小厅的门。陶文贝果然在里边，脸上是悄藏的紧张与羞怯，甚至有点手足无措的样子。啊，多好的一天啊，我的芬芳四溢的花的堡垒啊，这会儿就要迎接一位仙女，她拖得长长的裙裾后边，走着一个丧魂失魄的王子。

　　朱兰打开阁楼的门即退去了。陶文贝的鼻翼动了动，显然对扑面而来的花香始料未及。她像犹豫什么，最终还是跨了进去。我在近旁好像听到了一声惊叹，或是其他，但没有从她脸上看到异样的神色。她深入几步，回头看我一眼：那是温情暖意的一瞥。我心中的某一部分瞬间融化了,只紧紧抿着双唇。她小心地探寻,先是一个一个空间进入,退出,站上回廊,在披挂的大束鸢尾花下边站了许久。我离她只有几步之遥,担心错失了任何一句心语。这极短的一段时间里我迅速滤过了那三年多自囚的全部不幸,特别是那排"马牙"被她和洋人雅西轮番推敲的尴尬。仿佛所有的煎磨都为了这一刻。我领悟至此,需要多么强大的意志和丰富的阅历,才能拥有此刻的平静、不动声色、举重若轻……我的嗓子发痒,不止一次紧紧捂住了嘴巴。

她从回廊上的一个方孔往外望了望,回头问:"这是做什么用的?"

"为一场战斗准备的。"

"是射击孔?"

"不,所有,这里的一切,都是为了一场战斗才搞成这样。这是必胜的,如果失败了,它的主人就得去死……"

她惊慌地看着我:"这是季府的工事要地?"

"啊,是的。"

"武器在哪儿?"

我盯住她,上腭发紧,但还是字字清晰地说出来:"没有其他任何兵器,只有我自己,赤手空拳;不,只有我的诚实、我的矢志不渝、我的勇气和爱……"

三

谈话急转直下。陶文贝终于明白了我在说什么,一双手不由得护在了高高的胸部上。那儿有一对潜伏的小鹌鹑,我梦中都想捕获它们。我心里说,我这个急躁而忍韧的侠客是弹无虚发的,我既然跃入了壕堑,那就是绝杀的开始。我剃去了满脸胡须却并非真的文弱,日夜谴责薛蟠般的粗陋却依然凶鲁。我忏悔我泣告,我急不可待我野气大发,像个驯服的狼狗一样紧紧夹起了尾巴。我必要获得自己的心爱之物。我面对这无可争执的绝色,深深地垂下头颅,声音艰涩地说道:"我是实话实说。我一点办法都没有。"

她一直看着我,大概在想对方究竟是防御还是进攻,以及怎样应对这裹了糖衣的飞弹。她终于微笑了,说:"这里的主人可不能失败,因为他在以死相逼……不久前,当他真的面临那个凶险时,有人吓得魂都没了。"

说到最后一句,我发现她的眼睛有些异样。我马上明白她指的是我进监房的那些日子。我永远难忘这样一个事实:万分危急之时,就是对面这个弱女子,竟将一桩命案揽到了自己身上,只为了让一个男子免死。我的呼吸急促起来,暂时找不到一句话来应对。

她又恢复了刚才的微笑,问:"如果这场仗打了个平手,比如和平解决了,这儿的主人又会怎样?"

"我、我也不知道……因为我不知道什么才是'和平'。"

她笑出了声音:"季老爷,我们生在乱世,也就凡事都想到了战斗。其实这真的不是战斗,一点都不是。您说呢?"

我满脸烧灼。我连忙说:"是的,陶小姐,您说得对极了。这不过是一种比喻……"

"再也没有比不当的比喻更误事的了。我们还是别要这个比喻吧,因为这儿太美了,这一屋的鲜花太美了。还有,这是多么别致的建筑啊!我从来没见过这样的地方……"

她的赞美让我兴奋。这是在赞美主人的居所,多少也等于对主人的直接肯定。我渴望她的这个思路一直向前延伸,直到最后的抵达,那其实就是我的胜利,不,就是双双获胜了。我双脚踏动,搓着手:"不好意思,不知该怎样,这当然是为您准备的,也还是配不上您。"

"我哪有您想象的那么好。季先生,我接到您的信后一时不知该怎么做……来之前想啊想啊,生怕让您失望,因为您是那么直率的人,我真的没有见过您这样的人,让我超出了想象。可我还是害怕了,因为我们要做的事情太大了,大得不敢往前……"

我一个字、一次细细的呼吸都不放过。我真想大声鼓励甚至推她向前:没什么可怕的,我们做的是一生最好不过的选择。但我害怕莽撞,没有说出这句话。

她从回廊绕到左边,最后在书屋伫立。她抽出一本书,是关于养生的。"您的世界太深奥了。"她翻动,又把书放回原处,"说真的,我怀疑人能够长生。""这一点都不需要怀疑。""您真的这样认为?""真的。我担心的是人要犯错,是它妨碍了长生。""怎么才能不犯错?"我皱起眉头:"这是最难回答的,就为了它我才筑起这座阁楼,让自己冥思苦想。我想尽办法专注和安静,一切都为了寻找那个正确的答案。"

我们一起来到静坐间。她试着坐到一个硕大的蒲团上,双目垂帘:"啊,这真的很静。"我想讲述放思绪于杳渺的那种境界如何形成,又忍住了。她抬头看着前方,一会儿又转向我:"他们洋人是信星座的,我学了一点,瞧了先生的星座。您是天蝎座,上升星座是金牛,月亮星座是摩羯。如果再早生一点点,您的上升星座就成了白羊。所以您有时那么倔强那么顽强,有时又天真无邪。而我是水瓶座,还有上升星座和月亮星座,与天蝎最不相合,简直是两极!我们走近了只能有一种解释,那就是相互间太好奇了……"

我差不多停止了呼吸。我在心里叹服:是的,好奇!对一个生命探险般的好奇!为这险峻的历程宁愿花上一生,无论这一生有多么漫长!我希望对方也像我一样,也受这强大的好奇心驱使,一直向前。

"您信星相学吗?"她睁大了眼睛。

"我一点都不懂,不知它是不是中国'紫微斗数'那一类……请告诉我天蝎座和什么最为相合?"

"巨蟹座、双鱼座和处女座。"

我有些不安。我不知她最终要说什么。我惴惴地期待,不敢看她的眼睛。她说:"季先生,这么长时间了,我一直在想从结识到现在,所有的事情。我发现我们已经结下了这么深的友谊,相互间这么信赖。如果您能够、能够同意,我们今后将成为最好的朋友……"

"只是……朋友?"

"最好的朋友。"

我觉得一股寒意在胸口那儿漫开。我一下口吃了,像在询问自己:"如果、如果两个人都想为对方舍弃生命,哪怕只有一次这样的冲动,还会止于⋯⋯还会仅仅做个'最好的朋友'吗?"

她没有回答。

四

"我只是她'最好的朋友'!"我告诉朱兰。我的语气与脸色让她颓丧了。她沉默了一会儿,说:"也许这种事开始就是这样吧,老爷性子太急,她大约从来没经历这些。再就是,她从小和洋人在一起,有些洋人的脾气也说不定。"我很快否定:"错了,据我所知,洋人在这种事上才敢作敢为呢,他们更直接更大胆!""如果是女洋人呢?""我说的就是女洋人!"

陶文贝走后,满室鲜花立即萎靡了,散发出酸酸的气味。我让朱兰帮忙把令人心酸的这一沓子清除一空,然后一个人坐在那儿发怔。我好像从这一刻才突然想起:已经许多时日了,自己正处于最紊乱不宁的颠簸之中。这正是修持者最大的禁忌。是的,应该收缰止步了。这会儿我承认:自己的所有痛苦都来自麒麟医院。我不由得想起了一个人,一闭眼就能看到那束沉沉下垂的马尾辫。屈指算来,禁闭自囚的四年多来,我和他只在监房中见过一面。这是多大的疏失啊,它的后果有多严重,也许会随着时间的流逝而逐步显现。我还记起了王保鹤先生转达的兄长徐竟关于他的叮嘱,对那种革命党人的急切陡生斥拒。

我只想早些见到这个人,他实在称得上我的导师。

我和朱兰说一声就出门了。像过去一样,穿过西街区,沿着那些曲曲折折的巷子拐来拐去,直至迎面望见苍苍的邱家大宅。还是直接去丹房,不料大门紧闭。扎了围裙的书童正从草顶廊子里出来,见了我好像毫不惊讶。他的目光神色依然如旧,躬身施礼,而后在前边引路。

我们又去了几年前初次见面的林中草寮,眼前情境与过去一样,令人想到这是一次重新开始。邱琪芝背对着我,大约过了十分钟才双手抚面,然后缓缓站起。我上前一步,他抬了一下手,走出草寮。我们一前一后走向了丹房。书童已备好香茗,燃起了熏炉,到处都是檀香气息。邱琪芝几乎没说什么,甚至不愿多看我一眼。我饮茶,像他一样沉默,最后还是说了一句:"我错了,没来探望您……"

他摇摇头:"能在梦里会面已经不错了。"

我不知他是否真的在说梦境。我自己几乎没有梦到他。我想听下去,可他不再说什么了。我感动于那次监房的交谈,对他的每一句话每一个神情都未能忘怀。我说:"老师在最后时刻,我是说险些成为最后的那个时刻,去探望了我。我会永远记住您的话。"

"不过一些平常话嘛。记住也好。"

我想起了他那时流下的两道长泪,知道无论如何他是爱我的。这之前我一直疑惑那个阴幽的用心,担心自己被摧毁。这其实是低估了自己,而对方也许始终坚信他的这个徒弟。他想得很对,我最终还是挺过来,从冰火两重天中转活了 。我说:"我记住了您的话,长生修持就是最大的仁慈。"

"季府传人不会离开这条大道,我们都不会。那次我以为真是

288

最后一面了,心疼难忍。当时我想眼前又是一例:无论多么坚韧卓绝,刀铳下边都一样。这之前一直想去掉你的刚偏,用尽所有办法,最后还是失败了。我那会儿哭的就是这个。"他垂着眼睛,并不看我。

"我会铭记的,然后再从头开始。"

"那太好了。其实嘛,我早说过,季府才是半岛人的指望,是他们的心,这颗心不跳了,那些人就一块儿死去了。几千年来这条根脉一直未断,它就在半岛上扎根,一有机会就像藤蔓一样伸到南南北北。平时隐在暗处,是土里的根脉。"

"我知道,从父亲那会儿起,季府的这些朋友就越来越少了。他们都先后离开了……"

"那是因为他们绝望了。"

"可是您身边的人越来越多,我也成为这当中的一个。"

邱琪芝站起,声音微微提高了一点:"你以为我能代替季府吗?不,谁也不能。你一辈子都不要忘记自己才是它的主人,是第六代传人,这声望传统是积累了几百年的!你如今来我的丹房,不过是一路相携罢了,是我对季府的旧情,是一种报答……"

我有些感动,不知说什么才好。

"我承认在半岛、在江南江北,没有人比我的徒弟再多的了。不过他们没有一个比得上你。他们没有季府这样的根柢,就说书吧,自秦始皇焚书以来,方士秘籍藏起最多的莫过于半岛,半岛上首屈一指的又是季府……"

我立刻警觉起来。我想起了王保鹤先生关于"觊觎者"的那番话。

邱琪芝有些慵倦,坐下饮一口茶:"放心,收好那些书,我一辈子都不会染指。守护这些珍宝是季府的事情,让它的传人来干吧。"

五

我已经用尽了所有的力气绕开一个人,她就是"最好的朋友"。我从心底厌恶这几个字,甚至用诅咒来对待它。阁楼中余留了一种声音,它总是悄悄响起,却能够直抵耳郭。我不止一次想逃离这个地方,就为了躲开这声声悄语。万念俱灰之时我还是对邱琪芝说出了心底之苦,但没有吐露那个芳名。他点头:"这才是最难根除的东西。""怎么才能挣脱啊?""死亡。"

大约为了能够让我舒缓一下,邱琪芝要与我同出一次远门。其实也不算什么远路,只不过是郊外的几处地方,他每年都要光顾。早在我们上路前书童已转告相关弟子,这样一路饮食周备,匪痞滋扰也可免除。我再次见识了导师的伟力:弟子遍布四方,他就像一个无冕之王。

我们先去了城西北三十余里的镇海寺。那里原是一处佛寺,后易为道观,如今已十分冷清了。寺中只有三两人做日常打理,主持人是最年长的道人永晏,邱琪芝的老友兼弟子。永晏未着道服,一身农人打扮,多数时间也在周边菜地里忙碌。这里除了以前遗下的旧物,实在不像谈玄的地方,平平常常。邱琪芝说喜欢的就是这个,他最厌弃"习气"。在他看来,道服、香火、八卦图种种,大半都有"习气"之嫌。"一切以自然为好,如同最高格的气息周流不施意念是一个道理。"

永晏和蔼可亲,让身边两个年轻一点的人准备吃物。邱琪芝说这里有最好的粥食,小菜也清纯可心。用餐时才知道这里简单精细,并不求品类的繁复。所用食材大致出自寺边田地,"生鲜。"邱琪芝说。有一种黏黏的碧绿菜蔬,是此地独有的美味,生于井边,像苔又像幼小的瓦松,是嫩玉米的良伴,做粥妙不可言。"滋味是一方面,和脾顺心更重要。"邱琪芝用一把苹果绿小匙搅弄汤钵,教我怎样品尝:舌尖先触,在口中徐徐漾开,会感知秋末的促织鸣叫。在他这里将味觉与听觉混淆起来,已经不是第一次了。

餐后饮的是寺中的茶,是永晏亲手炒制的,保留了稍浓的烟火气,据说更能够"打食",即尽可能去掉食物在胃中积起的"沤气",让人通体清新。茶后他们谈起了夜观星辰的感受,这属于"目色",我赶紧留意听着。永晏说:"至半夜时分,至多凌晨两点那会儿,东北勺柄上方有一股青橘气。"邱琪芝点头:"若泛出了蟾酥味儿,那就要小心了。等月亮出坳时,细细松松地迎它,会有藏红花的香味扑鼻而来,这是最得意的光景啊!"永晏合掌看着对方:"这儿也不过有那么三两回,难忘。"

谈了一会儿,天色暗淡下来,邱琪芝起身去一间窗扇洞开的屋子,我们随上。从这间屋子望去,可见远处的山影和由清晰而模糊的稼禾田垄。窗户开得很低,窗台是厚木做成。地上铺了毡子,上面再加蒲团,一望可知是静坐间。邱琪芝鼻子抽动,说气息较去年更好了:"清,也醇厚。"永晏点头:"今年已经两次了,静坐时有三只蝴蝶绕着我,直到摩脸起身它们才离去。"邱琪芝叹息:"这才是自然一体。那会儿你与一株玉米一棵树没什么两样。"说着转脸看我,重复一遍:"没什么两样!"

令我欣喜的是,两个人谈什么都不避我。永晏指一下我说给老友:"他父亲,季府老爷是我的熟旧! 我们早先谈得拢! 他的丹丸我也吃的,后来才耽搁下来。"我看着他耳旁生出的一撮白发,真想说:重拾丹丸吧! 说了一会儿,邱琪芝想起了一件重要的事,口气明显变沉了。"小景来过没有?""来过,住不下,两天走人。"我听出"小景"是一个人,而且是邱琪芝众多弟子中的一个。他目光冷僵,看着愈加深浓的夜色:"多么聪颖的孩子,根性也好,可惜。这都是南方害的。"

从他们交谈中,我渐渐知道:小景是邱琪芝最喜爱的一个弟子,近年去了几次江南,接触了什么人士,从此再也不能静心了。

"南北地气有异,南人北上成就大事,北人南去凶吉掺半。小景不该往南走,他让我半夜想起来心疼。"邱琪芝闭了眼睛。

永晏说:"我再见他时会好好说的。我让他跟我做田里营生。"

"那真是再好不过。"

"最早他随我采药,那是多好的孩子,脸像大红苹果。"

邱琪芝睁开眼看我:"南方是个害人的地方。"

他的话我不敢苟同。不过我这时倒想起了一个人,就是管家的那个断指儿子。

六

我们在镇海寺待了三天,然后沿城北画了一道大大的弧线,去了一片山地。这里丛林茂密,偶有裸露的大石,很是醒目。一路都有人迎送,换了两次车,接待甚为殷勤。邱琪芝一路默默,并不言谢。山下早有人备好轿子,一直把我们抬了上去。到了山间才发现这里没有人烟,走了许久才见到一座寺庙,并未歇下,还是往前。这样走了大约两个钟头,抬轿的人说一声"到了",我们就置身于更高的山石之间了。

这儿又深又静。我们下轿的地方是一块石头平地,四周林木缠满了藤蔓,缀了熟透的大小野果。没有阳光。鸟鸣于厚林密草之间,声音闷远。我看看邱琪芝,见他扑打一下衣衫往前走了。这是一条羊肠小路,石头被踏得光滑,一直穿过裂开的巨石才看到强烈的阳光。原来这儿是大山的豁口。迎着光亮的北侧有一个很大的山洞,邱琪芝说:"到了。"

这山洞口部开敞而内部狭窄,再走一丈余又见开阔。我忍住了惊叹:洞中铺了厚厚的山草,上面是杞柳编成的席子。如果将入口处看成前厅,那么窄处算是长廊,更开阔的地方就是内厅了。从这儿往左往右都有形状不一的小洞子,里面有更细致的铺设,有被褥。正看着又听到了潺潺水声,循声走去,见不绝的山泉落进石壁上一个凿成的方槽,就是最好的水盆了。洞子东邻有垒成的厨房和储物间,两个人正在那儿忙碌。

我发出赞叹。邱琪芝告诉:这里已经有几千年的历史了,半岛上几乎所有的大方士都来这里修炼。"徐福来过吗?"我念念不忘的还是那个乘楼船入海求仙的人。"怎么会不来! 不光是他,所有成就长生大业的人必得来此落脚。他们在洞中磨炼开悟,得真力去习气,最后成了。""您经常来吗?""说不上经常,两年一次吧。这些年来得少了,因为山上闹匪。"我说绑了管家儿子的土匪就在大山中。邱琪芝鼻子一哼:"前些年有个大匪竟在这里安下营寨,我让人捎信给他,说也忒大胆了,你知道这是什么地方?大匪吓跑了。"我吃惊:"这些杀人恶魔连官府都不怕!"邱琪芝嗤了一声:"官府的厅堂年份太短,镇不住大匪。"

这里的食物像镇海寺一样简单,只是风味有异。邱琪芝餐后告诉:早年来这儿的人施行苦修,将"气息""目色"等与"膳食"分开,以为吃物粗陋更好。后来才知道是大谬,于是也就改过来。"从此,这里就小心恭敬地对待膳食大事了。"我说:"我真是喜欢这样。"他瞥我一眼:"你是季府老爷嘛。"

入夜我们各自回自己洞穴静坐。这里不是沉寂,而是磊磊山石之中的混沌,人在其中先是小到了极微极弱,渐渐才生出根须似的,与四周连在了一起,自己也沉到拔不动拽不脱的感觉。这与在阁楼上完全不同。气息周流也变得粗壮而浑重,不再如以前那么纤细清澈,而是呈漫流覆盖状笼统灌注无边无际,少顷再退去、游走、回旋,如此久久不息,循环往复。所有陈旧牢固的锈物都被移动和打磨一遍,或擦拭一新留下来,或扯碎了再冲走。我不敢让意念驻足片刻,总是释放出更多的随意。

我将此地得来的悟想告诉了邱琪芝,他说:"那就对了。所以然那些初生牛犊就不宜在此久留了,对他们来说,这里的犁耙太重了,这种耕耘太累了。那些上年纪的人也是最后才来这里,比如当年徐福他们,到一定火候必得进山了。"我不安起来:"我也算个初

294

生牛犊啊！""那不一样。你跟我已有一段时间了。要紧的你是季府传人，打一出生就算这个行当里的一头老牛了。"

我不再询问。来自他的话让人受不了。我真的觉得如一头"老牛"那般稳健厚实了。这会儿一种难言的豪迈和傲岸加到了身上，并且持续了很长时间。这个夜晚让我明白了许多，深知以前的稚嫩无知有许多都因为误识这个人太重。由此我又想起了陶文贝，心上明亮闪烁，就像在荒芜凄冷的山石间突见桃花一般。我叫着她的名字，说你真该随我来这大山里啊，我们在这里幻想和展望，也许全都不一样了。在真正的大山之中，你这块"顽石"也就容易搬动了。

我多想提出一个唐突的请求：让邱琪芝出面说服陶文贝。我认为他是无所不能的。但我终究没有。她只要一出现就占据了全部心身。我觉得双手灼烫，在夜色中举起时，好像看到了指尖上有赤色的火焰。我捂住了脸和头发，整个人都在呼呼燃烧。

七

回到季府的第一件事就问朱兰："陶文贝有消息吗？"想不到朱兰眼圈马上红了。她不说什么，我只好再三请她讲出来，因为任何耽搁都会是致命的。朱兰掩了门从头说一遍，我惊得说不出话。原来在我离开的第三天陶文贝来了，因为我不在，她和朱兰一起谈了很久，还看了那一幅幅小楷和佛经。朱兰对她喜欢极了。可是在离开前她突然说："我觉得你和季昨非老爷真是天生的一对，你们太应该在一起了。"朱兰当时吓坏了，惊得脸色都变了，好不容易才镇静下来,说:"我是府里的下人,发誓做个居士,一辈子不嫁。在我眼里您早该是府里的太太,我会待您和他一样,这样一辈子……"陶文贝没等她说完就打断:"你和我只会是姐妹,而永远不会是太太和仆人。朱兰姐,您记住我的话吧。"

我长时间品咂这番对话。我想她来季府显然是找我的,而并非为了对朱兰说出那些话。不过她既然说了,到底是表示了对我的进一步拒绝,还是隐隐的试探?再推论一步,她是对我和朱兰发生过的那一切永不原谅吗?无论是怎样的结论,都让我心底滋生出深深的痛苦。

这个夜晚我实在难以平静,因为思念和委屈掺在一起,梗在心头。我又习惯地坐在灯前,展开信笺。写分别之后的行程,从镇海寺到大山洞窟。信中只有长思和沉湎而没有抱怨。她是心中的小羊洁白无污,是一生的奢求和爱护。我知道这封信并非为了寄达,而只用来自己抚痛。正写着又有敲门声,我将信笺收入屉中。

朱兰说管家来了,他刚刚得知老爷回府,就匆匆赶过来。我想已经这么晚了,肯定有什么大事。肖耘雨在一楼小厅中坐等,脸色因兴奋而发红,见了我一下站起:"老爷呀!"他握住我,手有些烫。我让他坐下。他尽可能放低了声音,却让我听出有一种压抑的激动:"有徐竟他们的消息了,这回是好的,您会高兴的。是这样,他们开始从关外运送兵员和武器了,买通了日本一艘客轮,已经运了两批了。"

我觉得这消息太突然,也太重大了,忧虑也随之生出:"啊,这是不是发生得太快了?这么多人怎么安置?""早仔细筹划过,他们都暗暗转到东山了,和原有武装会合起来。""是徐竟的决定吗?""肯定是和顾先生一起,经过南方同意……"我松了一口气。他再次站起:"老爷,这一天估计为期不远了,我是说整个半岛的光复。这和上两次大为不同啊!"

夜里几次醒来。思绪怎么也离不开登州得而复失的那两场战事,一闭眼就是鲜血淋漓,是牺牲的几千个青年……我在心里祷告:神灵啊,保佑这个多灾多难的半岛吧。管家将这个消息当成了天大的喜讯,可留给我的却是忐忑和悲伤。

整整一天都在徘徊。先是在阁楼上,后又到了府中庭院。花园中除了一些菊花还在盛开,其余的花开始脱下绿叶。秋霜逼近了。我又登上了那座碉楼,从高处望着大半个城区。今天这儿的硫黄味儿好像增大了,一阵阵钻入肺腑。这让人想到不久即将降临的一场战事。而时下的城区没有任何异样,仍旧是疏疏的行人,是高高低低的屋顶上方那层薄薄的雾气。

从碉楼下来时脚步变得急促了。关于战争的消息只能闷在心里,因为这是一个秘密。伴随着战事徐竟和金水都将到来,或许还有顾先生。他们都是我想念的人,但我害怕紧跟在这些人身后的硝烟和血迹。我在碉楼下站了片刻,然后直接走出大门,去了街区。黄昏时分的麒麟医院染成了红色,我在离它不远处看了一会儿,心里一阵急切。这个黄昏让我觉得再也无法等待了,因为胸口那儿早就填满了火药,这太危险了。

去过了诊室,还有病房区,全都不见她的影子。我犹豫着是否闯到三楼的阁楼,最后大着胆子登上楼梯。这儿一下静得令人胆怯,须将脚步放得轻轻的。外间图书室就是她的领地了,敲一下虚掩的门,再敲一下。我接连敲击,节奏如同心跳。门终于开启了。

如果不是错觉,那么自己第一眼看到的人大不同于往日:一只小羊羔自然不会憔悴,但缺少睡眠的痕迹仍然明显。她眼白上有血丝,神情在低落和诧异间急遽转换,显出了匆促。她双唇微启,牙齿闪亮,"季先生"三个字若有若无。她将门打开三分之一,像做着一个艰难的决定。门扇在她手中微微颤抖,最终还是拉开了。

"我想来告诉你一件紧急的事情……"我开口说出这样一句,马上又有些后怕。

"什么事情?"

"我也说不清……不过,肯定是紧急的。"

"到底出了什么事? 您慢慢说。"她为我倒了一杯柠檬水。

"我也不知怎么说。只是觉得我们快要来不及了……"

八

我想她以后回想起来,一定不会认为我在这间图书室中说出的话是耸人听闻。可怕的半岛事变即将发生,而且会一场接一场,几乎再也没有间歇。在这覆盖和摧毁一切的巨变与动荡中,我们将没有时间讨论和决定个人的事情,而这事情实在是太大了:关于爱和不爱、拥有和放弃,甚至是新生和死亡。我这样说一点夸张都没有。

面对她的一再追问,我却不能将革命党即将光复半岛的行动透露一丝一毫。"那到底是什么事啊? 与我有关吗?""当然,与所

298

有人都有关。"我抿抿嘴,焦渴至极,大口畅饮柠檬水也无济于事。
"所以我们必须加快,因为时间真的太紧迫了。"

"到底要做什么?"

我不相信她真的听不明白。我一口气喝掉了所有的柠檬水,
气喘吁吁:"就是我们之间的,就是一直在做的,就是阁楼上的,就
是你几天前从朱兰那儿听到的……就是这些!"

她退开一点,咬住了嘴唇。

我大声问:"你为什么那样对待朱兰? 你不该这样,她是最善
良的一个人……"

陶文贝涌出了泪水:"请相信我,季先生,那会儿我一点伤害她
的意思都没有,只是觉得她付出得太多了,她的心全在您身上,她
最应该和您一起……"

"可是这之前我已经全部地、毫无保留地告诉过你发生的事
情,讲过了她那个不可更改的决定。"

"对不起季先生,请原谅我。"

"那么,"我看着她颤动的肩头,"你能够收回那番话吗?"

"我能,"她抬起头,"请转告朱兰大姐,我向她道歉。不过最后
一句是不会改变的,她与我永远都不会是主人和仆人的关系,她是
我的大姐。她也不该是您的仆人。"

我点点头:"真的不是,从来不是。"

陶文贝欣慰了一点,微笑着看我。这样只一小会儿她又皱眉:
"告诉我为什么来不及了。到底发生了什么?"我无法说出真正的
理由,只说:"以后你会知道的,这是真的。我想在这件大事发生之

前,我们要做出那个决定。"

她不再问下去,低下了头。再次抬头已是泪水盈眶了。"我说过,我们俩太不一样了,要走到一起,除非是相互太好奇了。您一次次让我吃惊,我想自己一辈子都不会明白、永远都要好奇……您说得对,发生了一件事情,我必须快些做出决定。不过,您怎么会知道这件事情?"

她怔怔地望着我。这一刻我才醒悟:她说的这件事与我讲的半岛光复毫无关系!啊,原来在她那儿真的发生了一件大事……我尽力不让什么流露出来,只等待和倾听。

"季先生,您一次次让我害怕,更让我好奇。您为了我竟然死都不怕,那是我亲眼看到的……"

"是的。但不光是为了您。不过,我真希望全都为了您……"

"我明白。我说的是一个能够为我这样去做的人,我对他什么都不该隐瞒。今天我知道您已经察觉了,那就全说出来吧。季先生,也许上次去您那儿就该说了,因为那时这事已经发生了。"

我不想遗漏一个字。我把呼吸放轻。

"我说过自己的身世,我的一切都是教会和医院给的,包括我的生命。我全部属于它、爱着它。伊普特院长好比父亲,艾琳就是姊妹。还有一个是雅西,他是我的兄长。他一辈子都会保护我,也是我的老师。我知道他一直喜欢我,我只把他当成了亲哥哥一样。可我喜欢他,没有想过要嫁给他,真没想过。后来他就直接说出来了。在我去阁楼的前三天,他正式向我求婚了……"

我的汗水从脖颈流下,身上却有冷冷的感觉。我问:"你?

你呢?"

"我不知该怎么办。但我和您想的一样,再不决定就来不及了。我一连几天慌得睡不好,天一亮就想,明天该让谁帮帮我? 是您还是他?"

我上前一步,马上就要碰到她了,这才止住脚步:"当然是我! 让我帮你,我已经做好了所有准备! 文贝,事情真的太紧急了,眼看就要来不及了。从第一封信到现在,其实我一直都在等你回信。那天险些就要永别了,你说季先生还不能走,我还没有回你的信呢! 你的那声呼叫我会记一辈子,我那时就告诉自己:一个人能活着、活下去多好啊! 他会等到你这样一位姑娘的回信……"

九

可能因为过于急切和激动,到最后我的嗓子竟沙哑起来。我的心怦怦跳,多么害怕在一生中最需要好好表达的时候却突然失语。我有哑喉病。我轻轻按着自己的咽部,直直地望向她。我发现她那一头乌发在愈来愈暗的光线下变幻着,泛出了浅浅酒红。她的头低低垂下,由于离我太近了,触到了我的胸部。我一动不动,害怕惊扰她伤到她,害怕雷鸣般的男性心脏会吓跑她。挨紧些吧,这小羊羔的重量哪怕再增加一分,我就会紧紧地拥住她。

那一刻真的呼吸停息,人如槁木。我无比敏锐地感受着她的发丝触动着胸前的衣服,发出谁都听不见的沙沙声。这样只一瞬,我感到了小羊羔头部的重量:轻盈到几乎没有。可是我真怕连这么小的倚重都会稍纵即逝,于是双眼紧闭,松松地缚住了她的后背。那一触之间我的双手感受了不安的一动,但猎物未曾继续任何挣脱的努力。我一点点加重了双手的力量。我的嗓子真的哑了,因为接着呼唤就没了声音。

这真是糟糕、不幸到了极点。我张了几次嘴巴,还是发不出声音。焦急中我俯下脸庞,将双唇挨近了她滑软的头发,同时大口呼吸。那种熟悉而又陌生的香味儿流入肺腑,头部因为窒息而一阵眩晕。她这样轻轻依靠,像要埋首睡去,从未想过对方如何承受。我已经难以用同一种姿势站立,只不敢活动,最怕将安睡的人惊醒。可只过了一会儿,她仿佛已经睡足,小心地用力,抬起头来。我生来第一次这么近地迎视这张面庞。我吻了一下她的额头,她躲开了。我呼唤她,可是发不出声。

"啊,您、您怎么了?"她受惊了。

我指指喉咙、嘴巴,比画着。后来我发现了一旁的小桌上有纸和笔,就取过来写道:"对不起,我的哑喉病犯了。不要紧,很快会好的。"

"啊,您啊……"她疼惜了,过来搀住我。

我身上满是力量,只是嗓子无语而已。我回应她的只能是比刚才大上十倍的相拥,是不顾一切的比比画画:完了,她不懂手语,情急之中我竟然把这一点给忘了。她极力挣脱,摇头,最后倔倔地挣脱出来,抵紧书架,好像正做着我第二次进攻的准备。我的汗水哗哗淌下,在纸上写了:"对不起。我会安静下来。"

她理一下头发看过来,一点生气的样子都没有。如果不是误判,那么我从她的神气中还看到了一点欣悦。我的喉部胀得发疼,

302

只要和她在一起、只要离得近了就会这样。我不敢抬头,焦躁,对自己厌烦,一只手竟然自作主张,歪歪扭扭写出了这样的一行字:

"让我简单地吻你一下吧。"

她只用眼角扫一眼那张纸,脸唰一下红到脖子。她往旁闪了一下,却还是让我吻到了她的脸庞。这种事情无论如何都难以突兀地终止,当我双手拥住她的时候,她就用力扭开:"看看你写的字。"

我真的歪头去看,她趁机挣脱了。

天完全黑了。忙碌了一天的城市安静下来,从楼梯间射来温温的灯光。一个伟大的夜晚降临了。我努力镇定自己,知道暂时分开的时候到了。她看着我,伸手为我梳理了一下乱乱的头发。

我下楼,穿过长廊。在长廊一端站了片刻,去一楼。刚踏进大厅时她追上来。因为我不能说话,她无声地陪伴,一块儿来到大门外边。

在门旁我费力端详着铸铁图案,想起了很早以前的那个问题:上面铸了什么花卉? 我比画、指点,她最后总算明白了,小声告诉:"洋蓟。"

第十四章

一

因为幸福和暴喑症一起来临，我无法一诉衷肠。不过我的狂喜因为无从诉说而深入弥散到身体各处，整个人看上去既饱满激越又沉稳端庄，更像一个交了旷世好运的老爷。朱兰很少用手势询问，因为她只要瞥一眼就能洞悉一切，在她面前已经很难有什么秘密。我与异性的任何交往在她那里都无可隐匿，比如和小白花胡同往来那一段，她凡事不问，最后却连一些细枝末节都了然于心。现在我最关心的还是哑喉病何时痊愈，不得已连服了几剂药局多毛先生的汤药。也许是我的焦虑让这个人乱了方寸，着急中他竟然给我贴上了那种沿汗腺游走的膏药。

因为实在难以等待，我最后还是要去麒麟医院。车夫迷恋那辆汽车，对如何驾驭这辆马车已稍显生疏，怀抱长鞭的模样有些异样。我是在仔细盘算过的时间去那个阁楼的，结果还是屡屡扑空。最后我不得不去诊室找人，比比画画的样子让她笑出来。"别这样魔怔了，"陶文贝把声音压得极低，"好好养病，我会去府上的。"我急急地做着手语："可我千万次地想你，什么都做不下去。"对方把一张处方笺推到面前,我看了看,不假思索地写上:"正吃汤药。"

　　好不容易挨过了三天,这天上午九点终于能够简单地发音了,可这会儿又绝不适合去那里找她,因为是晨祷后最紧张的查房时间。我想选择晚饭前的一段,那才是幸运的时刻。大半天无所事事地待在阁楼里,几次试图坐下来,努力让自己走向"遥思",结果总被一只无形的纤手拽回来。午饭后歇息了一会儿,下楼时管家已经在客厅里和朱兰说话等候了。管家将一张名帖递过来,让我一怔:一个赫赫有名的人物来到府里。这人是保皇党的首领之一,经过几年逃亡流离之后,如今可以半隐半显地南北游走了。但他的出现仍让我吃惊。管家说老先生这次是路过,想拜会第六代传人。此人当然令我好奇,只不过现在已没有多少心绪见他了。我只得更衣,在管家陪同下去前楼客厅。

　　面前是一个历尽沧桑的老人,诡谲而随和。两撇胡须很沉。面色不佳,虚浮。管家告诉:老人带了四个太太上路,另有两个留在他处。我这会儿离他四步之遥,却仍能嗅到一股旧樟木的气味,好像还掺了一丝膻气。他盛赞我的"形貌气象",我知道这是奢辞客套而已:自己哪有什么"气象"?老人虚言道尽即转向其他,管家刚刚离开就问起了养生诸事。这就对了。但没有说上几句他就反客为主,全无请教之态:"老夫以为丹丸仍须借重金石。"我惊异:"那要死人的啊!"他的思绪荡向别处,笑吟吟地说:"还有动物血,终有大用。"我不再说话。他沉吟一会儿,身子探过来,开口问的竟是房中秘术。这让我眉头一皱。他说:"先生该是此中高手吧? 我想气息意念当为机枢……"

我想若邱琪芝在这儿他们也就有话可聊了。我的嗓子仍不利落,清一清说:"想不到先生日理万机仍能专注此事。""不然,做大事者必有大欲存焉。"我稍持异议:"据我所知,那些革命党人并非如此。""先生错了,那才是最能爱的一帮家伙。不能爱者,说到底,不过是一些小革命党人罢了。多言了。"他不再说下去。我立刻想到了兄长徐竟,觉得他可算足够"大"的一个啊。我在心里为兄长打抱不平。

老首领告辞前讨了一些丹丸,作为答谢,留下一幅墨宝:一挥而就,潦草至极。管家如获至宝,我说由你惠存吧。

客人走后的一段时间里我一直在想徐竟。尽管没有他的更多消息,北风里却似乎有了越来越浓的硝味儿。他已经许久没与府中联系了,想必进入了非常时刻。我想到他再次归来,或对季府于麒麟医院应急事变中的作为给一声赞许。我还是看重他的肯定。我想告诉他:你让我在另一场战争中发起致命的进攻,我这样做了,而且胜利初现。兄长,我深深地感谢你,是你在艰难的时刻给了我强烈的鼓励和催促,对此我永生难忘。

二

陶文贝报告了一个令人心痛的消息:雅西回国了。这是伊普特院长不曾预料的。院长再三挽留无果,雅西还是走了。"医院受到的影响太大了,他是最好的外科大夫啊!"她的泪水流下来。我一遍遍安慰。她日夜自责,觉得自己无论对医院还是雅西,都欠下了无法偿还的心债。"那一天和雅西说了你和我的事,他先是一声不吭,后来还是祝福我。他把自己关在屋里。第二天有个不大的手术,他手臂发颤没有做。昨非,这事不能瞒着院长了,我该跟他说了。"我认为这是必须做的。我完全想得出雅西的伤痛,他开始给自己疗伤了。我愿这个为我治好了牙齿、为顾先生开启光明的男人能够早日度过这段煎磨。这种疼是致命的,可怜的雅西。在他眼里,如今的陶文贝可能变成了美丽的小狼人儿。

我揽住她,止息她的泣哭。她哭得更重了。她一边哭一边轻轻吻我,一只手将着我硬倔的头发。我猛地抓住了她的手,又按住她胸前那对趴伏的小鹌鹑,急切而用力。她往上跳了一下挣出,睁大一双受惊的眼睛:"你该不是个坏人吧?"我声音低到快要听不见:"不是,真的不是。"

从此我在她面前变成了一个幸福满溢却又谨小慎微的好人,不敢越雷池一步。当我被爱欲和莫名的渴念折磨到无以复加时,就使用了暴喑复发时才有的举动:在一张巴掌大的纸片上写下一个不大的奢求。她闭上眼睛,我却要像个深知肉香的老猫那样抿着舌头走开。"快让我们成婚吧,季府里缺了你就全完了!"我在她的耳边呼叫着,让她一时不知所措。

她把我们的事情告诉了伊普特院长。院长单独接见了我,以父亲的目光抚摸了我许久,说:"这是我最好的孩子。"我说自己一定会用上一生去爱她、追求她。"'追求'?"他重复这个词语。"是的,这场追求才刚刚开始哩。"他稍显愕然地看着我,沉沉的大手放在我的肩头。

我料定这个寒冬前后将要发生的那场事变会毁掉一个完美的

计划,担心那之后我们的婚姻将会成为泡影,因为无论我还是她既不会有时间,也不会有心情。我多次暗示给她,她却一脸茫然地盯视我,好像对方正在编造一个弥天大谎,目的是更紧地攥住猎物。这样盯了一会儿她开始安慰我,说自己不会逃开的,她就在这里,在我伸手碰得到的地方。我已经有些绝望了。到了最后,到了忍无可忍的极限,我只好让她先发一个誓,然后就讲出了那个惊天秘密:半岛光复行动即将开始,它不同于以往所有的战事,而是一场天翻地覆的巨变,势必影响到每个人的生活。她呆了许久,看着窗外出神,大概又看到了整个西医院挤满了伤者和死者的惨象。

陶文贝许多天都没有和我见面,她在躲着我。我想大概那个消息吓住了她。焦灼无措中我又想到了伊普特院长:文贝在整个半岛、在这个世界上都没有一个亲人了,这儿就是她的家,他就是她的父亲。我突然觉得自己时下缺失一个要紧的步骤,就是没有向那位老人郑重地提出婚嫁大事。我还想到了管家等人,他们该承担的角色。府中主人的婚配大事毕竟难以草率。

再次见过了伊普特院长,他表示理解且极欣慰,这使我觉得本次行动意义非凡。而后又和管家和盘托出一切,请他着手准备大小事项。管家眼中闪着喜泪,认为从此季府有了崭新的日月。他不停地称赞那个女子,认为她的姿容天下无双,同时对主人的眼力极为钦佩。事情暂且局限于我、管家和朱兰三个人。

陶文贝愿意面对我了,说要好好谈一次。这让我喜出望外。她比我所能想到的还要率直和冷静,让我暗暗吃惊。商谈的地点就在她的阁楼,我们坐在那张拼接小木桌两边,各自面前放了一支笔和一张纸。我觉得有点奇怪：她怕我情急之下又一次犯哑喉病吗？后来才知道是另一层用意。这事情因为无比重大，所以有必要一一记录下来。我的额头汗津津的。

所有条件都由她提出，而我在她面前是无条件的。最后议定：婚事在冬季来临之前举行，采用最庄重也是最好的方式，就是按她之愿去教堂里完成那个仪式；参加婚礼的人要少之又少，女方除了伊普特院长和艾琳等几位同仁，再无他人，季府只请朱兰和管家，外加一两位挚友亲朋。新房选用了我那个像工事一样的阁楼。最令我不解的是她特别提出了一个多少有点苛刻的条件：婚后的大部分时间仍要分开居住，彼此单独过自己的生活。她的理由是只有如此才能真正从事原来的、各自专注的志业。她希望二人既要有共同的家，也要有个人的家。我在这附加条款面前许久未语，不知道这还算不算一对真正的夫妻。我也不知这是洋人皆有的癖好还是她个人的别出心裁。我把一声长长的惋叹咽进肚里，仔细记下，签字，交换。

三

从她的阁楼离开时我更加确信：我们两人之所以走到了一起，真的是因为好奇。我们总是让对方不断地感到惊异。还有，就是自己以前的那句宣称显然要在日后变为现实：漫长的一生都会用来追求对方。她永远处于切近而又遥远的前方，需要我不停地追赶。她就像一棵"洋蓟"，此地罕有。对我来说，这将是格外辛苦和幸福的一生。

秋风扫尽落叶,大喜之期逼近。紧张是难免的,甚至一度超过了喜悦。我暗中让那个多毛医生准备了一点嗅药,以防新婚之夜因极度兴奋和其他而昏厥。在那个时刻,我认为即便死亡都不会有什么稀罕。我尽可能不让朱兰在阁楼上铺设和悬挂红色饰物,总觉得这种淋漓的刺激会产生难测的后果。朱兰不解,说大喜日子红色才是必备啊。我告诉她:多来点绿色吧,入冬之前的绿色才是无比宝贵的。

如同原来议定,一切都按她的主意有条不紊地进行下去。我们没有了"夫妻拜堂"那样的老套,甚至没有新娘的盖头和新郎的红花。朱兰实在觉得不忍,在府中那些寒冷的枝条上系了一些吉庆的红结,成了宣示主人婚庆的唯一标识。尽管如此,我发现幸福不仅没有因此而稍有减弱,相反却在以令人吃惊的速度增加,以至于在跨入阁楼的那一刻,作为当事人的我无论如何都难以承受了。昏厥的风险提前到来,我不得不偷偷嗅了两遍多毛医生交给的小囊。她后来发现了,问我嗅的是什么东西。我说是能够让人安静的药物。她说季府总有一些奇奇怪怪的东西,接着也伸手讨去嗅了一下。

其实她自始至终都过于安静了。我暗中留意她的一举一动、她的神色,发现从教堂仪式到乘车回府、踏进阁楼,脸上总有一丝微笑是不曾改变的。当她回答神父"我愿意"时,那笑容也是照旧,而我却怎么也掩不住声音的颤抖。她环顾我们的新房,与记忆中那累叠繁茂的鲜花完全不同:到处绿莹莹的,一片初春的颜色。这里简洁至极。她并不急于像个本分的新娘那样端坐床上,这床已由单人换成了双人，大而结实；而像来到了一个从未涉足之地，小心仔细地探过了每一个角落，从静坐间到书房，到回廊，到宽大的浴室和厨房。最后她在悬了一只竹篮的滑轮那儿停住，显然一眼就明白了它的用途，忍不住笑出了声音。这是我第一次听到她这样发笑：不够清亮，掺着气声，但相当稚嫩。这笑声让我变得松弛了一点。

夜里无论如何都要点燃一支红烛。季府的镏金玉瓜灯换上了红罩，让新房洒满橘色，包括我们的面庞和眼睛。我坐在她对面不知倦怠地看着，当喘息声变得急促起来时，她竟然替我取出了那个小囊。我说："从教堂到季府，这条路太远了。"她说："比我原来想的近多了。"我只要一靠近，她就用那只小囊对付我。它的气味有些怪，令人心里痒丝丝的。我没发现它有什么特别的功效，这会儿竟觉得那位多毛医生真正擅长的还是制作膏药。我说："没用，只要和你在一起，什么药都没用。"说着不无鲁莽地拥住了她。我们一动不动，僵持在一起。我在她的耳旁叙说起来，渐渐变成急急的呼唤。她害怕了，推开我。她的手碰到我额头时觉得发烫，就细细地试了试。我伏在她的胸前，像一个饥饿难忍的婴孩。我的双手试着在她身体上默读，她却像一本不愿打开的书。我把她紧抱胸前的双手挪开，她则把我的手背到身后。

凌晨时分，不知是那只药囊的作用还是连日来过于疲惫，我终于睡着了。醒来时那支红烛已经熄灭，身边是空的。阳光从窗帘缝隙透入，这会儿是上午八九点钟了。我踮着脚去每个隔间里寻觅，最后在静坐间的毡垫上发现了她，已经睡着了。我担心她会着

311

凉,取了毯子轻轻盖上,这一刻她还是睁开了眼。我钻到毯子下边,像她一样仰脸躺着。我看到她的双眸晶莹闪亮,神采动人,显然有一夜好眠。"我试过像你一样静坐,后来就睡着了。"她说。"我以后会教你的,这个不急。""其实这是最好的催眠方法,不是吗?"我笑了:"正好相反。这个时刻身体是最积极的,只不过看上去安静。"她深深地看我一眼。我悄声说:"再这样下去,我害怕哑喉病又要犯。""不怕,那是你最可爱的时候。"

整个上午我们只是躺着。最后我提议她不妨学一点哑语,理由有三:一是多掌握一种语言总是好的;二是毕竟我有这个病根,以备不时之需;三是当有些话难以启齿时,比画出来要容易得多。她同意了,轻轻地吻我一下。这成了一个点燃的动作,我不再那么驯顺了,不知怎么竟将她的上衣剥落下来。也许是一种错觉,我看到那两只比想象中大出许多的小鹌鹑,从洁白的护胸中露出的边缘部分呈杏红色。她羞惭而绝望地看我,并没有马上阻止。我无比小心地将双手覆盖在它们上面,这样有一两分钟。她缓缓地穿好上衣,站起。她踱到窗前,用力地拉开沉重的帘子。屋里一瞬间洒满了强烈的阳光。

四

她新婚之夜后即离开,回到了自己的那个"家"。这提醒我婚前约定完全有效且需要恪守。分手时问了归期,她以商量的口气答:"周末?"我守着空空的新房,觉得自己是全世界最有福的倒霉蛋,一个手足无措的新郎。朱兰一眼就看出了什么,她为我做了可口的粥食,目光送来抚慰。她问夫人什么时候归来。我说还要几天之后。她说:"她可没有阻止您去她那儿啊!"

朱兰的提示无比重要。我横横心闯进了陶文贝的阁楼。仅仅两天没见,整个人就有了这么多改变:眉毛舒展,脸庞灿亮,那让人目光不敢触碰的胸部有了一种挑战的力量。我说:"我是闲了没事来教你哑语的。"说着从身后抽出了那本以前与朱兰用过的小书。她欣喜地看着它,嘴巴微张。她的这个动作是我记忆中最深刻和最喜爱的:小羊望着嫩草时就是这个模样。我像兄长那样转到她的身后,双手按着她的肩部陪读,不断为之排忧解难。"啊,真有趣,不过也太难了。"我鼓励说:"这根本难不倒刚学会吃草的小羊,再就是,"我做了一个动作,"一切贵在实践。"

只一刻钟的时间我就教会了她关于"爱"的简单对话。她红着脸比比画画,是天下最动人的模样。我冷不防将她一下抱起,她惊呼:"不行不行,你的力气太大了……"我把她托到床上,发现这儿过于松软了,人一到上面就陷下几寸。天色暗下来,我说让丈夫在这儿休息一会儿吧,他真的困了。说着打起了哈欠,歪上床头就闭了眼睛。我发出了轻轻的鼾声,她把我的鞋子脱下,犹豫片刻又脱掉了我的外衣。我蜷曲了一会儿,一边呓语一边脱着衣服,最后只剩一条短裤了。一两束吃惊的目光从赤裸的躯体上一寸寸掠过。

我真的睡着了。睡梦中我觉得一只温热的小羊挨近了,偎在怀中。我为她一层层褪下多余的布绺,她用没有生角的头颅顶着我的胸部,就像一只大瓷娃娃那般润滑,又像一只不知名的顽皮野物。野地里才有的那种气息,太阳照射一天之后散出的混合气味,被我大口大口吸进胸间。她的手不再阻碍,随着全身一起微颤。夜色太浓了,除了那对闪闪的眸子什么都看不见。我让灯亮起,她却穿上了浴袍。在恳求的目光下,这浴袍像幕布一样徐徐打开。"我其实是担心你长得疙疙瘩瘩。""这倒不会。"她很快又闭合了幕布。到了第七幕的时候,我终于大着胆子喊叫:

"咱们还磨蹭什么?"

她一边紧紧地束起浴袍一边说:"这里可不是新房。"

这个周末来得太迟了。法定的新房总算派上了用场。自五年多之前的禁欲闭关到现在,我没有接触过任何女性。因为欲火和其他火焰的焚烧,我身上有了一股怎么也无法驱除的焦炭味。她在我胸前和腋下嗅着,呛着了一样大咳两声。因为无法遏止的爱,再加上深深的好奇,我们在许多时间里都在彼此挖掘、探索,无法分开。睡眠是不得已的事情,但我们渐渐发明了一个妙法:一边做梦一边要着,梦话就是情话。天亮了,她不得不回到医院上班,我却扳着手指算着从晨祷到查房再到回诊室的每一段时间,想寻找一些机会,最后只好选定餐后午休的一个半小时。我让人快快备车去医院,车夫抱着鞭子站在堂外,我挥挥手:"汽车,那个更快。"我气喘吁吁踏进阁楼时她刚好用完午餐,我表情严肃地说:"快些,已经来不及了。"

除了周末,我们每个夜晚都在医院的阁楼上度过。她急于实践刚刚掌握的几句哑语,由于初学的生疏和急躁,常常让我看得昏头昏脑或目瞪口呆,如"我爱你我想你",她却比画成"你把我扔到楼下吧"!我把她紧紧抱起,生怕一不小心真的失去她。这种无休无止的缠绵最后让我们胆怯起来：耽误了许多必要的事情，比如睡眠、吃饭和其他。我提出一个比较可行的计划，就是我们两个人时不时地闹一点别扭吧，这可以让各自安静一点。她欣然同意，而且接着就生气了，不再理我，离开阁楼时竟不辞而别，咚咚地踏着楼梯走了。

我回到了府中。朱兰问怎样，我说："很不高兴。"她不再多问，只把艾叶和忍冬花装在瓷罐里，那是冬季沐浴时用的。周末终于到了，府里用汽车把太太接回。她踏上台阶时微笑着瞥我，我把脸转向一边。晚餐后她花了较长时间洗浴，出浴后有一股似曾相识的香味猛地袭来。我忍不住吸着鼻子，啊，这气味让人一下入迷和沉溺起来，不由得回想，追溯恍若隔世的从前。可能因为已经陷入了陶醉和迷惘吧，记忆中一片空白。后来，当我触及她滑润异常的躯体，在黑夜中拥住和抵紧的那会儿，这才想起了大嘴白菊的那个夜晚：她用玉米水沐浴了身体……我来到浴室，真的在浴盆中找到了遗落的黄色颗粒。

这是无边无际的拥有。两人没有一个提到我所讲述的那场沐浴故事，只是心照不宣。她多么细心又多么慷慨，竟在这个时刻记住了并且模仿了。我因此而加倍爱她，感激她。她真的是大地的果实，让人享用不尽。这个夜晚我为她讲述没完没了的故事，还装着昏厥、郁郁不快，以及其他能够临时想出来的花样。她不止一次在灯下端量我的睡态，嘴里小声念叨："多么古怪的人哪！一个孩子！"

五

康非来到了季府,进门即拱手称师,身后是抬了大小箱盒的一拨人。我以为是来正式行拜师礼的,后来才知道是新婚贺喜。"老父身体不适,我代他来了,也把他的一句话捎来,'老友竟瞒下这等大事'。老爷子真的生气了。"我一边解释一边请他入内,心中生出特别的警觉与厌恶,认为新婚不久即有这样的恶少踏门,无论如何都是不太吉祥的。落座后我担心他重提拜师仪式,好在没有。"父亲说其他人不宜为师,除非是季府主人。"康非看着窗外,"我真想去看看老师修持的地方啊。"我摇头:"那儿改作婚房了。"

康非不愿久坐,说要看看庭院,我只好陪他去凋零的花园和有些局促的花房看了,然后又在久已不用的族上老宅转了一会儿。"我小时候在这儿小解,被人呵斥过。"他指着更道折弯处,哈哈大笑。我请他多多关照西部那个关闭的矿山,体恤那些失业的矿工,他说无须多虑。但走了几步他又压低声音说:"乱党蠢蠢欲动,兵营也不安闲啊。往后季府有用得着弟子的,千万言语一声。"我说少不了烦扰协领。

送走康非我立刻找到管家,问起了矿山的事,他说:"有一个矿工被兵营抓走,后来又使上银子赎出;另外在碉楼北边老宅下打开了一间密室。老爷这期间不宜打扰,本也不算大事。"我当即和他赶往新发现的那个地方:密室就在老储物间下方,隐蔽极好,且有防潮和透气设计。我们持烛进入这个足有一丈见方的穴室,马上嗅到了明显的硝石味儿。我打开角落的一只木匣,里面是空的。

"我琢磨是存放火药的地方。"管家说。我却觉得这是当年的金石库，正好与南面的丹房谐配。我问有几个人知道这里，他说只有一个。我当即决定暗中将此地再加整饬，密锁消息，然后将封存的那些秘籍全部搬来，此事至为紧要。

从密室出来后管家又谈了一大笔银两的支出：王保鹤出示过徐竟的条子。"啊，徐竟从关外回来了？""他这会儿在哪儿不好说，这期间肯定有过往返。""住在新学吗？"管家为难地摇头："那里也不好住了，风声太紧。"我对徐竟绕开季府尽管有些不快，不过总能谅解。"王保鹤有个助手，那人是海防营副总兵的朋友，这人也是南方来的。""又是副总兵！上次就是因为他才出事的……"管家摆手："两个人，那一个死了，这一次是新任。"我还是替王保鹤先生担忧。我固执地认为自己的老师是最好的新学创办人，最不宜去兵营那些地方。

我又想到了金水，一直觉得有一件非做不可的大事，那就是兑现自己的诺言：将他送到艾琳面前。我知道这个年轻人出现的地方总是伴着凶险，但没有办法，那双蓝眼睛的串串泪滴让人不忍。陶文贝曾询问几次金水，我告诉她：革命是世间最诡异的职业，不到万不得已，他们的腰带必须扎得紧紧的。陶文贝对这种回答极为不快："你说到了哪里！我是说他们要见上一面，艾琳害了相思……"我明白。我的意思无非是说为了某种特别的事业，有时需要断绝最基本的欲念。这有点像我愤而闭关的那几年，那时我每天苦盯着窗外楼下的菊芋花，硬是让左腮肿成了皮球。

我对管家再三叮嘱："只要徐竟归来，也就少不了金水，你知道

317

了一定让他来见我,哪怕只有一小会儿。"管家说好的。"不过他如果还跟着顾先生就不好说了,那位先生一直没有渡海,他来半岛时,总攻就要开始了。"我的心怦怦直跳。是的,那是不可避免的一天。我回忆着与顾先生相处的日子,心中一阵茫然。那么幽默多趣的人,而且和善,况且有一双仅能看清脸前五根手指的眼睛。也就是这样一个人,却会决定半岛人的生与死,让这里血流成河。

阁楼上的长夜有些冷。我紧紧拥着陶文贝,说她有大鱼一样的身体,有小羊一样的声气,有小草獾那样的嘴巴。对最后一个晦涩的比喻不得不做出解释:那种动物食过甜瓜之后嘴巴长时间湿漉漉的。她伸手拍拍我:"啊,好大的甜瓜。"我们将长夜分成一段一段,分别用来讲述、斗嘴、吵架、做梦、生气和要。我没完没了的缠磨让她费解:她生气了。我不得不问这是实打实的,还是我们计划之中的项目之一。她粗声说:"就是生气了。"我不得不求她谅解,说出一直闷在心里的那个最大理由:

"我以前说过,现在必须告诉你了,那件可怕的大事也许很快就要开始了。真不幸,我们怕是没有太多时间过这么好的夜晚了。我舍不得。我真的害怕,害怕快要来不及了。"

六

第一场雪下来了,比浓霜稍厚。天气却异常寒冷。我独自一人度过了寒夜,而且被两个相衔的梦境逼醒:邱琪芝背向我坐着,我一直盯着那根马尾辫。他转过脸时我吓坏了,因为是一副极痛苦的表情,而且脸上挂了冰凉的泪珠。余下的时间再也睡不着,就在床上静坐。

　　天刚亮,朱兰砰砰敲门,这么用力使我紧张。她说:"你去前楼看看吧,来了一个有些古怪的青年,执意要见老爷,说有十分要紧的事。"我随她出门,刚迈出一步她又返回,取了一件裘衣给我披上。门厅里站了一位瘦削的孩童模样的人,我远远地就瞧见了他的发髻,马上认出是邱琪芝的书童,对他的一早出现有些诧异。

　　"老爷!"他叫着,瞥瞥一旁的朱兰。我让他说下去,他这才吐出一句:"师父让您去一趟,就这会儿。""什么事?""就这会儿。"我搓搓手,答应了。朱兰说吃过早餐再去也不迟,我摇摇头,几乎没有再想什么就随书童走出。我料定事情紧急,路上问他,他支支吾吾。他的脚步快到惊人,像飞一样。我们入了邱宅,马上钻入草顶长廊,直接拐进那间铺了蜡染被褥的卧室。一个又笨又大的橡木橱子镶在墙上,书童奔它而去,钻到其中拨弄几下,竟拉开了一扇暗门。我忍住惊讶随他穿门而过,他又反身将橱中机关复原。脚下是一条漆黑的地道,他举了一支小小的蜡烛。转了几个弯,好像是一截不短的路。一扇槐木门被推开,他说一声:"到了。"

　　眼前的情景让我不敢相信:一张小床上蜷着脸色蜡黄的邱琪芝,旁边是两个人,一个是目光发暗的中年男子,一个是头上缠了黑布的鹦鹉嘴。此时没有一个人说话。邱琪芝抬了抬手,我走过去。"我要见你。两天了,我要见你。"他的手火烫。"发烧?"我看一旁的人。他们不语。书童上前撩开被子,啊,胸部有伤,血迹染了绷带。他把被子再撩开一点,我这才看到小腹右侧也包扎了,有血渗出,棕黄色的药粉也染红了。"这是怎么回事?"我叫起来。中年男子嫌我声高，马上做个手势，把我拉到角落。

他简要讲了事情经过：十天前邱琪芝的弟子小景被道台府监禁了。一个叫秋月的女子是康大人的熟人，多年进出康府，暗中却听小景使派。他们一直在谋划刺杀康永德，可是事情还是败露了。秋月当场被杀，小景被囚起来。他们料定这个人水深，就往死里折磨。邱琪芝得知消息再也坐不住，最后由几个徒弟引见，终于进了康府。他一边和康永德的人周旋，一边设法搭救小景。前天夜里终于捉到一个机会，他们就动手了。想不到府中早已做好防备，结果小景虽被救出来，却死了两个徒弟，邱琪芝也中了火铳。

我听得浑身发冷。这怎么可能？那个顽皮的秋月，笑声朗朗的秋月，就这样没了？小景我是听说过的，他是师长牵念的爱徒，如今竟惹出了这样的大祸。我返回床边，按住邱琪芝灼烫的手："必须快找麒麟医院的人，这事一点都不可耽误。"他脸色一冷："我说过，别找洋人。不妨，我有最好的刀创药。"他的声音已经变腔，这使我觉得问题严重。我说实在不行就让药局的人来一下吧。他说："不急。你坐一旁就好。"我只好坐下。他的手搭过来。

我仔细看了这间屋子：比平常的卧室大一点，仅一床、一书架、一只水罐和火炉。炉子走烟及通风想必经过了巧妙设计。我的目光最后停留在书架上。他说："这些书比丹房那些重要许多，不瞒你说，有几本还是你父亲送我的。"我有些好奇，但此时已无心谈书。身边这三个人想必是主人最为倚重的心腹，这当中竟然有鹦鹉嘴。邱琪芝突然竖起一根手指，鹦鹉嘴立刻上前。她解开了他胸前的绷带，又开始敷药。中年男子小声对我说："上边伤得不重，下边重。"我在屋里急急走动，待鹦鹉嘴站到一旁时再次伏到床前。我说必须马上让药局的人来，邱琪芝闭上了眼睛，算是默许。屋里全是他呼吸的气味。我匆匆离开，身后跟着书童。

我以最快的速度领来了多毛医生。行前嘱他多带刀创药，并细细讲了伤情。他进屋后一直弓着腰，大气都不敢喘。当他慢慢地解开下腹的绷带时，那双深陷的眼睛猛地睁圆。他重新换过药，然后又在一些穴位上扎针。我待他忙过后将其拉到一边。他说："腹部伤到了深处，这回麻烦大了。"邱琪芝厌烦他在一边嘀咕，哼叫着，我赶紧回到床边。他仰脸看着白色屋顶："还记得我在丹房里练点穴功？这是为了乱世防身，果然用上了。"中年男子转向大家："凭师父的功法，十个八个人是近不了身的。"邱琪芝白他一眼：

"我说过，火铳是个坏东西。它比我们所有人都快。瞧，我这一次也上了它的当。"

七

无论邱琪芝愿意与否，我还是和多毛医生一起离开了。我马不停蹄去了麒麟医院，一见到陶文贝她就小声告诉："前天和昨天都来了官府的人，像是追查伤号。"我说正是这样，那个人是我的父父，也是季府最老的朋友，再不救他就没命了。她想起了被我强拉去季府的那一次，默不作声。整个事情守密是首要的，我们仔细计划了一番，商量怎样取走药品之类。我们先是回到府中，然后再乘车转几个街区，最后放空车回府，徒步钻进小巷。

邱琪芝已经烧得有些迷糊。文贝为他检查伤处时他都没有睁眼。鹦鹉嘴站得稍近,警惕地盯着文贝。文贝转向我:"必须马上注射,口服药也不能间断。"我示意她快些。可就在她摆弄针剂的时候,鹦鹉嘴发出了唔唔一声,接着床上的人睁大了眼睛。他紧盯陶文贝和她手里的针管,问我:"这人是谁?"我抚着他的手:"是我太太。""啊?走开!走开!"他的手挣了一下,拍打床板。我凑近了恳求:"师父,这是一定要做的,我在这儿,我为你担保!"他闭上眼睛,声音微弱却不失严厉:"让她走开!"

我们只好回到府里。陶文贝十分悲观,说邱琪芝拒绝这种针剂,至多再坚持三两天。"那会怎样?""会死。"我紧咬牙关,告诉她:"那人最恨你们洋人医院,除非强迫,是不会接受这种治疗的。""我真不明白。愿天父保佑他。让我从今天开始为他祈祷吧。"她的眼睛湿润了。我沉静了一会儿,想到了一个办法:是否可以将文贝的白色药片弄成粉末,然后掺裹到药局的小丸当中?我说出了这个主意,文贝说太好了。我们立刻动手制作起来。

邱琪芝在鹦鹉嘴的服侍下吞了我的药丸。我一直没有离开。这样过了半天,一直昏睡的人睁眼找人,鹦鹉嘴凑上去。他对她咕哝几句,她就取了粥食,他竟然吃掉了几匙。我高兴极了。待他吃过了第二遍药,我才感到了难忍的饥困,就离开了。文贝一直在等我的消息。她虽然高兴,不过仍旧担心,说没有手术和针剂,最终能否挺过来还毫无把握。

我休息了一夜,再次匆匆赶到邱琪芝处。还是那三个人守在屋里。我一进屋就明显感到气氛轻松多了。走到床前,邱琪芝微笑:"到底是季府药局先生。好了以后,我该听你的,从头拾掇起那些丹丸了。"

我没有说话,抓着他的手坐下。我觉得他还在烧,不过轻多了。他刚刚吃过了半碗粥食,情绪是三天来最好的,这会儿瞥瞥我,向几个人挥挥手。书童和中年男子都离去了,只剩下一个鹦鹉嘴。他见我不安地看她,就说:"我们俩该好好说点话了,她不是外人,跟在身边一辈子了。她的这种嘴能把所有秘密锁在心里,嘴唇就等于锁扣。"我没吭声。

"如果为师没有猜错,你对我还有些不放心吧? 这里静僻,咱好好说说吧。你放心,官府搜过宅子两次了,以为这时候我才不会傻到回家。他们去北山找那些石窟了,然后还会去镇海寺,去别的地方。我那些顽皮徒弟会把他们弄得团团转。说咱们的事吧,你想知道什么?"他眯着眼,抚摸我的手。

我马上想到了死去的秋月,心里一沉。我在想她身边的白菊她们,一阵阵不安。我说:"我常常想,您把我引向她们,这和那些徒弟调弄康永德的不同又在哪里? 我为此几次与您绝交,我想父亲也是这个原因才和您闹到分手……"

"问到了根上。我得如实说出:我那么做,是相信第六代独药师没那么傻。你要知道,在诸多修持方法中,我最不敢涉足的就是这个。我想让你试一下。这好比打仗,将军不上火线。你冲上去了,或生或死,就看自己的运气了。"

我垂下眼睛:"师父不觉得这样太狠了?"

"做大事怎可不狠?"

"您还一直盯着季府的秘籍吗?"

邱琪芝眼睛睁大一下,又眯上:"不错。不过这是抢不来的,你父亲过于小心了。我承认自己这辈子都在和季府较劲儿,争做半岛和江南江北第一人。这尽管是业内之争,不过也和争夺江山差不多,算是人性顽疾吧。可惜你父亲后来没什么兴趣了,等于把所有围着季府的人都送给了我。我倒觉得没意思了。原以为你是对手,后来才发现你只配做个徒弟,不过是我最喜爱的徒弟……你和小景,是我最看重最爱惜的两个徒弟……"

他说得倦了。

不知是委屈还是感动,我觉得双眼热辣辣的。

八

邱琪芝在谈话的第二天凌晨又高烧起来,尽管加大了吞服药丸的剂量,仍未见起色。文贝认为所有的办法已经用尽,除非住到麒麟医院。但后来她又怀疑伤处化脓,说即便雅西在也凶多吉少了。我可能要眼睁睁看着一个一百四十多岁的老人死去,想一想痛彻心扉。文贝交给我一把新药,我问这是什么,她说:"止痛药。"

我和多毛医生一遍遍商量对策,他想到的最后办法即熬制一种"拔毒膏",这种膏药如果加大某几味剂量,可以说力大无穷:吸出溃烂脓血,催生新肌。我别无他法,也就同意了。

我们赶到病人身边时,他已经长时间没有睁眼了,汤水不进。鹦鹉嘴端一只盛粥的碗侍立一旁,双唇紧锁。我们眼睁睁看着多毛医生将巴掌大的膏药贴到了红肿的腹部。

从此,多毛医生和我就没有离开,饿了喝一点粥食。我们盼着奇迹到来。每过几个时辰就要换一贴膏药。当撤下的膏药积下一堆时,床上的人睁开了眼睛。他的目光已经散了,靠嗅觉和触觉才能找到我,松松地握住我的一根拇指,费力地说着什么。我把耳朵对着他的嘴巴,这才听清:"为师对、对不起你。我骗、骗了你。我是说,我现在只有、只有一百一十岁……"

"啊!这不可能!您和我爷爷下棋……"

"那是我父亲,是他、他和你爷爷下、下棋。我父亲活了一百、一百零六岁……"

我的泪水流下来:"那也是高寿了。"

"不过相信我,我、我不中火铳,轻易就能活二百、二百岁,然后仙、仙化……"

泪水流到了嘴里。我说:"我相信,师父。我一点都不怀疑。"

凌晨三点,所有人都听到了大鸟扑打翅膀的声音。鹦鹉嘴仰脸捕捉那声音,一低头就喊起来:"唔唔!"我们看过去,发现邱琪芝已经停止了呼吸。他的脸色还是像孩童那么细嫩。中年男人哇哇痛哭,蹲在了地上。

我擦了一把脸,脸上是焦干的。可我觉得大把的泪水涌出,不得不躲到角落去待一会儿。

两天之后,我从一场昏睡中醒来,第一件事就是吩咐备车。"朱兰,陪我一起吧,我要去小白花胡同。"她点点头。我们坐在马车中,直到驶上街区都未吭一声。车子在那个彩线摊前止住,我们下车。

朱兰走在前边一点,我们一前一后。这里还是原来的样子:青青石板、石缝有干结的小草。我们不敢踏出声音,生怕惊动了什么。

　　那扇原木小门上挂了一把大锁,贴了封条。朱兰闪在一旁,让我站得更近。我的头抵在门板上,门发出了哐当声。我从门缝往里瞧着:小院里仍旧扯着一道道晾晒布料的绳索,只是空空荡荡,一点声音都没有。

第十五章

一

朱兰在寒冬将尽时接受了一个沉重的任务:与管家一起打理内外事务。实际上许久以来她都在操持日常杂务,而管家将主要精力放在实业方面。自从我叮嘱管家诸事倚重朱兰,他们两人就养成了议事的习惯,除非是特别重大的事情才来找我。而这次我郑重地授她权责,倒让她有些害怕了。"老爷又要离开一段日子?"我看着她那双惊慌的眼睛说:"不,只不过管家年纪太大也太辛苦了,你多分担一些吧。我会有更多的事情要忙。"她没有再问,好像默默接受下来。过了一会儿,她吞吞吐吐地说:"夫人向我讨要徒然草,我不敢就这么交给她,推托说没有采来。"我有些吃惊,但还是故意说得平淡:"给她便是。"

这可没有写入两人约定的事项之中啊。不过静下来想一想她是对的:我们没有权利让一个生命降临到这样的乱世上来。不是缺少勇气,而是担心那个全新的生命从根上拒绝这个世界。正想着,思绪蓦然回到了监房中的一幕:在生命即将终结的恐惧中,自己最忧心的竟是再无传人!冷汗顿时从额头渗出……需要思虑的

327

大事太多了,它们切不可匆促定夺,人生最痛悔的就是余恨难追。

自邱琪芝死后我常常走神,那是我的心思偶尔要伴他远行,一路走走停停的缘故。我和导师最后交谈得太少,好像刚刚打开了一个话头他就迫不及待地启程了。就因为他的恳切和诚实,我将在心里一直尊其为师。我几乎可以认定:导师和父亲都是因为犯了同一种错误而早夭的。我为自己的恍然大悟、为这个迟来的认知而激动,还有些胆怯。这天傍晚当我打开窗户,看到管家躬着身子在前边引路,后边走着英俊青年金水时,心中的恐惧远远多于惊讶和喜悦。我三步并作两步地下楼,像要把他们挡在门外,叉着腰站在了厅前。

他的手搭上我的肩膀时,还是有一股来自兄长的暖流缓缓注入胸间。他和徐竟几乎是同一个人,他出现了,兄长就一定是在半岛了。但我没有问,只说:“你可来了,我们很焦急,我许诺一见到你就立刻送到她面前。”金水当然明白我在说什么,不过没有马上应答,因为他这会儿显然有更大的事情。但我认为爱的约定超过了一切,这比人世间所有的事情都大。我说:“咱们现在就去麒麟医院吧!”金水微微皱眉,扳着我的肩膀去了小厅,管家退去。他把门关严后小声说:“您能设法让康非来季府一趟吗?他平时外出带多少人?”我对他的问话一点准备都没有,镇定一下说:“还有个拜师礼没有行,不过这事早就放下了。”“那就一定做,请他来吧!”金水热切地盯住我。

我多少猜到了他要做什么,而且十有八九是兄长的意思。就在季府动手?这未免太过分了。金水好像看出了我的心思,补充说："不会牵连这里的,我们在城郊就把事情做完了。"他的语气十分轻松。我更为难了,想了想,想出了一个推迟和延缓的方法,即再次催他去见艾琳。他皱眉："我和她什么事都没有。"我固执起来："你去见她,我就会请康非。"他大吃一惊："这种事也能交换?""能的。"

我们是在昏暗的灯光下走进医院大厅的。洋人的地方总是很静。我让他在二楼长廊上等一会儿,然后去三楼阁楼找陶文贝。她还没等我开口就伏在了胸前,带着轻微的颤音说:"啊,昨非,我明天就要去教堂接受洗礼了,好紧张也好高兴!"我祝福她,用力拥一会儿,在耳边告诉她谁来了。她跳开一步,钦佩地看着我,吻了我一下。我们一起去找艾琳,她这个夜晚正好值班。

我和文贝代艾琳值班,她泪花闪闪地去了一个空着的病房,那儿有个俊男。我们希望他俩今晚在一起的时间能够长一点。我瞥瞥漆黑的窗户说:"主要是接吻。"她说:"但愿他们这次谈好。""吻的时候,要把头按住。"她站起来:"你在说什么?""我在……回忆。"她叹息:"你啊!"我们静静地坐着。后来她出去一次,回来见我还在凝神,就问:"想什么呢?""哦,我在想'足月小样儿'。"她举手投足,顾盼转身,常让我心中蓦然泛起一阵热流。谁能想到这个人曾经是那么小、那么稚嫩和脆弱。对这个神秘的存在,必得谨小慎微。我将为自己任何的莽撞和放纵而付出代价,且难以承受。我甚至不能确信迄今为止,自己没有对她造成丝毫伤害,无论是心理还是生理方面。我每每疑惑她的顽韧和勇敢是不可鼓励也不可迎合的。总之,任何仔细呵护都不会是多余的。我面对的不仅是一生的追逐,而且更是时刻的守护。我自己这一辈子仿佛都要手捧一件易碎品。

大约过了半个钟头,艾琳回来了。从她绯红火热的面庞上看是成功的。文贝一见就急急地问:"谈得好吗?""还好。我说让我们在一起吧,他说,'等革命成功的那一天吧'。""嗯,还有呢?"艾琳的脸更红了:"我和他拥别,他还是说,要等那一天。"文贝鼓励她:"他是爱你的。那就等吧。"

我和文贝走出来。文贝说:"好在革命成功不会太远了。"我看着这双期待的眼神,低头挽住她:"哪里?世上没有比革命这件事更麻烦的了。"

二

"我已经做过了,剩下的就看季先生了。"金水用落落寡合的样子掩饰着焦躁。我在想着对策,因为我再明白不过的是,即便对待康非这样的恶贯满盈者,我也不会亲手去挖一个血腥的陷阱。我说:"让我好好想想,也许会有更好的办法。"金水说一句"但愿快些",就匆匆走开了。我知道这是他们最忙的时刻,因为桐花开放的日子就要到了,前两次起义都选在了那样的季节。

徐竟和王保鹤先生都没有消息。我问肖耘雨他们现在做什么、人在哪里。他答:"除非他们找我们,我们是找不到他们的。""这是我和兄长分开日子最长的一次。我心里积了太多的话。"管家点头:"老爷完婚后他还没有来过呢。不过天暖和了,快了。"等待的日子里我不停地制作丹丸,是一边揣测兄长的情形一边做出

330

加减的。丹丸积得越来越多时,我的焦盼也达到了极限。我忍不住去了两次新学,结果连老师的影子都没有看到,也听不到关于他的任何消息。我常独自一人出神,有时背出一连串的洋文,好像在情不自禁地温习新学课程。有一次陶文贝听到我念洋文,就读了一段《圣经》。她受洗后像变了一个人,两眼明亮而热烈;同时也有了更多的忏悔,觉得自己罪孽深重。对比之下,一般人总觉得委屈,觉得这个世界给他的太少了,于是就要拼命争抢。

管家匆匆找到我:"老爷,那笔银两还要追加,因为……因为出了大事,海防营那个副总兵被北马兵营囚了,要使上银子打点……"原来副总兵的朋友是康非手下要人,他一直与之谋划除掉协领、掌握兵营这样的大事,不慎被康非探知。如今两人受尽酷刑,但副总兵还没有供出王保鹤先生他们。我听了心里震惊,立刻想到了金水的请求。事情再明显不过,康非是他们革命党必要除掉的一个人,这可能是要赶在光复半岛前实施的行动之一。

桐花迟迟没有开放,天时冷时暖。半夜下起了小雨,天亮了还在下。一群鸟雀惊惧地从府中飞起。我浑身关节沉沉的,好似披挂了千斤锁链。文贝起早去参加晨祷了。我和朱兰一起用了早餐,而后就翻看刚来的晨报:头版有黑大的一行字,还没有字字盯准冷汗就出来了。又是一条诛杀乱党的消息,其中刊出的正是北马集市上一场惨不忍睹的凌迟:副总兵和他的同伙一共两人押赴刑场,刽子手直用了两个多小时才要了他们的性命。一时间我胸口绞痛,吃下的所有东西全都呕了出来。

这个夜晚冷极了。管家和朱兰一直陪着我。我把那张报纸攥在手里,一会儿又展开。管家得到的消息比报上所载更为翔实:在刑场上,那个康非有几次亲自动手,副总兵的肝都露在了外边,还在破口大骂。"这也是一个南方人,早就是同盟会员了。"管家满腔钦敬与痛惜。我一语不发。我不知该怎样深责自己,也不知将来怎样面对金水和兄长。可是,我知道自己当时真的不会按金水的话去做,但绝不是因为胆怯。让自己手上沾满他人的血,而且是一个活生生的熟人,想一想都要胆战。

在这个噩耗的第三天夜里,王保鹤先生出现了。我紧紧攥住他的手,生怕他再次跑掉。"老师,太可怕了!只差一点我也搅在了其中……我不能看见这么多血,不能。"我的头贴紧了他的手臂,浑身战栗,"我想见徐竟,想问问他这回还要像上两次战事那样,从头再来一遍?"王保鹤先生嗓子沉沉的:"会的,计划已经没法改变了。这也不会是最后一次。"我听着,绝望至极。我问:"顾先生同意吗?""他和徐竟都是计划的制订者。徐竟比他先来一步,他会亲自指挥的。""如果您,老师,您和徐竟好好商量,肯定还会找到别的办法。世上的路本来就不止一条……"先生拍拍我的手臂,叹道:"这种争论太多了,我在北方支部成了软蛋。可我知道血是流不完的,会一直流下去。暴力也是一种教育,它会普及后来人、旁边的人当中去。我列举了那些反对暴力的伟人怎样成就事业,没人爱听。昨非,这位副总兵到死都没有出卖革命。他是我二十多年的朋友……"王保鹤先生哭成了泪人。

这些日子里,我对文贝绝口不提刚刚发生的惨烈。她与一同受洗的几个朋友陷在新的热情中,还邀他们来府里研读经文。她问:"不打扰吗?"我说:"傻话,这儿宽敞,你是这儿的主人。"我越来越离不开她的拥抱,只要她的气息围拢着我,就能阻隔那个沸腾和血腥的世界。她的胸怀、小鹌鹑、热吻,都被我用来战胜无边的苦难。我至死都不会明白兄长和金水他们,不知道这些人被怎样的魔物换走了至爱。这种交换竟然成为一种可能、一种事实,真是人世间最大的谜团。

三

有两个放心不下的地方,一是小白花胡同,二是邱家宅第。我没让任何人陪伴,也没有乘车,独自去两个地方看了几次。小白花胡同的门永远挂了大锁,不同的只是门前的小草泛出绿意,门上的封条经过几次风雨变旧了。这些笑声朗朗的姑娘去了哪里?特别是那个白菊令人牵念。实话实说,我尽管想起来感到愧疚,也还是无法忘记与她们在一起的那些如火如荼的日子。从胡同里出来脚步沉得拖拽不动,就这样缓缓向前,汇入街市行人。我向西再折向南,已不记得几次进入邱宅了。这儿尽管斯人远逝,却永远都是他的气息。草寮、长廊和丹房,似乎都有他刚刚逗留的痕迹。最后时刻守在邱琪芝身边的那三个人,即中年男子、鹦鹉嘴和书童,正在默默地料理着一切,让这里有条不紊。偶尔能看到一两个造访者,他们全都满面悲怆,十有八九是逝者弟子。我想这些人当中肯定会有那个叫小景的爱徒,自己将会结识他的。

我有时要在桐树下站立一会儿。也许是气候过于反常,阵阵刮来的冷风阻碍了桐花开放,它连一点吐露的迹象都没有。浓烈的香气闭锁在苍黑的枝干中,等待怒放的时机。这天下午阴云密布,只是无雨。天黑得早,昏昏沉沉的光色中,管家和一个后生跟跟跄跄地走来,原来都喝了酒。这在管家是极少见的。他因醉酒而显得动作夸张,紧紧攥住我的手说:"老天开眼啊!报应啊!"我急问到底何事,后生抢在前头答:"北马军营那个头儿被干掉了!"管家兴奋地补充:"康非带小队人马出去,在北马和龙口城之间遇到埋伏,一个都没活下来!"这事发生得突然而凌厉,让我即刻想到了金水。

过了几天才有更多消息:果然是金水领人做的。最令人震惊的是,矿山的留守工人也参与了行动。这让我有些后怕,也有一种石头落地的轻松感。我担心兵营,特别是青州旗城方面会施以残酷报复,管家却只有兴奋,咬响了牙齿:"就这样也便宜了那个恶棍,他对别人使用的是凌迟啊!"

这一夜噩梦不断,梦境中常有一个面庞白皙的黑辫青年向我睁大鸟目,头颅却是与身体分离的。醒来冷汗流淌,再也无法入睡。因为并非周末,陶文贝没有回府。孤单难耐,没有办法,我上午即去了麒麟医院,待在她的阁楼里。或者是有意回避,或者是真的隔膜,文贝一句有关杀戮的消息都没有对我提起,只不停地说到自己受洗以来的喜乐。"我常常想你和我一起去礼拜,那该多好啊!"她说得泪光闪烁。我未假思索地说道:"等革命成功的一天吧!"

在这间充满了女性气息的阁楼里静坐,有一种轻快流畅的体验。入夜伏到窗前目接星汉,会品尝蔷薇的涩香。一股凉凉的甜息自西北方向延伸而来,又在半路化为散散的慈悲,松松地笼在了罪孽沉重的城郭上空。我发现文贝偶尔在一旁伫立,每当此刻就会觉得无形的晕辉在弥漫,轻而易举地将我们包裹在一起。

半夜里有闷闷或尖尖的声响从街区传来,让我醒来。再次入睡前要艰难地驱除脑海中的芜杂,将一些叠印的影子赶走。我好像看到了步履蹒跚的康永德深夜泣哭,哭过之后又面向夜色诅咒,一下接一下地抛撒着一张无形的大网。我睡去了,兄长却在梦中与我对话。我们伏在窗前,是被镶了铁条的窗扇隔开的。我急于给他丹丸,可是他急得满头大汗还是取不到手里。我悄声问:"你们的大事什么时候开始?"他回身望望,那儿有一棵高大的桐树,"这要看它了。""为什么?""因为一切都以桐花为号,满城花香灌满了的日子,大炮就响了。""到底为什么?""因为这样血腥气也就掩得住了。"我惊得无语。我在想他们铁血男儿原来并不缺少柔肠,而且心思缜密,能够让战事与鲜花结合在一起。

回到季府时觉得有些异样,因为我在南正门和西边墙那儿都发现了几个徘徊的人,这些人的神色与街上闲人迥然有别。这让我想起徐竟第一次将负伤者安置府中的日子。我问管家有无察觉,他说不仅这里,就连酿酒厂和垦殖公司总部那儿也受到了监视。"他们想在这里张网捕鱼。"管家说。他想让我去一下康永德那里,说这样的痛丧时节理该抚慰探视。我知道他另有别意,只是在我来说,虽合乎情理却没有做的心情。我明白,无论桐花开放与否,那场事变终究还是要降临。我问他们到底在等什么,管家说这事复杂着呢,要准备充足的兵员,要有粮秣,还要把城里该做的事

335

全都做完,最后才是顾先生越海登陆,由他来指挥整个行动。我想更正说:应该是徐竟和顾先生一起指挥。

四

一场严重的倒春寒令所有人惊讶:刚刚萌芽的绿色又枯蔫了。朱兰说:"天哪,难道还要叠加一个冬天不成?"纷纷扬扬的雪下了几个时辰,尽管没有积在地上太久,但的确又一次把人带入了冬季。药局里每天都要接待伤寒病人,大街上走着穿厚棉衣的人。府里汽车每到周末就接回太太,这个细高挑的女子一下车就把弥漫在庭院的严寒驱散了。她的脸庞红扑扑的,就像六月里的蜜桃。我每到这个时刻就在阁楼下边等待,有时在干枯的马兰草镶边的青砖路上走来走去,耳朵留意汽车的引擎声。她有一次把艾琳领回来,这个西洋女子长得如此小巧,那双眼睛仿佛比在麒麟医院更蓝了,四处睃着说:"好大好老的地方! 我喜欢!"她顽皮地甩动文贝的手:"季太太! 季夫人!"

艾琳自然要提到金水,这个名字多少有点让我畏惧。我说既然你们约定了,那就只好等待。这样说有些冷酷,她却当成了一个即将告结的期限,眼睛里充满了欣悦和憧憬。我知道她来这儿是为了缓解某种思念,她总是问:"这会儿他在哪里?"我无法回答。实话说我也不能确定,尽管猜想他和徐竟大半会在这座城市的某个角落。

艾琳留在朱兰的房间里过夜,她们在炉边喝茶,相互喜欢并感到好奇:一个愿听洋人的故事,一个想知道什么是"居士",以及相关的持守。艾琳让朱兰教她写小楷,先从自己的汉名写起。我在这冰冷的夜晚拥有最好的炉火,这就是文贝。她真的有无尽的热量,那双明亮的眸子每时每刻都在投射活力和欢愉。我仍旧在烛火熄灭后给她讲故事,不过一旦走神,声音就要低沉下来,断断续续,让她有些不快。我发现她渐渐把婚前告知的那个大事给忘了,这或许因为重生般的受洗,或者是共同生活的喜悦,总之,她不再像以前那样急促和惧怕了。我宁愿她这样,甚至希望自己也变成这样。

我们很久没有说到雅西了,这不是遗忘,而是自觉不自觉地规避。这样的夜晚我主动提到了他,问对方可有消息。文贝沉默了一会儿,说他有信来,一切还好。我不便询问内容。她主动说:"也许他还会回来的,他正犹豫,看自己能不能坚持下去。"我明白这种坚持是很难的,在心里为他祝福。

周末成为我和府里的一个节日。分手时我总是站在车前,当着车夫的面给她打着甜蜜的手语,而她比画的也是类似的手语。车夫当然不明就里,只伫立车前耐心等待,不时揪一下洁白的手套,在手语结束时抢前一步为夫人打开车门。

她离开后,又是一个人的夜晚了,我觉得左臂沉麻疼痛。这痛只延续了一小段时间,睡后却一连几次发作,于是索性披衣站在窗前。满天的星星都不见了,没有风,是又闷又冷的一个夜晚。远处传来刺耳的汽笛声,让人觉得异样。凌晨三四点的样子,楼下传来了奇怪的声音。我赶忙加衣下楼。

黑影里有几个人。朱兰要点灯,又被一旁的人制止了。我刚下楼就被人揪住,直拉到一旁,这才认出是金水。我差点喊出来。他把身旁的人和我一起推进内室,拉上帘子,点亮灯火。面前的金水吓人一跳:眼睛通红,头发脏乱,手上有伤。他一旁是个陌生的青年,一只胳膊流着血。金水匆匆说了经过:他们今夜正展开一个重要行动,可惜没有成功,这位伤员就留在这里了,他要马上离开。说着揪紧我的腕子,把我拉到角落,声音又阴又湿:"徐竟被捕了!"

那一刻我不能也不愿相信,双耳嗡一下响起来。左臂有如撕裂了一般痛,我将身体挤到墙上,这才勉强站住。金水说徐竟是去登州的路上出事的,当时只他一个人,扮成了关外来的毛皮商。细节没有时间讲,只说营救行动是被捕后第三天开始的,可惜情报有误,他们扑了空,而且还一死一伤。"我们必须把他救出来,不管花多大代价。现在难的是弄清人在哪里,我只好冒险来找您,有消息就快些告诉肖耘雨,我们已约定见面地点。"他没有时间或没有耐心听我说什么,就要离去。我拉住了他。可是天快亮了,他如果不走就危险了,我似乎把他当成了徐竟,只紧紧揪住。他疑惑我没有听清,再复述一遍,挣脱了我的手,很快就消逝在夜色中。

我心里乱成一团,没了主意也没了力气,有点支撑不住。我嘴里长时间念着"徐竟"两个字,管家和朱兰过来搀我。管家说这事也许已经报到了顾先生和南方,他们绝不会坐视的。我想起兄长是第二次被捕了,上一次在省会一所公学演讲后被囚,不过三天之后就在一些人的斡旋下放回来了。但我深知:这一次情况完全不同。

338

五

我不知兄长会以什么方式回到府中,但他必须完好无损地回来。当我冷静下来时,勇气和信心开始一块儿恢复。我自然首先想到的是季府的那位老友:如今他是半岛上最有权势也是最不幸的人。这个刚刚失去独子的老人大概不难体会失去亲人的椎心之痛。我将以晚辈的身份与他深谈一次,并从头想最能打动他也是长期闷在心中的一席话。我想说的是,无论是季府还是康大人,我们大可不必陷在这个血腥的时世之中,因为咱们都有更大更长久的事情要做,这事情即便花上两辈子都不够用。我这里当然是指长生和修持,因为他与父亲有过长长的切磋。我相信这是最能打动他的话题。康大人失去了儿子,而我的兄长身陷囹圄,或有杀身之祸,这都是一个乱世强加给我们的,不能一直这样承受下去。如果我能够将兄长领回府中,那么我会以自己的性命为他做出担保,让他从此安居这里,永不染指其他。

我的一番言辞在心中演练了多遍,激动和焦躁几乎不再让人有一刻安宁。不过我即便说服了康永德,对自己所担保的兄长却没有一点信心。无论如何,搭救他是最为急迫之事,我甚至在这方面更相信自己,而将金水托付的那番话扔到了脑后。在急急赶往道台府的路上时,心里有一种志在必得的豪气,直到衙门守卫去禀报迟迟未回的这一刻,才多了一些忐忑。

最终还是入衙,在一个冷冷的厅堂里等待。

这是一段很长的时间,我手足俱冷,心也冷下来。但我必得等下去。大约过了两个时辰才有一个差役进来,引我穿过一条窄窄的胡同。我被请进一间厢房,这儿很小但十分暖和,铺了陈旧的朱红地毯。上了茶点。过了一刻边门打开,一个男子出来,躬着身,后面就是康永德了。我行拱手礼,对方因为拄了拐杖,只点头示意。这个人大大衰老了,脸庞没有血色,虚浮得更厉害了。他肿胀的手指上死死扣住一枚翡翠戒指,碰到了拐杖,发出尖脆的声音。

"我料定季先生会来的。"他开口便这样说。

我低下头:"那个噩耗让人震惊,我哀伤无策,只求康大人珍重……"

康永德久久不语,好像用尽全力避开这个话题。他轻咳一声:"说说徐竟吧。我知道非要说说他不可了。还有,你不来我也要去季府的,因为我已经梦见你父亲两次了,他就坐在对面,一声不吭。我知道他要说什么。"

"他要说什么?"我吃惊,随口重复一句。

"他说,放过孩子这一次吧,算我求你。"

我的泪水险些涌出。我看到的是康永德悲伤欲绝的面容。我听下去。"我对你父亲说,老哥,老兄,我多想按你的话去做!我刚失去一个儿子,不能再让你失去了。可惜没有下一次了,徐竟是朝廷要犯,如何处置岂能由我? 我和你父亲在夜里深谈了,就是这样。"他盯住了我。原来备下的那些话从何说起? 咬咬牙关,还是说要为兄长担保。康永德鼻子哼了一声,藏下了逼人的冷酷:"季先生明白,这世上没有一个人能为徐竟担保。"

我再无良策。但也就是此刻我记起了金水的话。我说:"康大

340

人,我会永远感激您的体恤。这样吧,告诉我人在哪里,我一定要去看他,送一些吃的东西。"

"实话相告,季先生,"康永德站起,显然急于送客了,"这样的要犯是要经常挪窝的,等他在一个地方待下来,我必会设法让你探监的。"

管家在府中等我归来,可我两手空空。"这一下怎么办哪?看来他们防备极严,不同以往。"他来回走动,叹气,停下来望着墙壁,"季老爷还得盯紧康永德,这个人太重要了!"我点点头。我完全能够想象出那个人的惶恐和愤怒:前一段险些被刺,然后就是丧子之痛。这个人与革命党人已是不共戴天之恨,而季府又是他满腹狐疑的地方。我甚至怀疑他最终能否让我见上兄长一面。我让管家将所有情形及判断及早告诉金水,以免延误大事。

时间飞快流逝。我恨不得让日月之轮停滞在这个阴冷的日子,以便找出一丝丝希望。我催问管家,他说不仅见到了金水,还见到了王保鹤。"啊,老师怎么说?""先生说整个光复半岛的计划都要搁置了,可又拖不起。箭在弦上了。但是计划一旦实行,敌人必然要立刻杀害徐竟。连南方的大统领都为难了。"我的心情与面色无法遮掩,只好如实向文贝说出那个可怕的消息。"徐竟?是他?"她浑身战栗起来,再也无法安定了,"这可怎么办哪?天哪……"我什么都顾不得了,想的只是兄长的生与死。文贝说:"让天父帮帮我们吧,昨非,你一定要相信他的力量,随我一起祈祷吧。"她一句句重复着祷辞,让我背下来。

这个夜晚起风了。我们并肩站在窗前,看着摇动的桐枝,为兄长祈祷。我的泪水憋了很久,这会儿一下流出来。我望着文贝,吃了一惊:她那么镇定地仰望,眼里全是坚毅。她给人以信心满满的感觉。

六

我终究无法探知徐竟的囚禁地,但即便这样,一个星期之内竟发生了两起突袭事件,其中的一处是我所熟悉的海防营监所。我很快明白这是有人在解救徐竟,也知道情急之时的行动既难周备,也更危险。果然,事后得知两次行动无一成功,而且两死一伤。行动依据的情报来自敌营内部,不知一开始即错还是其他,反正白白流了血。这更加剧了我的焦渴,因为这种挫折只会让对方进一步警惕,难有得手的机会。金水最终有惊无险,传来的消息是他第二次行动差点被捕,而就是这次造成了死伤。

我和管家都毫无办法。金水上次留下的人算是轻伤,上过两次药后即要痊愈。他是金水的得力助手,同样不苟言笑。问到那场事变以及徐竟等人他就立刻缄口。送走了这个人,我们心里最大的石块仍无法移除。

朱兰也在为徐竟祷告,但居士的祷辞是完全不同的。我想她和文贝会给兄长送去双倍的护佑,这也许是至关紧要的。我知道兄长不会相信她们,他只信自己的忠诚。他对府中的丹丸也并不相信,在他眼中算是聊胜于无的东西,好像是看在家族的面子上才肯吞服下肚。兄长啊,愿你能躲过这场灾殃。我们未来会有多少话要说,多少事情要做。未来的一天,我们兄弟二人极有可能坐到一起,并走上同一条道路,那时将永不分开。

这天上午朱兰登上阁楼说:"老爷,那个书童又来了。"这让我有些出乎意料。他仍旧在前楼门厅那儿等人,见了我鞠一躬,说又要麻烦老爷了。我只好随他出门。路上他告诉:师傅最爱惜的那个徒弟回来了,现在急于见老爷一面。我马上想到了小景。

我们会面的地方似曾相识,后来才认出是摆放了一张大床的空旷大屋。这儿原有的那种刺鼻的曼陀罗花味儿已所剩无几,床上也换了新的被褥,现在是小景的住处。面前的人让我惊讶:红脸上的两只细长眼不时闪出冷光,眉梢几乎插到了额角,嘴巴紧绷,好似正咬住了东西。他说自己早想拜访季府了,但贸然闯入会带来麻烦。他声音压低,很快谈到了要害:为师报仇。我并不怀疑他的勇气,认为他除掉康永德的一念更为强烈,也正因此而招惹了大祸。他说知道我和朋友正在搭救徐竟:"你们必须要快,估计他们从他身上得不到什么,就会杀人。"

小景说只有一个孤注一掷的办法,不然就来不及了。我让他说说看。"自从上次刺杀失败,康永德防备更严,疑心更大,他儿子死后就住在了谁也不知道的地方。可是季老爷能够见他,这是个绝好良机。"他的眼睛盯得我面颊发疼,"我可以扮成您的仆人,只要进了康宅,余下的就好办了。""怎么救人?""交给我了。"

他弓腰从床下拖出一个扁箱,打开,吓了我一跳:两枚炸弹。我退开一步。

"我把它们分别拴到康和自己身上,然后逼他一起去监狱提人。他知道我拉响炸弹一同赴死眼都不会眨。所以此事必成。季

343

老爷,您不可再犹豫了!"

我没有应声,我想到了管家那个断指儿子肖琦。我明白,他当时正是借秋月她们才找到了接近康府的机会,却因鲁莽而铸成大错。我把话题稍稍宕开,问起了康永德热衷的长生邪术:"师傅容忍自己的徒弟为他操持这些,太令我费解了。"他冷笑:"你该明白为什么。"

最后我答应细细想过再说,他颇沮丧。临别时他说:"要救徐竟,就得以命换命!"

回到府中我立刻对管家说了全部经过,管家说:"老爷怎可去冒这等风险?"我一直在想整个事情是否可行,没有想过自己和季府的安危。我陷入了极度焦灼。管家又说:"顾先生登陆了。""啊,这么说一切就要开始了。""是啊,他会亲自指挥抢救的,就因为徐竟,他提前登陆了。"我让管家将小景这个人告诉金水,也许他们会用得着。

七

文贝一连多天没有回她的阁楼。在这非同寻常的日子里,她愿意更多地陪伴我。她说一切迹象都预示着那场巨变的临近:街上巡防兵士增多,医院周围更多。一些面目可疑的便衣在医院进出。我问她注意到季府周边的变化没有,她说多了一些闲人,特别是玻璃房子那儿。关于徐竟的消息一点都没有,我再也按捺不住了。我一连去了两次府衙,两次被拒,回话是康大人不在。我让汽车停在离府衙几丈远的地方,一整天都待在车里,困了就打个瞌睡。我让车夫盯住大门。

第三次去府衙，大门口的衙役很快就放行了。康永德这次在大堂侧厅与我会面，没说几句就直言："季先生今天见见他吧。或者是最后一面，或者日子还长。"我问康大人这是什么意思。他哭丧着脸："斩与不斩，就看他开不开口了。保他的折子上过了，恐怕于事无补。"

关押徐竟的地方不是监所之类，而是一处老旧的宅子，三进庭院皆由便衣把守。我步步踏入险地，胸间扑满寒风。在二进院的西厢见到了徐竟，这个让人日夜忧心的兄长此刻站在门口石阶上，正面带微笑看过来，让我一怔。他上前一步，重重地拍打我的肩膀，像要把人唤醒。他身上没有伤痕，没有锁枷，还是那张清瘦的脸，那双透着冷嘲的目光。单薄的躯体未穿冬装，毫不惧冷。"我料定你会来的，因为丹丸早吃完了。"他在调侃。"我来晚了，刚被应允。"我在想怎样说出康永德的那番话。他冷笑："这是我们最后一面了，他们会这样讲。的确如此。朋友们不要冒险流血了，关押我的地方都是陷阱，这个千万记住。"他说到最后一句愤愤地盯来一眼，是我早已熟悉的令人寒栗的目光。"可是……"我低下头，千言万语不知从何说起。"没有'可是'了。让我们说点别的吧，兄弟！"他的手臂搭过来，口气一下热切了，"家里一切都好吗？你那场'战斗'已经解决了，这才是让我高兴的事情！不是吗？开心一些吧，半岛的大日子同样也不会太远……"

他真的是一副轻松的模样。将我的终身大事与半岛光复相提并论，不知该令人自豪还是恐惧。我却要努力忍住，欲哭无泪。我口中喃喃:"可是,半岛上流血太多了,我害怕那一天,即便胜利……"

徐竟站起,在窄窄的空间里踱了几步,再次冷笑:"你真是王保鹤的学生。可我已经没有时间也没有兴趣继续这场争论了。还是'不以暴力抗恶'那一套。我赞同,好极了。不过这除非是遇到了'雅敌'才行!我们的对手是谁?是动辄凌迟的野兽!请问王保鹤的弟子,你见了这样的对手又该怎么办呢?"

我无法回答。我的牙齿都快咬碎了,问:"非暴力不得,暴力不得,出路又在哪里?"

"绝路!我们就是要在绝路中杀出一条血路……不然,那就拖着被凌迟后的一副骨架去乞求和平吧!"

他的双眼像锥子一样刺来。这一刻我真的害怕了,既害怕兄长,也恐惧他描画的那个结局。我浑身战栗,站起又坐下。我不是来争执的,在兄长命悬一线的时候赶来说这些,太不合时宜也太残忍了。我真正想说的是怎样挽救自己唯一的兄长,那一丝生的光亮又在哪里?它真的已经完全熄灭?

徐竟重新坐下,大口喘气,额上生出了微微汗粒。他俯身问:"带丹丸了?"我摇头。"是的,用不上了。你回去告诉文贝和管家,还有朱兰等府里朋友,就说我感激他们想念他们。哦,你别流泪,这不好。我这些天常想父亲和你,也许以前对你们是强人所难了。你做不了别的,就好好做你的'独药师'吧。做季府的第六代传人也并不容易……"他伸手揽住了我,越揽越紧。

八

我把徐竟的致意带回了季府。他们一片沉默。文贝双泪长流。她企盼的奇迹没有出现。我有一句话没有说出：唯一的机会就在顾先生那里了。也许让那个伟大的行动提前不失为一个选择。我对管家说："既然顾先生提前登陆为了抢救徐竟，那为什么还不动手？"管家说："他是最稳妥的人，不让事情发生一点纰漏才行。""可是就要来不及了！""那也得等，大行动不能有一丝马虎啊！"

这种等待是人世间最大的煎磨。我恨不得去哀求那位顾先生，但根本没有这样的机会。他和金水都无声无息，连王保鹤也不见人影。这是巨大轰鸣的前夜，是令人屏息的死寂。

下午三四点钟，朱兰找到了我，两眼已经哭红。她刚从街上回来，带来了那个消息：两天之后，徐竟将被押赴东河……告示贴出来了。我去找管家，管家不在。我走上街区，在十字街口挤进人群，看那张告示……不知怎么走到了一个巷子，抬头张望，这儿离邱宅不远了。我想到了血脉偾张的小景。拐入草顶长廊，曲曲折折找了许久，终于见到了书童。他告诉：小景已在两天前离开了。

"如果在两天之内顾先生他们再不动手，那就没有希望了。"我对管家说。他抬起头："康永德正在张网捕鱼。"我想他见过了金水他们，问了问果然如此。提前开始那个大行动已断无可能，这涉及一系列复杂的准备。我绝望了。

这个夜晚想的全是兄长的最后时刻。我恍惚间已看到东河滩上人头攒动，刽子手刀光闪闪，冷气逼人，一场凌迟近在眼前。我的冷汗浸透身衫，再也待不下去。我对文贝说："我出去一下，你先睡吧。"她非要和我一起不可，我说并不远去，只找一个药局先生。我让人去唤那个多毛医生，然后在制药坊里等人。他气喘吁吁地赶来，我没等他坐定就说："快些，为我配一服'七步断肠散'。""老爷这是？""我要去监里探人。""啊啊，啊！"他明白过来，马上开始忙碌。我嘱他药量要足，以最大限度免除痛苦。他想了想，又将蒙汗药掺入其中。

　　我把药藏在身上，等候天明。这是我所度过的最长的夜晚。天刚黎明就来到府衙，又等了一个时辰，总算见到了康永德。我说："这是最后了，让我与他道别吧。"康永德摇头："老夫实在无能为力，太晚了。""我父亲在世，他会亲自来求大人的。"康永德闭了闭眼睛，转过身子。我喊了两声，他并未回头。我再次呼喊，已不能发声。哑喉病又犯了。这时一个衙役出来，说："走吧，只一霎儿就得出来。"我们上车了。

　　车子被引向了另一个地方。这里戒备森严，持火铳和刀的兵士站了几排。在一个镶了铁棂的内院，我见到了披枷戴锁的徐竟，泪水一下涌出。徐竟说："可不能这样送我！"我忍住，指指喉咙。门口有兵士死死盯住。我将背转向兵士一边，借掏手帕拭泪的机会，将药递给了他。他的神色告诉我：明白了。他说："放心吧，我的好兄弟！"

　　我们不得不做最后分别。可我发不出一言。

　　回程还是去了府衙。我对康永德提出了今生最后一次请求：

既然兄长不能免死,那就让他少些苦痛吧!季府会永远记住康大人的恩德!这几句话是写在纸上的,康永德拈起看了看,叹一声:"我答应你,季先生。"

一天过去了,没有任何令人惊异的事情发生,报上登出的仍是那张告示。第二天黎明我将一行字写在纸上:不准季府任何人去东河滩。

九

这是府中最安静的一天。几乎没人注意的一件事正在悄悄发生:桐树上似乎生出了蓓蕾,尽管很小,但仔细些还是看得见的。万物沉寂,所有的动物都停止了鸣叫。这里的一切都在等待。正午时分惊起一群灰鸽,文贝轻轻拉开了帘子:天不知何时阴得浓重,正有大滴的雨淋下来。

没人出门,只是静候。今天不是出报的日子,却送来了号外。在我眼里整个墨页都淋漓着血色。我长时间无法正视这一页,不知费了多少力气才弄清这样几个事实:康永德并未食言,总算践诺,没有施行残酷的凌迟。最令我震惊的是兄长:他居然放弃了我送去的那服药,直赴刑场,面对满河滩的人大声宣讲革命,直到喊哑了嗓子。

管家、朱兰和文贝一直在我身边。没有一个人说话。这样停了很久,文贝说:"他让我想起了耶稣受难日。"

雨一直下。这是冬雨还是春雨,谁也分不清。雨水细细地洗刷着大地。

不知什么时候雨停了。文贝扶我下楼,走到庭院。阳光时而从乌云缝隙中射出,把高大的桐树照得锃亮。文贝指着枝丫说:"看到了吗?"我揉揉眼睛看了又看,看到了。

那是一簇簇鼓胀的蓓蕾。

满树桐花即将怒放。

缀　章

一

后来一切皆如所料:在那个桐花怒放的迟来的春天,又一次响起了隆隆炮声。最早开炮的仍旧是海湾舰艇,像过去一样,这艘船不知何时从海雾中冒出,让海防营措手不及。水师匆忙应战,几支革命军已分别从登州城及半岛东部、龙口城与北马一带展开攻击。为防青州旗城驰援,一股装备精良的新军打扮的兵士已驻扎在胶莱河东岸,他们是几个月前从关外进入的义军部旅。

城里的枪炮声响了两天两夜。这情景让所有人都想到了前两次起义。季府药局再次出现大量伤员,麒麟医院也积满了伤者。文贝自开战后再也没有回家,医院已被严密封锁,几个街区都不能通行。第三天下半夜枪声稀疏,有消息说义军占领了大半个城区,府衙已被夺取。但城区西北和西南方向都有猛烈的枪声,那是登州和龙口的方向。后来才知道西部战事远激烈于城区:顽敌退守到西线奋力抵抗,以待旗城援军。幸有那支河边劲旅,才让危局逆转。这期间海防营两次易手,登州城久攻不下,是最为惨烈的两场战斗。

战事到了第四天,城区响着零星枪声,远处也趋于平静。革命军的旗帜插上街区,巡防队开始整肃。街道仍旧狼藉,药局和麒麟医院哀声不绝。我与管家在稍稍平息时即开始了艰难穿行,不得不绕远路抵达医院。我们在拥挤的大厅入口处见到了文贝,她根本无暇他顾,身穿沾了血迹的隔离服,远远地用哑语比画道:"我这儿一切都好,你们回去吧。"

　　直到第七天黄昏我才接回文贝。她整个人瘦了一圈,嗓子沙哑,已疲惫到极点。她一下车即伏在我身上,我不得不把她背上阁楼,放到床上,一直看着她睡去。我在一旁坐了很久,在心里叫一声:"足月小样儿!"她生满白屑的双唇动了动,似乎在回应我的呼唤。

　　我急于见到金水和顾先生,只不知该到哪里找人。肖耘雨想了想说:"去府衙吧,他们应该在那里。"我们驱车前往。已经是第十天了,衙上依然弥漫着硝烟,行人绝少,只有一些清扫街道的人。守卫衙门的革命军无论如何都不许我们进入,无奈只好写了名帖让其转达。一会儿有人出来,细细填了一张纸交于守卫,这才把我们领入。

　　就在我熟悉的那个大厅侧室,顾先生接见了我们。他的双眼仍然遮了黑色镜片,这使我放心不下。一会儿有人送来一张电报,他摘下眼镜,借助一只放大镜看起了电文,这才让我松了一口气。"徐竟的血没有白流,请你们记住。"这是顾先生谈到兄长时说的唯一一句话。我问到府衙的主人康永德,他答:"正在追捕。""金水呢?""哦,他忙着。"

352

顾先生在短短半个钟头里看了三份电文,还在一沓厚纸上匆匆写了一行字。他抬起头看看我们:"谢谢啊,这会儿我什么都看得到了。"我忍不住加上一句:"可是再也看不见无花果的花了。"他先是一愣,接着哈哈大笑起来。

那天直到离开也没有等到金水。十余天之后才得到他的确信:已经赶往南方,由于徐竟不在了,他如今已成为最高统领的保镖。我和文贝至为惋惜的是,他走得过于匆忙,竟然没能见面,也未能与艾琳话别。艾琳那双蓝莹莹的眼睛看着我和文贝,满是疑惑。我们只好耐心做出解释:革命还未成功,这顶多算半岛上的一战。

康永德带领一队兵士逃往青州,被河边革命军堵入南部山区。这队兵士被围歼后,才知道康永德已于两天前死在山中,是暴病身亡。

所有的桐花都凋谢了。也许是战事过于激烈,我一点都没有闻到它们往常那样的香气。朱兰说这是她经历的最冷的春天,万物都改了常性。她将许多时间用在抄写经文上,一直戴着那顶棕色软帽。管家神情犹疑,见了我几次欲言又止,后来终于说出了满腹心事:"老爷,我觉得自己身体大不如前了……我想让那个不争气的儿子回来。"我同意了。

文贝破例于周末前回到府中,神情里闪着兴奋和不安。当我站在窗前看着满天星斗时,她就在一旁轻轻喘息。夜深了,我去了静坐间,感受着徐徐漫来的午夜潮汐。春天的泥土熏蒸中掺了繁复的气息,鼻孔里丝丝滤过了青草、海藻、沙原和丛林,最后是那所医院的异质。后者是文贝携来的。除了她,季府里所有人都没有这种气味。轻微的脚步移近,她像一只穿越了旷野的小沙狐,无声地坐在对面。这样过去大约有一刻钟,她挪得更近了,附在我的耳边。我听到了呵气似的声音:

"雅西回来了……"

我睁开了眼睛。"啊?这简直、这太好了!"我立刻想到了伊普特院长,他该多高兴!战事结束了,雅西回来了,这是连在一起的两件大喜事。我从夜色中都能看出她眸子中闪烁的感激和欣悦。她轻轻地吻我,泪水濡湿了我的面颊。

"伊普特院长说,雅西终于想通了。他原以为离得远点会好一些,后来才发现错了……"

我想说:无论谁爱上了你,这辈子都不会解脱的。这是至为幸福和痛苦的事情,就连自己也同样如此。一种恐惧会伴随终生,这就是在各种不测或难以预料的境况之下,失去她伤害她。总之,说不定在哪一个未知的节点上,遭遇难以承受的人生危厄、一场致命的打击。到那时候什么都晚了。我拥紧她,长时间不吭一声。我想寻个机会去看看久别的雅西,又担心这会显得多余。

我们长时间都在沉默中。后来我突然想起了一件事,这是很久以前说过的,只是少了今夜这样的郑重与恳切:请她与自己一块儿修持,并且按时服用丹丸。我说:"如果连你都不能一起,那我就太无能了。"她离开一点,好像在细细打量,过了一会儿说:"你没有和我一起礼拜,我一点都不觉得自己无能。"

这个夜晚,我找不到合适的话语去回应她。

后来我再也没有提到这件事。

二

半岛光复后，季府的那些老朋友变得更加忙碌了，几乎无暇喘息，这与原来想象的完全不同。金水临行前未得见面，王保鹤先生也只匆匆一别。他受顾先生等人委托，要去省城和其他更远的地方，与一些不同的政治派别洽谈。从他的脸色神情上看，老师肩负的是格外沉重的任务。我觉得他脸上的肌肤几近风干，好像仅存的一点汁水也将耗尽。我希望南方湿润的气候会有益于他的身体。我说："原以为光复后老师会坐下来，像当年和父亲一起那样，坐很久很久……"先生笑笑："恐怕那种日子不会再有了。"我将精心准备的丹丸交与，他仔细收好，谢过，说："人逢乱世，仅有丹丸是不够的……好好的吧，我们后会有期。"

老师走了。我们再也没有见过。

想念他时，我常常回味他关于时局的那番话，特别是教化与革命的关系。他是那么挚爱一手创办的新学，可惜没有时间打理。他曾经担心最激烈的半岛战事，说这不会是最后一场。

一切都被王保鹤先生言中。后来半岛出现了数不清的队伍与番号，更有较前更为猖獗的土匪，大小战事连绵不绝。顾先生在那座陈旧而不失威严的府衙中待了多半年，然后去了关外。新来的主人是一位军人，那身簇新的军服给人留下了难忘的印象，可是不到三个月，军人也离去了。

季府实业在艰困维持之中。麒麟医院因为战乱而变得忙碌无比,也成为最显赫的地方。伊普特院长和雅西累极了,所有医务人员都不得喘息。文贝实在脱不开身,要配合雅西手术,常常七天都不得回家一次。我不得不到她那间时常空着的阁楼,独自等待。我在深夜里听到屋门开启的声音,就像听到了至美的仙乐。

有一天文贝告诉:艾琳去南方探望金水了,她走了已有二十多天,却没有一点音信。伊普特院长的心情糟透了。文贝责备艾琳太过冲动,我却完全理解:为了爱去奔波,无论多么辛苦和冒险都是值得的。

时间过得很快。转眼又是几年。这期间唯一让人欣慰的消息,是艾琳终于和金水在一起了。

那天下午我从医院长廊走过,看到文贝搀着日渐衰老的伊普特院长走来,心里涌起一阵酸楚。她一直将其当成父亲一样。也就在这个周末,我正商量和文贝回府里去,突然又听到了一阵猛烈的炮声:它从东北方传来,是港口的方向。我们都呆住了。

第二天才知道,日本人打来了。

半岛战事再次趋于激烈,而且比以往有过之而无不及。城区的大量房屋遭到焚毁,季府大院的一部分一度被征作兵营。就连战时被视为重地的麒麟医院,也几次中了炮火,许多房屋与大量设备都被焚毁。文贝不断将令人忧心的消息带给我:医院将不能维持下去,这座已经创建了二十余年的西医院真的陷于危局。这样又过去了一个月,她有些轻松地讲出了一件突兀的事情,却立刻让我陷入了新的绝望。

原来伊普特院长为求生存,一直在多方设法,近期终获另一所大医院的允诺,将收留麒麟医院余下的全部人员,并在可能的情况下带走宝贵的医疗器械。"这下好了,我们正设法租一条船……"

"你和他们一起?"

"是啊,乘一条船。"

我压住了深深的惊讶。我知道世上没有一条船会大到装下整个季府。我无话可说。我明白她要和自己的医院,还有那个洋人父亲在一起。那位老人的亲生女儿离开了,她必须照料他。

最紧张的准备开始了。文贝和我一起忙着捆装东西,主要是她那间阁楼中的。这么多书不能全部带走,让文贝痛惜,她不能将我带走,又该是怎样的痛惜。我们都在忍着。

谈到那所远在燕京的医院,她忍不住地憧憬:它叫"协和医院",由美国洛克菲勒基金会创办,是亚洲最大的;它诞生的时间却比麒麟医院晚了整整二十年。"它需要我们,肯定的。"她这样说。

闲下来我不时望她一眼。我终于说道:"说不定什么时候就启程了,你多回府里过夜吧,多和朱兰、管家他们待一会儿。"我的话让她陷入长长的沉默。她垂着浓浓的睫毛:"我去燕京后,会找机会回来……"我没有吭声。我明白路途遥遥,水路凶险,时局又如此之乱,她的设想是无法实现的。

那个分别的日子会突然到来。夜里我听着她的呼吸,想着她与伊普特和雅西他们同船而去,就有一种揪心之痛。我们这种同床共枕的时间不多了。我们不得不采用边要边睡的方法度过所剩无几的夜晚,让她在深深的惊讶中发出幸福的叹息。"啊,你是多么怪的人啊,像个孩子……"

离去前她哭成了泪人,这于她是很少见的。她盼能够尽快与我相见。"我不能没有你,昨非!"她哽咽了。

她的叹息犹在耳旁,可是那艘船还是离开了。

从此,阁楼上又剩下了我独自一人。我努力让一切回到从前,回到禁欲闭关的日子。我一遍遍重复邱琪芝授予的"气息""目色"以及"膳食""遥思"诸法,怀念和压抑,只想走入久违的往昔。我悲观极了,因为逝水是不能回流的。在夜色里有一双锐目时而盯来,是兄长徐竟。他的目光总是令人不安,还有些恐惧,却有异样的力量。

我已经多天没有下楼了。我再次使用了那副滑轮和竹篮提取食水。有一天篮子里除了吃的东西还有一张纸条,上面是朱兰的小楷:"老爷,求求您下楼吧。"

其实这正是我犹疑不决的事情。当心中的主意终于变得不可更易,我必会下楼的。我要宣布自己的决定:去燕京!我的至爱走了,我当然不会留下。我说过自己的一生都要用来追赶。离开后,这里就由朱兰和管家料理吧!事实上,许久以来都是如此。

一夜安眠。睁开眼睛,满室遍洒芬芳的霞光。

我准备下楼了。

附录:管家手记

△1905 年 8 月 20 日,于日本东京赤坂区灵南坂内田良平子爵宅邸,举行中国同盟会成立会。孙中山、黄兴、宋教仁、陈天华、丁惟汾、徐竟及留学生代表一百余人与会。公推孙中山为"中国同盟会"总理。

会前有人提议称之为"对满同盟会",孙中山云:"革命旨在于废除专制,创建共和。而不是专去对满。满族也是我们的同胞。我看还是称'中国同盟会'好。"

填写盟书,宣誓。

会中,后部座位垮塌,陡发骇人巨响,众惊。孙中山曰:清廷速垮之兆也。众笑。

会间任命徐竟等为北方支部主盟,驻烟台,下辖蒙古、直隶、东北、陕西、山东、山西分会。

徐竟行前嘱中山先生勿劳。中山先生简述早年行医之经历与理想,曰:如有机缘定拜会半岛地区之"独药师"(徐竟养父),遂询徐竟养生大著《长生指要》撰写如何,笑言:徐兄无愧乎大方士徐福故里、海市蜃楼及八仙过海之地,那里自古热衷长生之术。"独药师救人仅一独方,我们革命党人救国也仅一独方:革命。"

徐竟为总理引见保镖金水。孙中山甚喜,嘱其随徐竟回国务必谨慎,望半岛一行诸事顺遂。

△ 金水决意结束日本同文会馆学业(业余至日本剑术馆习剑),与日本朋友仓谷藏随徐竟同船回国,参加筹备同盟会北方支部。

仓谷藏与徐竟彻底长谈,颇感奋。

山东巡抚孙琦密令烟台之登青莱道台康永德侦探归来之革命党,从日本使馆处得知即将成立北方支部事。

季府老爷季践与镇海寺主持永晏、新学校长王保鹤为挚友,共同切磋养生之术。三位时常谈及东瀛之徐竟、金水。徐、金已于近期回国,他们尚未知悉。

康永德之前为禁卫军管带,往来府上,迷于长生术,视季践为师。康永德擢升道台后仍来季府,服季府长生丹丸。至老爷季践去世、第六代传人季昨非时,康永德造访次数锐减。

康永德偶对季践老爷言及当前要务:查禁新近登陆之革命党,并力阻即将成立之北方支部。

季践养子徐竟回府,行迹甚密。

△ 洋人之麒麟医院属美国南方浸信会,于半岛地区渐成规模,连同教会所办之新学,影响甚巨。季府药局声名显赫,乃数百年之

奇观,可谓首屈一指。西洋医术奇巧炫目,急就近功,收立竿见影之效耳,然颇得人心。

前年一盲童于半月间为麒麟复明,一时传为奇谈。

麒麟之锃亮机车往来于街区,已为城区一景。车内洋人称伊普特者,院长也。传院长与官府商贾诸要人均有过往。

药局人称"大玻璃房子",赫然矗立。自季跋老爷实施改建至今,规模超前,物器增设无可匹敌。所有药品采取路径严密,虽有烽火相阻,亦不曾有丝毫偏失。

药堂主持人资历深远,大夫十二贤人,搭配精密绝伦。传麒麟着人暗入药局,品药观瞻,叹赏服膺。蓝眼人之怪异多趣,常为府中谈资。

Δ 徐竟等人秘筹北方支部,奔走于大江南北。季跋病逝,徐竟陪一革命党统领潜回季府。此为季府至悲之期。

清廷暗探急于侦破半岛革命党,伺机摧毁。

金水与仓谷藏保护徐竟与北方支部之筹备。北方支部终得建立,成员有半岛新学校长王保鹤诸人。半岛籍同盟会员三十一人,为黄县、招远、莱阳、栖霞、文登、蓬莱、福山七县人氏。

北方支部成立半年余,南方首领遣来特使林某,商武装起义事,会间遭袭。事件由康永德策划。同盟会损失惨重,南方革命党特使伤重,逃入季府。特使有生命之虞,亟待救治。

因系火铳伤,药局刀创药疗效不显,需借力麒麟医院。府衙暗窥麒麟日久,不得入。

药局主持连日操劳,信心渐失。

△ 为挽救南方特使林某,徐竟焦虑万分,嘱老爷务必请麒麟医院医师来府。

季昨非年前已结识麒麟医院院长伊普特,与著名医师雅西及医助陶文贝诸人时有往来。季老爷费尽周折,终请得雅西医助陶文贝。

麒麟声誉日隆,半岛瞩目。可叹蓝眼人奇术炫目耳。然终不能胜季府药局。所谓生命之精微义理,非操刀注水技可替也。

陶文贝密携针剂为南方特使林某施治,辅以白色药片。三日始见好转,皆叹神奇。徐竟素来倾心西洋医术,此一例使其信心愈增。

△ 康永德之子康非少时与父同来季府,而今已为青州旗城最器重之协领,率精锐新军驻扎北马镇兵营,系半岛西部要冲。

康永德令爱子康非拜第六代独药师季昨非为师,另有他图。

康非面庞白皙,唇红齿亮,大不似传言之凶蛮。该后生事迹骇人,令人闻之栗栗。于一年前吊打村民直至毙命,类此恶行,不可尽述也。

季府废弃之矿山临近北马兵营,屡受康非之扰。此事季老爷尚未知晓。

老爷心境游移,缘由多端,创伤累累。自季践老爷始,府中冗务即不再纠缠耳。然事务百端,主事者任重且不得喘息,心中惴惴。

矿山多有兵匪之患,前者更甚。银两打点开支日增,操持者苦不堪言。幸得老爷允诺,临事可权衡自决。仅春三月支出银两即超往年三成,甚虑。

逢节令须为道台府及巡营备礼盒,此耗费亦不在少。

Δ 康永德以警戒季府为名,散丁于季府周边,此情鲜见。

季昨非颇费周折,终得陶文贝往返季府,虚掩人目,然医毕人归,再无回返。季老爷异常焦烦,语甚少。请伶人入府,演三日,老爷兴味寡淡。

养生家邱琪芝曾为季践之友,当年出入季府。季夫子与邱氏常有奇谈妙对,而后渐行渐远。邱氏狂言无义,聚徒施谤,自此季府视之为宿敌。

邱氏热衷于养生邪术,自非同路。季践因晚年与革命党多有往来,参与秘事,疏离养生。邱氏乘虚而入,于大江南北纠集弟子,成心腹之患。夫子熟视无睹,心不在此。

老爷云:麒麟医院院长伊普特爱女艾琳与金水互通款曲。可叹世事纷乱,夏胡殊隔,未见有果。此好比针剂丹膏不得配也。

金水身手绝佳,为罕见之英俊少言者。其与日人仓谷藏谊笃,少年情愫耳。

Δ 徐竟早年云:人生有二事至要,一为养生,二为革命。后入东瀛,革命活动日炽,养生之念淡矣。其与异父母兄弟季昨非情分深笃,聚少离多。日后道路各异,渐失同志,分歧至大:谈养生甚欢,谈革命则多有抵牾。季昨非父子受新学校长王保鹤影响至深,认同教化乃社会至功,暴力则无益有害:一切血腥皆恐怖且极具"传染"之效。徐竟对季昨非言:"本人不愿季府出一'反革命主义者'。"

徐竟者,一时之英杰也,其鸿志何止于半岛,不屑于膏丹之事。然出身季府即接近岐黄,兄弟二人尚有谈兴。

府中有意将朱兰许与徐竟,言与老爷,不允且面色赤怒。

府中为徐竟另觅佳人,孰知徐竟漠然,殊不同于常人。府中人云:盖为异人也,喜独守也。

Δ 季夫子视徐竟为己出。然徐竟既跟从革命党人,便不可为养生传人,遂将秘传独方授予季昨非。养子舍弃季府志业,一心倡导革命。季府老爷与革命党来往日趋密切,援以无数银资,被喻为"革命之银庄",深受南方大统领器重,二人私谊甚笃。

季夫子逝世前,为后半生之荒疏深感愧疚,而非自责于革命也。身为第六代传人,于此不可不知。人非完人,逢不测之期,诸多事变非自身可定也。

王保鹤既反暴力,又恨清廷,最终加入同盟会北方支部,为半岛革命之践行者。王保鹤为季昨非老爷新学之师,授洋文,养心志,实为不二之功。至季践老爷殁,王氏几可视为父尊。

于季昨非影响至大者另有邱氏琪芝。季践去世二年,季府宿敌终与六代传人和解。邱氏力戒峻争,反对革命,仇视西学。王保鹤为半岛新学始创,邱、王相向为仇,此为季践老爷与邱反目之因。新学弟子每出国家栋梁,日后可期。王氏至为倚重民众之教化,谓:一国之前途全赖文明之培育滋长,而非其他。受其影响,季践推崇一切大教育家、医生、传道者、圣人。

季昨非与兄长徐竟探讨养生与革命,徐竟谓:时下中华民族之"独药师"即孙文先生。"救中国者只一味药:革命。"

Δ 垦殖公司屡屡告急,因兵火连连弃置事业,遗患累叠,已难承受。人事荒废,不得收拾,然十年前事业铺张过当,而今自食苦果。老爷诸事任由属下打理,实为泰山压顶之重。

酿酒公司颇顺遂,全赖技师优异无双。老爷此举实属远谋,力排众议,终有今日之丰获。洋人往来一如从前,译员即老爷所谓"通嘴子",日日忙碌。公司洋人婚配事颇难,此事须从长计议。

垦殖公司打字员为新进女子,举止令人侧目,且会三两洋文,甚得酿酒公司某要员心悦。乐观其成耳。

三月有山中高人来访,因"习气"重,老爷不喜。诸人探求何为"习气",多余耳。习气者,犹耳轮之垢也。

而后有保皇党统领至府中,别前赠墨宝一幅,甚喜。其人面貌言谈皆有不同,每每难忘。遗老气息,穿着颇有古风。老爷事后云:其人谈吐间甚好房术,令人殊为不快。此类至今不绝矣,革命党及清廷要员皆存焉。此乃半岛方士末流所遗,实不足训。

Δ 关外属北方支部辖区,徐竟等人于东北三省奔走,成立同盟会关外分部,鼓动革命,伺机发动起义。然本部在斯,远海穷途,有鞭长莫及之慨。

南方革命党首领于紧急时遣顾先生赴关外。顾、徐二人争执甚剧。不久顾先生突患眼疾,几近失明,徐竟遂决定金水亲护渡海,入住麒麟医院。此为季府至大之事,须全力以赴。

顾氏乃首领之一,城府深矣,似有异趣,常与季老爷对谈,妙语连珠。

顾先生得入麒麟医院,然不久即为巡抚所派道员侦悉。顾先生诸人撤离医院甚奇险,脱身始末颇惊惧。金水武功超绝,智勇兼备,杀死道员,却余至大祸患。陶文贝深受牵连,季老爷为救心爱,竟不惜揽命案于身,可叹。

季府主人入监。求见康永德,终不得。后下斩令。危急之时康永德始现,可谓一波三折,婉曲不可尽述,处处诡谲。总之此颠簸非同小可,日后尚须细细察省。

全部事态或由犬子发端,此乃至痛,不可不记也。

Δ 季老爷入监,诸事烦扰,老爷命悬一线,乃至苦之期。朱兰几次泣哭昏厥,为药局先生挽救。季老爷入监事且对府中密闭,然十日后知者渐多。

闻麒麟医院及教会十数人联名上折为老爷奔走,甚感佩。伊普特、雅西、陶文贝诸仁奋力而为,前所未有之协力共赴。

府中拼死搭救老爷,付银两甚巨,道台府及巡防营、登州衙门、水师营诸方无不寻求。然功效不显,希望杳然。

康永德闭门不出,消息断绝,是为不祥。

堂堂季府老爷陷此大劫,悲夫。朱兰入寺庙乞求护佑,言与长老,无计可施。

府中寻北马兵营康非协领,以求康永德施救,未果。

延宕至二十日又半天,康永德亲护老爷回府。大恸终除,举府欣乐,朱兰喜泣。此为百余年季府所受至大惊扰,困顿空前也。

△ 同盟会内部及北方支部关涉组织起义事争执愈烈:徐竟为峻急一派,主张成立"共和急进会",发动半岛大起义,声援南方,形成南北呼应之势。徐竟之强烈支持者为深受"社会主义"学说影响者,此人姓吴名一滦,曾于省城新学任教。王保鹤诸人为稳进派,主张忍韧,强固教化,力主增设新学,筹备明心复性报馆。

王氏屡谈教化之功,犹如汲远水而解近渴,每为同仁诟病。性情不同也,非主义之异也。

北方支部尔后决定由徐竟组织联络成立"急进会"事宜;吴一滦与登州海防营书记官宫玉本加紧联手,牵线绿林;办学及发展会员建立革命党基层组织之责,交由王保鹤主理。

吴一滦系山东诸城人氏,该地屡有激进文士出世,思想新异且颇得西人学说,求学者甚多,皆为一时之名流。吴氏曾进季府与老爷一晤,二人交谈多时。吴面色青白,人瘦语急。老爷云:此人果勇非常也,然体质堪忧。吴氏与徐竟颇多相似。

△ 王保鹤说服登州大户单家兄弟(拥有半岛最大织网厂,设备

367

由日本引进)捐巨资兴学,先后成立半岛西部"求实学堂"与"砺新公学"。此为王保鹤又一勋劳,日后新学将产出时代才俊,诚可期也。

王一任砺新公学英语教员。王一为陶文贝早年教会友伴,曾于麒麟医院作护工,习英语,美丽可人。洋文每与时新貌美之女天然契合,能不称奇乎。

学堂与公学屡有新进学说发出。吴一溇系同盟会员,早年留学法国,回半岛力倡西学,讲演深受当地民众欢迎。吴最新之社会主义学说,原出西洋,耳目一新。

吴一溇于学堂设"社会主义"学说课程,乃半岛前所未有也。所惜者该课唯有吴氏能为,吴甚忙,时常离去,故不得持续。

吴一溇对金水影响渐大,成重要之精神导师。吴氏较之徐竟,刚偏尤甚。

学堂与公学皆为清廷严密关注之地,始有面目可疑者出入。康非纠缠王一,垂涎也,其人出入公学,新服炫目,为人所瞩。

袁世凯与共和派及保皇党暗中周旋。山东巡抚孙琦与之联络频密,并与康永德转达袁氏旨意。剿灭烟台之北方支部正密谋中,正可谓康、袁、孙之共业。

康氏绝非清廷精忠之士,无非见风使舵者。其经营半岛日久,阴幽深藏矣。

△季昨非从邱琪芝处得知:徐竟再三策动养父参加革命党,季夫子不为所动,后尽己所能予以支援,捐予革命党大批银两。夫子

是否加入党人,尚未可知。邱氏系捕风捉影,揣测自度耳。

徐竟偶尔谈及当年撰写《长生指要》之豪志,颇有自嘲之意。季昨非老爷热望兄长能够于革命成功之期回归家族事业,二人勠力维持。此事断不可能。

日人仓谷藏早年跟随烟台毓材学堂教书之父,得识镇海寺住持永晏,与金水一起习武,为少年挚友。东瀛之期二人情同手足,心志趋同。

仓谷藏目色无光,怒则尖锐,粗中体态,默然少语。此类日人绝不同于半岛人氏,习性专注,宜结伴为大事也。

Δ烟台起义启动。徐竟等北方支部同仁领导,义军为吴一溧培植之民军、部分海防营起义水师、山中流民与少数船工。迅急占领电话局、巡警局、大清银行等,张贴告示,分头知会法、德、英、日及各国驻烟领事署。

金水与仓谷藏挫败多起对徐竟之暗杀图谋。

全市军民齐集登莱青道台衙门(不久改为道尹署),锣鼓喧天。道台康永德率人逃匿。起义声势大起,市民躁动,各派蠢蠢欲动,局势颇难持掌。

东山海军管带林传炯(曾留学于英国,在皇家海军受训五年)自天津赶来,趾高气扬。贴身侍官李凤鸣夹西式皮包,不离左右。记者请林传炯发表,林遂将三炮台烟盒抛掷,即席讲话,先英语,后普通话:"推翻君主制,促成民主共和。"李凤鸣带头鼓掌。民众欢呼。

军政府成立。林传炯为总司令。烟台独立。

△康永德轻伤潜逃,下落成谜。

徐竟与军政府总司令林传炯时有异见。林派兵"围剿"南部山区,对徐云:康永德必向青州旗城靠近。追剿康永德一役终究徒劳,无功而返。

金水与仓谷藏勠力侦寻康永德,无果。

至此,烟台之革命成果为林氏窃取。革命党静观其变。徐竟与支部暂不得动作,须再等待。吴一溁怒,欲发动二次革命,徐氏阻之。

康永德为一生低沉曲折之期,欲韬晦忍韧。奸佞不除,半岛无宁日矣。

老爷谓康氏"康大人",此称谓历久不变,盖因旧谊之故也。徐竟多次令其改称,然终不能。

北方支部疑康永德逃至康非处,差人三番侦察,未得实情。

△日后始知:康永德实为林传炯所匿,二人热络,常有密谋。林氏暗展青龙旗于康,共推袁世凯。康永德探知:林传炯急赴烟台,为应袁世凯之计夺取当地军政府司令一职,以免落入革命党手中。

李凤鸣实为隐蔽之同盟会员,将康、林之情报与徐竟。李氏险卧虎侧,令人唏嘘。

徐竟与支部同人议决:驱除林传炯,抓捕康永德。金水行刺,未果。林传炯自疑败露,惶惶不安,欲做最后搏。吴一溁与徐竟加紧武装原有之民军。

民军者,芜杂流民也。吴氏训练民军用心也苦,特聘一义军骑师上操,于山地磨砺体志。然远水何解近渴?

徐竟谓:革命者,吴氏一人可敌万夫。

Δ 袁世凯密电,令林传炯易帜推翻独立,配合山东巡抚、太子少保孙琦抵抗济南之独立浪潮。此举操之过急,只可加速林氏败露。

林传炯密谋叛变起事,欲一举捕获北方支部要员,并于约定召开军政大会间宣布易帜,当场软禁诸人。

南方革命党密电徐竟:林传炯近期或有异变。

徐竟极为重视军政大会,视其为山东乃至整个共和派之巨大声援与鼓励。

林传炯密令登州府海防营于会前东移、调集船舰靠近烟台水路,徐竟当面质疑,林即以保卫大会与举行检阅相搪塞。

徐竟之看重大会,皆因素来注重声势也。有势则有众,无众则无革命。然众也顺势,一朝失势,则作鸟兽散。徐竟每每借遽风而扫落叶,其势也威,其颓也速。悲夫。

Δ 康永德与邱琪芝诸弟子多有往来,实施长生邪术,于府中蓄养女仆若干。徐竟谓邱与之或有交集,季老爷不以为然。

康永德养女裴玲艳(来自天津学堂)怒斥义父恶行,毅然脱离,得以接近王保鹤,参加革命党。裴女实为袁世凯之密探,与日本密使有染。

371

裴女面庞颀长,风骚显著。此等脸庞者少敦厚,然其庄正者亦大有可期。裴女巧言令色,为祸乱之源也。凡女子少道德而有姿色者,皆世间大祸也,其恶端又非男子可比。此乃古人之祸水说,所言不虚。

王保鹤引裴玲艳入求实学堂任教员,为公开之身份。王先生行事素来稳端,此举却为败绩。

徐竟嘱季昨非借与邱琪芝接触之机,探知康永德行迹。老爷应允。

季老爷日后始知邱琪芝弟子众多,成分繁杂,然邱氏本人与康永德并无往来。季老爷与邱氏之关系颇难言表,亦友亦师亦敌耳。五年之久,老爷可谓邪术受害者也,险入万劫不复之境,幸吉人天相,得救于万一。

季老爷于六年前筑大堡于府内,自囚三年,反省思过。此三年为府中非常之期,诸事艰辛,险些一蹶不振。

Δ 季府中人察觉总司令部异动,报与仓谷藏。仓谷藏与金水力劝徐竟不得参加军政大会,徐颇自信。

李凤鸣急于探知林传炯详细军变计划,林氏口风甚紧。

吴一溁自京沪归来,于北方支部及学校宣传社会主义学说,筹备新进刊物《海声》。林传炯极警惕,质问学堂开设社会主义课程一事。吴一溁反驳谓:孙中山先生在同盟会成立之初即自称为社会主义者,并请求第二国际接纳为社会党国际成员。林无言以对。

吴一溁从登州海防营书记官宫玉本处得知异变消息,急告徐竟。惜已迟。

吴氏与徐竟对林传炯之轻视,皆因过分看重时局大势之故。武人起事常有倚重猛壮实力之举,而文人政界则多有局势之顾虑,凡事皆统观周边。

林传炯冒天下之大不韪,得一时之益,而后必趋败途。

Δ 康非进入总司令部,与父会合。

李凤鸣于大会前紧急报知徐竟。徐始得脱身。

林传炯叛变。血腥杀戮。吴一滦原有之民军奋力抵抗,伤亡惨烈,退出城区。

裴玲艳作为求实学堂教员,掩护北方支部成员吴一滦、王保鹤诸人,深得北方支部信任。

自烟台有革命党数年来,此一变故乃至大折损。徐竟云:林传炯之恶不可恕也。

徐竟事后于支部内检讨:好大喜功,急盼革命之成功,重声威而轻耕耘,功亏一篑。

季府受颠簸至大。季老爷夜不能寐,盼兄长徐竟平安脱身。

Δ 徐竟病重,且为林传炯全力追捕者。徐竟转入山地。

金水等人与林传炯、康永德之密探纠缠。仓谷藏被捕。

康非受父指派,侦缉重员移至山地。徐竟自山地转移。

徐竟经金水运筹进入戒备森严之教会医院,得陶文贝、雅西、伊普特、艾琳悉心照料。金水不离左右。

373

徐竟最终出烟台城区,抵西部镇海寺。

镇海寺原为佛地,百年前易为道观,近三十年非道非俗。寺中人种植田园,读书修葺。此地简洁隐蔽,为邱琪芝钟爱。邱氏与住持永晏交好,所好同也。

Δ 永晏与徐竟有闲探讨养生。徐竟难得宽松如此。

镇海寺非久留之地,莱州与青州清兵加紧搜捕,清廷密探爪牙甚多。北方支部内疑有异己潜伏,情势危急。

吴一溁伤重逃逸。此消息令徐竟忧心不已。

徐竟再次出逃,与金水失联。

徐竟独自出走,永晏不安。金水苦寻不得。

徐竟入山,于龙口城西南部山区小庵藏身,庵主为永晏之徒。徐竟借此写《长生指要》,采集草药,与庵主制丹散谈养生,实为特别之期。

康非与暗探入山,制订围捕计划。金水终得信息,率人救徐竟。

吴一溁入安全地,徐竟得知,甚欣慰。

Δ 徐竟脱险,艰难辗转,终回烟台。接南方宋教仁电:速赴辽东,暂避半岛之锐,确立同盟会东北三省分部,待时机成熟即策动新军起义。届时可威逼清廷,呼应胶东半岛,援手南方起义。

北方支部要员移往辽东。此乃前所未有之大移转也,必决定日后半岛变数。季府老爷盼念之兄长未能回府话别,更不及携走丹丸。此为老爷痛楚牵念之事。

烟台事宜交由王保鹤主持。王氏沉稳,宜于此时料理。

半岛地区进入革命至为低沉期。然王保鹤处事极慎,不动声色,蓄养生机。吴一滦与王保鹤会面。吴氏伤愈,幸得生还,重新联络民军残部。

吴氏认定事业全赖武装之重,为未来计,不顾王保鹤之忧,再次联手绿林队伍,以民军残部为中坚。

△徐竟诸人移关外。同行辽东者除金水外,尚有一日人,此人曾参加日本留学生同盟会之活动,实为清廷密探。该人与北方支部某隐匿线人暗联,受其支使。

徐竟之前就支部内失密事多有疑虑,令李凤鸣查清廷密探,日久未果。

李凤鸣联系日本速浪旅社救出仓谷藏,仓氏复被日本领事谈话,勒令回国。仓谷藏决心追随徐竟,先回大连,而后设法与金水会合。

仓谷藏从一日本浪人处得知徐竟身边有清廷暗探伺机刺杀,急追,可惜船已起航,只得搭乘他船。

清廷密探原想于旅店下手,旋接驻烟道台指令:暂停行动,改为侦悉徐竟一行之辽东详情。

△北方支部于辽东立足,先后成立三分部,于新军间发展力量。

季夫子生前与辽东一新军头领李绍有深谊,李氏为养生术至大受益者,曾沉迷于烟馆,为季夫子所救。

新军头领、奉天提督府军事参赞陈榕曾为雅西医治,并与季夫子有谊。

徐竟与金水同第六镇统制(新军编制)李绍会谈。与二十镇统制吴友连会谈。与新任第二混成协协统陈榕会谈。

辽东新军为清廷 1895 年以后之新式陆军,按洋人编制,采用新式武器与洋式操练,着大盖帽、铜扣制服、马裤绑腿、宽皮带、盘辫、快枪,甚精干。

季府旧谊为此次关外借重,可见仁善之家必有后报,入世者切不宜专取眼前利害。

Δ 徐竟与辽东旧友联络绿林队伍。可用于起义之武装总数已达三万余。

李凤鸣从林传炯处得知清廷密探已赴辽东,急告王保鹤。王氏无法与徐竟联络,心急如焚。王氏遂遣裴玲艳急赴辽东,属未及熟虑之举也。

金水与仓谷藏破获并诱捕随行之清廷密探。裴玲艳之前与该密探有一面之识,惊惧。裴与密探周旋,伺机杀死密探(实为灭口)。金水与仓谷藏极惋惜。

金水疑裴玲艳,对徐竟言。徐竟嘱金水严防此女。

自此裴女不得接近支部,而后于辽东消失,再无踪迹。

Δ顾先生眼疾愈后回南方,不日再赴辽东。此时新军与绿林队伍正策划起义:威胁清廷,逼迫袁世凯宣布共和;巩固北方势力之同时,择机由第二混成协统陈榕率军进入胶东半岛,一举歼灭青莱清兵,完成半岛全境光复之伟业。

如上计划由徐竟为首之北方支部做出,得新军将领支持。

顾先生与徐竟意见相左,争执不下。

新军起义计划泄露。

三支新军主力突接调防令:李绍已被变相剥夺兵权,以"宣抚使"名义派往长江一带。

顾先生终得说服徐竟,原计划取消。新军将领颇失落。

袁世凯早已猜疑诸位新军统制,只无实据。此调防为新军异动故,袁氏有备在先。

新军接受北方支部顾先生建议,与绿林队伍周旋,并有零星交火,对清廷示忠,暂保二位统制。

陈榕身份暴露,于紧急中带一部新军乘船至半岛,权作提前行动。

顾先生与徐竟决定:徐竟与金水一干人先后撤离辽东。

Δ新军登陆后驻扎于烟台东部昆嵛山一带。

金水多次潜入季府与麒麟医院,见艾琳。

陈榕副官与仓谷藏一起至辽东筹集军火,大宗银两皆由季府筹措。

计划袭击林传炯。半岛三大匪由吴一溁引见于林大基,得与新军合作。林氏为新军勇毅之士,曾得见革命党大统领,由南方进入烟台,初为特使,后负责组建武装事宜。

王保鹤对绿林人物素有警惕。北方支部内关于此次战事争执颇多。新军对绿林警觉猜疑,然苦于势单力薄,仍与之合作。海防营一副总兵与王保鹤联络中,此事甚密。

徐竟深受吴一滦影响,裁决:原有民军及新军须与三大匪合作,此役势在必得。

半岛三大匪投入反林传炯,意在争地。

Δ 紧张准备中,吴一滦与海防营书记官宫玉本传来消息:海防营副总兵邱余将率部起义。此乃王保鹤之功。

新军头领陈榕与徐竟大喜,会见邱余。林大基称邱余为"识时务之俊杰、大革命之士勋"。

推翻林传炯之役顺利行进中,革命党信心空前。

战事启动。新军展现强大攻力,为反清投入之首役。陈榕为主力之师,生猛勇毅。

邱余率海防营起义部自城北出发,林传炯误为援军,城门大开。邱余攻其不意,乃至为关键之进击。

林传炯城防溃破,带队伍且战且退,向西转入登州营地,强化防务,得以喘息。

Δ 林传炯盘踞登州,徐竟等出乎意料。北方支部决定攻取登州,深知此役之重。登州为清廷水师重镇,又为多年府置,布防周

备。林传炯之加入,登州克复势必愈加艰难。

南方革命党电令:尽早攻克登州。

如登州久攻不下,烟台亦可随时易手,届时半岛乃至整个北方革命形势或可逆转。

金水与仓谷藏几次潜入登州侦探。邱余联络登州水师旧属,或有进展。

计划进行中。新军准备从水陆两端攻取,同时期待水师内部之接应。邱余旧部已调集数十人,时机渐趋成熟。

Δ 季府银两周转陷入空前拮据。废弃之矿山支出,更有垦殖公司经营乏力,其他种种,如为革命党人输送频仍等。府内人已有三月未得资薪,此乃十余年未有之窘况。

酿酒公司洋人技师险出事故,盖因一女子,此女所耗银两惊人,奢掷无度,洋技师挪用之数目甚巨。此事不得已与老爷报知,老爷念技师旧勋,不予追究。

江南实业凋零如旧,重新打理势在必行。人选既定,老爷应允,不日犬子即可赴任。江南实业鸡肋也,然善谋者亦可重兴。除去南洋旧产不计,五十年前江南产业获益占三分,百年前则占六分,而今仅有亏空。

朱兰之见每每为老爷所重,故凡事与之商讨,切实使得。朱兰主张江南产业以收缩为好,季府时下维持半岛已捉襟见肘。然江南固有之基业甚大,留下根柢以待未来亦不失为良策。朱兰称是。老爷允。

Δ 仓谷藏等人往返辽东,赌赂自大连开往烟台之日轮长,得以携大量枪械登船。轮船中途折向登州。

金水提前潜入登州水师,与邱余旧部联络。

新军里应外合,激战昼夜,登州光复。

决定直接成立山东都督府,胁迫济南之山东巡抚府,呼应南方革命。

徐竟不就山东都督兼总司令之职,引用孙中山名言:要做大事,不要做大官。北方支部致电南方革命党,任命林大基为山东都督,邱余为总司令,徐竟为参谋长。

徐竟就任低职令老爷不平。府中皆异之。有人云:不做大官,举大事何其难也。

徐竟于登州光复后入府中将养多日,老爷甚喜。

Δ 林传炯失登州,即率残部逃向西南之北方清军最大巢穴:青州旗城。康永德父子亦在旗城。旗城由龙旗兵总兵叶田胜控制。

徐竟认为林传炯与青州合力,势必形成强大之势,不久将对莱州与龙口城一带铸成艰巨军力,有碍革命军西征大计。

徐竟亲自率部追击林传炯,终未歼。

青州旗城乃清廷倚重之巨垒,势力强大,无人可撼。新军如袁世凯之部与旗城少有利益争掠,其中大有周章。

Δ 因革命党主力移往登州,新军协统陈榕接受南方指示,急回辽东。半岛东部军事力量始薄弱。

康非一干人趁机潜入登州一带,准备暗杀徐竟诸革命党人。

康非借潜入革命党内部线人所助,获徐竟行动详情,计划周密暗杀。

康非于励新学堂见王一。王一遂将康非行迹报与王保鹤。

金水运筹精密,得仓谷藏襄助,连连挫败康非之阴谋。

徐竟立志西征。南方革命党人亦重西征,视为北方战事关键之举。

林大基回北方支部,与吴一溧、王保鹤诸人共商西征大计:此乃半岛地区决定之役。

Δ 季府为革命党再筹大宗银两,数目超前。季老爷不问去处,然必得逐一实报:辽东枪弹、水师营暗线所用、登州所用。取用之前需出示王保鹤手书为据。

季府西部废弃之矿山留守人员再次告急:流匪袭扰加剧,康非兵营开拔日久,匪祸始猖。季府多次派往武人护守,扬汤止沸耳。

朱兰为最有心之良人,纤细过人,无不奏效。酒厂及垦殖公司诸事皆有望平稳落实。季老爷未得惊扰。

养生家邱琪芝来季府。盛宴接。此乃季府厌弃之人,自季践老爷在世即如此。老爷与邱氏之密切往来,府中多有不解。此举既有私谊,亦有其他。之前徐竟即命其多与邱氏往来。

Δ 西征开始颇顺利,攻克清兵第二巢穴莱州,革命党大受鼓舞。南方革命党发电祝贺。吴一溧于莱州之役身先士卒,再次

381

负伤。

该战伤者众,教会医院全力救治。雅西与艾琳、陶文贝等日夜不眠。

莱州逃逸之敌东进,迂回至龙口城。龙口城为莱州东翼重地,系水陆码头,且地形复杂,易守难攻。莱州残部占据龙口城,实为大患。

龙口城只有苦战,革命党此一役若取胜,对未来之青州大战具决定之义,也可定半岛大势。

清兵深知龙口城之重,青州龙旗兵始东移,并于东部之北马镇周边会集。该镇至今仍存有旧时城垣,且为康非长久经营,为龙口城与登州间防务要冲。

因战况险峻,山东都督林大基从登州出发,亲临北马战场。战斗甚惨烈,危急之下,林大基与徐竟电令登州援兵急驰北马,但总司令邱余只派五百士兵携两门克虏伯过山大炮赶来。

叶田胜之龙旗兵由西北角突进,与城内守军呼应。

形势愈加危急。林大基再次派人去登州求兵。

因邱余坐镇登州,拖延出兵,革命军兵败城下。

水师起义之副总兵临危不惧,率队拖引北马西侧顽敌,革命军免于全部被围。

副总兵被俘,怒斥清军。清军标统将副总兵捆绑北马街市凌迟,残酷杀害。康非参与行刑。

Δ 康永德父子与青州龙旗军骑兵队袭击北马镇东郊,因出逃镇民与民军混杂,残杀无数。镇民未能与民军分离,装束同,故有此劫。事后林大基深悔之。

伤残之革命军与民军悉数退出北马镇周边地区,移近山地。

康非部器精良,一色黑衣,长于夜袭。新军占据北马之后,龙口城稳固超前矣,此乃革命军至大挫折。

康非独身潜入励新学堂寻王一。王一拒其纠缠,深夜出逃,入季府寻朱兰。王一于季府留至三月,其间与陶文贝多有畅叙。

康永德为叶田胜谋策,谓北马一役只是革命军西征之始,如北马易手,龙口城必将不保,清军于西部即无法立足,遂危及青州。康永德力主青州一部驻扎龙口城。叶田胜以为然。

Δ 林大基因北马一役大败,且战且退,欲抵龙口城西南部山麓。此战甚被动。

绿林队伍并未如约接应,零散鸣枪即逃窜。林大基陷入重围,直至最后吞金身亡。

林氏为革命党之忠勇,其殁,乃半岛革命党至伤也。不久烟台再次失陷。北方支部遂撤入登州,此为半岛孤悬之城矣。

本次西征受南方革命党催促,也因北方支部之匆忙故也。求胜心切,步履未稳,后方空虚,乃兵家大忌。林氏之牺牲为全体之巨痛,徐竟泣不成声,日后面报南方大统领,愿领全部责罚。

顽敌归巢,正欲收拾故地,以逸待劳。半岛革命伤重。

康永德重返道台府,恶习复燃,与邱琪芝弟子切磋养生邪术。邱氏之爱徒小景得入康府。小景者,激烈之士也,与南方血勇之人

383

交谊,早有刺杀康永德之图谋。惜乎事败被囚。邱琪芝得知小景被捕,全力救之。

邱琪芝救出小景,中弹藏匿,然坚拒西医,不久离世。季昨非甚悲,痛失父执辈,伤创尤深。邱氏故去,可谓半岛养生术至大折损,一页不复也。

△ 多事之秋,府中不宁。前有深夜失盗事,追究未果,后有武人出卖弹药事。后者牵连颇大,老爷震怒。武人为府内所蓄,百年间精忠是也,尽心守护未出差池,孰料乱世谬类种种,不一而足。弹药流失于山匪,罪莫大焉,贻患不绝。

武人蓄养之事徒增烦恼,犹疑不决。犯事者绑送官衙不得,姑息不得,严罚不得,甚难也。江湖通例为杖四十,充作长工,或经武头内审,夜沉江河。时代变易,诸法皆不可取矣。再三权衡,决定交与吴一溁手下副官,充任兵员。

女仆素来殷勤,礼数周备,无奈人心不古,屡犯条规。私通不可视为小疵,此类皆嬉哈成性,恶习日增,加以勾连曲折,恶少猖狂,狼狈为奸,终酿大祸也。朱兰惩处仆女颇难为,其心也绵,不施重手,日久则有纵容之嫌。

另有仆人盗取棉帛数丈,卖与街摊,犯事后泣声也哀,朱兰即不忍也。

一干事老爷未知,皆需府中料理。

△ 康永德与山东巡抚孙琦过往增多,孙氏则与袁世凯热络。

登州时为革命军总司令邱余所占,与烟台对峙。康永德于烟台等待时机:或可接任袁世凯之"烟台道尹"。

仓谷藏与金水周密策划,欲除掉作恶多端之康非。康非得知王一由季府返回励新学堂,深夜独访,于北马镇西郊中伏身亡。就此,半岛至恶鹰犬得除。

此举令人宽慰,仓、金二人得徐竟褒奖。此前金水曾与季府谋,欲借康氏访季府之机行剪除事,老爷断然拒之。

康永德失独子,甚伤。府中人建议此间有所抚慰,做日后图,老爷未允。

关外形势又趋紧张,类似消息传回半岛,徐竟寝食难安。前新军协统陈榕急赴辽东,即为收拾乱局,然陈氏长于军事,不擅婉曲人事,多有不周。

原关外同盟会员与陈榕摩擦日甚,各自说理,顽执一端,莫可劝解。

Δ 因林大基战死,总督一职空缺,邱余图谋总督。北马一战,徐竟对邱余已有洞悉,故遏其野心。

南方革命党任命徐竟为山东总督,徐竟坚辞不就。

南方革命党与北方支部协调,不久,任命山东总督,此人为老同盟会会员、上海会党之革命志士胡立英。胡为安全计,一行人水陆交换,自沪上赶往登州。

徐竟嘱金水保护新任山东总督,不可疏忽。

康永德接山东巡抚密电,命奸人于中途除胡氏立英。

金水与邱余之小队人马前去接迎胡立英。邱余之人马混有奸徒,暗中寻机。胡立英经历既多,性顽且自负,与金水一路多有冲撞。

金水周旋两端,险象丛生,然最终护佐胡立英成功至登州就任山东总督。

胡立英安抵登州,山东巡抚孙琦甚恐。袁世凯大怒。

△孙中山再次发动南方武装起义,并一度功成。而后失败消息传来,胡立英等极为消沉。徐竟以孙中山之言鼓舞众人:"革命风潮已盛,华侨之思想已开,从今以后只虑吾人之无计划、无勇气耳!"

不久,南方指示:辽东分部涣散,当地军事形势亦趋紧迫,北方支部领导须亲临辽东。此时胡立英与徐竟颇多冲突,难以共对时局。胡氏固守南方理念,不顾半岛风习之异,且不能深察派别纠葛,一味刻板冲荡。胡氏希望徐竟等人早日离登州。

徐竟临行前一再嘱胡立英须警惕邱余,并让金水与仓谷藏留守登州。胡立英不允二人滞留登州。金水随徐竟北上。仓谷藏得留登州。

徐竟抵达辽东,以日本植木公司为掩护,谨慎活动。

此时辽东之陈榕已在绿林中拉起五千队伍,暗中联系李绍和吴友连二支新军。徐竟至,可谓及时雨。

△季老爷与麒麟医院多有过往,每每引药局大夫同行。此乃十年未见之情状。季府与麒麟水火之不相容,就此改观也。此中

既有陶文贝之故,亦有复杂之因果。

麒麟施救革命党南方特使林氏及顾先生二事,诚为至例。药局主持人为伊普特院长诊疗,一时传为美谈。传洋人院长病魔缠身半年有余,针剂奇巧皆无可奈何。药局大夫仅三服汤药、两通针刺即悉数解除。

陶文贝者,自幼习洋文及其礼法,凡二十年,至今已空余汉人形貌耳。试想以季府老爷之深厚积习,心志殊途,二人岂可相容?然老爷心笃至诚,顽石可易,一切尚可期也。

朱兰为老爷终身事牵挂日久,悉心嘱咐,至诚至贤。

府中观洋人礼法久矣,或得管见。洋人不似之前谬识,如腿不得弯曲,体息如卧牛云云,皆妄言也。洋人气息也重,然随身携带花精水,故个个芬芳,清气可人。其女子也不尽粗大巅顶,尚有小巧莺莺者,如院长爱女艾琳是也。

陶文贝集国人洋人之精粹,形貌婉然,鼻隆而目陷,习性颇温良。

Δ 康永德与袁世凯始有私谊,遂间离山东巡抚孙琦之关系,又与林传炯钩心斗角,知林氏实为"烟台道尹"之觇觎者。

康永德视徐竟为心腹大患,得知其人已赴辽东,悲喜交替。孙琦视阻辽东新军南下为"当前之大务"。孙氏唯顾境内之情势,尤重半岛。

吴一溧于登州疗伤,与邱余及胡立英日趋对立,愈后征得辽东徐竟同意,决意亲赴上海,或可转道广州,面报孙中山,企盼上海方面派出会党组成之反清义士驰援半岛。

吴氏途经济南,与筹备进步读书会之公学师生交谊,后加入读书会。

吴氏参与社会主义、三民主义之辩论,对二主义皆赞同。

Δ 仓谷藏在登州险为邱余死党除之。王保鹤应付邱余,暗与仓谷藏商量对策。王保鹤料定胡立英处境极其危险,嘱仓谷藏劝其同赴辽东躲避,正可与徐竟会合关外。胡氏坚称守土有责,决不辜负中山先生之重托。

邱余图穷匕见,暗杀胡立英,未果。

仓谷藏护胡立英,胡氏暂避于学堂。不久又徙他处,由南野而东乡,再入城北山地。

胡总督此番辗转辛苦,颇能忍韧,不愧上海会党之坚卓人士。王保鹤多方寻觅以助物资,终不得路径。

仓谷藏护胡都督两月余,直至与王保鹤会面。王氏处事周密,胡都督转危为安。

Δ 辽东新军与绿林力量始成规模。徐竟与李绍、吴友连、陈榕联系密切。

辽东分会于北方支部下活动,宣传革命,招揽义士。

清廷正式成立东三省,派来三省总督,同时任用青州龙旗兵总兵叶田胜为协统,掌管兵权。关外大势一时胶着。

顾先生再次遣往东北,受李绍严密保护。

徐竟与顾先生坐镇辽东分部,决定组成关外四路民军,推举李绍与吴友连为"革命讨虏正副大都督"。

徐竟与陈榕之绿林队伍会谈,商量起义,传达辽东分部指示:"据辽东,逼榆关,窥燕京,南北夹攻。"此为中期战略。

革命形势高涨,三省总督权且退步,允诺成立"国民保安会"与"谘议局"。

叶田胜根基不稳,总督即重用当地土匪出身之防营统领张作霖,私许要职。

△吴一滦面见上海租界内革命党一统领。统领对徐竟等北方支部之十二字方略(先据烟台,再行西征,以图济南)极为钦佩,应允于近期派出革命义士由海路北上。

吴自南方归来,马不停蹄至辽东面见徐竟,详叙声势浩大之上海立宪党人请愿,及南方频繁之起义。北方支部讨论时下南北大势,认为辽东离清廷巢穴最近,故有决定之作用,一旦举事,必将对全国革命形势以巨大呼应,鼓舞之力莫可估量。遂决定:借三省保安会与谘议局之成立,公开呼号共和,并行武装起义与"和平改革"两途。

吴一滦加紧与辽东学堂及报馆人士联系,呼吁发动革命。

谘议局召开军政农工商学各界代表会。总督讲话,革命党人屡屡打断,要求响应南方革命,宣布三省独立。

张作霖部属已着人混于人群,一切早有部署。张作霖挤上前台,手枪拍至案上,厉声呼:保护大帅! 与此同时混于民众之匪痞拔刀相向。会场之氛陡变,气势逆转。

Δ 革命党人和平改革计划受挫,唯加速起义一途。

康永德派密使赴辽东,欲见总督未果,与张作霖会面。此行为谋除北方支部成员,并由此联络三省强势。

金水全力保护徐竟等人。

张作霖就任保安司令。此为三省巨变之始。北方支部诸人视张氏为流匪,不予正视,轻敌也。

陈榕部队开始动作,执行顾先生与徐竟指示。

与此同时,叶田胜派人至烟台联络林传炯部,计划阻止即将北上之上海会党义士:必要严加堵截,不使一人流入境内,更不得使其北上。

林传炯急于自保,以登州压力颇大为由婉拒。海防营强固防守,只未出海巡视,以免交火。

Δ 李绍及副统制被张作霖分别软禁,不得率军起义,甚急。

陈榕之敢死队与清兵激战,自拂晓至黄昏,百二十人战死。清军有德国造"曼利夏"步枪与大炮,训练有素,义军多为调集不久之绿林好汉,且无外援。

吴友连在徐竟的催促下率手枪队冒死救出副统制。

副统制与吴友连急于救李绍,无奈不知禁地,又因战事火急,唯有指挥队伍支援陈榕。

陈榕部队避免全军覆没之危局,终得突出重围。

张作霖坐大,为始料不及。关外散匪流脉不一,多会集于张氏。匪性趋同,一拍即合,此乃清廷三省都督之高妙也。亦可见兵野之事,强蛮一途,万不可书生意气,纸上空谈。

李绍诸人之软禁,盖失于大意。顾先生曾嘱李氏惕防,李氏虚与委蛇。

△季老爷与麒麟医院之谊日笃,缘于陶文贝之恋情。该女子容貌无双,实为至选。然其自负清孤,不得近矣。季老爷初甚苦恼,面色不佳。然终有转机,也算幸事。

陶文贝初入季府,隐身敛气。容色艳甚,睹者皆惊。朱兰本为府中佳丽,然相形失色,不可同日而语耳。

府中不难揣测老爷之情笃,之拳拳,之惴惴,之惶惶。

麒麟视陶女为掌上明珠,多方珍护,防备有加,唯恐半岛豪门染指。官家浪子多有尝试,迫于洋人之威,终退也。

传言有官人就诊,猝睹芳容,丧魂失魄,于三月后大病发,险些毙命。由是所谓老爷之幸,即在于思水得泉,甘霖相解。世上不复有此等幸运者也。

△季老爷婚事有望。陶文贝频入季府,朱兰云:季府不久即可迎来大喜之期。

府中与麒麟医院共商喜典事宜。伊普特与陶文贝力主简约庄重,于教堂行洋人礼数。府中异议甚大,老爷允诺一切依从麒麟。陶文贝与老爷议定诸多婚庆繁细,府中唯施行而已。喜典近乎悄然,为府中百年未有之怪异。

大宴宾客既免,省下银两,亦无忙碌操劳,所惜唯冷清耳,不似季府之盛隆。众叹惋。

婚礼为麒麟与季府共同欣乐之期,院方及府中诸人喜不自禁。

大喜之日,兄长徐竟未归,实为憾事。

日后王保鹤告知:老爷婚庆之日恰为徐竟关外匆促紧张之时,北方支部与新军将领正全力奋争,以应对即将降临之巨变。

△ 袁世凯派人至辽东与张作霖密谋。张氏为顽韧之匪,亦为底层深幽权谋人物,该人横出辽东,实为革命党之大劫也。

徐竟急与吴友连会商起义失败后诸事,指出最需提防土匪出身之张作霖。吴友连大意,言区区土匪不足以成大事,且新军装备训练实为一流,清廷于辽东势必倚仗新军,聪明如袁世凯,岂能弃新军而取一介土匪?

徐竟嘱其万不可疏失,将近期之密报转呈吴友连:袁世凯亲信已抵辽东,即为张作霖而来。

吴友连将信将疑,加固军防。

徐竟再次提议吴友连新军移往城外,吴甚为难。

张作霖使重金买通吴友连卫队长,吴友连遭暗杀。

△ 李绍于吴友连拒绝东移之情势下,听从徐竟与顾先生劝说,将军队撤出城区二十里,与绿林营地及游击区接近,以防不测。

张作霖派人联系李绍,称一切皆误会:之前软禁是对李绍及新军至大保护,其后发生之战事表明清廷一切早有设计,张作霖不忍见李绍这等英杰遭遇不测。

金水对张作霖联系人一路跟踪。徐竟十分忧虑,令金水于半路将其除掉,未果。

半月后,张作霖竟亲临李绍营地,令随从止步,独自一人进入戒备森严之新军营地。李绍心生佩服。

张作霖称李绍为"豪杰",欲结为兄弟:辽东有新军这等严整之伍,必属我们。李绍问"我们"与清廷是何关系。张作霖哈哈大笑:我们即你我,关清廷什么事? 二人对饮。

Δ 张作霖约李绍去城内德义楼欢宴。李氏前往。

徐竟得知消息大惊,急令金水设法阻止。惜晚矣。

德义楼宴会厅一侧密室中,张作霖与李绍饮茶,再次言说"我们"之话题。

张作霖云有事,离开。李绍久等人不来,正欲出门,楼道有武士阻止,云张司令即回。

片刻,一伙人冲入德义楼。李绍始知中计,反抗已晚。暴徒杀掉十二名卫士,后冲入室内刺杀李绍。

金水等人至德义楼,已是一片狼藉,惨不忍睹。

Δ 陈榕与副统制率队突围后直抵山林。李绍部为辽东最强劲之旅,一部失散,一部归张作霖保安队。陈榕收编李绍散部,撤至山野深处。

顾先生留辽东,徐竟与金水潜回登州,与王保鹤会面。

仓谷藏急见金水,汇报总督及邱余诸事。

邱余对徐竟谎称胡立英意志不坚,图谋投向林传炯,败露后即潜逃。徐竟问:胡总督此刻一定在林传炯处？邱余云不知。

邱余暗里与青州旗城联系,因金水抓捕青州密探,邱余阴谋败露。

Δ府中秘籍为各方窥视,由来已久。自季践老爷将密室封闭至今,知其端底者不过一二。然日久生变,消息不胫而走,常有诡异之人探听虚实,言语暧昧。乱世之不测,一切皆不可预料,千百年宝物若毁于一旦,大罪随即铸成。

秘籍多为纸帛,其中少许抄自原简,至为珍奇。季践老爷曾一时愤起,欲一把火焚尽,后泣泪不忍,遂严封密藏。昨非老爷偶出入密室,神色苍然。

邱琪芝徒子也众,心计频施。另有康永德者流,官家豪强,更不可揣度。时世荒乱,兵贼交窜,正是宝藏沦落之期。老爷苦思冥想,夜不能眠。

不意中得一密穴。甚喜。

秘籍奇珍之品移入,其余分处。狡兔觅得三窟,也算庆幸。

Δ季府之实业统观,规模之巨,当数垦殖公司。名声之隆,药局是也。故府中上下皆视药局为重地,也为老爷瞩目者。大玻璃房子赫然而立,半岛莫不心仪。

局中大夫谓之十二贤人，实则性格迥异。各有擅长之术，不可替代。然主持一职颇难立。多毛大夫手段高超，资望亦深，尤擅制膏，按行业伦理自可为主持。所缺者唯端庄平正之容貌。该人脸部毛发浓重，手腕臂处皆覆，双眼闪烁如猫，几被误为胡人嫡传。

查其族上并未涉胡。

暗中攻讦者谓：堂堂季府岂可血统混淆，吾族神医多矣，不可寻一胡人执掌。

老爷为主持事颇伤神。府中人为平息事端，提议局中分为二坊，各有主持，为朱兰所拒。老爷听信朱兰，多毛主持得以稳固。

攻讦者复又寻觅主持之缺损，谓该先生除去膏药一途，别无良策，每每与病家贴敷，为人诟病。

老爷动辄贴敷膏药出门，讦言自息。

▲徐竟独身一人去龙口城途中被捕。金水、仓谷藏等三次施救，皆未得手。季府大惊，惶恐之至。

顾先生登陆烟台，亲自部署救人事宜。光复半岛之役迫近，徐竟身陷不时。

季昨非心急如焚，数次面见康永德，欲借旧谊挽救兄长。康云：徐竟乃清廷钦定要犯，实无能为力。

清廷斩令已下。季府悲绝。

至苦之境，季老爷嘱药局秘制"七步断肠散"，借探监带入，以免兄长刑场凌迟之苦。兄弟牢中一面即成永别。

徐竟未于刑前吞服毒药自尽，竟于刑场宣讲革命，欲唤起民众。

北方支部主盟徐竟慷慨就义。一代志士就此别过，万民永念。

Δ 顾先生痛失革命臂膀，忍痛运筹大局，日夜操劳。

半岛进入大起义前紧张准备期。陈榕部回半岛，厉兵秣马，只待发令。

急进会骨干分子突袭总司令部，半天激战，除掉邱余。

胡立英醒悟，对之前拒不接受徐竟提醒深感愧疚。登州革命党人强忍痛失主盟之悲，决心一鼓作气歼灭林传炯。

辽东民军于水路抵近烟台。登州守军发兵，合围城区。

战斗激烈，一度相持不下。

龙口城民军东援，逾三千兵员，消息一出，林传炯不再固守，欲夺路南逃。然民军已登陆，林传炯只得负隅顽抗。

Δ 林传炯危急时刻求援于康永德，康氏有意拖延。

林传炯绝望之下，令海防营副管带死守东门，与副官李凤鸣等率精干小队便衣出逃。金水率队追击。康永德相机出手接应，林传炯得济。金水单兵突进，腹背受敌。危急关头陈榕部增援。康永德逃入莱州沙河镇老巢。

林传炯被困，顽抗不降。侍官李凤鸣择机内应。

陈榕决心此役必要完胜。经一夜激战，陈榕亲手击毙林传炯。林氏之殁，实为半岛大书之章，军中传陈氏勇力过人，枪法精绝，不虚耳。

Δ 受北方支部委派,吴一溧二次途经济南,至广州面见孙中山,报山东独立及西征事宜。

吴一溧于济南见谘议局革命党人,正逢二品封疆大吏、清廷学部侍郎至济南视察。

有人行刺侍郎。吴一溧原以为革命党人,后得知乃邱琪芝一弟子,名"小景"。小景被捕。

营救小景未果。

半岛局势极大激发济南谘议局之革命党人,遂秘密组织各界联合会,推动山东独立。吴一溧简要介绍北方支部之意见,坦言辽东既有之教训,绝不可对和平改革抱过大希望。济南革命党人不以为然。

吴一溧获悉小景拘处,欲借营救小景发动学运。营救行动再次失败。

学运风起云涌。当局迫于压力,释放小景。

济南学堂读书会设有"社会主义课程",邀吴一溧讲课。吴与读书会及文学社诸人甚契合。

吴一溧与谘议局朋友、季夫子生前老友深谈,得悉山东巡抚孙琦近期动向。

Δ 吴一溧至上海,见读书会与文学社诸同志,其中多人为热衷社会主义学说之同盟会成员。上海为吴氏二次行,颇多旧识,相聚甚欢。

吴一溧至广州,得以面见孙中山。孙中山详询徐竟之死,悲恸不已。谈及烟台一役,为军民之奋勇感泣。中山先生极为重视西征,云:无西征之强大政治军事压力,即无山东独立,更无南北呼应促成之袁世凯易帜;袁氏脱离清廷,即清廷之末日也。

孙中山连咳,吴一溇甚忧。孙中山问及老独药师季践,得知斯人已逝,长叹不已。

吴一溇与孙先生英文秘书偶提裴玲艳,始知其早年经历。

裴于北方支部隐匿已久,大祸也。

吴氏携中山意旨返半岛,中途不再耽搁。

△烟台革命形势大涨,实为空前。军民激奋,西征必行。青州总兵叶田胜离巢,盘踞莱州沙河之康永德即成劲敌。

康永德部精锐马队属旗城,原为康非所统领,装备精绝,令人生畏。陈榕与民军、收编之登州水师整编结束。革命联军组成,剑指沙河,首战即剿马队。

孰料马队避其锋锐,与山匪分进合击,且将龙口城作为纠缠之地。

陈榕与胡立英决心拔除康永德沙河据地,切断与龙口城之联系,使之变为孤岛。

民军聚拢沙河,完成进击准备。

革命联军料定康永德必败,逃路有二:回窜青州老巢;进入东南部山区。故重在青莱之间防范,力阻旗城之援。

康永德已令部属于龙口城长期抵抗,加紧收编土匪。

Δ 围攻沙河老巢之战开始。

此为康永德长期经营之地,易守难攻。联军损失甚大。旗城精良武器为康永德所得,康军火力猛烈,陈榕部伤亡惨重。

金水率部从侧翼发起进攻,陈榕部压力稍减。

康永德深知战事拖延,青州未得驰援,只有战败一途,故虚晃一枪,寻机逃离。

午夜时分,康永德一小部佯装突奔东南山区,实为掩护大部逃往龙口城。

Δ 沙河克,不见康永德。

陈榕大失所望。金水与仓谷藏四处追捕康永德。

陈榕率革命联军围剿土匪。土匪大部歼灭,其余散逃,匪首均未捕获。

金水与仓谷藏探知康永德部已化整为零,精悍小队不离康之左右,潜于龙口湾一土围中。

突袭龙口湾土围,抓捕零星残匪,余无获。

康永德于渤海湾沼泽躲藏辗转,几欲取道龙口湾突围,无奈被陈榕严控,退回沼泽。

康永德率精锐小队拼死抵抗,后夺路南逃。陈榕部合围南部山区。

三天后歼灭康之小队,方知康永德已于两天前暴病而亡。

至此,半岛最为阴鸷顽韧之敌不复存矣。

Δ1911 年 10 月 10 日,武昌起义成功。

1912 年 1 月 1 日,孙中山就任中华民国临时大总统。

北方革命党人一片激越,烟台登州革命军借势进逼清军老巢青州。

青州龙旗兵拒不缴械,云一切须经临时大总统示准。

革命党旋即接南京电,停止进攻青州军营。

1912 年 2 月 12 日,宣统退位。半岛军民大喜若狂。

1912 年 2 月 13 日,孙中山辞去临时大总统。

1912 年 3 月 10 日,袁世凯于北京就任临时大总统。

革命党失落者有之,沮丧者有之。

不久电报至,云孙中山即来烟台巡视。革命党人颇振奋,殷殷期待。

Δ1912 年 8 月 21 日早 8 时,中山先生乘安平号驶进烟台港,大批民众拥至,场面甚热烈。彩旗飘扬,海中军舰鸣礼炮数响。陆军部参议等军政要员亲临码头迎接。烟台同盟会员举行欢迎会。

中山先生下榻朝阳街克立顿饭店,见各界人士,发表演讲。

隔日巡视季府酿酒公司,观地下酒窖。

此乃季府百年铭记之盛事。中山先生与季昨非长谈,询问老友季践,忆南洋岁月,感慨万端。谈及徐竟,中山先生泪不能禁。

2015 年 9 月 2 日,于龙口、济南

2016 年 2 月 14 日,于龙口

400